북한의 아동문학

주체문학에 이르는 도정

지은이 ● 원종찬

아동문학평론가. 인하대 인문학부 교수. 저서로『아동문학과 비평정신』(2001),『동화와 어린이』(2004),『한국근대문학의 재조명』(2005),『한국아동문학의 쟁점』(2010) 등이 있다.

아동청소년문학총서 01

북한의 아동문학

2012년 11월 15일 1판 1쇄 인쇄 / 2012년 11월 21일 1판 1쇄 발행

지은이 원종찬 / 펴낸이 임은주
펴낸곳 도서출판 청동거울 / 출판등록 1998년 5월 14일 제406-2011-000051호
주소 (413-756) 경기도 파주시 문발동 파주출판도시 534-4 301호
전화 031) 955-1816(관리부) 031) 955-1817(편집부) / 팩스 031) 955-1819
전자우편 cheong1998@hanmail.net / 홈페이지 www.cheongstory.com

편집주간 조태봉 / 책임편집 김은선
제작 천광피앤비

ISBN 978-89-5749-142-3 (94810)
ISBN 978-89-5749-141-6 (세트)

이 도서의 국립중앙도서관 출판시도서목록(CIP)은 e-CIP 홈페이지(http://www.nl.go.kr/ecip)와
국가자료공동목록시스템(http://www.nl.go.kr/kolisnet)에서 이용하실 수 있습니다.
(CIP제어번호: CIP2012005378)

이 저서는 2007년 정부(교육과학기술부)의 재원으로 한국학술진흥재단의 지원을 받아 수행된 연구임.
(KRF-2007-812-1-A00133)

아동청소년문학총서 01

북한의 아동문학

주체문학에 이르는 도정

원종찬 지음

청동거울

머리말

1.

한국 아동문학사에서 민족의 분단은 새로운 역사적 기원으로 자리하고 있다. 분단시대 들어 남한과 북한에는 서로 다른 문학적 중심이 뿌리내렸고 이들은 극히 대조적인 활동을 펼쳐왔기 때문이다. 그렇지만 남북한 주류의 아동문학사는 각자 역사적 정통성을 내세워 왔다. 그간의 경과를 살펴보건대, 지금대로라면 상호배타성과 이질감은 계속 심화될 수밖에 없는 형편이다. 식민지시대의 역사적 과제가 민족해방이라면 분단시대의 역사적 과제는 민족통일이 아닐 수 없다. 따라서 분단시대의 아동문학사 연구에서는 남북한 주류의 아동문학사 인식을 넘어서는 새로운 통합의 관점이 절실하다.

이를 위해서는 반쪽에 국한된 '일국적' 시야를 벗어나는 것이 급선무다. 그러나 단순히 연구 대상을 북한에까지 확장하는 것으로는 크게 소용에 닿지 않는다. 남북한 아동문학을 함께 다룬다고 해서 이른바 '통일' 아동문학사가 되는 것은 아니다. 분단체제의 재생산에 복무하는 이데올로기를 분단이데올로기라고 한다면, 무엇보다도 그 극복을 모색하는 관점이 핵심이다. 분단이데올로기는 오랫동안 냉전이데올로기와 같은 맥락에서 인식되었는데 냉전 이후에도 작동하고 있는 만큼 어느 정도 구분이 불가피하다. 분단이데올로기는 오랜 시간에 걸쳐 내면화되었기 때문에 사회적 무의식으로 작용한다. 이것은 하나로 고정되어 있지 않고 시대에 따라 변화하는 것이라 할 수 있다. 이와 같은 분단이데올로기를 꿰뚫어 보는 시각을 어떻게 마련할 것인가? 민족분단이 냉전체제의 산물이라는 점에서 탈냉전의 시각도 중요하고, 그보다 좀 더 포괄적인 탈근대의 시각도 유효하겠지만, 통일 민족국가의 건설이 근대적 과제인 만큼 식민지시대와 분단시대를 연속성·불연속성의 문제의식으로 살펴볼 필요가 있다. 연속성 문제는 남북한 아동문학의 성격을 규명하는 데 필수적인 항목이다.

주지하듯이 식민지시대의 아동문학이 적대적 성격의 남북한 아동문학으로 고착되기까지는 얼마간의 경과 기간이 존재했다. 1945년 해방부터 1953년 휴전에 이르는 이 시기는 남북한 아동문단의 재편기에 해당한다. 그렇다면 이런 질문을 던져봄 직하다. '6·25전쟁 직후 새롭게 정비된 남북한 아동문단에서 각각 헤게모니를 장악한 세력은 누구인가? 그들이 헤게모니를 장악할 수 있었던 근거는 무엇인가? 서로 다른 헤게모니를 지닌 남북한 주류 아동문학은 식민지시대의 아동문학과 어떻게 연결되고 있는가? 남북한 아동문학사의 전개 과정에서 발생한 유의미한 내부의 변화는 어떤 것들인가? ……' 분단시대의 아동문학사를 보는 통합의 관점은 관념적으로 선취한다고 해서 이뤄지는 것이 아니라, 이와 같은 질문의 답을 총체적으로 규명해가는 과정에서 마련되는 것일 테다.

과거의 아동문학 연구는 이데올로기적 금기와 자료의 부재로 말미암아 거의 남한 쪽에 국한되었다. 북한 아동문학에 대해서는 몇몇 아동문학 작가의 월북을 거론하는 정도에서 그쳤다. 북한에서 나온 자료에 근거한 연구 성과들은 비교적 최근에 와서 활발해지고 있는데, 주로는 시대별·테마별·장르별·작가별 양상에 관한 것들이다.[1] 이로써 북한 아동문학의 성격에 대해 어느 정도 파악할 수 있게 되었다. 그러나 시기적

---

1 김용희, 「북한 아동시가문학의 고찰」, 『한국아동문학』 제1집, 1992 ; 신현득, 「북한의 문예정책」, 『한국아동문학』 제1집, 1992 ; 최창숙, 「북한의 아동문학 고찰─동화 동극을 중심으로」, 『한국아동문학』

으로 초기에 속할수록 자료를 확보하기 어려운 탓인지 역사적 분기점에 해당하는 기간을 집중적으로 검토한 연구는 찾아보기 힘들다.[2] 분기점 부분은 단지 여러 주제 중의 하나인 것이 아니라, 남북한 아동문학의 역사적 성격을 밝히는 데 관건이 된다.

본고는 이와 같은 문제의식을 바탕으로 남북한 아동문단의 재편 과정, 특히 북한 아동문학의 성립과 전개 과정을 살피고자 했다. 기존의 연구에서 건너뛰었던 초기 정착 과정에 초점을 둔 것이라서 현재에 이르기까지의 전반 사항을 사적으로 검토한 것이라고는 할 수 없다. 사실 유일사상 이후 시기는 이재철의 선행연구도 있거니와, 천편일률의 '주체문학'으로 진행돼온 만큼, 몇 가지 변화를 짚어보는 것 이상의 자세한 고찰은 큰 의미가 없다고 여겨진다. 반면에 유일사상 이전 시기는 상대적 역동성이 드러나고 있었다. 물론 이때의 역동성이 다른 가능성으로 열려 있었는가 하고 묻는다면 그렇게 볼 여지는 거의 없다는 게 필자의 생각이다. 이 책의 부제를 '주체문학에 이르는 도정'이라고 한 것은 이런 여러 가지 사정을 고려한 결과이다.

2.

북한 아동문학에 관한 일차 자료들을 살피면서 가장 당혹스러웠던 것은 상식적인 논리로는 수긍하기 어려운 '북한식 사회주의'를 어떻게 이해할 것인가 하는 문제였다. 서구세계나 남한의 가치관을 그대로 북한

제1집, 1992 ; 이재복, 『우리 동화 바로 읽기』, 한길사, 1995 ; 최윤정, 「북한 아동시가 연구」, 건국대학교 대학원 석사학위논문, 2004 ; 이재철, 『남북아동문학연구』, 박이정, 2007 ; 김제곤, 「백석의 아동문학 연구」, 『동화와번역』 제14집, 2007 ; 이영미, 「1950년대 북한 아동문학 교양장 연구」, 『한국언어문학』 제66집, 2008 ; 선안나, 「1950년대 북한 아동문학의 현황」, 『동화와번역』 제15집, 2008 ; 선안나, 「전후 북한 아동문학과 문학인들」, 『어린이책이야기』, 2008, 여름호 ; 장성유, 「백석의 아동문학 사상에 대한 고찰」, 『한국아동문학연구』 제17호, 2009 ; 정혜원, 「북한 동화의 환상성 연구」, 『동화와 번역』 제17집, 2009.

2 남한의 상황에 대해서는 임성규, 「해방 직후의 아동문학 운동 연구」, 『동화와번역』 제15집, 2008 ; 선안나, 『아동문학과 반공이데올로기』, 청동거울, 2009 ; 박영기, 「해방기 아동문학교육 연구」, 『청람어문교육』 제41호, 2010.

에 투사하는 것은 분명 문제겠지만, 내재적 관점으로 보라는 주문도 납득하기 어려운 것은 마찬가지다. 자칫 이중잣대로 비칠 수 있기 때문이다. 기본적으로 북한은 저항담론이 부재하는 전체주의 사회체제이다. 문학의 가치를 어디에서 찾느냐 하는 근본적인 질문은 차치하고서라도 누구를 위한 문학이냐 하는 것에서 북한의 문학은 자가당착의 모습을 드러내고 있다. '주체형의 인간'을 내세우면서 실제로는 '비주체적 대중'을 만들어내는 숱한 자료들에 눈을 감을 수는 없는 노릇이다.

북한 연구의 곤혹스러움은 북한에 대한 비판이 남한의 지배이데올로기를 옹호하는 것으로 비쳐질 위험과 맞닥뜨려지는 데에서도 비롯된다. 솔직히 말해서 남한의 지배이데올로기와 비슷한 논리를 스스로 반복하는 것 같다는 느낌에 멈칫거렸던 순간이 적지 않았다. 어쩔 수 없는 일이다. 우상화 작업은 공공의 적이다. 유일사상 시기 이전과 이후의 차이를 주목하는 일은 필요하지만, 이전에는 마치 우상화가 이뤄지지 않았거나 다양한 분파가 자유롭게 경쟁하고 있었다는 듯이 서술하는 것은 잘못이다. 그것은 수많은 자료들을 고의적으로 무시하지 않는 한 성립하기 어려운 일반화의 오류이다. 이전 시기의 경쟁관계는 전반 흐름에서 보자면 지극히 미미한 수준으로서 상대적인 관점을 견지하는 한에서만 타당성을 지닌다. 북한 체제의 성립 초기부터 일관돼온 유사(類似)신화에 대해서는 반면교사로서도 눈길을 주지 않을 수 없다. 여기서 우리가 반드시 함께 기억해야 하는 것은 과거 남한에서도 북한과 비슷한 어처구니없는 일들이 수없이 일어났다는 사실이다.

분단체제를 공고화하는 수단으로 전락한 문학에 대해서는 어느 것이든 동일한 잣대와 논리를 적용해야 마땅하다. 남북 대립의 상황에서 북한 아동문학에 대한 비판이 남한 아동문학을 긍정하는 힘으로 작용할 것이라는 흑백논리는 단호히 거부되어야 한다. 다행인 것은 남한은 북한처럼 단일한 층위로 구성되어 있지 않다는 점이다. 남한 아동문학은 사상적으로 왼쪽부터 오른쪽까지 폭넓은 스펙트럼이 존재한다. 남한에는 반독재민주화운동의 전통이 살아 있다. 핍박 속에서 피어난 저항문학의 자취도 뚜렷하다. 이 대목에서 남북의 지배체제는 '적대적 의존관계'라는 사실을 상기해봄이 좋을 것이다. 권정생의『몽실 언니』는 남한 군사독재 체제에서 금기의 대상이었다. 그렇다면 이 작품이 북한에서는 환영받았을까? 짐작컨대 이중잣대를 적용하지 않는 한, 반전사상을 내포한 권정생의『몽실 언니』는 북한의 기준으로 '반동적 자연주의 작품'으로 비판되었을 가능성이 더 크다. 월북작가 현덕의 6·25전쟁 소설이 그리되었던 것처럼.

주체문학은 하루아침에 일어난 전변(轉變)이 아니다. 맑스레닌주의, 사회주의적 사실주의, 카프, 항일혁명문학 등 무엇을 표방했던 북한 문학의 기본성격이 달라진 적은 없었다. 방정환을 매국으로 부정할 때에도 애국으로 긍정할 때에도 창작의 기본성격은 달라지지 않았다. 북한의 작가는 문학의 정치성을 최고 권력에 헌납한 채 당의 정책을 다만 '형상'의 방법으로 수행하는 것이 기본임무라고 받아들였다. 그런 의미에서 북한의 작가는 국가공무원이었다. 플라톤의 이상대로라면 시인을 추방하는 편이 시인을 위해서 더 나았을지도 모른다.

3.

1945년 해방부터 1953년 9월 전국작가예술가대회에 이르는 동안 김일성 중심의 북한 문단을 확립하는 데 가장 크게 기여한 세력은 구 카프 계열이었다. 여기에서 한설야와 이기영 정도를 제외한다면 그 대부분은『별나라』와『신소년』에서 활약한 계급주의 아동문학운동의 주도자들이다. 이들은 문단 재편기에 즉해서는 그 시급성 때문에 성인문단에서 주로 활약했다. 그사이 다소 취약성을 노정했던 아동문학 부문은 '아동문화사 사건'을 계기로 사상성이 강화되었다. 또한 6·25전쟁을 거치면서

사상적으로 불투명한 작가들의 인적 청산이 이루어졌다. 1953년 9월의 전국작가예술가대회는 남북한 문단 재편이 완료된 시점에 해당한다.

제1차 작가대회로 명명된 이 대회에서 아동문학에 대한 특단의 조치가 내려진다. 당시의 조직편제에서 식민지시대 계급주의 아동문학의 주도자들은 한데 모이지 못하고 성인문단 곳곳에 포진한 상태지만, 이 시점의 아동문학은 전체 문단과 긴밀히 연계되어 있었기 때문에 사상적으로 문제될 것은 없었다. 한설야는 모든 작가들이 아동문학 분야에 나설 것을 역설하는 한편으로『아동혁명단』,『만경대』,『금강선녀』등의 아동소설을 창작했으며, 송영은 카프의 주도성을 명확히 밝힌『해방 전의 조선아동문학』을 기초했다. 아동문학 전문분과에 소속한 박세영은 활발한 동요·동시의 창작과 더불어 작가동맹기관지『아동문학』의 편집위원으로 줄곧 종사했다.

이로써 확인되는바, 성립 초기의 북한 아동문학은 식민지시대 염군사로부터 이어지는 사회주의 문학운동을 계통적으로 잇고 있다. 여기까지로 볼진대 북한 아동문학이 식민지시대 아동문학에서 절반의 지분을 가지고 출발했음을 부인할 수는 없다. 하지만 기원의 문제는 그리 간단치 않다. 역사는 권력자에 의해 얼마든지 재구성된다. 카프문학에 기원을 둔 성립 초기에는 문학사의 주역이던 한설야·송영·박세영 등이 항일혁명문학에 기원을 둔 유일사상 시대의 문학사에서는 조역으로 밀려나고 마는 것이다.

오늘날의 남한 아동문학이 1950년대 아동문학과 크게 다르듯이 오늘날의 북한 아동문학 또한 1950년대와는 분명 차이가 난다. 1950년대까지는 김일성 우상화의 창작 경향 속에서도 카프의 전통을 가장 중요시했으나 이는 반종파투쟁의 명분을 위한 구실이었을 따름이고, 권력이 공고화된 후로는 카프의 전통조차 격하되고 만다. 대신에 김일성 중심의 항일혁명문학이 가장 중요하게 부상한다. 한설야·송영·박세영 등도 이 일에 열심히 참여했지만 결과적으로 북한의 공식적인 문학사에서 조역으로 전락하게 된 것은 역사의 아이러니다.

결국 북한의 문학사는 처음에는 카프문학이 중심이고 항일혁명문학이 부가되는 형태였는데, 나중에는 비슷한 위상으로 다뤄지다가, 마침내 항일혁명문학이 중심이고 카프문학이 부가되는 형태로 바뀐다. 방정환·윤석중 같은 비(非)카프 계열 작가들에 대해서는 반동이라고 맹렬하게 공격하다가 주체문학이 확립된 뒤에 오히려 애국적 작가로 다루는데, 이는 더 이상 유의미한 도전 세력이 존재하지 않는 '권력의 공고화'와 무관하지 않다. 따라서 현재의 북한 아동문학은 식민지시대의 아동문학으로부터 더욱 인연이 멀어졌다고 하는 편이 맞다.

역설적이게도 현재 시점에서 카프문학 혹은 계급주의 아동문학에 대한 비판적 계승은 남한 아동문학 연구자의 손에 달려 있다. 과거 반공제일의 분단이데올로기로 말미암아 식민지시대 아동문학의 많은 부분을 괄호칠 수밖에 없었던 남한의 아동문학은 오늘날 적잖이 바뀌고 있다. 그렇지만 과거의 이념적 지도를 거꾸로 바꾸는 것은 답이 아니다. 어찌보면 카프문학운동 내부에도, 일부 친일문학을 거쳐서, 날조된 항일혁명문학에 기초한 북한의 주체문학에 이르는 회로가 아주 없지는 않았던 셈이다.

식민지시대 아동문학의 유산과 관련한 남북한 아동문학의 연속성 문제는 여전히 중요한 숙제가 아닐 수 없다. 따라서 분단시대의 아동문학 연구는 아동문학 고유의 미학뿐 아니라, 분단체제를 극복하기 위한 역사의식과 사회철학까지도 함께 감수해야만 하는 운명이다.

4.

이 책은 북한 아동문학의 '성립'과 '전개'를 각각 1부와 2부로 구성하였다. 그간의 연구가 소홀했던 유일사상 이전 시기를 주로 다루면서 식민지시대와의 연속성 문제와 더불어 월북·월남 문인들의 동향과 관련된 새로운 정보들을 제공한 부분이 나름의 성과이다. 그런데 식민지시대의 자료에는 이기영·이원우 등으로 표기된 이름이 북한의 자료에서는 리기영·리원우 등으로 표기되는 문제를 어떻게 해결해야 할지 난감했다. 식민지시대부터 서술이 되는 관계로 일관성을 유지하려면 뒤에도 이기영·이원우 등으로 표기하는 방법을 택하는 수밖에 없었다. 이렇게 하려니 다른 모든 북한 출신 작가들의 이름도 이런 원칙을 따라야 했다. 본문의 서술은 인용문과 각주 모두 남한의 표기법을 적용했다는 사실을 밝힌다.

한편, 북한 아동문학 자료는 일반 연구자들의 손에 닿지 않는 것들이 대부분이다. 북한에서조차 유일사상 이전의 자료들은 정치적 이유로 봉인되었거나 많은 부분 유실되었을 가능성이 크다. 이런 점을 감안해서 이 책은 향후 연구자들을 위한 기초자료의 제공에도 역점을 두었다. 부록 '북한 아동문학비평 목록'과 '월간 『아동문학』 총목차'는 그런 의도로 작성한 것이다. 이 부분의 작가 이름은 어쩔 수 없이 북한의 표기법을 따랐다. 본문과 비교하면 이중적이라 불편해할 수도 있겠으나 나름의 고민 끝에 나온 고육지책임을 이해해주기 바란다. 부록이 양적으로 방대하기 때문에 필자가 애초 염두에 두었던 북한 아동문학의 주요 작가·작품론은 후일로 미루게 되었다. 어렵게 확보한 장편 서사시 및 동화와 소설 단행본 작품집들을 다루지 못한 것은 여간 아쉬운 게 아니다. 이런 미진함은 후속연구를 통해 꾸준히 보완해갈 것을 약속드린다.

2012. 9. 30.
원종찬

| 차 례 |

제2부 북한 아동문학의 전개

북한 아동문학의 시원始原과 계보

　1945년 8월 15일 조선은 일제의 식민지에서 해방되었다. 그런데 해방과 동시에 북위 38도선을 경계로 이남과 이북이 각각 미국과 소련의 관리 아래 놓이면서 분단의 역사가 시작되었다. 엄밀히 보자면 남한과 북한이 각각 정부를 수립하고 서로 다른 국가체계를 갖춘 것은 1948년 8월 15일(북한은 9월 9일) 이후지만, 그 이전부터 서로 다른 정치 사회적 지향이 있었던 만큼 분단의 실질적인 기점은 1945년 8월 15일이라고 해야 할 것이다. 서로 다른 정치 사회적 지향의 뿌리를 캐자면 식민지시대 민족해방운동 시기까지 올라갈 수도 있다.

　서울을 중심으로 진행된 해방 직후의 문학운동은 1946년 3월 25일 평양에서 북조선예술총연맹이 결성되는 것을 계기로 하나의 매듭을 짓는다. 이후로는 남과 북에 각기 다른 지향을 갖는 두 개의 문단이 조성되기 때문이다. 북조선예술총연맹은 1946년 10월 13일 제2차 전체대회를 계기로 북조선문학예술총동맹으로 개편된다. 그런데 여기까지 오는 과정에서 구(舊) 카프(KAPF) 계열 아동문학 작가들의 역할이 매우 컸다는 사실을 주목해야 한다. 염군사(焰群社)의 핵심인물이었던 송영(宋影)·박세영(朴世永), 그리고 이들과 함께 카프에 소속되어 『별나라』

와 『신소년』에서 맹활약을 벌인 신고송(申鼓頌) · 이동규(李東珪) · 김우철(金友哲) · 이원우(李園友) · 정청산(鄭靑山) · 홍구(洪九) · 박아지(朴芽枝, 박일 朴一) · 엄흥섭(嚴興燮) 등이 그러한 작가들이다. 이들은 북조선예술총동맹이 6 · 25전쟁을 거쳐 조선문학예술총동맹으로 귀결되는 기간에 지속적으로 성인문단의 전면에서 활동을 펼친다. 즉 당의 노선과 병행하는 북한문학의 출범을 위해 누구보다 앞장서서 움직였던 것이다.

북한 아동문학은 카프 '비전향축'이라 할 수 있는 이들 월북작가와 재북작가들의 영향권 아래서 1950년대에 비로소 본격적인 진용을 갖추게 된다. 특히 송영과 박세영은 한설야와 함께 그때까지 취약지대로 남겨진 아동문학 부문을 지도하고 나선 초기 핵심인물이다. 요컨대 북한문단의 성립과정에서 '염군사(1923) – 카프(1925) – 조선프롤레타리아문학동맹(1945) – 북조선문학예술총동맹(1946) – 조선문학예술총동맹(1953)'으로 이어지는 뚜렷한 계선이 그려지는바, 그 중심부를 관통해온 『별나라』와 『신소년』의 주요 작가들이 북한 아동문학의 시원(始原)을 이루고 있는 것이다. 이는 식민지시대 사회주의 문학운동을 표방한 단체들의 조직 구성을 눈여겨보면 바로 확인되는 사항이다.

1. 염군사

사회주의 사상의 영향으로 발흥한 계급문학은 염군사와 파스큘라 동인의 합동으로 만들어진 카프를 통해 조직적으로 전개되었다. 카프는 일제의 탄압으로 1935년에 해산되는데, 이 과정에서 이른바 해소파와 비해소파가 분리되는 양상을 띤다. 해방 후 민족문학과 계급문학의 문제를 둘러싸고 구 카프 문인들 사이에서 조직적인 갈등이 생겨난 것은 이들 계보의 상이한 지향이 실질적인 힘으로 작용했음을 말해준다. 완전히 일치하는 것은 아닐지라도 그 핵심에 있어서는 '염군사−카프 비해소파−조선프롤레타리아문학동맹'과 '파스큘라−카프 해소파−조선문학건설본부'라는 두 계보의 윤곽이 드러나고 있다. 여기서 염군사의 계보는 계급주의 아동문학운동의 중심축이기도 했다.

염군사는 '무산계급 해방 문화의 연구 및 운동을 목적으로 한다'는 강령을 내세웠고, 주요 구성원은 송영·박세영·이적효(李赤曉)·김홍파(金紅波)·이호(李浩)·김두수(金斗洙)·김인숙(金仁淑)·최승일(崔承一)·김영팔(金永八)·심대섭(沈大燮: 심훈 沈熏)·윤기정(尹基鼎) 등이었다. 1923년 11월 잡지 『염군(焰群)』의 발간 사업을 구체화할 당시에 송영과 박세영은 조직 내에서 중요한 위치에 있었다. 이들은 배재고보 동기로서 학생회람 잡지 『새누리』의 동인이었다. 『염군』은 총독부의 발매금지 조치로 모두 압수당하여 전해지지 않지만, 편집 계획으로 파악할 수 있는 창간호의 내용은 다음과 같다.[1]

희곡 : **송영** 「백양화」

소설 : 김홍파 「어두운 마을」, 이적효 「(제목불명)」

동화 : 송영 「자매」

시 : 김두수, 이호, **박세영**, 김인숙

창간호에서 송영의 주도적인 역할을 짐작할 수 있거니와 동화 작품도 포함되어 있다는 사실이 눈길을 끈다. 송영과 박세영은 식민지시대 카프에서나, 해방 후 조선프롤레타리아문학동맹에서나, 또 북조선문학예술총동맹에서나 줄곧 핵심적인 위치에 있었다는 점을 기억해야 한다. 훗날 송영은 "그때 염군사에 모인 동무들은 엄정하게 규정하면 한 개의

---

1 아동문학 관련 사항은 인용자가 고딕체로 강조함. 권영민, 『한국 계급문학 운동사』, 문예출판사, 1998, 31쪽에서 재인용.

완성된 시인이나 소설가들이라기보다 사회운동을 문학으로 하겠다는 정치청년"[2]들이었다고 회고했으니, 문예적 성향이 강했던 파스큘라 동인들과는 차이가 있었다.

『염군』창간호에 실린 송영의 동화 「자매」는 "안데르센의 수법을 모방했던 것"[3]이라고만 알려져 있다. 잡지 발간을 준비하던 1923년 11월이라면 방정환(方定煥)이 주도한 『어린이』(1923~34)가 막 나왔을 무렵이다. 아동문학에 대한 송영의 관심이 매우 이른 시기부터 형성되었다는 점을 알 수 있다. 그에게 아동문학은 '나머지'가 아닌 '본업'이라 할 수 있을 만큼, 성인문단에서의 활동과 병행해서 지속적으로 이루어진다.

2. 카프

카프는 1925년 8월 23일 결성된 것으로 알려져 있으나, 초기 조직 구성에 대해 밝혀진 자료는 없다. 그리고 '1926년 12월 24일 현재'로 소개된 카프의 강령·규약·동맹원과 '1927년 9월 1일 현재'로 소개된 조직 개편 내용에는 아동문학 작가가 포함되어 있지 않다.[4] 산하의 부서도 서무부, 교양부, 출판부, 조사부, 그리고 조직부로 구성되었다는 기록만 있고, 장르별 부서나 위원회 설치 여부에 대해서도 나타나 있지 않다. 하지만 카프를 결성할 때 염군사의 송영과 파스큘라의 박영희(朴英熙)가 만났다는 회고가 있는 만큼 염군사 계열의 송영과 박세영이 처음부터 카프에 소속되어 있었을 것이란 점은 거의 확실하다. 실제로 1927년 카프 동경지부에서 발행한 기관지 『예술운동(藝術運動)』창간호에는 송

---

2 송영(앵봉산인), 「조선프롤레타리아운동소사」, 『예술운동』, 1945.12, 61쪽.
3 권영민, 앞의 책, 32쪽.
4 『동아일보』 1926년 12월 27일자 및 『조선일보』 1927년 9월 4일자.

영의 동화극 「모기가 없어지는 까닭」이 실려 있다. 이후 송영은 경향적 색채를 띤 소년소설 「쫓겨가신 선생님」(1928), 「옷자락은 깃발같이」 (1929) 등을 『어린이』에 발표하면서 아동문학 최초의 필화사건을 일으 키기도 했다.[5]

송영과 박세영은 제1, 2차 방향전환과 더불어 카프의 주도권이 동경 의 제3선전파, 무산자파로 바뀌는 과정에서 오히려 핵심적인 위치로 이 동한다. '1930년 4월 26일 현재' 시점에서 카프의 조직 개편 내용은 다 음과 같다.[6]

○중앙위원회 위원

　박영희, **임화**, 윤기정, **송영**, 김기진, 이기영, 한설야

　(보선위원) 권환, 안막, **엄흥섭**(이상 10인)

○중앙위원회 서기국

　송영, **박세영**, 홍우식, 신응식

○조직부(상임) : 윤기정

○출판부(상임) : 이기영

○교양부(상임) : 박영희

○기술부(상임) : 김기진(뒤에 권환으로 교체)

　문학(상임) : 권환

　　　　송영, **엄흥섭**, 이기영, **임화**, 한설야, 박영희

　영화(상임) : 윤기정

　　　　김남천, **임화**, 이응종, 박완식

---

5 송영의 「쫓겨가신 선생님」(『어린이』, 1928.1)을 실은 것 때문에 방정환은 일경에 붙들려 고초를 겪는 다. 『어린이』는 계급주의 아동문학을 일정하게 수용하면서 수난을 겪었고 그와 대립적인 논설은 일절 싣지 않았다. 따라서 훗날 북한에서 송영이 방정환을 일제의 주구처럼 비판한 것은 정치적 배경에 따 른 곡해라고 봐야 할 것이다.(졸저, 『아동문학과 비평정신』, 창비, 2001 참조).

6 『조선일보』, 1930.4.29. 강조는 인용자. 권영민, 『한국 계급문학 운동사』, 문예출판사, 1998, 207~8 쪽에서 재인용.

미술(책임자) : 강호

　　　　　정하선, 이상대, 안석영

음악(결원)

　이 조직표를 보면 중앙위원회 위원에 임화(林和)·송영·엄흥섭, 서기국에 송영·박세영의 이름이 올라 있다. 이들은 카프 시기 계급주의 아동문학운동에서 중요한 역할을 했던 인물들이다. 즉 카프가 지방 지부를 설치하고 조직의 확대를 도모한 제1, 2차 방향전환 이후, 이들은 기(旣) 발행되던 『별나라』(1926~1935)와 『신소년』(1923~1934)의 편집에 관여하면서 계급주의 아동문학을 급속히 확산시킨다. 『별나라』 5주년 기념호에는 편집국 명의의 「'별나라'는 이렇게 컸다―'별나라' 6년 약사」가 나오는데 다음과 같이 편집진을 밝히고 있다.

　　처음부터 지금까지 『별나라』를 짜놓은 이가 아래와 같다.
　　안준식, 김도인, 최병화, **박세영**, **임화**, **송영**, 염근수, **엄흥섭**[7]

　처음에는 다만 "가난한 동무를 위하여 값싼 잡지로 나오자"[8]는 구호를 표방한 『별나라』가 선명한 계급주의 아동문학의 기치를 내건 것은 카프 제1차 방향전환에 즈음하여 송영과 박세영이 편집에 참여하고부터였다. 해방 후에 씌어진 또 하나의 『별나라』 약사도 다음과 같이 적고 있다.

　　『별나라』는 1926년 6월에 비로소 창간호를 발행했으니 그때의 동인은 지금은 네 분이나 작고한 분도 있으니 모두 열한 분인 듯합니다. 즉 최병화, 안준

---

7 『별나라』, 1931.7, 74쪽. 강조는 인용자.
8 같은 곳.

식, 양고봉 씨의 대여섯 분이요 사장에는 안준식 씨였습니다. (……)

즉 1926년부터 1927년 7월까지는 계몽기라고 할 수 있었습니다. 『별나라』
는 즉 이 계몽기를 위시하여 9년 동안을 3기로 나눌 수 있으니 다음 1927년부
터 1932년 6월까지는 목적의식기요, 1932년 7월부터 그 다음은 투쟁기라고
할 수 있겠습니다.

『별나라』는 이 목적의식기에 들어가자 실로 조선의 무산아동들을 위하여 있
는 힘을 다 쏟았던 것입니다. (……)

이때에는 **송영** 씨가 편집을 맡아보았고 다음 1927년 12월호부터는 **박세영**
씨가 그 편집에 당하였습니다. 이리하여 『별나라』는 차츰차츰 무산아동의 튼
튼한 진영 속으로 들어가게 되었습니다.[9]

한편, 『신소년』이 계급주의 지향을 전면화한 것 역시 카프에 소속한
이주홍(李周洪) · 이동규 등이 편집을 맡게 된 것과 관계된다. 『별나라』
와 『신소년』의 주요 필자는 서로 겹치고 있다. 송영 · 박세영 · 신고송 ·
이주홍 · 이동규 · 엄흥섭 · 박아지 · 김우철 · 안준식(安俊植) · 구직회(具直
會) · 최청곡(崔靑谷) · 정청산 · 손풍산(孫風山) · 홍구 · 현동염(玄東炎) · 송

---

9 엄흥섭, 「'별나라'의 걸어온 길—'별나라' 약사」, 『별나라』 속간호(1945.12), 8~9쪽. 강조는 인용자.
이 대목과 관련한 연구는 실증적 보완이 필요하다. 『별나라』의 방향전환에 대해 언급하고는 있지만
1930년대의 회고적 주장에 근거해서 『별나라』가 처음부터 계급주의 지향을 지닌 것처럼 서술한 이재
철의 『한국현대아동문학사』(일지사, 1978), 류덕제의 「'별나라'와 계급주의 아동문학의 의미」(『국어
교육연구』 제46집, 2010), 박영기의 「일제강점기 아동문예지 '별나라' 연구」(『문학교육학』 제33호,
2010) 등은 일부 수정되어야 할 것으로 보인다. 류덕제도 논문에서 적절히 지적한바, "회고적 주장과
실체는 일정한 차이가 있다."(318쪽) 『별나라』 창간호를 아직 확인하지는 못했으나, 2호부터 얼마 동
안 '별나라의 선언'이라는 창간사를 권두언으로 재수록하고 있는데, 여기에 비친 잡지 제호 '별나라'
의 함의에는 동심주의적 색채가 농후하다. 국민문학파의 핵심인 최남선 · 김억 · 주요한 등을 편집자가
모시듯이 내세운 초창기의 필진 구성에서도 그런 점을 엿보인다. 따라서 원문이 확인되지 않은 "가난
한 동무를 위하여 값싼 잡지로 나오자"는 회고글의 한 구절을 '창간 당시의 실제 구호'인양 재인용하
면서 『별나라』가 처음부터 계급주의 지향을 보였다고 하는 것은 『어린이』와 『신소년』이 그러했다는 말
과 다를 바 없다. 당시 상황을 종합해보건대 세 잡지 모두 여러 성향이 혼류하는 비슷한 색채를 보이다
가 1930년을 고비로 해서 『별나라』와 『신소년』은 전면 계급주의로 선회했다고 봐야 할 것이다. 필화
사건을 일으킨 「쫓겨가신 선생님」과 「옷자락은 깃발같이」 등 송영의 주요 작품들이 1928~29년에도
『어린이』를 통해 발표되고 있었다는 사실을 주목할 일이다.

완순(宋完淳)·이원우(이동우 李東友) 등이 자주 등장했고, 임화·이기영(李箕永)·윤기정·권환(勸煥)·홍효민(洪曉民, 홍은성) 등도 간혹 등장했다. 『별나라』와 『신소년』을 보면 바로 확인되는 것이지만, 성인문학과 아동문학을 병행한 작가 가운데 송영·박세영·신고송·이동규·엄흥섭·박아지·김우철·정청산·홍구 등은 계급주의 아동문학운동의 외곽이 아니라 중심부였다. 1931년 여름에는 "확고한 프로 소년문학의 확립"을 기하고자 서울에서 송영·이동규·홍구 등의 발기로 조선소년문학연구회를 창립하려고 했으나 당국의 불허로 창립총회가 무산되고 이동규는 일경으로부터 고초를 겪었다는 기록도 보인다.[10]

해방 후 북한 문단에서 카프 계열의 아동문학인이 펼친 활동의 비중을 파악하려면, 카프 전성기에 『별나라』 『신소년』 등에서 계급주의 아동문학을 펼친 대표적인 작가·작품 목록들을 기억해 둘 필요가 있을 것이다.

① 동요와 동시 : 신고송의 「우는 꼴 보기 싫어」(『별나라』, 1930.6), 손풍산의 「낫」(『별나라』, 1930.10), 박세영의 「할아버지와 헌 시계」(『별나라』, 1930.10), 정청산의 「나왔다」(『별나라』, 1931.3), 홍구의 「주먹쌈」(『신소년』, 1932.2), 이동규의 「부형」(『별나라』, 1933.2), 이원우의 「애 보는 법」(『신소년』, 1933.3) 등.

② 동화와 아동소설 : 이주홍의 「청어 뼉다귀」(『신소년』, 1930.4), 최청곡의 「사과나무」(『별나라』, 1931.7~9), 이동규의 「이쪽 저쪽」(『신소년』, 1931.10), 현동염의 「백삼포 여공」(『신소년』, 1931.10), 구직회의 「가마장」(『별나라』, 1932.3), 박아지의 「도련님과 '미(米)'자」(『별나라』, 1932.4), 김우철의 「등피알 사건」(『신소년』, 1932.4), 홍구의 「채석장」(『신소년』, 1933.2), 송영의 벽

10 승효탄, 「(조선소년문예단체소장사고(朝鮮少年文藝團體消長史稿)」, 『신소년』, 1932.9, 29쪽.

소설 「을밀대」(『별나라』, 1931.8) 등.

③ 동극 : 신고송의 「저녁밥 갖다주고」(『별나라』, 1931.3), 엄흥섭의 「소년 구루마꾼」(『별나라』, 1931.11), 송영의 「그 뒤의 용궁」(『별나라』, 1934.9) 등.

④ 비평과 이론 : 최청곡의 「방향을 전환해야 할 조선소년운동」(『중외일보』, 1927.8.21~22), 홍효민의 「소년운동과 그의 문예운동의 이론 확립」(『중외일보』, 1927.12.12~15), 송완순의 「공상적 이론의 극복」(『중외일보』, 1928.1.29~2.1), 신고송의 「동심의 계급성」(『중외일보』, 1930.3.7~9), 송완순의 「프롤레타리아동요론」(『조선일보』, 1930.7.5~23), 송영의 「아동극의 연출법」(『별나라』, 1931.3), 이동규의 「소년문단의 회고와 전망」(『조선중앙일보』, 1932.1.11), 박세영의 「고식화한 영역을 넘어서」(『별나라』, 1932.3), 김우철의 「동화와 아동문학」(『조선중앙일보』, 1933.7.6~7) 등.

이들 계급주의 아동문학운동의 주도자들은 대부분 카프의 맹원이었다. 1932년 5월 16일 카프 중앙집행위원회 임시총회의 임원개선 명단을 보면, 중앙위원회에 송영과 신고송의 이름이 올라 있다. 또 1932년 카프의 기반으로서 프로극단 '신건설(新建設)'이 결성되었을 때에도 송영은 문예부에, 신고송은 연출부에 속해 있었다. 송영은 1931년 카프 제1차 사건으로 검거된 바 있으며, 1934년 제2차 사건으로 검거된 이들 가운데에는 송영·정청산·이동규·신고송·김우철 등이 포함되어 있다.[11]

---

[11] 카프에 아동문학부가 설치돼 있었던 것 같지는 않다. 적어도 당시 기록들에서는 카프 아동문학부가 확인되지 않는다. 그런데 북한의 문학사와 아동문학 자료들은 송영·박세영·이동규 등을 거론할 때마다 카프 아동문학부에 소속해 있었다고 밝히고 있다. 아마 긴밀한 관계를 내세우고자 사후적(事後的) 판단으로 조작을 가한 것이라고 판단된다.

3. 조선프롤레타리아문학동맹

해방 바로 다음 날인 1945년 8월 16일 임화·김남천(金南天)·이원조(李源朝)·이태준(李泰俊) 등이 중심이 되어 조선문학건설본부의 간판을 올렸다. 이들은 진보적 민족문학을 기치로 내걸고 대다수의 문인들을 규합하려 했다. 그런데 구 카프의 일부 작가들(이른바 '비해소파')은 문학의 계급적 성격이 흐려지는 것에 반발하며 별도의 새로운 조직체를 들고 나왔다. 다음의 보도는 이 새로운 조직체의 성격을 말해준다.

기왕의 좌익카프작가를 중심으로 경향을 같이하는 시인 작가 20여 명으로 작6일 오후 3시 프로레타리아예술동맹 준비위원회를 열고 준비위원에 한효, 윤기정, 권환, 조벽암, 박○○, 이동규 씨를 천거, 첫째로 문학동맹을 결성하는 동시 연극 영화 음악 예술에 각 방면에 걸쳐 통일전선을 기하여 기성 반동단체를 철저히 규탄할 것이며 후 명일 준비위원회대회를 열고 선언 강령 등을 제정 발표하리라 한다.[12]

그리하여 1945년 9월 17일 조선프롤레타리아문학동맹이 결성된다. 동맹은 "우리는 프롤레타리아문학 건설을 기함. 우리는 파시즘문학, 부르주아문학, 사회개량주의문학 등 일절 반동적 문학을 배격함. 우리는 국제프롤레타리아문학운동의 촉진을 기함."을 강령으로 내걸었다. 그 조직 구성은 다음과 같다.[13]

　○중앙집행위원장: 이기영(李箕英)
　○서기장: 박석정(朴石丁)

---

12 『해방뉴스』 창간호(순보), 1945. 9, 조선통신사 발행, 130쪽.
13 『예술운동』 창간호, 1945.12, 124~125쪽. 강조는 인용자.

○중앙집행위원: 이기영(李箕英), 한설야(韓雪野), 조중곤(趙重滾), 박승극(朴勝極), 권환(權煥), 김두용(金斗鎔), 이북명(李北鳴), 한효(韓曉), **박아지(朴芽枝), 홍구(洪九), 박세영(朴世永), 이동규(李東珪)**, 이석정(李石丁), **송완순(宋完淳), 엄흥섭(嚴興燮)**, 안동수(安東洙), 조벽암(趙碧岩), 윤곤강(尹袞崗), **송영(宋影), 신고송(申鼓頌), 이주홍(李周洪), 정청산(鄭靑山)**, 김승구(金承久), 박팔양(朴八陽), 윤기정(尹基鼎)

○각부 위원

─소설: 이기영(李箕英), 한설야(韓雪野), **엄흥섭(嚴興燮), 이동규(李東珪)**, 안동수(安東洙), **홍구(洪九)**

─시: 권환(權煥), 윤곤강(尹袞崗), **박세영(朴世永), 박아지(朴芽枝)**, 조벽암(趙碧岩)

─희곡, 시나리오: **송영(宋影)**, 김승구(金承久), **신고송(申鼓頌)**, 박영호(朴英鎬)

─**아동문학: 송완순(宋完淳), 정청산(鄭靑山)**

─외국문학: **이주홍(李周洪)**, 권환(權煥), 김장환(金章煥), 이기영(李箕英)

─평론, 수필: 김두용(金斗鎔), 윤기정(尹基鼎), 한효(韓曉), 박석정(朴石丁), 박승극(朴勝極)

○동맹원: 김태준(金台俊), 김두용(金斗鎔), 김오성(金午星), 김창술(金昌述), 김해강(金海剛), 김태진(金兌鎭), 김승구(金承久), 김장환(金章煥), 김남인(金嵐人), 김병호(金炳昊), **김우철(金友哲)**, 김단미(金丹美), 김성봉(金性奉), 김대균(金大均), **구직회(具直會)**, 권환(權煥), 박승극(朴勝極), **박세영(朴世永), 박아지(朴芽枝)**, 박석정(朴石丁), 박노춘(朴魯春), 박팔양(朴八陽), 박완식(朴完植), 박영준(朴榮濬), 박영호(朴英鎬), 김현주(金賢舟), 김해암(金海岩), 김용호(金容浩), 박노홍(朴魯洪), 박노아(朴露兒), 서인식(徐引植), **손풍산(孫風山), 송영(宋影), 송완순(宋完淳), 신고송(申鼓頌)**, 안동수(安東洙), 안함광(安含光), 안용만(安龍灣), **엄흥섭(嚴興燮)**, 윤

기정(尹基鼎), 윤곤강(尹崑崗), 윤세중(尹世重), 윤규섭(尹圭涉), 윤기홍(尹基洪), **윤석중(尹石重)**, 이기영(李箕英), **이동규(李東珪)**, **이주홍(李周洪)**, 이북명(李北鳴), 이근영(李根榮), **이원수(李元壽)**, **이홍종(李洪鍾)**, 이재환(李載煥), 이지용(李地用), 이찬(李燦), 이약슬(李葯瑟), **이원우(李園友)**, **정청산(鄭靑山)**, 조벽암(趙碧岩), 조중곤(趙重滾), 정민우(丁民雨), 조영출(趙靈出), 조허림(趙虛林), 지봉문(池奉文), 진우촌(秦雨村), 최인준(崔仁俊), 한설야(韓雪野), 한식(韓植), 한효(韓曉), 한봉식(韓鳳植), 한재성(韓載成), 현경준(玄卿峻), **현동염(玄東炎)**, **홍효민(洪曉民)**, **홍형의(洪亨義)**, 홍구(洪九)

　조직의 명칭, 강령, 주요 구성원 등으로 보아 식민지시대 카프의 정통성을 내세운 것임이 한눈에 드러난다. 중앙집행위원 중에서 박아지·홍구·박세영·이동규·송완순·엄흥섭·송영·신고송·이주홍·정청산 등은 앞서 살펴본 대로 식민지시대에『별나라』와『신소년』을 중심으로 아동문학 분야에서 지속적으로 활동한 작가들이다. 이 밖에 동맹원 명단에 오른 아동문학 작가들은 김우철·구직회·손풍산·윤석중·이원수·이홍종·이원우·현동염·홍효민·홍구 등이다.[14]

　조직 구성을 보면 아동문학 작가들이 각 위원회에 고르게 산재되어 있는 반면, 정작 아동문학부 위원으로는 송완순과 정청산만이 올라 있다. 이는 조선문학건설본부가 사무국 체계를 지닌 아동문학위원회를 결성(1945.9.27)해서 활동을 벌인 것과 크게 대조된다.[15] 이렇게 된 이유는

---

14 윤석중이 여기에 포함된 것을 무척 낯설게 여길지도 모르겠으니, 그의 인맥과 지향에 계급주의 아동
　문학의 요소가 포함되어 있음을 지나쳐선 안 된다. 그런데 그는 해방 후 을유문화사에 몸담고 조선아
　동문화협회를 만들어『소학생』(1946~1950)을 발행하면서 독자적으로 활동했다.
15 조선문학건설본부의 아동문학위원회는 서기국 아래 장르별 조직체계를 갖출 정도로 아동문학 부분
　에 힘을 실었다. 조직구성은 다음과 같다. 위원장 정지용, 서기장 박세영, 동요부장 임원호, 동화부장
　현덕, 동극부장 윤복진, 이론부장 정구조.(『해방뉴스』창간호, 1945.9, 63쪽). 이들은 기관지『아동
　문학』을 발행했다. 조선프롤레타리아문학동맹 계열에서는『별나라』(복간)와『새동무』를 발행했는데,

운동성과 이념성이 투철한 송영·박세영·신고송·이동규 등에게 아동문학을 넘어선 전체 문학운동에서의 역할이 더욱 요구되는 상황이었기 때문이다.

이들이 해방 직후의 문단재편 과정에서 차지하는 몫은 결코 적지 않다. 잘 알려진 대로 조선문학건설본부와 조선프롤레타리아문학동맹은 1945년 12월 3일 합동을 결의하는 공동위원회를 열고 조선문학동맹을 만들기로 한다. 조선프롤레타리아문학동맹 쪽에서는 박세영과 송완순이 공동위원회에 참여했다. 한편 박세영은 12월 13일 통합결성식을 겸한 총회에서 결정한 전국문학자대회의 준비위원으로도 일한다. 제1회 전국문학자대회에서 조선문학동맹은 조선문학가동맹으로 명칭을 확정하고 조직임원을 선출한다. 여기 중앙집행위원의 명단에는 박세영·이동규·홍구의 이름이 올라 있다. 그러나 조선문학가동맹의 주도권이 조선문학건설본부 쪽으로 넘어가게 되자 조선프롤레타리아문학동맹의 주요 구성원은 일찍이 월북하기 시작해서 북한문단의 주요 구성원이 된다. 때문에 조선문학가동맹은 1946년 11월 이들 북한 문학단체에 가담한 작가들을 임원에서 제외하는 조직 개편을 단행한다.

4. 북조선문학예술총동맹

북한의 김일성은 소련의 후원으로 비교적 일찍부터 권력을 장악해서 일련의 사회주의적 개혁을 실시했다. 1946년 2월 8일 북조선 민주주의 정당·사회단체·행정국·인민위원회 대표협의회가 소집되어 김일성을 수반으로 하는 임시인민위원회가 창건되었으며, 3월 5일 '북조선 토지

주로 이곳에서 활약한 박세영을 포함시킨 것은 계파별 안배를 고려한 것으로 보인다. 박세영이 월북한 뒤로는 조직편제가 바뀌어 윤복진이 사무장을 맡았다.

개혁에 대한 법령', 3월 23일 '20개조 정강', 8월 10일 '산업·교통운수·체신·은행 등의 국유화에 대한 법령', 6월 24일 노동법령, 7월 30일 남녀평등권법령 등이 차례로 선포되었다.

해방 직후 북한에서 가정 먼저 만들어진 문학예술단체는 평양예술문화협회(1945.9)이다. 평양예술문화협회는 회장 최명익(崔明翊)을 필두로 유항림(俞恒林)·오영진(吳泳鎭)·황순원(黃順元) 등 '순수예술가'들까지 망라했다. 이 단체와 맞서는 자리에서 만들어진 것이 평남지구프롤레타리아예술동맹인데, 당을 기반으로 각 지역 조직들이 속속 결성되었다. 평북에서는 안용만·이원우·김우철, 함북에서는 김북원(金北原)·천청송, 함남에서는 한설야·한식·이북명·이찬(李燦), 강원도에서는 이기영·최인준, 그리고 황해도에서는 안함광 등이 참여했다. 이듬해인 1946년 3월 25일 평양예술문화협회와 프롤레타리아예술동맹은 북조선예술총연맹으로 확대된다.[16] 그리고 북조선예술총연맹은 다시 1946년 10월 13일과 14일 양일간에 걸친 전체대회에서 북조선문학예술총동맹으로 명칭이 바뀐다. 이때에도 역시 구 카프 계열 문인들은 이들 조직의 중심부를 차지했다. 북조선문학예술총동맹의 강령과 조직은 다음과 같다.

강령[17]

○진보적 민주주의에 입각한 민족예술문화의 수립

○조선예술운동의 전국적 통일조직의 촉성

○일제적, 봉건적, 민족반역적, 파쇼적, 모든 반민주주의적 반동예술의 세력과 그 관념의 소탕

○인민대중의 문학적, 창조적, 예술적 개발을 위한 광범한 계몽운동의 전개

---

16 현수(박남수), 『적치6년의 북한문단』, 국민사상지도원, 1952, 참조.
17 『문화전선(文化戰線)』 창간호, 북조선문학예술총동맹 발행, 1946.7.

○민족문화 유산의 정당한 비판과 계승

○우리의 민족예술문화와 소련예술문화를 비롯한 국제문화의 교류

북조선문학예술총동맹 각 동맹 상임위원급 부서[18]

■ 북조선문예총

○위원장: 이기영(李箕英)

○부위원장: 안막(安漠)

○서기장: 이찬(李燦)

○중앙상임위원: 이기영(李箕英), 한설야(韓雪野), 안막(安漠), 이찬(李燦), 안함광(安含光), 한효(韓曉), **신고송(申鼓頌)**, 한재덕(韓載德) 최명익(崔明翊), 김사량(金史良), 선우담(鮮于澹)

○중앙검열위원

위원장: 박팔양(朴八陽)

위원: 전재경(全在耕), 박석정(朴石丁), 윤묵(尹默), 김승구(金承久)

○출판부장: **박세영(朴世永)**

○선전부장: 최정국(崔貞國)

○조직부장: 황경엽(黃景燁)

■ 북조선문학동맹

○위원장: 이기영(李箕英)

○부위원장: 안함광(安含光), 한효(韓曉)

○서기장: 김사량(金史良)

○중앙상임위원: 이기영(李箕英), 한설야(韓雪野), 안막(安漠), 안함광(安含光), 김사량(金史良), 한효(韓曉), 이찬(李燦), 윤세평(尹世平), 최명익(崔明翊), **이동규(李東珪)**, 박석정(朴石丁), 김조규(金朝奎), **박세영(朴世永)**

---

18 『문화전선』, 1946.12, 50쪽. 강조는 인용자.

■ 북조선연극동맹

○위원장: 송영(宋影)

○부위원장: 신고송(申鼓頌), 김승구(金承久)

○서기장: 강호(姜湖)

○중앙상임위원: 송영(宋影), 신고송(申鼓頌), 김승구(金承久), 강호(姜湖), 한태천(韓泰泉), 남궁만(南宮滿), 마완영(馬完英), 나웅(羅雄), 이석진(李夕津), 김일용(金一龍)

(이하 생략)

북조선문학예술총동맹 각 동맹 중앙위원[19]

○북조선문학예술총동맹 중앙위원: 한설야(韓雪野), 이기영(李箕英), 이찬(李燦), 김사량(金史良), 최명익(崔明翊), 안막(安漠), 안함광(安含光), 한효(韓曉), 한재덕(韓載德), 신고송(申鼓頌), 선우담(鮮于澹), 송영(宋影), 이동규(李東珪), 윤기정(尹基鼎), 박세영(朴世永), 김창만(金昌滿), 나웅(羅雄), 이면상(李冕相), 김태연(金泰淵), 최승희(崔承喜), 신두희(申斗熙), 주인규(朱仁奎), 한식(韓植), 김북원(金北原), 안용만(安龍灣), 서순구(徐順九), 김우철(金友哲), 최인준(崔仁俊), 김조규(金朝奎), 조종건(趙鐘鍵), 윤세평(尹世平), 이문빈(李文彬), 이북명(李北鳴), 이소진(李素進), 정관철(鄭寬徹)

○북조선문학동맹 중앙위원: 한설야(韓雪野), 이기영(李箕英), 김사량(金史良), 최명익(崔明翊), 안막(安漠), 안함광(安含光), 한효(韓曉), 한재덕(韓載德), 박팔양(朴八陽), 이찬(李燦), 전몽수(田蒙秀), 박석정(朴石丁), 전재경(全在耕), 이동규(李東珪), 한덕선(韓德宣), 김영혁(金永赫), 윤세평(尹世平), 윤기정(尹基鼎), 박세영(朴世永), 민병균(閔丙均), 김조규(金朝

19 같은 책, 77쪽. 강조는 인용자.

奎), **정청산(鄭靑山)**, 한봉식(韓鳳植), 백인준(白仁俊), 엄호석(嚴浩奭), 안용만(安龍灣), 김남인(金嵐人), 석인해(石仁海), 김상오(金常午), 서순구(徐順九), 현경준(玄卿駿), 김우종(金宇鍾), 한식(韓植), 홍순철(洪淳哲), 최인준(崔仁俊), 임순득(林順得)

위의 조직표들을 보면 일찍이 아동문학 부문에서 활약해온 송영·박세영·신고송·이동규·김우철·정청산 등의 이름이 올라 있다. 물론 해방 직후의 상황에서는 아동문학보다 문학 전반의 문제가 더욱 엄중했기 때문에 이들의 활동은 주로 성인문학 쪽에서 이루어졌다. 이들은 북조선문학예술총동맹의 기관지 『문화전선』 『예술운동』 『조선문학』과 『조쏘문화』 등에 왕성하게 작품을 발표했고, 때마다 행사시를 도맡았다. 각종 선집에는 어김없이 이들의 작품이 실려 있으며, 개인 창작집도 줄지어 펴냈다. 1947년 북조선문학예술총동맹 전문분과 위원 명단은 다음과 같다.

북조선문학예술총동맹 전문분과 위원 명단[20]

○소설위원: 이태준(李泰俊), 이기영(李箕英), 한설야(韓雪野), 최명익(崔明翊), 김사량(金史良), 윤세중(尹世重), **이동규(李東珪)**, 현경준(玄卿駿), 이북명(李北鳴), 최인준(崔仁俊), 석인해(石仁海), 전재경(全在耕), 유항림(兪恒林), 한봉식(全在耕), 김화청(金化淸)

○시위원: 이정구(李貞九), 이찬(李燦), **박세영(朴世永)**, 박팔양(朴八陽), 김조규(金朝奎), 민병균(閔丙均), 안용만(安龍灣), 박석정(朴石丁), 최인준(崔仁俊), **김우철(金友哲)**, 김상오(金常午), **이원우(李園友)**, 한명천(韓鳴泉), 김귀연(金貴蓮), 김북원(金北原)

---

20 『조선문학』, 1947.12. 강조는 인용자.

○ 희곡위원: 차영호(車英鎬), **송영(宋影)**, 김사량(金史良), 김승구(金承久), **신고송(申鼓頌)**, 한태천(韓泰泉), 남궁만(南宮滿), 김일룡(金一龍), 김대진

○ 평론위원: 안막(安漠), 김두용(金斗鎔), 안함광(安含光), 한효(韓曉), 윤세평(尹世平), 정율(鄭律), **신고송(申鼓頌)**, 전봉수, 엄호석(嚴浩奭), 박종식(朴宗軾), 신구현(申龜鉉), 한식(韓植)

○ **아동문학위원: 송창일(宋昌一), 박세영(朴世永), 송영(宋影), 신고송(申鼓頌), 강훈(姜勳), 이동규(李東珪), 정청산(鄭青山), 강승한(康承翰), 강소천(姜小泉), 노양근(盧良根), 윤동향(尹童向), 이호남(李豪男)**

○ 외국문학위원: 정율(鄭律), 박무(朴茂), 유문화(柳文華), 백석(白石), 박화순(朴和淳), 엄호석(嚴浩奭), 이휘창(李彙昌), 최호(崔浩), 김상오(金常午), 장기조(張起雕)

위의 조직표에서 송영·박세영·신고송·이동규 등은 아동문학뿐 아니라 다른 전문 분과에도 소속되어 있고 이원우는 시 분과에만 소속되어 있다. 이로 미루어 볼 때, 아직 아동문학 부문은 독자적인 최상의 진용을 갖추지 못한 상태라고 볼 수 있다. 송창일·강소천·노양근·윤동향 등이 북조선문학예술총동맹의 아동문학 위원으로 이름이 올라 있는 것도 눈길을 끄는데, 이들은 식민지시대 계급주의 아동문학운동과는 다소 거리가 있었던 문인들이다.[21] 아동문학 부문의 이러한 취약성은 6·25전쟁 이후에 비로소 해결된다.

---

21 송창일은 일제 말 친일문학의 경력이 있고, 기독교 신자인 강소천은 6·25전쟁 때 월남했으며, 노양근은 '옹향 사건'(1946.12)과도 관련되었다. 하지만 노양근이 문단에서는 제거되지 않았음을 알 수 있다.

해방 직후의 아동문학운동

　조선문학건설본부 139명의 회원 명단[1] 가운데 아동문학 부문에서 활동했던 작가는 김태오(金泰午)·박목월(朴木月)·박세영·엄흥섭·윤복진(尹福鎭)·이동규·이주홍·이태준·임서하(任西河)·정지용(鄭芝溶)·현동염·현덕(玄德)·홍효민 등 13명이고, 조선프롤레타리아문학동맹 80여명의 회원 명단 가운데 아동문학 부문에서 활동했던 작가는 김우철·구직회·박세영·박아지·손풍산·송영·송완순·신고송·엄흥섭·윤석중·이동규·이주홍·이원수·이홍종·이원우·정청산·현동염·홍효민·홍구 등 19명이다. 조선문학건설본부에서 아동문학인이 차지하는 비율은 10%가 채 안 되는 데 비해 조선프롤레타리아문학동맹에서 아동문학인이 차지하는 비율은 20%를 상회한다. 조선프롤레타리아문학동맹은 그만큼 아동문학을 병행한 작가들의 활동 비중이 높았다는 사실을 말해준다.

　이는 조선문학건설본부가 전문성·예술성에 더 큰 비중을 두었고 조선프롤레타리아문학동맹이 운동성·이념성에 더 큰 비중을 두었다는 것으로도 해석할 수 있다. 식민지시대 계급주의 아동문학을 주도한 작가

---

1 임헌영, 「미군정기의 좌우익 문학논쟁」(이우용 편저, 『해방공간의 문학연구·1』, 태학사, 1990) 참조.

들은 이념성에 비해 예술성이 떨어진다는 것이 중평이다. 예컨대 송영과 박세영의 경우, 조선문학건설본부에서 차지하는 위상보다는 조선프롤레타리아문학동맹에서 차지하는 위상이 훨씬 높았던 것이다.

그런데 깊이 들여다보면 꼭 그런 것만은 아니다. 두 명단이 겹치는 작가는 박세영·엄흥섭·이동규·이주홍·홍효민 5명뿐이니, 조선문학건설본부가 훨씬 더 많은 수의 작가명단을 발표했으면서도 성인문학과 아동문학 양쪽에서 두드러지게 활약한 김우철·박아지·송영·신고송 등과 오로지 아동문학에 전념한 송완순·윤석중·이원수 등을 제외한 것은 납득하기 어려운 부분이다. 조선문학건설본부가 먼저 조직된 탓에 미처 포함시키지 못한 아동문학 작가들이 적지 않았을 것으로 짐작되지만, 그들이 조선프롤레타리아문학동맹에 이름을 올리고 있는 것은 그만큼 해방 직후 아동문학 부문에서는 식민지시대 계급주의 아동문학을 주도한 작가들의 영향력이 컸다는 증거이기도 하다.

조선문학건설본부의 명단에서 빠진 아동문학 작가들 중의 일부는 조선프롤레타리아문학동맹에서 맹활약을 펼친다. 그러나 그러한 활동의 대부분은 아동문학에 국한되기보다 문학운동 전반에 걸쳐서 이루어졌다. 따라서 해방 직후 '아동문단' 내의 움직임에서 중요하게 거론되어야 할 작가는 윤복진·박세영·송완순·윤석중 정도라고 할 수 있다.

1. 조선문학건설본부와 아동문학

조선문학건설본부는 신속하게 아동문학 부문의 활동을 개시했다. 이태준·임화·김남천 등 핵심 구성원은 아동문학에 대한 관심과 이해가 결코 낮지 않았다. 이태준은 동시 부문에서 활약한 정지용과 쌍벽을 이루며 동화 부문에서 뛰어난 작품 활동을 벌여왔다. 임화는 카프 시기에

『별나라』의 편집을 담당했고 아동극 부문에서 활동한 경력이 있다.[2]

김남천은 조선문학건설본부가 개최한 제1회 문학강연회(1945.9.29)에서 문학의 교육적 임무를 말하는 가운데 아동문학의 중요성을 다음과 같이 강조했다.

이상에서 말한 것과 관련하여 따로 여러분의 주의를 환기해야 할 것은 우리 문학의 교육적 임무의 가장 중요한 대상의 하나가 우리 아동이어야 한다는 그 것입니다. 아동에 대한 중요성이나 아동문학에 대한 중요성에 관해서는 일단 은 물론 우리 아동문학 자체로서도 너무 등한히 한 느낌이 없지 않았습니다. 과거의 유치원이나 소학교에서 취해온 아동에 대한 태도나 또는 아동문학에서 떠나서, 정확한 지식과 새로운 경험과 바른 영웅주의를 가지고 우리들의 아동 을 키워나가는 한편, 그들의 창조력을 계발하고 육성하여 장래 우리 새로운 조 선을 바르게 떠메고 나갈 역군을 기르지 않으면 아니 되겠습니다.

대체로 아동문학에 관해서는 제1로 아동을 취급해 쓴 문학, 제2로 아동에게 읽히기 위한 문학, 제3으로 아동의 문학적 창조성의 계발, 육성을 위한 활동 등으로 나누어서 생각하고 또 계획할 필요가 있다고 믿는데, 특히 과거의 유치 원 경영에서 범했던 공허한 무내용의 언어적 장난, 지도성을 확립치 못한 채 아이들의 취미에 영합되어 버린 추종주의적 경향, 생활을 위조하는 반과학적 저속한 모험문학, 착오된 영웅심과 공포심에서 출발한 옛이야기 등등에서 떠 나서, 바른 과학지식과 옳은 경험과 리얼리즘과 로맨티시즘이 완전히 결합된 용감하고 재미난 '옛말', 동요, 동극, 동화의 창조 등등이 요망되고 있는 것입니 다.[3]

---

2 해방 이후에도 임화는 1946년 5월 어린이날을 기하여 「손을 들자」라는 소년시를 발표했다. 『조선인민 보』 1946.5.10.

3 김남천, 「문학의 교육적 임무」, 『문화전선』, 조선중앙건설중앙협의회 발행, 순보, 1945.11.15(한국현 대문학자료총서 · 17, 거름, 1987, 651~652쪽).

조선문학건설본부는 1945년 9월 27일 아동문학위원회를 결성하는데 결성 당시부터 서기국 아래 장르별 조직체계를 갖춘 점이 눈에 띈다. 다음의 보도자료가 이를 말해준다.[4]

아동문학위원회 결성

신조선의 미래를 양견에 지닐 아동들의 교화지도를 목표로 하여 한청 빌딩에 있는 문학건설본부에서는 작27일 오후 3시 아동문학위원회를 결성하였으며 그 진용은 다음과 같다.

- ○위원장 정지용(鄭芝溶)
- ○서기장 박세영(朴世永)
- ○동요부장 임원호(任元鎬)
- ○동화부장 현덕(玄德)
- ○동극부장 윤복진(尹福鎭)
- ○이론부장 정위조(貞渭朝)

위원장 아래 서기장을 두고 장르별 부서를 나눠 책임자를 선임했다는 것은 조직적인 활동을 염두에 두었다는 증거이다. 반면에 조선프롤레타리아문학동맹은 앞서 살펴보았듯이 아동문학부 위원으로 송완순과 정청산만 이름을 올렸을 뿐이고, 『별나라』와 『신소년』에서 활약했던 주요 아동문학 작가들은 일반문학 부서에서 더욱 바쁘게 움직였다. 조선문학건설본부의 아동문학위원회는 기관지 『아동문학』을 발행하는 한편으로, 어린이극단 '아동예술극장'을 통해 공연 활동을 펼친다.[5] 1945년 12월 1일자로 발행된 『아동문학』 창간호의 주요 내용은 다음과 같다.

---

4 『해방뉴스』 창간호, 1945.9, 63쪽.
5 1947년 5월 5일 어린이날을 기해 창립한 아동연극단체 아동예술극장은 현덕의 소년소설을 각색한 「나비를 잡는 아버지」와 「고구마」를 상연했다.(『독립신보』 1947년 4월 26일자 기사 및 「아동문화를 말하는 좌담회」, 『아동문화』 창간호, 1948.11, 참조).

선언

임화 「아동문학 앞에는 미증유의 큰 임무가 있다」

이태준 「아동문학에 있어서 성인문학가의 임무」

이원조 「아동문학의 수립과 보급」

안회남 「아동문학과 현실」

노래 : 「우리말과 우리글로」(윤복진 작사, 김성영 작곡)

동요 : 임원호 「조선말을 하다가」

꼬마소설 : 김남천 「정거장」

만화 : 임동은

양미림 「라디오 어린이시간에 대하여」

김수향 「조선 독립을 위해 싸우신 어른들」(제1회 김구)

김영건 「국기이야기」

김귀환 「자연과학 : 별나라 이야기」

윤복진 「담화실」

　여기에서 '선언'은 『아동문학』의 창간을 알리고 앞으로 나아갈 바를 밝혀 놓은 글인데 말미에 '1945년 8월 28일 조선문화건설중앙협의회 조선문학건설본부 아동문학위원회'라고 부기되어 있다.

　목차의 필자를 일별해 보면, 창간호에 힘을 실어주기 위함인지 임화·이원조·이태준·안회남·김남천 등 조선문학건설본부의 핵심인물이 모두 참여하고 있다. 이들은 아동문학이 어린이들의 머릿속에 남아 있는 일제 잔재를 청산해야 한다는 과제를 공통으로 제시하는 가운데, "봉건적 국수적 문학에 대한 새로운 투쟁임무를 세워야"(임화) 할 것, "오륙인의 아동문학인에게만 믿을 것이 아니라 우리 문학인은 전문단을 들어 아동교재 아동문학에 협력할 용의를 갖지 않으면 안 될 것"(이태준), 어린이들에게 "모든 부정한 제도를 개혁할 수 있다는 용감한 신넘과 거룩한 희망을 품게"(이원조) 할 것, "현실 도피를 일삼고 순전히 공상의 세계에서만 배회"할 것이 아니라 "현실 파악이 첫째의 옥조"(안회남)가 되어야 할 것이라고 역설했다.

김남천의 창작 「정거장」은 태극기와 붉은 기를 들고 날마다 오후 세 시면 정거장을 나가보는 소년 주인공을 그리고 있다. "병정 나간 언니는 아니 오고 사각모 벗기고 전투모 씌어서 언니를 데려간 최 형사"가 오는 상황을 통해 당대의 현실을 비판적으로 그린 작품이다.

그런데 창간호에는 아동문학위원회 위원장을 맡은 정지용과 서기장 박세영이 빠져 있다. 당시 정지용은 단체에 이름만 올려놓았을 뿐이고 실제로는 관망적인 태도를 보였다. 그리고 박세영은 거의 조선프롤레타리아문학동맹 쪽에서 활약하고 있었다.

김수향과 김귀환은 윤복진의 다른 필명들이다. 여러 필명으로 다양한 지면에 나타난 것으로 보아 윤복진이 『아동문학』의 편집을 담당했을 것이라고 추정할 수 있다. 윤복진은 동요시인으로 잘 알려져 있지만 해방 직후에는 「아동문학의 당면문제」(『조선일보』, 1945.11.27~28)와 같은 소론을 발표하고 나선다. 제1회 전국문학자대회 이후 조선문학가동맹 아동문학위원회의 조직구성을 보면 '위원장 정지용'은 그대로 두었지만, '서기장 박세영'은 '사무장 윤복진'으로 바뀐다.

『아동문학』은 창간 당시 월2회 발행의 순보로 계획되었으나 이후 작업이 순조롭지 못했다. 월간으로 바꾸고도 2호와 3호를 더 내는 데 그친 것으로 알려져 있다.

조선문학건설본부의 주요 구성원은 조선문학가동맹으로 이어지는데 남한에서 탄압국면을 맞이해 뒤늦게 월북했다가 북한에서 먼저 자리를 잡은 조선프롤레타리아문학동맹 계열에 의해 배제되거나 순응을 강요당하는 운명을 겪는다. 미처 월북하지 않은 작가들은 정부 수립 후에 『아동문화』, 『아동구락부』, 『어린이나라』 등에서 문화게릴라적인 활동을 벌이기도 했지만, 6·25전쟁 중에는 대부분 월북했다. 좌우합작노선을 도모한 이 계열의 중심축은 분단시대에 남북한 양쪽에서 배제되는 미완의 역사적 숙제를 남겼다.

2. 조선프롤레타리아문학동맹과 아동문학

조선프롤레타리아문학동맹은 카프의 적자임을 내세우며 그 기관지격으로 1945년 12월 『별나라』를 복간했다. 복간호의 주요 내용은 다음과 같다.

> 동요곡보 : 「무궁화」(박세영 작사, 안기영 작곡), 「별나라 동무」(박아지 작사, 박은용 작곡), 「어린 병정의 노래」(이주홍 작사, 안기영 작곡)
> 안준식 「조선해방과 소년소녀에게」
> 송영 「'별나라' 속간사—젊은 별들이여, 붉은 별들이여」
> 엄흥섭 「'별나라' 약사—'별나라'의 걸어온 길」
> 김병제 「한글강좌」(제1회)
> 송완순 「조선역사」(제1회)
> 소년수필 : 신고송 「평세와 평숙이」
> 동요 : 윤효봉 「우리 집 노래」, 박석우 「일본 간 언니」
> 동화 : 박세영 「신문팔니박사(파리강화회의의 조선대표이야기)」, 양고봉 「새로 온 주인」
> 소년소설 : 안준식(운파) 「돌아온 아버지」

『우리문학』 창간호(1946.2)에 실린 '『별나라』 신년 제2호' 광고를 보면, 권두시에 조벽암, 동요에 박아지·엄홍섭·윤석중·이동규, 동화에 홍구, 소설에 송영, 동극에 박세영, 기타 산문에 안준식·송완순·김병제·김도태·이기영·윤기정·김장석·한효·신고송 등이 참여하고 있는 것이 확인된다. 식민지시대의 『별나라』와 『신소년』에서 활약했던 조선프롤레타리아문학동맹 계열의 작가들 대부분이 『별나라』 속간호에서도 활약하고 있다. 속간된 『별나라』의 편집은 안준식이 담당했다. 『별나라』 속간은 3호를 더 내는 데 그쳤다고 하는데,[6] 주요 필진이 속속 월북했기 때문에 계속 발행하기 어려웠을 것이다.

한편 조선프롤레타리아문학동맹 계열에서는 『신소년』의 후신이라 할 수 있는 『새동무』를 함께 발행했다. 창간(1945.12) 당시에는 이주홍이 편집을 담당했다고 하는데,[7] 1947년에 발행된 통권 7호, 9호, 11호 세 권의 편집 겸 발행인은 김원룡으로 되어 있다. 이즈음에는 주요 필진에서 구 카프 계열은 모두 빠져 있다. 1948년까지 『새동무』가 발행되고 있었던 것으로 보아,[8] 계급적 색채가 분명한 것은 초창기에 국한되었을 것이다.[9]

조선프롤레타리아문학동맹 계열의 아동문학 작가들은 조선문학건설본부(조선문학가동맹) 계열에 비해서는 이렇다 할 작품적 성과를 남기지 못했다. 핵심구성원이 아동문학에 국한되지 않는 정치적 문학운동에 더

---

6 박세영, 「'아동문학' 창간 당시의 회상」, 『아동문학』, 1957.7.
7 "『신소년』의 후신이라 할 수 있는 『새동무』가 역시 『신소년』 편집자이던 이주홍 씨에 의하여 12월 중에 발행되었다."(박세영, 「조선 아동문학의 현상과 금후 방향」, 『건설기의 조선문학』, 102쪽). 하지만 이재철의 『한국현대아동문학사』에는 '편집 겸 발행인 임가순(任嘉淳), 주간 김원룡'이라고 되어 있다. 『새동무』 2호(1946.4)에는 이기영, 한설야, 한효, 홍구 등이 참여한 「소년문제좌담회」가 실려 있다는 사실도 기록되어 있다.(이재철, 『한국현대아동문학사』, 일지사, 1978, 354쪽).
8 「아동문학을 말하는 좌담회」, 『아동문화』 참조.
9 조선문학가동맹도 합법적인 지위를 잃은 1948년 이후의 상황에서는 사실상 그 계통을 『아동문화』에서 이어받았고, 이후에 『소년구락부』 『소년세계』 등을 6·25전쟁 직전까지 이어나갔다. 조선문학가동맹에 참여한 탓에 남한 정부 수립 이후 보도연맹에 가입해야 했던 문인들이 다수 참여하면서 민족주의 좌파 또는 중간파적 색채를 띤 이들 잡지는 우파적 색채가 농후한 해방기의 『소학생』 『어린이』 『소년』 등과는 뚜렷이 차별된다.(졸고, 「이원수 판타지동화와 민족현실」, 『아동문학과 비평정신』, 창비, 2001 참조).

많은 힘을 쏟다가 일찍이 월북했기 때문일 것이다. 월북작가들은 김일성 노선을 추종하면서 북한 문단의 기초를 확립했고, 남한에 남겨진 작가들은 자의든 타의든 전향의 수모를 겪어야 했다.

3. 박세영의 전국문학자대회 보고문

1946년 2월 8일부터 9일 양일간에 걸친 제1회 전국문학자대회의 아동문학 보고문은 이 대회 준비위원으로 참여한 박세영이 작성했다. 대회를 개최한 조선문학가동맹의 주도권을 조선문학건설본부 쪽이 쥐고 있었던 만큼, 총론을 포함한 각부 보고문은 주로 조선문학건설본부 쪽 문인들이 맡았다. 아동문학 부문은 원래 정지용과 박세영의 공동발표로 예정되어 있었다.[10] 하지만 정지용은 대회에도 불참할 만큼 관망적 태도를 보였기 때문에, 박세영 단독으로 보고문이 작성된 것이라고 짐작된다. 그런데 조선프롤레타리아문학동맹의 주요 구성원인 박세영의 보고문이 대회에서 그대로 통과되었다는 사실은 주목을 요한다. 뒤에 북한에서 송영이 쓴「해방 전의 조선아동문학」(『조선문학』, 1956.8)은 이것과 동일한 기조에 서 있다.

박세영은 시일 관계로 자료를 수집하지 못하고 거의 기억력에 의존해서 원고를 썼다며 양해를 구한다는 전제를 바탕으로 식민지시대의 아동문학을 아주 대담하게 정리했다. 즉 최남선의 『소년』에서 방정환의 『어린이』에 이르는 일련의 흐름과 1930년대 조선일보사 발행의 『소년』과 기독교 단체에서 발행한 『아이생활』 같은 모든 잡지들을 하나로 묶고 1927년 카프 방향전환 이후의 『별나라』와 『신소년』을 다른 하나로 묶

---

10 제1회 전국문학자대회의 '경과보고', 조선문학가동맹 편, 『건설기의 조선문학』, 1946, 207쪽.

어서 비계급적인 것과 계급적인 흐름으로 일도양단한 아동문학사의 구도를 내비친 것이다. 이 때문에『별나라』와『신소년』이 폐간된 1934년[11] 이후는 아동문학 활동이 존재하지 않은 암흑기로 규정되었다. 박세영은 1926년부터 1944년까지 발행된『아이생활』은 물론이고 1937년부터 1940년까지 조선일보사에서 발행된『소년』같은 잡지도 1934년 이전의 것으로 간주했다. 일제의 탄압으로 중단된 카프 시기『별나라』와 『신소년』의 흐름을 복권하는 것만이 아동문학을 다시 세우는 유일한 방도임을 내세우고자 한 것이다. 계급주의 아동문학에 대해 서술한 부분은 다음과 같다.

그다음 1926년 6월에 창간호를 발행한『별나라』는 안준식 씨의 주재로 발행되었는데『어린이』가 소시민성을 띤 데 반하여 이는 막연하나마 가난한 이 땅의 아동들에게 읽혀주리라는 의도 밑에서 그 후 계속하여 발행되었던 것이다. 이때의『별나라』의 그 성격은 순전히 자연발생적 영역에서 벗어나지 못했고 가난한 것만 외쳤지 왜 가난해졌나, 무엇이 우리를 가난하게 만들어주었나? 하는 그 원인은 밝히지 못했던 것이다.『별나라』제6호 이후에는 비로소 송영 씨가 편집에 참여하자 엄연히『별나라』의 성격을 밝힌 이후, 유물변증법적 사회주의 리얼리즘에로 지향하고 나아갔다. 그 후 임화 씨, 엄흥섭 씨, 나 자신이 이 편집에 당(當)하게 될 때는 계급투쟁기에로 돌입하여 많은 역할을 하였으나 일본 제국주의의 탄압은 날로 극심하여 결국 1934년 12월로서 폐간의 운명에 빠지게 되었던 것이다.

『별나라』를 위요(圍繞)한 작가로는 동화, 소년소설에 주로 구직회, 최병화, 양재응, 안준식, 염근수, 송영, 엄흥섭, 홍구, 이동규 씨 등이었고, 동요에는 신고송, 손풍산, 박아지, 이구월, 김병호, 정청산, 김우철, 송완순, 박고경 씨 등

---

11 박세영은『별나라』가 폐간된 때를 1934년이라고 했으나, 1935년 1, 2월 합본호까지 발행되었다.

과 나 자신이었다. 그러나 9년 동안에 20회의 압수와 체형을 당하면서도 용감히 투쟁하였던 것이다.

다음 신명균 씨에 의하여 최초 발행된 『신소년』은 후기에 있어서 이동규, 홍구, 이주홍 씨 등이 차례로 주간이 되자 민족주의로부터 방향을 전환하여 계급투쟁의 기치를 들고 『별나라』와 같은 노선을 걷게 되었으니, 말하자면 카프의 방계적 산하에서 계급투쟁의 역할을 했으며 집필가도 『별나라』와 동일하였다.[12]

임화를 제외하고 여기에서 거론한 작가들은 모두 조선프롤레타리아문학동맹의 주요 구성원이다. 또 하나 눈여겨볼 것은 해방 이후의 아동잡지를 말하는 대목에서 조선문학건설본부의 아동문학위원회에서 발행한 『아동문학』을 빠뜨리고 있는 점이다.

그리하여 8월 15일 이후 조선 아동문학의 부흥을 획책하고자 수삼(數三)의 아동출판물이 간행되었으니 전자 『신소년』의 후신이라 할 수 있는 『새동무』가 역시 『신소년』 편집자이던 이주홍 씨에 의하여 12월 중에 발행되었다. 그리고 역시 1934년 12월 79호를 내고 폐간되었던 『별나라』가 안준식 씨에 의하여 발행되었으니 조선 아동문학의 새로운 출발은 다시 시작되었다고 하겠다. 그리고 조선아동문화협회에서 발행하는 『주간소학생』이 윤석중 씨에 의하여 2월 중에 발행되었는데 이는 조선 아동을 위하여 흔쾌한 일이다. (……)

이상에서 말한 바와 같이 현재 3종 정기간행물에 있어서 보는바 그 성격은 우리가 앞으로의 아동 지도에 있어서 냉철히 비판하고 거듭 아동에게 미칠 바 영향을 구명하지 않으면 안 될 줄 믿는다. 『새동무』나 『별나라』는 가장 동일한 이념에서 동일한 주의 밑에서, 즉 현단계에 있어서의 가장 옳은 정치노선에 따르는 진보적 민주주의의 기치로써 출발한 데 반하여, 그 밖에 몇 출판물은 동

---

12 박세영, 「조선아동문학의 현상과 금후방향」, 『건설기의 조선문학』, 97~98쪽.

심계의 양양에로 지향하는 학교 과외 강좌 같은 경향, 즉 말하자면 민족주의 영역에서 이탈하지 못한 감을 준다. 그러므로 여기에 따르는 지도 이론도 진보적이 아니고 진부한 사상으로서 아동에게 임하게 될 것이다.[13]

의식적이든 무의식적이든 아동문학위원회의 기관지로서 운동성을 지닌 정기간행물 『아동문학』을 뺀 것은 형평성에서 어긋난다. 이는 조선문학건설본부와 대립한 조선프롤레타리아문학동맹 계열의 박세영에 의해서 보고서가 작성되었기 때문에 그리 된 것이라고 할 수 있다.

이하에서 박세영은 금후 아동문학이 지향할 바를 다섯 가지로 제시했다. 이 부분은 조선문학가동맹의 강령적인 내용에 해당한다. 첫째 일본제국주의 잔재 소탕, 둘째 봉건적 잔재 청산, 셋째 아동문학 작품을 과소평가하는 편견 지양, 넷째 아동문학을 전문으로 하는 작가의 필요성, 다섯째 진보적 민주주의의 길 등이다. 이런 공유점에도 불구하고 박세영의 편향적인 보고문이 대회에서 일괄 통과된 것은 시간상 일일이 따질 계제가 못 되었기 때문일 것이다.

4. 송완순의 아동문학론

다소 엉성한 기억에 의존한 탓에 좀 거칠지만 확고한 도식을 제시한 박세영의 글보다는 한층 세련된 논리에 입각해 있는 글이 송완순의 아동문학론이다. 송완순은 식민지시대부터 『별나라』와 『신소년』 등에 동요와 평론을 발표해 왔지만 신고송과의 동요·동시 논쟁 외에는 그리 두각을 나타내지는 못했다.[14] 그런데 해방 직후 최고 수준의 아동문학론

---

13 박세영, 같은 글, 102~103쪽.
14 졸고, 「일제강점기의 동요·동시론 연구」, 『한국아동문학연구』 제20호, 2011 참조.

을 잇달아 발표하며 돌연 눈길을 끌었다. 「조선아동문학 시론(試論)」(『신세대』, 1946.5)과 「아동문학의 천사주의」(『아동문화』, 1948.11)는 그 대표적인 것들이다.

두 글 모두 '방정환 – 카프 – 윤석중'으로 이어지는 식민지시대 아동문학의 주요 흐름을 비판적으로 검토한 것이다. 그의 입장은 물론 카프 계열의 계급주의에 있었지만 계급주의 아동문학조차 비판의 대상에 넣음으로써 일종의 카프 갱신론으로 나아갔다. 이 점에서 그의 아동문학론은 박세영의 이분법적 단순도식과는 구별되며, 어느 면에서는 조선문학건설본부의 임화가 제기한 인민적이고 진보적인 민족문학론과도 통하는 데가 있었다. 이런 공통의 인식으로, 그가 일찍 월북하지 않고 1948년 11월 시점에서 불법적인 조선문학가동맹의 '잔류자'들과 함께 『아동문화』에 글을 발표하고 있는 까닭을 어느 정도는 설명할 수 있을 것이다.[15]

그는 「조선아동문학 시론」에서 아동의 '단순성' 문제를 제대로 해명해야 한다면서 '아동관'의 문제를 들고 나왔다. 첫 번째는 방정환 계열의 천사주의 아동관이다.

방 씨 등의 아동관 급 아동문학관은 아동의 단순성을 그야말로 너무나 단순하게 해석함으로부터 출발하였다. 아동은 미추와 선악에 있어서 현실생활에 별로 물들지 않은 순결무구하고 천진난만하고 무사기한 인간으로서의 천사임으로 그렇게 순진무결한 동심을 탁란(濁亂)시키는 일체의 현실로부터는 될 수 있는 데까지 분리시켜야 한다는 것이 근본사상이었다. 이 사상은 성인으로부터의 그들의 당시의 식민지적 불우에 대한 소극적 센티멘탈리즘 때문에 더욱 조장되었었다.

그래서 그들은 눈물에 젖은 꽃방석에 아동들을 태워서 무지개의 나라로 승

---

15 송완순은 정부수립 후 남로당계 좌익인사들의 자수기간에 즈음해서 정지용, 최병화 등과 국민보도연맹에 가입한다. 『동아일보』, 1949.12.1.

화시키기를 힘썼다. 성인 사회의 불행한 현실을 아동에게 견문시킬 수는 차마 없을 뿐만 아니라 그것은 죄악이라고까지 생각하였던 것이다. 간혹 현실을 발견시키는 일이 있기는 하였으나 그런 경우에는 대부분을 노을에 던진 산수화처럼이거나 서리 맞아 추레한 가을꽃처럼이거나 꿈속의 화원처럼 막연하고 애수롭고 미환(美幻)하게 영탄조적으로 표현하기를 즐기었다. 그러므로 그들의 아동문학은 아름답기는 하였으나 도피적, 몽환적, 애상적이었다. 한숨과 눈물과 꿈이 너무나 많았다. 웃음도 더러는 있었으나 대개는 눈물 머금은 슬픈 웃음이었고 싸움도 더러 있었으나 대개는 얻어맞고 분해서 욕지거리하며 우는 류에 불과한 것이었다. (……)

　요컨대 방 씨 일파는 아동의 단순성과 사회의 현상을 지나치게 오해한 나머지 신비로운 천사주의를 설정함으로써 아동의 현실적 존재가치를 거세해 버린 것이었다.[16]

다른 경향과의 대비를 위해 방정환 시대의 부정적인 면을 단순화해서 부각시킨 문제점이 드러나지만, 아동관의 천사주의적 경사를 지적한 것은 핵심을 찌른 비판이라 할 수 있다. 두 번째는 카프 계열의 계급주의 아동관이다.

　그들은 계급적 아동문학의 봉화를 높이 들고 방 씨 일파가 고심 조성해 놓은 천사의 화원을 거치른 발길로 무자비하게 볼품없이 짓밟아 그 속에 몽유하고 있던 다수한 아동들을 흔들어 깨워서 현실의 십자로에 꺼내 세우기를 조금도 주저치 않았을 뿐 아니라 도리어 한 큰 자랑으로 여기기까지 하였다. (……)
　이것을 본 젊은 아동문학자들은 물론 환호 갈채하였다. 천사주의는 너무도 허탄히 패배하였다.

16 송완순, 「조선아동문학 시론(試論)」, 『신세대』, 1946.5, 83~84쪽.

그러나 분마(奔馬)와 같은 젊은이들의 기승은 스스로도 모르는 동안에 중대한 오류를 범하게 하였으니, 그것은 즉 천사적 아동을 인간적 아동으로 환원시킨 데까지는 좋았으나 거기서 다시 일보를 내디디어 청년적 아동을 만들어버린 것이다. 그리하여 방 씨 등의 아동이 실체 잃은 유령이었다면 30년대의 계급적 아동은 수염난 총각이었다고 할 수 있는 구실을 남겨 놓았다. 이것은 전자와는 반대로 아동의 단순성을 무시 혹은 망각한 결과였다.

그런데 불행히도 총각적 아동을 만들어 놓은 30년대의 아동문학은 그것을 시정하지 못하고 말았다. 1935년 전후로부터 우심해진 제국주의 일본의 식민지조선에 대한 전율할 포악으로 말미암아 계급적 아동문학은 그 소여된 임무를 다하기 전에 부득이 요절하지 않을 수 없는 때문이었다.[17]

계급주의 아동관에 대한 송완순의 비판은 대상 연령을 구분하지 않고 아동성을 단일한 지층으로 파악하면서 논리를 전개하고 있다는 점에서 역시 단순논리의 문제점이 드러난다. 하지만 '수염난 총각'이라는 야유조의 비유는 전반 사정에 비추어 정곡을 찌른 데가 있다. 세 번째는 윤석중 계열의 신천사주의 아동관이다.

이것('계급적 아동문학':인용자)에 대위한 아동문학은 물론 있었다. 그러나 그것은 전자를 비판적으로 지양계승하여 나선 것은 아니었다. 전자가 사멸한 후에 다시 방 씨 일파의 아동문학의 분묘에까지 후퇴하여 그것을 소지로 삼아 싹을 내기 비롯한 것이 차대의 아동문학이었다.

이 아동문학이 천사주의를 지향하는 점에 있어서 (비록 그렇다는 언명은 없었고 혹은 대개는 무의식적으로 그러했는지는 모르겠으나) 방 씨 일파와 혹사(酷似)했던 것도 이유 없는 일이 아니었다.

---

17 같은 곳.

하기는 양자의 천사주의는 현저한 성격상 상이를 갖고 있었다. 방 씨 일파의 천사주의는 기술한 바와 같이 감상적 그것임에 반하여 이 신천사주의는 낙천 적인 것이었다. 이것은 중요한 점이다. 그러나 결정적인 상이점은 아니다. 성 격이 좀 다르다고 그것으로 말미암아 천사주의라는 본질이 근본적으로 양립하 는 것은 아니다.

양자가 다같이 아동은 본시 천진난만하고 순결무고하고 무사기한 천사이므 로 따라서 동심은 순수무결하고 투명영롱한 것이라고 사유한 이상, 하나는 그 것을 눈물로 장식하고 하나는 그것을 웃음으로 장식했다고 천사주의의 본질이 변화할 까닭은 없는 것이었다.[18]

이 글에서는 아직 윤석중을 명기하지 않았지만, 1930년대 계급주의 아동관 이후의 신천사주의 아동관을 1920년대 천사주의와 동일한 본질 을 지녔다고 하면서도 따로 구분해 놓은 것이 특징적이다. 이렇게 해서 송완순은 박세영보다는 한층 역사적이고 정교한 논리로 나아갈 수 있었 다. 그러나 송완순 역시 1930년대 후반기의 아동문학을 암흑기적 공백 으로 처리한 박세영과 기본적으로 다를 바 없는 결론으로 나아갔다. 1920년대 천사주의 아동관보다 1930년대 신천사주의 아동관이 더 좋 지 않다고 평가한 것이다. 「아동문학의 천사주의」에서 이 점은 더욱 부 각되어 있다.

혹자는 다 같은 천사주의래도 윤 씨의 그것이 더 취할 바가 있었다고 생각할 는지도 모른다. 그러나 내 의견은 그와는 정반대다. 나는 그 객관적 결과로 보아 서 방 씨의 천사주의보다 윤 씨의 그것이 차라리 더 좋지 못했다고 생각한다.

방 씨의 센티멘탈리즘은 사회현실을 오해 또는 절망한 데서 우러난 것이어

18 같은 곳.

서, 그것이 아무리 환상적으로 화(化)하더라도, 그 속에는—비록 아련하고 부정적인 것이기는 할지언정—민족적 사회현실에 대한 호흡이 있어서, 상대자로 하여금 현실에 주의하지 아니치 못할 힌트를 주는 점이 많았음에 반하여 윤씨의 낙천주의는 어린이의 생리적 미숙의 동률성에만 치중하여 민족적 사회현실은 통히 무시하고 덮어놓고 어린이는 즐거운 인생이며, 또 즐거워하지 않으면 안 될 인물이라고 함으로써 실상은 그렇지 못하고 그러므로 그렇게 여겨서는 안 될 행복감을 함부로 넣어 주어 그들의 정신을 고혹시켰다.[19]

아동문학은 대상 아동의 연령에 따라 작품에 나타나는 단순성 또는 낙천성의 비중과 함량이 달라지게 마련이다. 그런데도 송완순은 그런 점을 고려하지 않고 식민지시대의 아동문학을 단일한 지층에 올려놓고 한꺼번에 비판하고 있다. 또한 1920년대와 1930년대는 근대성에서도 차이가 난다. 1930년대 모더니즘의 발생도 여기에서 비롯되었다. 그렇기 때문에 임화는 리얼리즘과 모더니즘의 흐름이 합류하는 1930년대 '근대문학'에 대한 성찰을 거쳐 해방 직후 '프로문학론'이 아닌 '민족문학론'을 제출했던 것이다. 하지만 송완순의 인식은 여기까지는 이르지 못했다. 그의 아동문학론은 결국 카프의 연장선상에서 현실적 아동관을 거듭 강조하려는 데 그쳤을 따름이다. 기실 송완순의 논리는 1930년 말 현장비평에서 이미 선을 보인 것이었다. 그는 1939년의 시점에서 다음과 같이 당시 아동문학을 비판한 바 있다.

　보라. 현금의 아동문학의 참담하게도 형해화한 꼴을! (……)
　전보다 아동문학자의 수도 적고 잡지와 신문의 아동난도 빈약하기 짝이 없다. (……)

---

19 송완순, 「아동문학의 천사주의」, 『아동문화』, 1948. 11.

그들은 조선의 아동문학에서 이미 청산되어 버린 지 오래인 천사주의에 환퇴하여 새로운 무지개를 그리고 있다. 이 천사주의는 『어린이』지의 그것처럼 센티멘탈하지를 않고 훨씬 낙천적인 맛을 갖기는 하였으나 하나의 공상인 점에 있어서는 후자와 다를 것이 없다. 그러나 그 질로 볼 때에는 전자보다 후자가 더 나쁘다. 왜 그러냐 하면 『어린이』지의 센티멘탈리즘은 현실을 잘못 인식한 데에 그 원인이 있었으나 현금의 낙천주의는 이제부터 현실이라는 것은 인식해 보려고 하지도 않기 때문이다. 즉 현실에 대하여 일체로 오불관언하고 한갓 상아탑 속에 틀어박혀서 무지개 같은 공상을 그리며 그것만을 즐거워하는 류의 낙천주의자가 현금의 아동문학자들인 것이다. (……)

나는 그렇다고 30년대의 아동문학에 있어서와 같은 감정적 현실주의를 제창하려는 생각은 눈꼽만치도 없다. 현정세하에서는 현실불가능한 일일 뿐 아니라 설혹 가능하다고 할지라도 그런 오류를 되풀이하고 싶지는 않다. 왜 그러냐 하면 그것은 엄밀한 의미에 있어서의 아동문학은 아니었던 때문이다. 그러나 될 수 있는 데까지는 현실을 정당히 인식하려 한 그 태도와 어디까지든지 능동적이던 그 정열과 기백은 높이 살 필요가 있다.[20]

"30년대 아동문학에 있어서와 같은 감정적 현실주의"는 카프 계열의 계급주의 아동문학을 가리키는 것일 테다. 현실성을 강조하지만 계급주의 아동문학의 "오류"를 되풀이하고 싶지 않다는 판단은, 단지 정세 악화에서 비롯된 후퇴 감각이 아닌 엄정한 자기비판으로 보인다. 이 글에서의 인식이 그의 해방 후 아동문학론으로 이어지고 있는 것이다. 그런데 송완순에게는 1930년대 후반기에 이룬 아동문학의 전진을 외면하고 있다. 예컨대 『소년』과 『소년조선일보』에서 줄기차게 활약한 작가 현덕의 존재가 무시되었다. 카프 작가 송영의 「새로 들어온 야학생」(1939)만

---

[20] 송완순, 「아동문학 기타」, 『비판』, 1939.9.

해도 이전보다 한 걸음 나아간 성과가 아닌가. 카프 이후를 오로지 부정하는 것으로는 올바른 시야가 확보되지 않는다. 송완순의 아동문학론은 카프 아동문학에 대해서도 비판적이었지만 그 주류성을 해소하지 않은 데에서 기인한 또 하나의 도식이었다.

그럼 송완순의 아동문학론을 단순논리로 치부하면 그만일 것인가? 그렇지는 않다. 그의 강점이기도 한 선명한 도식은 식민지시대 아동문학의 문제점을 역사성에 입각해서 드러낸 결과이고, 무엇보다도 아동성과 현실성을 함께 고려해서 나온 것이기 때문에 한층 돋보이는 것이다. 그의 아동문학론이 지니는 당대적 의미를 과소평가해서는 안 된다. 드물게도 그는 아동관의 문제를 들어 당대 주류 아동문학의 과제를 분명하고도 설득력 있게 제시했다. 그에게 조선문학건설본부와 조선프롤레타리아문학동맹은 하나였다. 그리고 그 대척지점에는 아마 윤석중과 『소학생』이 놓여 있었을 것이다.[21] 신고송과 벌인 1930년대의 동요·동시 논쟁에서 소년시 지향의 송완순이 유년시 지향의 윤석중을 누구보다도 경계했다는 사실을 이 대목에서 떠올려볼 만하다.[22]

1948년 정부 수립과 6·25전쟁을 겪으면서 남북한 아동문단이 재편되는데, 남한은 방정환의 정통성을 승인한 윤석중·이원수를 중핵으로 하고, 마해송·이주홍과 월남한 강소천·김요섭 등에 의해 분단시대의 아동문단이 펼쳐진다.

---

21 1948년까지의 윤석중은 어느 한쪽으로만 밀어붙일 수 없는 다중적인 면을 지니고 있었다. 그 자신 뛰어난 동요시인이었던 윤석중은 1930년대의 『소년』과 『소년조선일보』에서 동화작가 현덕을 발견했을 뿐만 아니라, 해방 직후 『소학생』에서는 동요시인 권태응을 발견한 발군의 편집자였다. 이들 매체는 좌우 성향의 필진들을 모두 수용하고 있었다. 윤석중은 신고송을 비롯한 사회주의 문인들과의 교류에서 개방적이었다. 하지만 서울내기로서 유년기 아동을 겨냥한 그의 모더니즘적 창작활동은 '일하는 아이들'의 정서를 대변하는 카프 리얼리즘과 부딪칠 수밖에 없었다.
22 졸고, 「일제강점기의 동요·동시론 연구」 참조.

북한 아동문학의 전개

평화적 건설 시기(1945~1950)

1. '응향(凝香) 사건' 및 '아동문화사 사건'

북한의 문학사는 해방 직후 서울에서 결성된 조선문학가동맹에 대해서는 언급하지 않고, 김일성과 조선노동당의 지도 아래 결성된 북조선예술총연맹(1946.3.25)을 새로운 출발점으로 서술하고 있다. 실제로 북한 최고권력자의 지침은 북한 문학 전반의 성격을 규정해 왔다. 김일성은 특히 '문화인은 문화전선에서 싸우고 있는 투사', '작가는 인간의지를 개조하는 기사'라고 하면서 문학예술에 각별한 주의를 돌렸으며, 권력 위기의 고비마다 반동적 부르주아적 경향과 남김없이 투쟁할 것을 작가들에게 요구했다. 부르주아적 경향과 투쟁하는 과정에서 제일 먼저 불거져 나온 것이 이른바 '응향 사건'이다. 그런데 북한의 아동문학 자료들은 이즈음의 '아동문화사 사건'도 언급하고 있어 주목된다.

해방 직후 '평양 아동문화사'에 일부 잠재하였던 순수문학 신봉자들을 분쇄하는 투쟁을 비롯하여 일체 반동적 이데올로기들의 발현에 대하여 타격을 가하는 모든 투쟁에서 아동문학 작가들은 부단한 당적 지도를 받았다.[1]

특히 당은 항상 아동 작가들에게 사회주의적 사실주의 창작방법에 철저히 입각하여 사회주의적 애국주의와 프롤레타리아 국제주의로 일관한 사상 예술적으로 특출한 작품들을 창작할 것을 가르치면서 이와 대립되는 일체 반사실주의적 경향과의 원칙적 투쟁에로 그들을 고무하였다. 그리하여 아동 작가들은 해방 직후 '아동문화사'에 일부 잠입하였던 '순수' 문학 신봉자들의 정체를 폭로하는 투쟁으로부터 시작하여, 이러저러하게 발현된 형식주의적 경향과 부르주아 이데올로기의 잔재를 성과 있게 숙청하였다.[2]

'응향 사건'은 잘 알려져 있지만, '아동문화사 사건'은 그렇지 않다. 공식적인 문학사에서 이에 관한 기록은 찾아지지 않는다. '아동문화사'는 1945년 11월 9일 평양에서 발족된 출판사로서 1947년 12월부터는 '청년생활사'로, 1951년 12월부터는 '민주청년사'로, 1958년 2월부터는 '민청출판사'로, 그리고 1975년 3월부터는 '금성청년출판사'로 개칭되어 현재에 이르고 있다. 명칭대로라면 '아동문화사 사건'은 1945년 11월에서 1947년 12월 사이에 발생한 것이 된다. 당시 형편으로 보아 '아동문화사 사건'은 '응향 사건'보다는 뒤늦게 발생했을 것이다. 본보기로서나 시급성으로서나 아동문학은 상대적으로 부차적인 지위를 지녔을 것이기 때문이다.

우선 지금까지 제대로 알려지지 않은 시집 『응향』과 동화작가 노양근의 관련, 그리고 나중에 '해방 직후 아동문단에 침투한 반동적 작가'라고 비판받는 박남수·양명문·장수 등의 행방을 살펴볼 필요가 있다. 이들의 행적을 보면 아동문단의 사상적 정비는 상대적으로 느슨했음이 드러난다.

---

1 김명수, 「해방 후 아동문학의 발전」, 『해방 후 10년간의 조선문학』, 조선작가동맹출판사, 1955, 361~362쪽.
2 장형준, 「해방 후 아동문학의 찬연한 발전 노정」, 『해방 후 우리 문학』, 조선작가동맹출판사, 1958, 274쪽.

전술했듯이 해방 후 북한에서 제일 먼저 만들어진 문학 단체는 최명익을 회장으로 하는 평양예술문화협회였다. 박남수(현수)의 증언에 따르면, 이후 순문예단체로 발족된 평양예술문화협회의 자유주의적 색채를 일소하기 위해 곧바로 평남지구 프롤레타리아예술동맹(1946.1)이 만들어졌으며 이 단체는 당의 지원 아래 지역별 조직을 급속히 확대해 갔다. 평북에서 이원우·김우철, 함남에서 한설야·한식, 강원도에서 이기영 등이 여기 가담했다. 그리고 여기에 월북한 송영·박세영·권환·윤기정·이동규·신고송 등이 합류함으로써 구 카프의 핵심들이 망라된 북조선예술총연맹(1946.3.25)이 결성된다.

북조선예술총연맹의 기관지 『문화전선』은 김일성을 수반으로 하는 '당의 문학'으로서의 성격을 분명히 했다. 창간호(1946.7)를 보면 권두에 「우리의 김일성 장군·20개조 정강」이 실려 있고, 본문에는 한재덕의 「김일성 장군의 개선기」가 실려 있다. 역시 창간호에 발표된 '8·15 해방 1주년 기념예총 행사예정표'에 따르면, 단행본 간행사업으로 '우리의 태양 김일성 장군 찬양 특집' 소설집 1권, 희곡집 1권, 시집 2권, 평론집 1권이 예정되어 있다. 행사로는 '8·15와 김 장군을 주제로 한 작품 발표', '20개 정강 미술 전시', '김일성 장군 투쟁사 미술 전시', '김일성 장군 초상 제작', '김일성 장군의 노래 선정' 등이 기획되었다. 또 하나 주목되는 것이 「각도연맹에 부탁한다」는 제목이 붙어 있는 다음의 고지문이다.

1. 아직도 조직(시군 포함)과 8·15 이래의 활동 보고가 미착(未着)한 곳이 있다. 이것이 전체 사업에 끼치는 적잖은 지장을 동무들은 깨닫지 않으면 안 된다. 늦어도 8월 10일까지는 필착(必着)하게 제출하라.

2. 맹원 명부 역 그렇다. 예총 통일의 맹원증 교부가 이로 말미암아 지연되고 있다.(반드시 이력서를 참부하기 바란다.)

3. 출판물 제출도 여러 도(道)에서 아직 충실히 이행되고 있지 않다. 기간·신간 9부 이상 시급 송부를 바란다.

4. 써클 상황 보고는 가장 상세히 그리고 특히 초급(超急)을 요한다. 이 기초 위에서 우리들의 '예술의 대중화' 및 '대중의 예술화'의 최중대 과업은 입안되고 추진될 것이므로써이다.

5. 작품을 보내라. 도연맹으로서의 중요 수확은 물론 각 시군과 써클에서 터 나오는 싹을 가장 광범히 그리고 부단히 흡수하여 우수한 것을 꾸준히 보내주기 바란다. 예총은 우리 출판물뿐 아니라 각 방면에 추천의 노(勞)를 취할 것이다.

이상을 곧 이행하는 동시 매월 말 조직활동 전반에 관한 정기보고를 잊지 말아주기를 바란다.[3]

지방 조직들의 활동 전반을 체계적으로 관리하고자 하는 의지를 보여주는 자료이다. 특히 1946년 12월에 시작된 '건국사상총동원운동'과 더불어 문학예술 분야에서도 반동적 경향과의 투쟁이 중요한 문제로 대두했다.[4] '응향 사건'은 이러한 문단 정비 과정의 첫 관문이었다.

『응향』은 1946년 12월 북조선문학예술총동맹 산하 원산문학동맹에서 간행된 시집으로, 나오자마자 작품 태반이 퇴폐적, 공상적, 현실도피적 경향이라고 비판받았다. 이에 관해서는 북조선문학예술총동맹 중앙상임위원회 명의로 발표된 「시집 '응향'에 관한 결정서」(『문화전선』 3집,

---

3 『문화전선』 제1집, 1946.7.
4 1946년 9월 27부터 28일 양일간에 걸친 제2차 북조선 각도 인민위원회 정당, 사회단체 선전원, 문화인, 예술인 대회에서 김일성은 「민주건설의 현계단과 문화인의 임무」에 대해 연설했다. 당의 지도하에 1946년 10월 13일부터 14일 양일간에 걸쳐 제2차 북조선예술총연맹 전체대회가 소집되었으며 대회에서 「신정세와 문화예술전선의 강화에 관하여」를 토의하고 조직적 대책을 강구했다. 이에 따라 종래 연맹 산하의 문학, 연극, 미술, 음악, 영화, 무용, 사진 등의 각 부를 각각 동맹 조직으로 개편하고 총동맹의 지도하에 독자적 활동을 전개할 수 있게 했다. 1946년 12월 3일 당중앙위원회 상무위원회 제14차회의에서 「사상의식개혁을 위한 투쟁전개에 관하여」를 채택했다. 북조선문학예술총동맹은 '건국사상총동원의 밤'을 조직하고 문학예술의 강력한 교양의 힘을 과시했다.(『조선노동당의 문예정책과 해방 후 문학』, 1961, 참조).

1947.2)에 잘 나타나 있다. 조선문학가동맹의 기관지 『문학』 제3호 (1947.4)에는 이 '결정서'와 함께 백인준(白仁俊)의 평론 「문학예술은 인민에게 복무하여야 할 것이다―원산문학가동맹 편집시집 '응향'을 평함」도 기관지에 나란히 실려 있다. '결정서'의 핵심 부분은 다음과 같다.

1. 북조선문학예술총동맹이 산하 문학예술단체의 운동이론과 문학예술행동에 관한 구체적 지도와 예술영역에서의 반동세력에 대한 검토와 그와의 투쟁정신이 부족하였음을 자기비판하는 동시 북조선문학운동 내부에 잔존한 모든 반동적 경향을 청산하고 속히 사상적 통일 위에 바른 노선을 세울 것이다.

2. 원산문학동맹이 이상에 지적한 바와 같은 과오를 범한 데 대하여 그 직접 지도의 책임을 가진 원산예술연맹이 또한 이러한 과오를 가능케 하는 사상적, 정치적, 예술적 약점을 가지고 있음을 지적하는 동시에 동연맹은 속히 이 시정을 위한 이론적, 사상적, 조직적 투쟁 사업을 전개할 것이다.

3. 북조선문학예술총동맹은 즉시 『응향』의 발매를 금지시킬 것.

4. 북조선문학예술총동맹은 이 문제의 비판과 시정을 위하여 검열원을 파견하는 동시에 북조선문학동맹에 다음과 같은 과업을 위임한다.

　(가) 현지에 검열원을 파견하여 시집 『응향』이 편집 발행되기까지의 경위를 상세히 조사할 것.

　(나) 시집 『응향』의 편집자와 작가들과의 연합회의를 개최하고 작품의 검토, 비판과 작가들의 자기비판을 가지게 할 것.

　(다) 원산문학동맹의 사상검토와 비판을 행한 후, 책임자 또는 간부의 경질과 그 동맹을 바른 궤도에 세울 적당한 방법을 강구할 것.

　(라) 이때까지 원산문학동맹에서 발간한 출판물은 북조선문학예술총동맹에 보내지 않은 것을 조사하여 그 내용을 검토할 것.

　(마) 시집 『응향』의 원고검열 전말을 조사할 것.[5]

이 결정에 따라 중앙에서 최명익·김사량·송영 등이 원산으로 가서 조사를 벌였다. 그런데 '결정서'는 시집 『응향』에 수록된 작품의 "태반"이 문제점을 지녔지만 "전부는 아니다"라고 밝혔다. '결정서'와 백인준의 평론에서 비판적으로 언급된 작가는 강홍운(康鴻運)·구상(具常)·서창훈(徐昌勳)·이종민(李宗敏)·박경수(朴庚守) 등 다섯 사람이다. 6·25 때 월남한 시인 구상은 『응향』에 발표한 자신의 시를 말하는 자리에서 "이미 중앙문단에도 알려져 있던 강홍운, 노양근"[6]의 작품이 함께 실렸다고 회고한 바 있다. 여기 언급된 노양근은 그전부터 아동문학으로 잘 알려져 있는 작가였다. 그는 1920년대 말부터 『어린이』를 비롯한 신문 지상에 동화와 소년소설을 발표했으며 아동문학으로 여러 차례 신춘문예에 입선과 당선을 차지했다. 1930년대에는 장편 소년소설을 신문에 연재하기도 했다. 1946년 시점까지는 가장 많은 편수인 세 권의 창작집을 발행한 관록의 소유자였다.[7] 구상은 노양근이 시집 『응향』에는 아동문학이 아닌 일반 시를 발표한 것처럼 말하고 있는데, 그의 작품도 비판되었는지 여부는 확실하지 않다.

'응향 사건' 이후 그의 작품을 찾아볼 수 없다는 점을 근거로 노양근이 '응향 사건'과 함께 "작가로서 파멸"했으리라고 여기기 쉽지만,[8] 1947년 12월 30일자로 발행된 『조선문학』 제2집의 '북조선문학예술총동맹 전문분과 위원 명단'에는 그의 이름이 올라 있다. 1950년대의 기록에서도 "아동문학 발전에 크게 기여한 강호, 김연호, 강승한, 노양근, 임원호 동무들이 우리 대열에 있지 않은 것을 눈물겹게 생각하게 된다"[9]는 대목이 있다. 따라서 노양근은 『응향』에 작품을 발표한 이후로도 아

---

5 「시집 '응향'에 관한 결정서」, 『문화전선』 3집, 1947.2.
6 구상, 「시집 '응향' 필화사건 전말기」, 『시와 삶의 노트』, 홍성사, 2007 참조.
7 졸고, 「동화작가 노양근의 삶과 문학」, 『아동문학과 비평정신』 참조.
8 김제곤, 「노양근 동화연구」, 인하대 석사학위논문, 2003, 13쪽.
9 강효순, 「'아동문학' 창간 열 돌을 맞으며」, 『문학신문』, 1957.7.18.

동문단에 적을 두고 활동하다가 일찍 사망했을 것으로 짐작된다.[10]

원산의『응향』과 더불어 함흥의『문장독본』, 신의주의『예원써클』, 평양의『관서시인집』 등도 함께 비판의 도마에 올랐다. 이는 다음과 같은 당시의 문헌들에서도 확인되는 사실이다.

그와 동시에 우리는 재삼 지적된 바와 같이 시집『응향』을 비롯하여『예원써클』『문장독본』『관서시인집』 또는 극장 방송 등에서 간별적으로 발견할 수 있었던 부패한 무사상성과 정치적 무관심을 우리 문화전선에 아직도 '예술을 위한 예술' '예술의 자유'의 신봉자들이 '조국과 인민에게 배치되는 예술' '조선 예술문학에 적합지 않은 낡은 예술문학'의 신봉자들이 남아 있었던 것을 말하는 사실이라는 것은 재삼 강조할 필요를 느낀다.[11]

이해에 원산문학동맹에서 간행한 시집『응향』에는 북반부에서 진행된 위대한 민주개혁을 비방중상하고 애수와 고독과 현실에 대한 회의를 읊조린 강홍운, 구상 등의 반동작품들이 수록되어 있었다. 함흥에서 출판한『문장독본』에는 대부분 일제시대 반동작가들의 작품들이 수록되었으며, 신의주에서 발간한『예원써클』 3호에도 이런 경향이 있었다. 뿐만 아니라 무대 예술이나 방송에서도 이와 같은 요소들이 부분적으로 발로되었다.

북조선문학예술총동맹 상무위원회는 1946년 12월과 1947년 1월에 회의를 소집하고 반동적 부르주아 문예사상을 반대하여 투쟁할 진공적 대책을 취하였으며 이에 기초하여 완강한 투쟁을 전개하였다.[12]

---

10 '응향 사건'으로 비판된 작가도 이후의 활동에서 높이 평가되는 기록은 찾아볼 수 있다. 예컨대 이종민의 경우, 북조선문학예술총동맹의 최대행사인 '8·15문학예술축전'에 1948년 단편 「밀도경(密度鏡)」을 제출한 바 있고, 1949년에는 단편 「영(嶺)」으로 단편소설 부문 입상의 영예를 차지했다. 안함광, 「1949년도 8.15문학예술축전의 성과와 교훈」, 『문학예술』, 1950.2, 14쪽.
11 안막, 「민족문학과 민족예술 건설의 고상한 수준을 위하여」, 『문화전선』, 1947.8」(이선영·김병민·김재용 편, 『현대문학비평자료집―이북편』 1권, 245쪽.
12 『조선노동당의 문예정책과 해방 후 문학』, 48쪽.

그런데 당시의 문헌들에는 '아동문화사'에 대한 언급이 나와 있지 않다. '아동문화사 사건'은 1950년대의 아동문학 자료들에서만 확인될 뿐인데, 박남수(朴南秀)·양명문(楊明文)·장수(張樹) 등이 반동적 아동문학 작가로 함께 거론되고 있다.

해방 직후 우리 작가들 가운데는 아직 적지 않은 경우에 선진적인 창작방법을 확고하게 파악하지 못하는 때가 없지 않았고 해방 후 급변된 역사적 현실을 반영하는 데 원만치 못한 일이 있었다. 뿐만 아니라 해방 직후 순수문학 이론을 들고 나오는 비록 소수이나마 돌각담도 있었고 반동적 부르주아문학의 악영향을 깨끗이 청산하지 못하고 고집을 부리는 박남수, 양명문, 장수의 잡초 무더기도 있었다. 우리 아동문학은 이 모든 유해한 경향들을 제거하며 사상성을 고수하고 예술성을 높이는 투쟁 행정에서 성장하였다.[13]

박남수·양명문·장수 등이 '아동문화사 사건'과 직접 관련되었는지 여부는 알 수 없다. 이들의 이름이 '아동문화사'를 비판하는 바로 그 자리에서 거론된 것은 아니다. 아마 '아동문화사'에서 발행한 『어린 동무』 『어린이신문』 등에 작품을 발표한 것이 아닐까 여겨지는데, 이들은 뒤에 모두 월남한 시인들이다. 장수는 아동문학가 장수철(張壽哲)을 가리킨다. 위의 인용문은 1950년대 문헌이니만큼 월남 후에 내려진 사후적(事後的) 비판일 가능성도 없지 않은데, 이들보다 더욱 두드러지게 활동한 강소천을 함께 언급하지 않은 점은 의문이다. 강소천과 장수철은 남한에서 한국문학가협회와 그 후신인 한국문인협회의 아동문학 분과장을 맡아 반공 아동문학에 앞장선 이들이다.[14] 박남수와 양명문은 월남

---

13 김명수, 「해방 후 아동문학의 발전」, 앞의 책, 394쪽.
14 이들의 반공 아동문학 작품 양상에 관해서는 선안나, 『아동문학과 반공이데올로기』, 청동거울, 2009 참조.

후에는 아동문학 분야에서 활동하지 않았지만, 이 중 박남수는 현수(玄秀)라는 이름으로『적치 6년의 북한 문단』(국민사상지도원, 1952)을 펴내는 등 한동안 맹렬한 반공 활동을 벌인 바 있다.

이들은 6·25전쟁 중에 월남하기까지 아동문학 분야에서 지속적으로 작품 활동을 벌인 사실이 확인된다. 1949년 1월 '신간『아동문학』조쏘친선 특집호' 광고는 참여 작가를 다음과 같이 밝히고 있다.[15]

> 동요: 박세영, **강소천**, **장수**, 유연옥, 김학연, 박경종, 이성홍, 김우철, 이정구
>
> 동시: **박남수**, 남응손, 윤동향, **양명문**, 강승한
>
> 동화: 강훈, 이원우, 박태영, 이호남, 송창일
>
> 동극: 김순석

특히 월남 후 남한 아동문단에서 맹활약을 벌인 강소천과 장수(장수철)는 문화전선사에서 발행한『아동문학』,『아동문학집』, 그리고 '아동문화사'가 간판을 바꾼 '청년생활사'에서 발행한『소년단』등에 계속 작품을 발표했다. 필자가 읽어본 작품들의 목록은 다음과 같다.

작가	작품	발표	장르	소재 (테마)
강소천	정희와 그림자	『아동문학』제1집, 1947.7	동화	꿈 이야기
	자라는 소년	『아동문학』1949.6	동요	행복한 생활
	나두 나두 크면은	『아동문학』1949.12	동요	인민군대
	둘이 둘이 마주 앉아	『아동문학집』제1집, 1950	동요	문맹퇴치
	가을 들에서	『소년단』1949.8	소년시	소년단
장수	봄길	『아동문학』제1집, 1947.7	동요	자연완상
	편지	『아동문학』1949.6	소년소설	인민군대
	해바라기	『아동문학』1949.12	소년시	조쏘친선
	유격대의 아들	『소년단』1949.10	소년소설	소년빨치산영웅
	공장은 나의 학교	『소년단』1950.5	소년시	학습과 노력

15『문학예술』, 1949.1. 강조는 인용자.

위의 작품들은 1947년 작품을 제외하고는 대부분 북한의 정책적 테마를 다루고 있는 만큼 1947년의 '아동문화사 사건' 이후 부르주아적 순수문학 경향은 일단 자취를 감춘 것으로 볼 수 있다. 그러나 아동문학 분야에서 철저한 사상검증에 따른 인적 청산은 아직 이뤄지지 않은 것으로도 볼 수 있다.

짐작컨대 1950년대의 문헌에서 회고된 해방 후 '아동문학 분야서의 사상투쟁'은 일반 문학의 발전도정과 보조를 맞추어 서술하려다 보니 다소 과장스럽게 언급된 면이 있다는 것을 부인할 수 없다. 하지만 아동문학 부문에서도 '응향 사건'과 보조를 맞추어 사상투쟁이 전개되었다는 것만은 확실하다. 『아동문학』 창간 10주년에 즈음해서 나온 회고 글 중에도 해방 후 아동문학 분야에서의 사상투쟁에 관한 기록들이 발견된다.

해방 직후 평양에서 『어린 동무』라는 잡지가 발행은 되었으나 그 작품들이 거의 순수예술에 가까운 것이었기 때문에 아동문학 작품에서 사상성을 높일 문제는 아주 긴급한 것으로 되었다.

우리나라는 위대한 소련 군대에 의하여 일제의 야만 통치에서 벗어나 새 사회가 건설되었는데 그 전날 보던 눈으로 새 세상을 봐야 하는가.

그와 같은 낡은 생각으로는 새 세대의 아동들을 교양할 수도 없을뿐더러 독자들의 요구를 만족시킬 수 없다는 것이 논문에서 비판되었었다. 그리하여 아동문학 평론들은 일부 아동문학 작가들의 사상 개변을 요구하였으며 사회주의 사실주의 창작방법의 길로 용감히 나가야 한다고 깨우치는 종소리를 울렸었다.[16]

부르주아식 아동문학은 해방 직후에도 작용하였는바 평양 아동문화사에서

---

16 박세영, 「'아동문학' 창간 당시의 회상」, 『아동문학』, 1957년 7월호, 2~73쪽.

발행되던『어린 동무』『어린이신문』및 단행본들에는 사회주의 사실주의에 튼튼히 입각하지 못하고 부르주아 순수문학에 가까운 작품들이 적지 않게 대두하게 되었다. 소위 동심 세계라는 연막 속에서 사상성과 계급성이 제거되었으며 입장이 모호한 작품들이 범람하였던바 동요 동시에서 더욱 그러하였다.

건실한 조선 아동문학의 발전을 위하여서는 이러한 경향들과 투쟁하며 사회주의 사실주의에 튼튼히 입각한 '카프' 아동문학을 계승 발전시키며 선진 소련 아동문학을 대담히 섭취하는 길만이 유일한 길이었다. 우리 당의 올바른 문예정책을 높이 받고 잡지『아동문학』은 이 과업을 수행함에 있어서 적지 않은 역할을 놀았다. 이 투쟁에서 카프 작가 박세영을 비롯한 이원우. 김우철의 영향은 지대한 바 있었으며, 해방 직후에는 아동문학에 직접 집필하지 못하였으나 송영, 김북원 제동지들도 카프 아동문학을 계승 발전시킴에 크게 기여하였다.[17]

이로 볼 때, '아동문화사 사건'은 이곳에서 발행되는『어린 동무』,『어린이신문』및 단행본들들의 계급적 성격을 문제 삼아 내부 불순분자를 제거하고 출판사 명칭까지 바꾼 사건을 가리킨다. 1947년 12월에 출판사 이름을 바꾼 것을 상기한다면, 이해 7월에 창간된『아동문학』은 중요한 결절점이 아닐 수 없었을 것이다. 그런데 이 잡지의 창간호가 이후와는 다른 성격을 지녔다는 데에 유의해야 한다. 창간호는 어른이 읽는 '연구적 성격'의 이론 잡지였다는 점 말고도, 문제의 '아동문화사(어린이신문사)'에서 발행되었다는 사실, 그리고 잡지의 나아갈 방향이 명확하지 않았는데, 한설야·송영·박세영 등이 이를 바로잡는 데 크게 기여했다는 회고의 글들을 주목할 수 있다.

---

17 강효순,「'아동문학' 창간 열 돌을 맞으며」,『문학신문』, 1957.5.2.

편집을 마치고

드디어 제1집을 내놓는다. 아동문학 20여 년의 역사를 통하여 이미 가져보지 못했던 연구지를 오늘에야 비로소 가지게 된 것은 해방의 덕분도 있겠지만 우선 빛나는 제 민주개혁들을 실시한 우리 북조선의 좋은 환경 속에서라는 것을 잊어서는 안 된다.[18]

이원우: 『아동문학』 창간호는 아동문화사라는 출판사에서 나왔는데 그때는 잡지의 나갈 방향도 명확치 않았습니다.

그러던 것을 당이 우리들에게 명확한 방향을 제시해 주었고, 그리고 『아동문학』을 문예총에서 내도록 해주었습니다. 그래 2집부터는 그 당시 문예총 산하 출판사인 문화전선사에서 편집을 담당하게 되어 오늘까지 한 호 한 호를 발행하면서 당의 직접적인 지도를 받게 되었습니다. (……)

김순석: 당시 문화전선사에서 2집부터 맡아 편집을 하였는데 지금도 기억에 남는 것은 아동문학이 계급문학이 되게 하기 위해서 당이 큰 관심을 기울였다는 것입니다.

또한 그 당시부터 한설야 선생이 아동문학의 질을 높이기 위해서 아동문학 작품들을 다 읽고 아동문학이 나아갈 방향을 제시해주던 생각이 납니다.[19]

해방이 되면서 당은 아동문학 앞에 계급문학 즉 사회주의적 사실주의 문학의 방향을 제시해 주었다.

이때 우리는 행복스럽게도 아동문학을 건전한 기초에서 출발하게 한 좋은 스승들을 가졌었다. 즉 한설야, 송영, 박세영 선생 등이 해방 후 아동문학의 출발에서부터 길을 바로잡아주었다. 한설야 선생은 아동문학 작품들을 일일이 보시고 창작 방향을 제시해 주었고, 송영 선생은 우리 아동문학 작가들 매 개인 속

---

18 『아동문학』 제1집, 1947.7.
19 좌담, 「'아동문학' 100호를 내면서」, 『아동문학』, 1961.3, 26~27쪽.

에 침투하면서 창작적 지도를 주었다. 특히 박세영 선생은 『아동문학』 창간호에 아동문학 평론을 썼다. 이 평론은 일부 아동문학 작가들의 작품에서의 부르주아적 잔재를 숙청하는 데서와 계급문학을 개척하는 데 큰 도움을 주었다.[20]

첫 번째 인용문은 1947년 7월에 창간된 『아동문학』 제1집의 편집 후기인데, 아동문학 역사상 최초의 "연구지"임을 내세우고 있다. 박세영도 회고에서 "그 내용을 보면 절반 아동문학 이론 잡지 성격을 띠고 나온 것이었다. 뿐만 아니라 오늘에는 고급 중학교 학생들로서도 알기 어려울 만치 한문을 섞어서 쓴 것이었다"[21]고 했다. 두 번째 인용문은 『아동문학』 100호를 기념하는 좌담의 일부인데, 이원우가 지적하는 방향의 불명확성은 당의 노선에 철저하지 않았다는 뜻이고 이 때문에 당의 지도를 받았으며, 더불어 '아동문화사'에서 '문화전선사'로 발행처가 바뀐 사실을 언급하고 있다.[22] 김순석 또한 계급문학으로 나아가는 길에서 한설야의 지도를 각별히 언급하고 있다. 세 번째 인용문은 『아동문학』 창간 15주년을 기념하는 1962년 7월호에서 이진화가 회고한 것인데, "부르주아 잔재를 숙청"하고 "계급문학을 개척"하는 도정에서 한설야·송영·박세영의 지도를 언급하고 있다. 박세영은 창간호에 「건설기의 아동문학」이라는 평론을 발표했는데 "작품의 질적 제고를 호소하면서 작가의 취미, 기교, 환락에 치우치려는 경향과 작품의 감상적인 내용을 전적으로 배격하고 작품이 새 나라 어린이들을 민주주의적으로 키우는 교양자로 되어야 할 것을 호소"[23]했다고 지적한다.

---

20 이진화, 「'아동문학'이 걸어온 길」, 『아동문학』, 1962.7, 1쪽.
21 박세영, 「'아동문학' 창간 당시의 회상」, 『아동문학』, 1957.7, 72쪽.
22 북한의 자료는 『아동문학』 제1집이 '아동문화사'에서 발행되었다고 밝히고 있지만, 실제 자료를 확인해보니 '어린이신문사' 발행으로 되어 있다. 뒤표지에 『어린이신문』과 『어린동무』를 광고하는 난에도 이것들의 발행처를 '어린이신문사'로 밝히고 있는 것으로 보아, '아동문화사'와 '어린이신문사'는 다른 곳이 아니라 동일한 명칭으로 사용했다고 볼 수 있다.
23 송창일, 「'아동문학' 열 돌 맞이에」, 『아동문학』, 1957.7, 77쪽.

이로써『아동문학』창간호에서 사상투쟁을 벌였다는 사실을 알 수 있다. 이러한 과정을 거쳐서 결국 '아동문화사'는 간판을 내렸으며,『아동문학』은 2호부터 북조선문학예술총동맹 직속의 문화전선사에서 발행된 것이다. 당시 북조선문학예술총동맹 출판부장이 박세영이었다. 그는 1950년대와 60년대『아동문학』의 편집에 빠짐없이 관여했다.

'아동문화사 사건'에 관한 더 이상의 구체적인 기록은 찾아볼 수 없다. '아동문화사 사건'은 '응향 사건'보다는 파장이 적었지만, 아동문학 부문의 첫 번째 사상투쟁으로 자리매김된다. 아동문학의 방향을 계급적으로 틀어쥐기 위해 한설야·송영·박세영·이원우·김우철 등 카프 계열 작가들이 발 벗고 나선 사실이 간접적으로 확인되는데, 이는 북한 아동문학의 실질적인 출발점이 카프와 굳건히 연결되어 있음을 증명한다.

하지만 '아동문화사 사건' 이후에도『응향』에 작품을 발표한 동화작가 노양근이 북조선문학예술총동맹 아동문학 전문분과에 소속해 활동하고 있었던 점, 1950년대 문헌에서 반동작가로 규정된 박남수·양명문·장수 등의 작품 활동이 지속되었던 점, 특히 강소천의 활약이 두드러졌다는 점은 철저한 인적 청산이 이뤄지지 않았다는 증거가 된다. 아무래도 아동문학 쪽보다는 성인문학 쪽에 전력을 기울어야 하는 급박한 정치적 상황 탓일 것이다.

2.『아동문학』의 발행과 한식의 아동문학론

북조선문학예술총동맹의 기관지『문화전선』,『조선문학』,『예술운동』 등에는 송영·박세영·이동규·신고송·김우철·이원우·정청산 등이 거의 매호 등장하고 있지만 모두 성인문학일 뿐이고 이들 기관지는 아동문학 작품을 한 편도 싣지 않았다. 규모가 큰 공모전에서도 아동문학 부문이 빠져 있는 것을 보면, 아직 중앙 차원에서는 아동문학까지 손쓸 여력이 없었던 것 같다.

제2차 북조선예술총연맹 전체대회에서도 아동문학에 관한 내용은 없다. 송영·신고송·김우철 등이 발표자에 포함되었지만, 그들의 발언은 아동문학에 관한 것이 아니었다.[24] 이 대회에서 출판부장으로 선임된 박세영은 『문화전선』의 편집을 담당했다. 그러나 1946년 8·15해방 1주년 기념 예총행사(예정표)에서도 아동문학은 빠져 있었거니와, 1947년 8·15해방 2주년 기념행사로 개최된 '북조선문학예술축전'에서도 마찬가지였다.[25] 송영·신고송·이동규·박세영·이원우·김우철·강승한 등이 축전에 참여한 것을 확인할 수 있지만 아동문학 작품을 출품한 것은 아니었다.[26] 이 당시 아동문학의 현황은 1946년에서 1947년 사이의 문학적 발전을 말하는 통계수치에서 겨우 파악된다.

1946년 9월 제3차 북조선문학예술인 전체대회까지의 통계를 본다고 하면 다음과 같다. 전체문학인 1922명의 조직원 중 기지(旣知)의 문학인을 부문별로 본다면 시인 98, 작가 51, 창작가 75, 평론가 20, 아동문학가 38명이고, 창조적 성과의 부면에서 보자면 단편 172편, 희곡 273편, 시 1241편, 평론 124편, 가요 400편, 아동문학 468편의 성황을 이룬 것이다.[27]

문학예술역량의 이러한 성장을 기초로 하여 북조선문학예술인 제2차 전체대회(1946년 9월)는 북조선예술총동맹을 북조선문학예술총동맹으로 개편 조직할 것을 결정하였던 것이다. (……)

---

24 「제2차 북조선예술총연맹 전체대회 초록」, 『문화전선』, 1947.2 참조.
25 「북조선문학예술축전 개최에 대하여」, 『문화전선』 제5집, 1947.8 참조.
26 「북조선민족문학예술의 찬란한 개화를 시위하는 '북조선문학예술축전'」, 『조선문학』 창간호, 1947 참조.
27 안함광, 「북조선민주주의운동의 발전과정과 전망」, 『조선문학』 창간호, 1947, 268쪽.

이러한 우리 운동의 발전적 신단계가 빚어주는 예술적 분위기 가운데서 이룩되어진 문학적 창조의 성과를 일별한다고 하면 1947년 3월말 현재의 통계로 단편 350편, 희곡 489편, 시 1908, 평론 220, 가요 635, 아동문학 728의 성황을 보여주고 있다.[28]

이 글에 따르면 아동문학은 1946년 9월 대비 1947년 3월에 468편에서 728편으로 늘었다. 성인문학과 아동문학의 대비는 1946년 2210:468(21%), 1947년 3602:728(20%)로 비율이 조금 준 것으로 나타난다. '기지(旣知)의 문학인'은 1946년 9월 현재 성인문학가 244명에 아동문학가 38명으로 16%에 지나지 않는다.

해방 후 북한 아동문학의 전개 과정에서 가장 중요한 변화의 계기는 북조선문학동맹 아동문학 전문분과의 기관지 『아동문학』의 창간(1947.7)이라 할 수 있다. 제1집은 '어린이신문사'에서 발행되었고,[29] 평론 위주에다 한자를 섞어 쓴 것으로 보아 아동문학 관계자를 위한 전문 이론지의 성격을 지녔다. 앞서 살펴보았듯이 '응향 사건' 이후 광범하게 전개된 사상투쟁의 필요성에 부응한 산물일 것이다. 표지를 넘기면 제일 먼저 다음과 같은 '표어'가 등장한다.

1. 조선인민이 갈망하는 민주주의 임시정부를 수립하기에 최대의 노력을 다하고 있는 소련 대표단에게 전인민적 감사를 드린다!
1. 북조선 민주개혁만이 조선인민의 자유와 행복을 보장하는 유일한 길이다. 북조선 민주개혁을 토대로 하는 민주주의 임시정부 수립에 총역량을 집중하자!

---

28 안함광, 같은 글, 278쪽.
29 어린이신문사는 아동문화사에 속해 있다. 창간호 잡지에는 '어린이신문사'로 되어 있지만 뒤에 북한의 자료들은 '아동문화사' 발행이라고 기록하고 있다.

1. 조선인민의 행복의 상징인 민주주의 인민공화국 수립만세!
1. 조선인민의 선두에 서서 조선의 민주발전을 명시하며 조선민족을 행복의 길로 인도하는 조선민족의 영원한 영도자 김일성 장군 만세!

지원세력인 소련에 대한 감사의 표현과 민주주의 임시정부의 수립에 총역량을 집중하자는 과제에 이어 김일성을 민족의 영도자로서 예찬하는 정치적 색채를 앞세우고 있다.

『아동문학』 제1집의 차례는 다음과 같다.

○評論
李東珪, 解放朝鮮과 兒童文學의 任務
朴世永, 建設期의 兒童文學─童謠童詩를 中心으로 하여
金友哲, 兒童文學의 新方向
宋昌一, 北朝鮮의 兒童文學
金仁鏞, 兒童文學運動의 새로운 方向
뜨쑤가로꼬바, 소련의 兒童文學

○童謠
朴世永, 강물처럼
李貞求, 소년노동공
康承翰, 해
尹童向, 봄맞이
楊明文, 닭이 웁니다
한늪, 봄마중
李豪男, 한잠 자고 나면
裵豊, 떡방아

金聖壽, 손

安成鎮, 여름밤

張樹, 봄길

○童話

盧良根, 날아다니는 사람

姜小泉, 정희와 그림자

李園友, 물방앗간 이야기

金化淸, 눈길

姜孝順, 동무

申永吉, 엄마 얼굴

姜薰, 혼자 있는 동안에

○童劇

韓德宣, 빵장사

○講座

兪恒林, 作文을 어떻게 指導할까

宋泰周, 어떻게 兒童劇을 指導할까

표지는 정관철(鄭寬徹), 삽화는 남현주(南賢疇)라 되어 있다. 어린이신문사 편집부장 강훈이 쓴 편집 후기를 보면, 신고송의 동화평이 원고마감까지 도착하지 못해 수록하지 못했음을 밝혔다.

창간호에서 눈길을 끄는 것은 훗날 반동작가로 지목된 양명문, 장수, 강소천의 작품이 수록돼 있는 점이다. 한편 노양근의 「날아다니는 사람」은 이미 식민지시대에 발표한 같은 제목의 작품을 북한 실정에 맞게 조금 고쳐서 다시 발표한 것이다. 이로 미루어보면 이때까지도 아동문학 부문의 전문작가가 충분치 않았다는 것을 짐작할 수 있다.

창간호에서 가장 역점을 둔 것은 역시 평론이다. 지도이론의 성격이 짙은 제목만으로도 아동문학 부문을 새롭게 정비하려는 의지를 읽을 수 있다. 필자가 확인하기로는 이것들이 남북으로 아동문단이 나뉜 이후 북한에서 나온 최초의 본격적인 아동문학 평론들에 해당한다.

이동규는 초등 아동에게 주입된 일제잔재의 청산을 주장했다. "조선이 일본의 이 강도적 지배로부터 벗어난 뒤 그들의 제국주의적 파쇼적 영향을 가장 많이 지니고 있는 부분은 이 아동들인 것"이니 "일제적 파쇼적 잔재를 소탕하기 위한 문화의 투쟁은 이 부면에도 가장 맹렬히 전개되어야 할 것이며 아동문학의 당면한 과제도 정히 여기 있는 것"이라고 역설했다.[30]

박세영의 평론은 대단히 정치적이다. 그는 먼저 소련군대와 김일성의 위업을 예찬한다. 그리고 아동문학의 시대적 과제를 내왔다. 곧 "위대한 소비에트 군대는 조선민족을 해방하여 주었고 이 땅에 민주주의의 발전을 보장해 주었"으니 "우리 민족의 영웅 김일성 장군을 맞이하여 찬연한 민주건설 민주건국 일념에 매진"하게 된 시점에서 아동문학은 어떠해야 하는지를 설파하고자 한 것이다.[31] 구체적으로 그는 『어린 동무』에 발표된 작품들을 조목조목 비판했다. 그간 "아동문학에 대해 너무 무비판적 태도였기 때문에 자유분방한 이탈에로 흘렀던 것"[32]이라는 지적에서는 사상적으로 바짝 고삐를 틀어쥐려는 의도가 읽힌다. 1946년 1년간의 동요와 소년시를 보고는 "패망한 일제를 노래한 작품이 그림자조차 없고 그렇다고 해서 민주건설에 대한 작품을 또한 찾을래야

---

30 이동규, 「해방조선과 아동문학의 임무」, 『아동문학』 제1집, 1947.7, 3~4쪽.
31 박세영, 「건설기의 아동문학」, 위의 책, 6쪽.
32 박세영, 같은 글, 7쪽.

찾을 수 없다"[33]고 목소리를 높였다. '응향 사건'과 더불어 '아동문화사 사건'이 뒤따랐음을 앞에서 지적했는바, 박세영은 여기에서 순수주의 부르주아 아동문학 잔재와의 투쟁을 천명하고 나선 것이다. "지금 남조선에 있는 반동작가들이 쓰고 있는 따위의 기만적 현실도피적 반인민적 파쇼와 상아탑에 유사한 작품을 쓸 때는 결코 아니"[34]라는 결론이 이를 말해준다.

그 밖의 평론들은 제목을 감당할 만한 내용을 갖춘 것이 아니다. 다만 송창일의 「북조선의 아동문학」은 해방 후 북한 전역에서 벌어진 아동문학운동의 성과를 요약하고 있어 당시 상황에 대한 참조가 된다. 지역별로 주요 사항을 간추리면 이러하다.

신의주 : 동화집 『붉은별』이 이원우, 김우철의 합작으로 나왔다. 잡지로는 『아동문예』가 조선아동학예사 출간으로 창간되었는데 2호부터는 『어린이조선』이라 개제되었다. 여기에 박팔양, 이원우, 윤동향 등이 작품을 발표했다. 인민평론사에서 등사물로 된 월간 『새어린이』를 냈다.

원산 : 노양근, 최석숭(崔石崇)의 활약으로 월간 『별빛』이 꾸준히 간행되고 있다. 노양근의 장편동화 「꿈 파는 집」은 해방 후 첫 시험이다. 원산문학동맹 편 『아동문학집』의 예고를 보았는데 기대된다.

함남 : 어린이 문학잡지 『달나라』가 나왔으며, 『동화운동』이란 이론을 겸한 월간이 나왔다. 김요섭(金耀燮)의 눈부신 활약을 엿볼 수 있으며, 이호남, 박춘길(朴春吉), 김북원 등이 작품을 발표했다. 『동화운동』 제1호에 이경찬(李敬贊)의 「아동문학에 대한 일고찰」은 제목으로 기대를 가졌으나 편지글인지 수필인지 알 수 없다. 『동화운동』 제2호에 김곤(金崑)의 「아동문학에 관한 토막토막」은 아동문학의 영역을 잘 구명했다.

---

33 같은 곳.
34 박세영, 같은 글, 10~11쪽.

함흥 : 『어깨동무』라는 등사로 된 동화집이 나왔다.

평양 : 해방 직후 평양 아동문화사가 탄생되어 월간 『어린 동무』와 주간 『어린이신문』을 꾸준히 발행하여 왔는데 최근에는 북조선 교육국 발행으로 이관되어 북조선 전역을 대상으로 대규모의 출간을 계획하고 있다. 평양 아동문화사는 청년실업가 임성식(林盛植)의 뜻으로 탄생되었고 현재는 김인숙(金仁肅), 강훈, 신영길(申永吉), 안성진(安成鎭), 남현주(南賢疇) 등의 문학동인이 활약을 보이고 있다. 『어린 동무』지상을 통해 가장 많이 노력한 작가는 동요에 박세영, 강승한, 박석정, 신고송, 이정구, 고의순(高義淳), 윤동향, 배풍, 안성진 외, 소년시에 양명문, 동화나 소년소설에 한덕선(韓德宣), 이진화(李鎭華), 강소천, 김화청(金化淸), 차영덕(車永德), 김신복(金信福), 이호남, 이동규, 신영길, 강훈, 송창일 등이며, 외국동화 번역작가로는 소련 편으로 김경신(金敬新), 이옥남(李玉男), 불란서 편으로 이휘창(李彙昌), 영국 편으로 박화순(朴和淳), 김조규 등을 들 수 있다. 아동극은 조성(趙成), 마완영(馬完英), 김이석(金利錫) 등이 활약했다. 문학과는 다른 부문이지만 소련사정 소개로 이찬, 한설야, 안함광, 김창수(金昌洙), 방희영(方熙榮) 등과 시사 이야기를 쉽게 해설해준 김영혁(金永赫) 등의 글이 직간접으로 영향을 미쳤다. 특히 지도이론이 빈약한 아동문단에 평이한 문장으로 「문학 이야기」를 써서 문학을 지망하는 아동들에게 지표를 열어준 최명익의 공을 빼놓을 수 없다.[35]

송창일의 글을 통해서 해방 직후 북한 전역에서 벌어진 아동문학운동의 상황을 살펴볼 수 있거니와, 아직까지는 사상적으로 확고한 방향이 잡히지 않은 자연발생적인 출판 양상임을 짐작케 한다. 단순히 양상을 나열한 송창일의 글이 그간의 상황을 매우 비판적으로 검토한 박세영의 글과 나란히 실린 것은, 『아동문학』 창간을 통해 새로운 정비를 도모하

---

35 송창일, 「북조선의 아동문학」, 앞의 책, 19~26쪽에서 발췌.

고 나섰지만 아직은 완료형이 아니라 진행형인 사정임을 엿보게 해준다. 이는 창간호에 실린 작품들에 정치적 색채가 그리 짙게 나타나지 않은 것을 통해서도 확인되는 사항이다. 대부분의 작품들이 자연 현상에 북조선의 희망을 가탁하고 있는 정도에 그치고 있다.

『아동문학』은 계간으로 창간되었다지만 여건이 좋지 않았기 때문인지 2집은 거의 1년이 지난 시점에야 발행되었다. 2집은 현재로서는 광고로만 확인되고 있는데, '동화, 소년소설, 동요, 동시, 소년시, 아동극' 등 장르명을 나열하고, '북조선문학동맹 아동문학전문위원회 편, 180항, 문화전선사 간행'이라고 밝혔다.[36]

『아동문학』은 전쟁이 끝난 1954년부터 월간으로 바뀌어 발행되기 시작했으며 지금도 발행되고 있는 북한의 대표적인 아동잡지다. 월간으로 발행되기 이전의 『아동문학』은 발행 횟수도 적었지만 그마저도 구해볼 수 있는 것이 얼마 되지 않는다. 따라서 이 시기의 아동문학 자료들은 손에 닿은 모든 것들을 꼼꼼히 살펴볼 필요가 있다. 1949년 1월 '신간 『아동문학』 조쏘친선 특집호' 광고는 참여 작가를 다음과 같이 밝혔다.[37]

동요: 박세영, 강소천, 장수, 유연옥, 김학연, 박경종, 이성홍, 김우철, 이정구

동시: 박남수, 남응손, 윤동향, 양명문, 강승한

동화: 강훈, 이원우, 박태영, 이호남, 송창일

동극: 김순석

총 20명 가운데 구 카프 계열은 박세영·김우철·이원우 3명뿐이다.

---

36 『문학예술』, 1948.7 참조.
37 『문학예술』, 1949.1.

여기 수록된 작품들은 모두 '조쏘친선 특집'에 맞는 내용일 것이나, 뒤에 반동파로 규정된 장수·박남수·양명문, 그리고 월남한 아동문학가 강소천이 포함되어 있는 것이 눈에 띈다.

『아동문학』은 2호부터 어린이독자를 대상으로 했기에 평론을 제외한 아동 독물 위주로 편집되었다. 이제 아동문학 평론은 『문학예술』, 『조선문학』, 『문학신문』 같은 데에서 수용하기 시작했다. 중앙기관지 최초로 나타난 아동문학 평론은 한식의 「아동문학의 중요성」(『문학예술』 제2호, 1948.7)이란 글이다. 한식은 식민지시대 카프 제1차 방향전환을 주도한 동경 제3전선파의 일원으로서 카프 중앙위원을 지냈고, 함남에 거주하고 있던 재북파로서 해방 후 조선프롤레타리아문학동맹에 가담했다. 북조선문학예술총동맹의 중앙위원으로 제2차 북조선예술총연맹 전체대회에서는 첫 번째 보고연설 「예술전선의 강화에 대하여」를 발표한 바 있다. 이런 한식이 아동문학의 중요성을 강조하고 나선 것은, 중앙 차원에서도 아동문학에 주의를 돌리기 시작했다는 사실을 말해주는 것이다.

한식의 글은 아동문학의 역할을 상기시키는 부분과 아동문학의 창작에서 고려할 점을 제시하는 부분으로 구성되어 있다. 그는 식민지시대의 노예교육과 가정의 봉건적 잔재로 말미암아 미망에 갇혀 있는 아동을 민주주의적으로 교육하는 데에 아동문학의 중요한 역할이 있다고 역설했다. 그 역할을 수행하기 위해서는 아동문학인만이 아니라 "우수한 문학가가 아동문학에 참가하여야"[38] 한다는 것이다. 그는 "문학가는 첫 경험으로 아동문학을 한다든가 일류의 문학가가 되지 못함으로써 아동문학가가 되어보겠다는 그와 같은 옳지 못한 인식"[39]을 가져서는 안 된다면서 흔히 아동문학에 대해 잘못 인식하고 있는 문제점을 짚었다. 아

---

38 한식, 「아동문학의 중요성」, 『문학예술』 제2호, 1948.7, 41쪽.
39 같은 곳.

동문학은 "조선문학 가운데의 가장 중심 되는 위치를 점령하여야 하겠고 아동문학가들은 충분한 사상적 문학적 교양으로서 무장한 사람으로 되어야"[40] 한다는 것이다. 이어서 아동문학 창작에서 중요하게 고려해야 할 점으로 다음 여섯 가지를 들었다.

첫째, 아동의 의식과 성격을 과거의 그것으로부터 개조해야 할 것.

둘째, 새로운 북조선의 환경에 맞는 노동과 생산의 의의를 가르칠 것.

셋째, 인민의 역사를 가르칠 것, 더욱이 인민역사 가운데서 가장 찬란한 페이지를 가졌던 김일성 장군의 투쟁사를 더 많이 취급할 것.

넷째, 과학적 독물을 창조할 것.

다섯째, 국제주의적 정신을 배양할 수 있는 화보·완구·그림책을 풍부히 만들어줄 것.

여섯째, 풍부한 상상력을 발휘하는 작품을 만들 것.

이와 같은 내용은 당시 문학 일반에 대한 창작 지침과 거의 겹치는 것이다. '의식 개조', '노동과 생산의 의의', '인민의 역사와 김일성 장군 투쟁사', '국제주의 정신' 등이 그러하다. 요컨대 북조선문학예술총동맹의 강령적 내용에 아동문학의 특수성을 결합해 놓은 모습이라고 할 수 있다. 이 가운데 '풍부한 상상력'을 주문하고 나온 것이 눈길을 끈다. "아동문학의 교화적 의의를 더욱 철저히 인식"[41]해야 한다는 주장과 '풍부한 상상력'을 발휘하는 작품을 쓰라는 주문은 이처럼 단순 나열되고 있는 한에서 충돌의 가능성을 지니고 있다. 하지만 두말할 필요도 없이 상상력이 아동문학에서 매우 중요한 요소라는 점을 감안한다면 한식은 아동문학을 비교적 제대로 이해하고 있는 셈이다.

---

40 같은 곳.
41 한식, 같은 글, 47쪽.

상상력은 아동들의 원망(願望)들이 실현되기 위하여서의 가능케 하는 방법 즉 구성력을 말하는 것이다. 나는 우리 아동들이 강력한 인간이 되고 위대하게 발전할 수 있는 민족의 아들이 되기 위하여 대담한 공상과 상상의 구성력을 가져야 할 것을 말한다. (……)

우리 아동들이 달을 따서 술래잡기를 만들며 열 개 스무 개의 차륜이 있는 자동차를 그린 아동의 세계를 성인된 사람들의 소주관(小主觀)에서 재단하여 무시하는 것 같은 것은 가장 과학적으로 교육한다 하면서도 그 방법에 있어서 가장 비과학적이었다는 것을 자각하여야 할 것이니 그와 같은 아동의 세계는 이제로부터 더욱 육성시켜야 할 것이다. 아동의 공상에 과학을 조력시켜야 하지마는 그 미래의 현실이 될 수 있는 또 그 구성력이 되는 몽상과 상상에 대하여 단절하여 버리려는 것은 아동들에게 미래의 희망을 또 그 발전의 새 맥동을 단절하는 것 같은 어리석은 수작이 되고 말 것이다.[42]

계급주의 아동문학론의 흐름에서는 이 정도의 공상·몽상·상상을 긍정하는 시선도 찾아보기 쉽지 않다. 동심주의 관념에 맞서면서 아동의 '현실'을 강조하려다가 그만 '공상과 상상'까지 추방시키는 오류가 적지 않았던 것이다. 물론 한식이 말하는 "대담한 공상과 상상의 구성력"은 다소 기법에 치우쳐 있고 추상성이 높은 표현이라서 현실에 대한 '주관적 과장'(윤색)을 정당화하는 쪽으로 구부러질 여지를 남기고 있다. 어쨌거나 한식의 글은 "모든 역량 있는 문학가들이 이제로부터의 아동문학의 창조사업을 시작할 것이 금일 조선 문학에 있어서의 중요한 급무의 하나"[43]라는 주장으로 끝을 맺는다.

---

42 한식, 같은 글, 46~47쪽.
43 한식, 같은 글, 48쪽.

3. 『아동문학』의 작품 양상

아동문학 관계자를 대상으로 한 창간호를 제외하고 어린이독자를 상대로 해서 평화적 건설시기에 나온『아동문학』가운데 구해볼 수 있는 것은 4집(1949.6)과 6집(1949.12)뿐이다. '발행인 안함광, 발행소 문화전선사'로 되어 있다. 이것들과 거의 동일한 위상을 지니는 것이『아동문학집』제1집(1950.6.10)이다. 역시 안함광을 발행인으로 문화전선사에서 발행되었다.『아동문학집』은 작품선집이니만큼 그때까지의 창작성과에 대한 결산이자 어느 정도 대표성을 띠는 것들의 모음이겠는데, 편집체계나 작품양상 그리고 수준면에서『아동문학』과 거의 동일한 위상이다. 유일한 차이라면『아동문학집』에는 평론이 포함되어 있다는 것뿐이다. 소련의 작품을 번역해서 함께 실은 것도 동일하다. 둘 다 장르별로 장을 나누어 편집했고 세로쓰기로 되어 있다. 장르 명칭은 '동요, 동화, 소년시, 소년소설, 동극, 평론' 등이다.『아동문학집』을『아동문학』의 별권으로 간주하고, 수록된 모든 작품을 장르별로 함께 살펴보는 것이 여러모로 적절할 것이라고 여겨진다.

동요

작가	작품명	발표	비고
박세영	전차	『아동문학』4집	행복한 생활
태민	휘파람	〃	소년단
한기	공장 탁아소	〃	행복한 생활
이향엽	오빠 사진	〃	인민군대
강소천	자라는 소년	〃	행복한 생활
강승한	우리나라 비행기	『아동문학』6집	인민군대
남응손	가을 아침	〃	현물세
강소천	나두 나두 크면은	〃	인민군대
송순일	방아	〃	행복한 생활
최석숭	우리 마을	〃	풍년
한기	준비하지요	『아동문학』6집	소년단

이향엽	나따샤야 잘 있느냐	〃	조쏘친선
이설제	나팔꽃	〃	조쏘친선
송순일	우리 아버지	『아동문학집』 1집	조쏘친선
김연호	보슬비	〃	행복한 생활
강소천	둘이 둘이 마주 앉아	〃	문맹퇴치
최석숭	도리깨질	〃	현물세
황동식	봄들	〃	인민경제
백영현	밤구이	〃	조쏘친선
신맹원	눈 쓸러 나가자	〃	소년단
박경수	새꽃밭	〃	소년단

동요는 소년시에 비해 낮은 연령을 대상으로 한다. 작곡되어 노랫말로 쓸 수 있는 것이기에 반복적 운율감이 두드러져 있다. 3음보 7·5조와 2음보 4·4조에 맞춘 것들이 대부분이다. 그런데 음수율로 구분할 수 없을 정도로 자유로운 운율을 지닌 것들도 보인다. "흰눈이 폭 폭/내리는 밤/화롯가에 쪼그리고 앉어/밤구이 하면//지난해 아빠 따라/쏘련으로 돌아간/안나와 까챠가/보구 싶어요//안나와 까챠는/삐노넬 이야기/우리는요/학교 소년단 이야기"(백영현, 「밤구이」 1~3연) 같은 것이 그러하다. 이 시기에는 '동요'란 명칭에 동시까지 포함시켜서 대상연령을 기준으로 '소년시'와 구분했던 것 같다.

이들 동요 중에서 특별히 눈에 띄는 수작은 보이지 않고, 새 나라의 밝고 희망찬 정서가 주조를 이루는 가운데 소년단 생활, 인민군대 예찬, 문맹퇴치, 현물세, 조쏘친선 등 당시 정책과 관련된 테마를 보이는 것들이 대부분이다. 낮은 연령을 대상으로 하고 있느니만큼 정치성이 두드러진다기보다는 소재 면에서 정책의 일단이 엿보이는 정도이다.

소년시

작가	작품명	발표 매체	비고
유연옥	준비	『아동문학』 4집	소년단
박경종	푸른 교실	〃	북한의 우월성
강승한	편지	〃	사회발전상

고의순	학습회	〃	학습고취
김연호	지도	〃	조쏘친선
김북원	국기	〃	공화국예찬
남응손	학교 가는 길	〃	공화국예찬
이호남	이삭줍기	『아동문학』 6집	소년단
황민	산에 오라 운동을 하자	〃	소년단
장수	해바라기	〃	조쏘친선
강동일	봉선화	〃	조쏘친선
박세영	산에 산에 나무를 심어	『아동문학집』 1집	나무심기 장려
강승한	발자국	〃	문맹퇴치
황민	날아갑니다	〃	항전정신
박석정	현물세를 바치러 나도 간다네	〃	현물세

높은 연령을 대상으로 하는 소년시는 동요보다 정치적 색채가 한결 뚜렷이 드러나 있다. 「국기」, 「현물세를 바치러 나도 간다네」처럼 제목부터 정부시책을 그대로 반영한 것, "익으면 씨를 따서/와랴한테 보낼테야"(장수, 「해바라기」), "크고 진한 한 송이는/편지 속에 함께 넣어/따 냐에게 보내지요"(강동일, 「봉선화」)처럼 꽃을 노래하면서 조쏘친선의 주제로 귀결되는 것들은 그 대표적인 예이다.

소년단 생활, 학습과 근로의식 고취 등을 그린 것들에도 정책을 의식한 표현들이 꼭 끼어 들어가 있다. "공화국을 받들어/큰일을 해내자고"(유연옥, 「준비」), "장백산 속 김 장군님 이야기 하면"(박경종, 「푸른 교실」), "우리나라 해방시킨/고마운 쏘련나라"(김연호, 「지도」), "내 나라 국기도 맘대로 못 그리는/남반부 동무들"(김북원, 「국기」), "원쑤를 박차고 벗적 벗적"(황민, 「산에 오라 운동을 하자」), "전쟁을 일으키려는 놈들을/마구 쳐부수러"(황민, 「날아갑니다」) 등이 그런 예이다.

동화

작가	작품명	발표 매체	비고
이호남	꿀벌과 여우	『아동문학』 4집	협동정신
이원우	열두 가지 과일이 열리는 나무	『아동문학』 6집	과학적 농법 탐구

이경로	짐찻간 이야기	〃	경제적 교훈
최석숭	개미와 모기	〃	근로정신
강훈	양촌	『아동문학집』 1	미국선교사 증오

동화는 소년소설보다 낮은 연령을 대상으로 하며, 의인화·공상·환상 등의 수법을 활용하는 특징을 지닌다. 삶의 원리에 뿌리를 두더라도 옛이야기처럼 비현실적인 서사로 되어 있는 것이다. 그런데 리얼리티의 결여태로서 과장과 왜곡이 두드러진다 싶은 현실적인 서사도 일부 포함되어 있다. 동요와 소년시의 구분이 그러했듯이 어느 정도는 대상연령으로 동화와 소년소설을 구분한 것 같다.

이호남의 「꿀벌과 여우」는 욕심쟁이 여우에게 복수하는 꿀벌들의 단합된 힘을 그린 것이고, 최석숭의 「개미와 모기」는 남의 피를 빨아먹는 모기와 열심히 일하는 개미를 대조시킨 교훈적인 작품이다. 이경로의 「짐찻간 이야기」는 농촌 지역에서 생산된 감자들이 공장근로자에게 운송되는 과정에서 나누는 대화를 그린 것으로 경제적 지식을 가르쳐주는 작품이다.

의인화 수법으로 사람처럼 말하는 동식물이 등장하는 것들과 달리, 이원우의 「열두 가지 과일이 열리는 나무」와 강훈의 「양촌」은 현실적인 서사를 그린 작품이다. 「열두 가지 과일이 열리는 나무」에서 소년이 사과나무를 키우며 열두 가지 과일이 열리기를 소망하는 것은 물론 동화적인 발상이라고 할 수 있다. 그렇지만 소년이 탐구심을 발휘해 열두 가지 과일을 열리게 하는 물을 만들어 사과나무에 뿌려주는 서사 진행은 공상이나 환상 수법으로 이루어진 내용이라 보기 어렵다. 중간에 삽입된 '사과나무에서 열두 가지 과일이 열리는 비현실적인 장면'은 꿈으로 처리되어 있다. 유명한 소련의 과학자 할아버지가 등장해서 끈기와 노력이 필요하다는 교훈을 전하는 장면도 현실적인 서사에 해당한다. 「양촌」은 더 한층 현실적인 서사로 일관하는 작품이다. '양촌'은 미국 사람이 사는 동네를 가리킨다. 작품 속에서 미국인 선교사 부부는 밖에서는 인자한 척하지만 집안에서는 난폭하고 교활하기 짝이 없는 인물로 그려져 있다. 미국인 선교사 집에 고용되어 일하는 아버지와 어머니는 온갖 폭력과 수모를 겪고 있으며, 주인공 소년도 그 집에 갔다가 못된 선교사 아들에게 봉변을 당한다. 끝내는 아버지와 어머니가 선교사 집에서 일을 박차고 나온다는 결말인데, 선동성이 두드러진 작품이다.[44]

소년소설

작가	작품명	발표 매체	비고
장수	편지	『아동문학』 4집	인민군대
전경순	귀여운 선물	〃	인민군대
강효순	승리	『아동문학』 6집	모범분단 쟁취
송창일	못자국	『아동문학집』 1집	인민항쟁
고일환	산소년과 바람	〃	인민항쟁

소년소설에서는 정치의식을 강화할 수 있는 주제가 표면에 드러나 있다. 북한 사회가 식민지시대에 비해 얼마나 살기 좋은지, 또 식민지체제와 다름없는 남한 사회에서는 인민들이 지배세력에 맞서 어떻게 싸우고 있는지를 그려낸 것들이 대부분이다.

장수의 「편지」는 인민군대에 있는 형에게 부치는 편지글 형식으로 설교를 바로 드러내는 서술로 되어 있다. 아버지는 현물세와 애국미를 일등으로 바치겠다고 하면서도 형이 인민군대에 지원하려는 데에는 마뜩찮게 여겼던 인물이다. 하지만 인민군대는 왜정 때와 전혀 다르다는 형의 설명에 생각을 바꾼다. 전경순의 「귀여운 선물」은 인민군대 아저씨에게 선물을 하려고 헝겊인형을 만드는 어린아이의 귀여운 모습을 그렸는데, 처음부터 주제의식을 훤히 드러내고 있다.

---

44 1957년 조선작가동맹출판사에서 발행한 강훈 작품집 『산막』에는 「양촌」이 소설로 분류돼 있다.

강효순의 「승리」는 모범분단에 수여하는 '승리의 깃발'을 차지하기 위해 분단사업에 힘쓰는 소년단 아이들의 생활을 그린 것이다. 학업성적·출석성적·청소성적과 가정에 문맹자가 있는지 여부를 가지고 모범분단을 결정한다는 그 당시 형편을 엿볼 수 있는데, 지각을 하게 된 철수를 주인공으로 해서 우여곡절 끝에 철수네 분단이 우승기를 차지하다는 결말로 나아간다. 교훈을 앞세운 작위성의 한계를 안고 있다.

인민항쟁을 다룬 작품들은 선악대립을 극대화한 장면 묘사로 리얼리티를 잃고 있는 경우가 대부분이다. 정치의식을 앞세움으로써 공감을 자아내기 힘든 인물묘사가 쉽게 허용되고 있다. 송창일의 「못자국」에는 아버지가 김일성 빨치산 부대에 들어간 것을 자백하지 않았다고 '왜놈 선생'이 소학교에 다니는 주인공의 손에 못을 박은 사연이 나온다. 결국 누군가 아버지의 행방을 일러바쳐서 소년은 학교에서 퇴학당하고 만다. 현실적인 서술이 요구되는 소설을 비현실적 서술이 자유로운 동화처럼 과장스럽게 그려낸다면 왜곡이 될 것이다. 고일환의 「산소년과 바람」은 빨치산에 들어가는 소년의 이야기를 그린 것으로 '적'의 비인간성을 그리는 장면이 다음과 같이 서술되어 있다.

"내일 아침 말이야. 이 늙은이와 저기 가둔 놈들을 모조리 총살해버리세 응? 괜히 두어둬야 일에 방해만 되니까 히히히!"

"그래 그래. 그리고 말이야. 또 저 마을도 몽땅 불살라버립세. 괜히 두어둬야 산엣놈들의 편만 되니까 흐아흐아흐아!"[45]

동화에 나오는 도깨비들이 나누는 대화라면 모를까, 소년소설에 흔히 나오는 이런 식의 대화는 '아동이 이해하기 쉬운 서술'로도 변명할 수

---

45 고일환, 「산소년과 바람」, 『아동문학집』 제1집, 문화전선사, 1950, 97쪽.

없는 '수준 미달'에 해당할 것이다.

동극

작가	작품명	발표 매체	비고
박태영	할머니와 소년단원	『아동문학』 4집	문맹퇴치
박병준	열매	『아동문학집』 1집	권선징악

동극은 그리 많은 편수라고는 할 수 없지만 소련 작품을 번역해서라도 빠짐없이 싣고자 했다. 연극이 지닌 운동성과 선전성의 효과를 중요하게 여기고 있었던 데다, 식민지시대부터 이 분야를 대표해온 송영과 신고송의 영향도 적지 않았을 것이다. 박태영의 「할머니와 소년단원」은 글 못 읽는 할머니를 한글학교에 나가게 하려는 소년단원의 끈질긴 활동을 다룬 것으로 정부시책을 홍보하는 내용이다. 박병준의 「열매」는 동물을 배역으로 했다. 악역을 맡은 쥐, 두더지, 거미할멈에 맞서서 바람과 봄아씨가 꿀벌, 열매(씨앗), 개구리, 맹꽁이 등과 함께 봄을 맞이하기 위해 분투한다는 내용인데 일종의 동화극이라 할 수 있다.

평론

작가	작품명	발표 매체	비고
송창일	1949년도 소년소설 총평	『아동문학집』 1집	
김순석	동요작품에 대하여	〃	

'선집'에 실린 평론은 실천비평으로서 1949년도 작품들을 평가·점검하는 것들이다. 이 당시 창작의 양상을 살피는 데 보완이 될 뿐더러 작품 평가기준에 대해서 살펴볼 수 있는 자료들이다.

송창일의 「1949년도 소년소설 총평」은 1949년 지상에 발표된 소년소설이 모두 30편이고 집필한 작가는 12명이라고 밝히고 있다. 이는 그 해 남한에서 지상에 발표된 소년소설 편수에는 크게 모자라는 수치일 것이다. 월북·재북 아동문학 작가들의 작품 활동이 주로 성인문학 쪽에서 이뤄진 점을 고려해볼 때, 당시까지 아동문학은 상대적으로 소외된 분야임을 이로써도 짐작할 수 있다.

송창일은 1949년도 소년소설은 "현하 우리에게 절실히 요구되는 방향"에서 취재되었다면서 "민주건설, 근로정신, 애국사상, 인민항쟁, 인민군대, 조쏘친선, 소년단 생활, 학업성적 제고, 과학탐구"[46] 등을 주요 테마로 나열했다. 특히 그는 "구국투쟁에서 취재한 새로운 작품이 7편이나 접하고 있다는 사실"을 들고, 이는 "아동문학 작가들이 정치적 각성이 높았다는 것과 무엇을 써야 옳을까에 대한 연구의 발로"[47]일 것이라고 말한다. 소년빨치산 투쟁과 인민항쟁을 다룬 작품들이 여기 포함될 것이다.

송창일은 테마별로 대표작품을 하나씩 들어가면서 긍·부정의 평가를 내렸는데, 그 강조점만 정리하면 다음과 같다.

주제	작품	긍정	부정
인민항쟁	신영길 「순철이는 죽지 않았다」	남반부 애국소년의 눈부신 유격활동 모습을 능숙한 문장 필치와 박력 있는 사건을 무리 없이 전개시킴으로서 가장 흥미 있는 감명을 줌.	순철이를 정연한 조직과 명령 계통에 의해서 움직이는 것이 아니라 개인영웅으로 내세운 감이 있음.
인민항쟁	김연호 「영철이와 어머니」		소년 영웅의 형상에서 주인공을 소극적으로 취급했는데 주인공이 주동적 역할을 놓아야 함.
과학탐구 의욕	강효순 「어린 과학자」		사건을 행동과정으로 형상하는 대신 작가의 설명으로 또는 다른 인물의 실화를 소개하는 오류를 지녔음.

---

46 송창일, 「1949년도 소년소설 총평」, 『아동문학집』 제1집, 문화전선사, 1950, 130쪽.
47 송창일, 같은 글, 131쪽.

소년단원 활동	전경순 「새로운 자랑」		조직적인 계획성과 목적의식성이 없음.
소년단원 활동	고일환 「형과 아우」		학업성적이 저하되었다 하여 힐책을 당한 어린 아동이 밤길을 방황하는 '부정면'은 구태여 그릴 필요가 없음.
조쏘친선	강훈 「스탈린그라드에 있는 동무」		입신출세주의의 인상을 주는 낡은 이데올로기의 잔재가 보임.

송창일은 인민항쟁을 그린 신영길의 「순철이는 죽지 않았다」를 높이 평가한 반면, 다른 작품들은 문제점을 더 지적한 편이다. 강효순의 「어린 과학자」를 평하는 자리에서 작가의 설명이 아니라 형상화가 더 중요하다는 타당한 지적을 하고 있음에도, 그 형상과 묘사의 현실성에 대한 성찰은 보이지 않는다. 때문에 「순철이는 죽지 않았다」에 대한 그의 높은 평가도 신뢰하기가 어렵다. 그의 글에서는 신파적으로 과장된 활극 요소가 강할수록 당성과 계급성이 높다고 보는 시각이 지배적이었다. 김연호의 「영철이와 어머니」를 평하면서 다음과 같이 주인공이 소극적으로 취급되었다고 비판하는 것을 보면 이러한 심증은 더욱 굳어진다.

그것은 장에 갔던 어머니가 원쑤놈들의 총에 다리를 맞으면서까지 가져온 삐라를 영철이는 집에 가만히 있다가 받아 가지고 동리로 회람시키러 뛰어나가는 내용인데 여기서 우리는 무엇을 배웠으며 얻었는가?

작자는 영철을 가장 애국적인 소년 영웅으로 만들려고 의도했을 것이다. 영철의 활동 모습을 형상화하지 못한 데에서 한 개의 힌트밖에 줄 수 없는 아주 소극적인 작품으로 되고 말았다.

그렇다면 새로운 타입의 소년을 주인공으로 함에는 사건의 주인공인 소년이 언제나 주동적 역할을 놀아야 할 것이다.[48]

이런 식의 비판은 결국 소년 주인공이 무리한 투쟁에 나서도록 해서 현실성 없는 작품을 낳는 방향으로 작용할 수밖에 없다. 전경순의 「새로운 자랑」을 두고 "근로 작업 행정에 있어서는 적극성이 부족하며 교재원을 만드는 데 대한 목적의식이 결여되어 있다"[49]고 비판하는 것이라든지, 고일환의 「형과 아우」에서 소년이 밤길을 방황하는 모습을 그린 것을 두고 "민주주의 국가에 이런 특수한 인간도 존재할 수는 있으나 구태여 이런 인간을 내놓을 필요는 없는 것"[50]이라면서 긍정적인 면을 제고시키는 쪽으로 비평이 가해지는 것도 현실성 없는 작품을 낳는 방향으로 작용하기는 마찬가지일 것이다.

김순석의 평론 「동요 작품에 대하여」도 "국가와 인민에게서 맡겨진 고상한 임무"[51]를 서두에서 환기시키고, 가장 중요하게 제기되는 것은 '테마'라고 역설했다. 동요 비평치고는 매우 격한 어조로 다음과 같이 동요가 취급해야 할 테마들을 나열했다.

그것은 조국애의 사상으로 아동들을 무장시키는 테마이며, 그것은 민주와 반민주의 격렬한 투쟁 속에 어떻게 아동으로 하여금 반민주진영을 증오하고 혐오하며 그것을 싸워 이겨나가는가 하는 테마이며, 그것은 과거 오래인 식민지통치의 잔재를 뽑아버리고 가장 신성한 것으로 노력을 애호케 하며 노동계급이 가장 선진적인 계급임을 인식케 하며 아동이 스스로 노동을 동경케 하게 하는 테마들이다.[52]

김순석은 이어서 아동문학 분과위원회가 선정한 1949년도 동요작품

48 송창일, 같은 글, 132~133쪽.
49 송창일, 같은 글, 135쪽.
50 송창일, 같은 글, 136쪽.
51 김순석, 「동요작품에 대하여」, 『아동문학집』 1집, 141쪽.
52 김순석, 같은 글, 142쪽.

을 테마별로 나누어 살폈다. '계급투쟁과 집단의 힘'을 테마로 한 박세영의 「왕개미를 내어쫓고」, 이호남의 「바다로 가자」, '근로정신 애호'를 테마로 한 강소천의 「자라는 소년」, 「야금의 불꽃은」, 한기의 「공장탁아소」, '농촌건설 면'을 테마로 한 최석학의 「현물세」, '조쏘친선'을 테마로 한 이성홍의 「리다야 잘 가거라!」, 김우철의 「잘 가거라 소련 동무야」 등이 그것들이다. 정치적으로 요구되는 테마와 동요의 정서를 평자가 어떻게 연결지어 바라보는지를 살피기 위해 몇 군데 인용을 해보기로 한다.

① 우리는 부단히 아동들에게 적대계급의 불의와 태만과 범죄가 얼마나 조국과 인민에게서 멸시 받아야 하는 존재이며 쳐 물리치지 않으면 안 되는 적인가를 충분히 납득시켜야 한다.

이런 교양은 아동들에게 악에 대한 멸시와 혐오감! 이것이 막연하고 과거잔재적인 인도주의적 선악 관념으로 받아들이게 씌어져서는 안 된다는 것은 물론이다.

우리는 이 테마를 가지고 작품을 쓸 때 인민의 적을 극히 하등한 존재이고 사회적으로 아무런 가치가 없는 존재일뿐더러 필연코 패망한다는 의식을 강조하여야 할 것이다.[53]

② 적극적으로 근본적인 테마를 선택하였음에도 불구하고 아동은 다만 야금 공장 불꽃 앞에 세워놓는 데 그친 것은 노동을 동경하고 노동에 접근시킨 데는 효과를 가져왔지만 노동 자체를 어떻게 보아야 하며 장차 자기도 자라면 어떻게 하겠다는 결의가 전혀 결여되었기 때문에 가장 중요한 노동의 의의가 설명되지 않았다.[54]

---

53 김순석, 같은 글, 144쪽.
54 김순석, 같은 글, 150쪽.

③ 현물세 우차가 지나가는 것을 어른들은 히죽 벌죽 웃고 바라만 섰고 아동들은 만세 만세 부르며 군대행진처럼 바라보고 서고만 있다. 달구지에 가득 싣고 현물세가 지나간다면 그것을 무겁건 가볍건 밀어주려는 의욕이 생기는 것이 자연스러운 아동의 심리일 것이다. (……)

근로를 방관하는 태도는 대체로 유해로운 결과를 가져온다는 것을 우리는 기억하여야 할 것이다.[55]

인용문 ①은 박세영의 「왕개미를 내어쫓고」가 집단적 투쟁력을 보여주는 좋은 작품이라면서, 단순해 보이는 이런 작품이 아동에게 주는 교양의 가치는 매우 크다고 설명하는 대목이다. 계급의 적에 대한 증오와 적개심을 높이는 것에 치중하는 카프 시기부터의 계급주의 아동문학의 논리가 그대로 되풀이되고 있다.

인용문 ②는 강소천의 「야금의 불꽃은」을 두고, "공장을 동요로는 그리기 어렵다는 일부 옳지 않은 작가들의 관념을 깨뜨리고 훌륭히 묘사된 작품"[56]으로 평가한 뒤에 그 한계를 비판하는 대목이다. 여기에서처럼 '결의'의 결여를 비판하는 것은 소설에서 '적극적 투쟁'의 인물형상을 강조하는 것과 마찬가지로 생활의 진실을 해치고 의도를 노출하는 작위적인 창작으로 이끌 것이다.

인용문 ③은 최석학의 「현물세」를 "전혀 아동심리를 파악치 못하고 쓴"[57] 결점투성이 작품이라면서 비판하는 대목이다. 평자는 "농악을 무슨 음악소릴까? 하고 의아해하는 아동이 오늘엔 없을 것"[58]이라면서 아동심리를 언급했지만, 텍스트상의 "따따따 다따 쿵다 쿵다/무슨 음악소릴까"는 악기에 대해 의아해하는 것이 아니라 무슨 일이 벌어졌는지

55 김순석, 같은 글, 153~154쪽.
56 김순석, 같은 글, 150쪽.
57 김순석, 같은 글, 154쪽.
58 같은 곳.

를 궁금해하는 아동심리의 표현이라고 봐야 할 것이다. 평자는 또한 "근로를 방관하는 태도"를 문제 삼았는데 잔치판처럼 행진이 벌어지고 있는 길가에서 구경꾼 이상이기를 요구하는 것은 지나치다. 모든 면에서 방관이 아닌 적극적인 행동 여부를 기준으로 삼는 평가태도는 ②의 경우와 동일한 효과를 빚을 수밖에 없다.

송창일과 김순석의 실천비평은 앞서 한식이 모호하게 언급한 '풍부한 상상력'이란 씨앗이 나쁜 쪽으로 구부러지고 있는 모습을 보여준다. 즉 아동문학의 온전한 발전을 돕는 비평이 아니라, 아동에게 편향된 정치의식을 주입하는 작품을 강요하는 정치적 검열자로서의 비평을 확인하게 된다.

4. 『어린 동무』와 『소년단』의 작품 양상

1) 『어린 동무』

해방 직후 아동문화사에서 나왔다는 『어린이신문』은 현재 손에 닿지 않지만 『어린 동무』는 몇 권 정도를 살펴볼 수 있다. '소년소녀 월간잡지'라고 표시되어 있는데, 제1권 9호가 1946년 11월에 발행되었으니, 1946년 3월에 창간된 것임을 짐작할 수 있다. 현재 확인 가능한 『어린 동무』는 제1권 제9호(1946.11), 제3권 제10호(1948.11), 제4권 제5호(1949.5), 제5권 제3호(1950.3)이다. 1946년 11월호는 발행자가 '북조선 임시인민위원회 교육국'이고 발행처는 '평양 아동문화사'라고 밝혔는데, 1948년 11월호는 발행처가 '조선민주주의인민공화국 교육성 편찬 관리국 신문출판부'라고 되어 있다. 그 사이에 아동문화사는 간행물의 사상성이 문제시되어 간판을 내리고 말았던 것이다. 종합교양잡지라서 수록작품은 그리 많지 않은데, 뒤로 갈수록 정치적 색채가 짙어지는 것을 볼 수 있다. 수록작품을 장르별로 살펴보면 다음과 같다.

동요

작가	작품명	발표 권호	비고
박세영	줄넘기 노래	제1권 9호	일제잔재 청산
박석정	추수	〃	풍요로운 생활
이정구	말놀음	〃	평양 구경
배풍	국기	〃	국기
강승한	공부 간 누나	〃	김일성대학 자랑
윤동향	공화국 어린이	제3권 10호	김일성과 공화국 예찬
배신영	악수 열 번 한 날	〃	조쏘친선
고운배	능금알 금쌀알 시집가지요	〃	현물세
배풍	봄비	제4권 4호	풍년기원
이성홍	청소 당번	〃	근면정신
신고송	우리 학습반	제4권 5호	소년단
강승한	민청호가 나간다	〃	민청호와 김일성 예찬
강승한	송아지 매 매 우는 언덕에	제5권 3호	토지개혁
김찬홍	봄바람	〃	학습의욕

　동요에서는 어린이의 정서를 자연스럽게 그려내는 것이 아니라, '순수주의'를 피하기 위해 정부시책과 관련된 테마를 억지로 끌어다 붙이는 현상이 공통적으로 나타난다. 놀이나 자연현상을 소재로 취하는 작품에서도 어느 한구석에는 반드시 정부시책에 호응하는 구절이 등장한다. 이정구의 「말놀음」은 아버지와 오빠가 말이 되고 언니와 내가 올라타고 노는 화목한 가정 풍경을 그린 것인데, "말궁둥이 때리면서/저녁마다 밤마다//민주 서울 평양 구경/떠나간다오//여긴 여긴 대동강/여긴 여긴 모란봉"에서 보듯 "민주 서울 평양"이 강조되어 있다. 강승한의 「공부 간 누나」는 소년 화자가 솔개더러 "넌/저—기/해방산 넘어/우리 누나 학교가/보이겠지/김일성대학이 보이겠지"라고 말하는 작품이다.
　김일성을 예찬하는 작품이 증가하는 현상도 볼 수 있다. 윤동향의

「공화국 어린이」은 "발걸음 맞추어/김 장군 따라/우리의 중앙정부/높이 받들자//우리들은 새나라/공화국의 아들딸/김 장군을 본받아/나라일 도울/새조선의 어린이/가슴이 뛴다"라고 노래하고 있으며, 강승한의 「민청호가 나간다」는 "민청호가 나간다/민청호가 나간다//기관차 앞머리에/김 장군님 초상 걸고//쿵쿵 칙칙/쿵쿵 칙칙//힘차게 달린다/날세게 달린다"라고 노래하고 있다.

이들 동요시편 외에 박세영 작사의 「의무교육제 실시의 노래」(제4권 4호)와 박남수 작사의 「5·1절 행진곡」(제4권 5호)이 악보와 함께 실려 있는 것이 확인된다. 악보와 함께 노래를 소개하는 것은 식민지시대의 어린이잡지에서 비롯되었지만, 순수 동요의 성격에서 관제 창가의 성격으로 바뀌었다. 동요의 예술적 성격이 정치적 계몽성으로 말미암아 희석된 것이다.

동화

작가	작품명	발표 권호	비고
이호남	아기와 코스모스	제1권 9호	동정심
이진화	눈 오는 날	〃	나라를 위하는 삶
송창일	뜀박질	〃	달리기선수의 포부
신영길	유격대와 갑덕이	제4권 4호	제주 유격대 항쟁
송창일	어디나 5·1절	제4권 5호	5·1절 경축
송창일	새마을	제5권 3호	새마을 예찬

소년소설이라는 표지와 함께 동화라는 표지를 내걸고 있음에도 둘 사이의 구별이 뚜렷하지 못하다. 이호남의 「아기와 코스모스」만이 코스모스와 대화하는 장면이 나타나는 것으로 겨우 동화의 색채를 유지할 뿐이고, 나머지는 모두 소년소설과 다를 바 없다.

흥미로운 것은 1946년 11월에 발행된 제1권 9호의 수록작품은 이후와 다른 모습을 띠고 있는 점이다. '아기동화'라고 소개된 이호남의 「아기와 코스모스」는 간밤 추위에 담 밑 코스모스가 떨고 있는 것을 본 아기가 "코스모스야 이제부터는 나하고 같이 살자 응." 하고 꺾어서 집으로 가져온 다음에 꽃병에 꽂아둔다는 간단한 내용이다. 식민지시대 『어린이』에 발표된 이태준의 대화체 '아기소설'을 모델로 한 것으로 보인다. 동정심의 발로를 그린 것이지만 다소 억지스럽다.

이진화의 「눈 오는 날」은 공장에서 일하는 오빠에게 저녁밥을 가져다주려고 길을 나선 옥희를 주인공으로 했다. 옥희는 길에서 울고 있는 이웃집 칠성이를 만난다. 칠성이는 강가 움막집에서 사는데 아버지가 술주정뱅이라서 이틀이나 밥을 굶고 길에 나온 처지다. 옥희는 오빠의 저녁밥을 칠성이에게 내준다. 그리고 칠성이 아버지를 공장에서 일할 수 있게 해달라고 오빠에게 부탁할 것이며, 칠성이도 학교에 다니게끔 선생님에게 말하겠다고 약속한다. 누구나 나라를 위해서 일하는 사람이 되어야 한다는 교훈을 내세웠지만, 본의 아니게 칠성이네 형편을 통해 북한 사회의 부정적인 일면을 드러냈다. 작품 말미에 1946년 1월 1일에 창작한 것으로 기록되어 있는데, 작가의 의도가 현실비판에 놓여 있지는 않지만 '아동문화사 사건' 이후로는 이런 작품도 더 이상 나올 수 없었다.

송창일의 「뜀박질」은 세계를 빛낸 손기정 선수처럼 훌륭한 달리기 선수가 되겠다는 포부를 그린 것이다. 이 또한 분명한 정치적 색채가 드러나지 않는다는 점에서 이후의 작품들과 양상을 달리한다.

동일한 작가의 「어디나 5·1절」과 「새마을」은 그야말로 정책을 홍보하는 선전물 같은 작품들이다. 「어디나 5·1절」은 비를 머금은 하늘의 검은 구름을 몰아내어 맑게 갠 5·1절 경축일을 맞이하겠다는 내용이고, 「새마을」은 '땅 없던 농민들이 땅을 얻은 날'을 경축하기 위한 계획을 비롯하여 살기 좋게 바뀐 마을 모습을 조각조각 이어붙인 조잡한 작품이다.

"그날이야 잘 놀아야지. 땅 없던 농민들이 땅을 얻은 날이 아니냐? 현물세와 애국미를 남 먼저 바친 우리 새마을 농민들의 기쁨을 비길 데가 없다."

(······)

불과 몇 집밖에 없던 이 동리에는 새로 기와집들이 많이 늘었고 전등불이 들어와 밤이 낮처럼 밝습니다.

(······)

학교는 동리 애들의 정다운 집입니다.

작년까지도 고개 넘어 먼 곳 학교엘 다녔는데 지금은 마을에 학교가 섰기 때문에 그런 수고는 안 해도 그만입니다.

(······)

분단들이 서로 경쟁을 걸고 호소문을 받들어 싸워나가는 모습은 참말 힘찬 것이었습니다.

불쌍한 남반부 동무들을 하루속히 북반부의 행복한 동무들과 같이 만들어보겠다는 새마을 학교 소년단원들은 불길처럼 일어났습니다.

그들은 언제나 남반부에서 목숨을 바쳐 나쁜 놈들과 싸우는 빨찌산 아저씨들과 빨찌산 어린 동무들의 수고를 생각하며 또 그들의 뒤를 따르겠다는 결심을 가지는 것입니다.[59]

뚜렷한 서사도 없이 늘어놓은 이런 '새마을 예찬'의 작품에서 시류에 영합해 들어가는 작가의 태도를 읽을 수 있다.

신영길의 「유격대와 갑덕이」는 '남한단독선거'에 항거하는 제주 4·3 항쟁을 그린 것이다. 미국 배가 서귀포에 들어오고 나서 경찰의 습격으로 '남한단독선거'에 반대하는 사람들이 잡혀간다. 이에 저항하는 유격대의 활약으로 밤마다 경찰서에 불이 난다. 결말에서 "아버지! 염려 마

---

59 송창일, 「새마을」, 『우리 동무』, 1950.3, 12~13쪽.

세요! 나는 꼭 아버지의 원쑤, 우리나라의 원쑤 놈들을 때려 부수겠습니다. 끝까지 나는 원쑤 놈들과 싸우겠습니다."고 다짐하는 상투적인 소년주인공이 나오는 작품이다.

소년소설

작가	작품명	발표 권호	비고
이호남	만경대에서 만난 동무	제3권 10호	김일성 사적 예찬
신승봉	벽보판 꾸미는 날	제4권 5호	소년단 활동
전경순	춘미의 결심	〃	소년단 활동

이호남의 「만경대에서 만난 동무」는 혁명자 유가족인 금동이와 옥녀가 만경대에서 만나 과거 일제의 학정에 시달리던 가족들의 삶을 회고하며 김일성의 사적을 예찬하는 내용이다. 다음과 같은 결말은 이 작품의 정치적 색채를 훤히 보여준다.

"우리 이렇게 혁명자 유가족 학원에서 만날 줄이야 꿈에도 생각하지 못한 일이지."

옥녀는 무한히 감격한다.

금동이도 흥분한 얼굴을 높이 들며 양쪽 단추를 만진다.

"그야 두말할 것도 없이 쏘련 군대의 은혜지! 김일성 장군의 덕이구! 할아버지 아버지 어머니 형님들이 우리 조선의 해방을 위하여 피 흘려 싸우신 덕이지!"

금동이는 옥녀의 손을 꼭 쥐며 옥녀더러 또 이야기를 계속한다.

"저기 만경대 기슭에 샘이 있는데 김 장군이 어렸을 때 늘상 좋아하셨다는 약물이고, 이쪽으로 벽돌 굴뚝 사이로 보이는 높은 다락이 김 장군이 공부하시며 만경대와 대동강을 바라보시며 큰 희망을 계획하시던 방이고, 또 이쪽 산 밑에 회칠한 집이 돌아가신 김 장군 아버지께서 많은 애국 혁명가들을 키우기 위하여 글을 가르치시던 '남명 학원'이란다. 저쪽에 우뚝 솟은 산이 호랑이가 실고 있다는 용악산이고, 그다음 산이 대보산이고 대동강 수평선 너머로 가물가물 보이는 산이 해압산이란다."

하며 옥녀에게 자세히 설명한다.[60]

신승봉의 「벽보판 꾸미는 날」은 작년 5·1절 기념 벽보 제작 경쟁에서 2등밖에 못한 것을 정치교양사업이 부족한 탓으로 여기고, 금년 5·1절 벽보 제작 경쟁에 열을 올리는 소년단 아이들을 그린 것이다. 1948년도 2/4분기 계획을 초과달성하고 있다는 공장 노동자의 편지도 소개된다.

전경순의 「춘미의 결심」도 소년단 활동을 그린 것이다. 춘미는 누가 시키지 않아도 학습반 동무들과 함께 교문 밖 비탈길에 쌓인 쓰레기를 치우는 선행을 하는데 이것이 어느 틈에 알려져서 소년단 사업보고서에 오른다는 내용이다. 이들이 일하면서 나누는 대화 내용을 살펴보자.

"우리들의 적은 힘이라도 합하니까 이렇게 어려운 일을 치를 수 있잖아. 우린 이처럼 뭉쳐야 한다. 반장 주위에……."

"분단위원장 주위에……."

"소년단위원장 주위에……."

옆에서 쓰레기를 담던 옥자와 희순이도 한 마디씩 씩씩하게 외었습니다.

그리고

"김 장군 주위에!"

하고 애들은 약속이나 한 듯이 한꺼번에 손바닥을 치면서 소리 높이 외쳤습니다.[61]

---

60 이호남, 「만경대에서 만난 동무」, 『우리 동무』, 1948.11, 18~19쪽.
61 전경순, 「춘미의 결심」, 『우리 동무』, 1949.5, 29쪽.

결국은 5·1절을 앞두고 소년단의 분단 경쟁 운동이 광범하게 퍼져나
간다는 것이다. 이런 천편일률적인 작품을 통해서 보는 것은 작가들이
국가적 총동원령의 나팔수로 전락한 모습이다.

2)『소년단』

『소년단』은 제목 그대로 소년단원을 위한 종합교양잡지이다.[62] 편집
겸 발행인이 김연호로 되어 있고, 문제가 되었던 '아동문화사'가 간판을
바꾼 '청년생활사'에서 발행되었다. 3, 4, 5호가 1949년 8, 9, 10월에
나왔으니, 창간은 1949년 6월이고 월간으로 발행되었으리라고 짐작된
다. 대강의 편집체제를 살펴보면, 시사 논설, 소년단 활동 안내, 과학
지식, 화보, 문예(아동문학), 학생 작품 등으로 짜여 있다. 송창일의 '작
문법'과 이원우의 '동화 읽기' 교실도 연재되었다. 문예란은 '소년시,
소년소설, 노래(가요)'로 장르를 구분해서 실었고, 동화는 소련 작품을
번역해서 실은 것이 눈에 띈다.

현재 확인 가능한『소년단』은 1949년부터 1950년 사이에 발행된 총
4권으로 제1권 3호(1949.9), 4호(1949.8), 5호(1949.10), 제2권 5호
(1950.5)이다.[63] 여기에 수록된 소년시 7편과 소년소설 4편을 장르별로
살펴보려고 한다.

소년시

작가	작품명	발표 권호	비고
이원우	준비한 것을 가지고	제1권 3호	면학정신
유연옥	가을밤에	제1권 4호	조쏘친선

---

62 1946년 6월 6일에 창립된 조선소년단은 인민학교 2학년(만 7세)부터 고등중학교 4학년(만 13세)까
　지의 남녀 학생들을 대상으로 하고 있다.
63 1권 3호와 4호의 발행일자가 바뀌어 인쇄된 것처럼 보이는 것은 원문 그대로이다.

강소천	가을 들에서	〃	소년단원
정명길	우리 크거들랑	〃	인민군대
최석숭	현물세	제1권 5호	현물세 행진
박세영	깃발도 따라가지요	제2권 5호	소년단 행진(권두시)
장수	공장은 나의 학교	〃	학업과 노동

역시 정책적으로 요구되는 테마에서 자유로운 작품은 찾아볼 수 없
다. 또한 작품의 서두 부분만 보더라도 이들 작품의 시적 형상 수준을
가늠할 수 있을 정도다.

해보다 일찍이 나는 일어나
언제나 새벽에 공부하였지
하나 알고 둘 알아
좀 더 좀 더 훌륭한 소년이 되려고요

문학 독본도 새벽에
산수도 새벽에
하나 읽고 둘 풀며
새 학과를 준비하노라면
언제나 늦게야 여름 해가 솟았지요

—이원우, 「준비한 것을 가지고」 1~2연

앞집 동무
뒷집 동무
우리 우리 크거들랑 무엇이 될까

그래 그래
모두 모두

인민군대 되자

—정명길, 「우리 크거들랑」 1~2연

아저씨들 마음같이
높이 든 깃발은
푸른 하늘에 휘날립니다

아저씨들이 노래할 때
우리는 꽃춤을 추고
구호를 웨치면
우리는 노래를 하지요

—박세영, 「깃발도 따라가지요」 1~2연

우리 우리 공장은
참 좋아요
일하며 배우고 배우며 일하는
즐거운 즐거운 학교에요

우리 우리 공장의
누나 형들은
차근차근 기술을 전습해줘요
가슴에는 저마다 모범노동장
증산에 불타는 일꾼들이랍니다

—장수, 「공장은 나의 학교」 1~2연

운율을 골라 시의 맛을 내고는 있지만 거의 직설화법으로 주제를 드러내고 있음이 공통적으로 드러난다. 주로 아동을 화자로 해서 학습과 노동에 열중하며 증산과 국방의 의지를 다지는 모습을 그렸다. 이는 새로운 사회적 환경에서의 자부심과 희망, 곧 긍정적인 감정을 불러일으키는 '고상한 리얼리즘'의 기조와 무관하지 않을 것이다.

이것들과 기조는 동일하지만 일정한 한도 내에서 나름대로 개성적인 색채를 보이는 시편도 없지는 않다. 유연옥의 「가을밤에」, 강소천의 「가을 들에서」, 최석숭의 「현물세」가 그런 것들이다.

누나하고 나란히
문지방에 걸터앉으면
가을밤 하늘에는
별들이 빤짝빤짝 돋아납니다

─별 하나 나 하나/별 둘 나 둘……

누나 저것 좀 보아
새파란 저 별은
누나와 동갑인
쏘냐의 눈초리 같지

줄넘기도 하며 놀다가
해질 때면 건네던
귀여운 쏘냐의
고 눈초리 아니고 뭐야

그래 그래

저기 빨간 저 별은
알리얀의 눈초리 같구

아진 드바 뜨리 찌뜨리……
두 번 세 번 배워주던
고마운 알리얀의
고 눈초리 아니고 뭐야

―별 하나 나 하나/별 둘 나 둘……

―유연옥, 「가을밤에」 1~7연

 조쏘친선의 주제를 자못 서정적으로 풀었다. 시적 화자는 누나와 나
란히 문지방에 앉아 밤하늘을 올려다보고 있다. 자연스레 별을 헤아리
는 모습이 후렴구로 반복되면서 현재적 감흥과 음악성이 살아난다. 사
실 여기까지라면 시대현실에서 벗어난 '순수주의' 동심 표현으로 비판
되었을 것이다. 시적 화자는 별을 응시하면서 쏘냐와 알리얀을 떠올린
다. 밤하늘의 별을 매개로 해서 그리움을 나누고 있는 것이다. 이 동요
에서 조쏘친선의 주제를 간접화한 것이 시적 효과를 자아내는 데 어느
정도 기여하고 있다. 그러나 조쏘친선의 주제를 다루는 작품들은 실제
경험의 제약 때문인지 비슷한 발상을 뒤풀이하는 모습이다. 생생한 대
화법으로 정감을 살려낸 것이 이 작품의 장점이지만 조쏘친선의 주제로
까지 독자의 공감이 이어질 수 있을지는 의문이다.

맑은 향기 풍겨주는 가을꽃
국화와 채송화가
못 견디게 사랑스럽다

또 하나 빨간 가을꽃
텃밭의 고추가
꽃처럼 예쁘다

아기 잠자리
뜀 뛰듯
개배제 싸리가질 세어넘고

보름달보다 더 큰 지붕의 호박
벌거벗고
해바라기를 하고 있다.

뜨락의 풋병아리
벌써 제법 어미닭 되고

나도 인젠 중학생—
새학교 소년단 '단위원'이다.

끝없이 파란 가을 하늘
끝없이 누런 살진 벌판

나는 두 다리 뻗고 두 팔 벌리고
공화국의 맑은 공기를
흠뻑 들여마신다

—강소천, 「가을 들에서」 전문

백석의 제자로서 일제 말에 동시집 『호박꽃초롱』(1941)을 펴낸 강소천의 작품이다. 국화, 채송화, 텃밭의 고추, 아기 잠자리, 지붕의 호박 같은 가을날의 소재들이 담담한 어조에 실려 살뜰히 그려져 있다. 뜨락의 풋병아리가 제법 어미닭이 되었다는 부분에서 전환을 이루어 시적 화자도 어엿한 중학생 소년단이 된다는 뿌듯함으로 마무리된다. 그런데 굳이 "공화국의 맑은 공기"를 마신다고 표현했다. 검열에 대한 강박증인지는 몰라도 '공화국'이라는 시어가 다소 이질감으로 다가오는 탓에 '옥에 티'처럼 읽힌다.

따따따 다따 쿵다 쿵다
무슨 음악소릴까
나팔소리 북소리
참말 굉장하구나

한 채 두 채 세 채 네 채
아유 많기두 하다
현물세 가득 싣고
음악 뒤따라오누나

볏섬 위에 공화국긴
너풀 너풀 춤을 추고
황소들도 좀 보란 듯
기운 내서 끌고 오네

오구 가던 사람들은
히죽 벌죽 모두 웃고

우리들은 따라가며

만세 만세 불렀다네

—최석숭, 「현물세」 전문

이 작품은 김순석의 평론에서는 전연 아동심리를 파악하지 못하고 쓴 것이라고 혹평되었지만, 의성·의태어의 활용, 간결한 시행, 빠른 호흡 등에서 아이들다운 활기찬 기운이 솟구친다. 수확의 결실이 달구지 행렬로 펼쳐지는 것을 보고 어른이나 아이나 기쁨을 감추지 못하는 모습도 잘 그려져 있다. 하지만 그 행렬이 현물세인 점에서 "만세"는 단순한 기쁨이기에 앞서 정치적 색채를 띠고 만다. 아이들이 내지르는 환호성이 "현물세"라는 시어로 인해 작위적이라는 의구심을 남긴다.

소년소설

작가	작품명	발표 권호	비고
강동호	나어린 두 정찰	제1권 3호	소년빨치산의 영웅적 투쟁
장수	유격대의 아들	제1권 5호	〃
백태산	소년 빨치산	제2권 5호	〃
강효순	새 결심	〃	모범분단 쟁취

소년 주인공이 영웅적 투쟁을 벌이는 내용이 4편 중 3편이나 된다. 청년동맹 산하단체인 소년단 대원을 대상으로 하고 있기에 더욱 집단성·용맹성·투쟁성을 강조하는 내용이 요구되었을 것이다. 남한을 배경으로 군경·토벌대를 무찌르는 내용의 작품들은 대부분 적대적 갈등구조를 갖고 있으며, 북한을 배경으로 모범분단에 부여하는 '승리의 깃발'을 쟁취하는 내용의 작품은 비적대적 갈등 구조를 지니고 있다.

소년 빨치산을 그린 작품들에서 어린 나이에 빨치산에 가담하게 된 동기는 대개 부모를 학살한 원수에게 복수를 하기 위한 것으로 제시되어 있다. 그러나 어린 소년들이 총까지 쥐고 나서는 모습은 그리 설득력 있게 그려져 있지 않다.

"호남아! 한 오늘밤엔 그 금여우 같은 구장 놈을 꼭 쏘아죽이고 말 터이야."
"형! 난 그 괘심한 경위 놈을!"
이렇게 둘이는 원쑤에 대한 불타는 적개심을 품어가며 속삭이는 것이었습니다.[64]

형제는 무슨 영화 찍듯이 전투에 관한 대화를 나눈다. "불타는 적개심"은 카프 이래 계급주의 아동문학의 지배적인 정서라 할 수 있는데, 이것은 굳이 동심을 말하지 않더라도 성장기 아동의 정서와 심성 면에서 생각해볼 여지가 많다. 아이들도 어른과 마찬가지로 인간의 모든 감정을 공유하고 있는 것은 사실이다. 하지만 인간의 삶을 매사 이념적으로 재단해서 보여주려는 것은 아이들의 머릿속에 주형을 만들어 넣어주는 일과 다를 바 없다. 더욱이 영웅적으로 투쟁하는 '새 인간형'을 창조한다며 현실성 없는 사건을 남발하는 것은 본질을 곡해하는 행위가 아닐 수 없다.

장수의 「유격대의 아들」에서는 주인공 소년이 군수품을 실어 나르는 열차를 습격하는 작전에 참가한다. 그리고 군수품에 불을 지르려는 장교 1명을 사살하고 또 다른 장교 1명을 포로로 잡는 엄청난 공로를 세운다. 이 작품에서 남한을 배경으로 김일성 장군을 흠모하는 모습을 회상 장면으로 끼워 넣은 것은 작위적이라 할 수 있다. 특히 '인민의 적'을 그릴 때에는 묘사의 수준이 터무니없이 떨어진다. 연재 마지막회로 확인되는 백태산의 「소년 빨치산」에서도 적의 대장은 영웅적 소년의 발치

---

64 강동호, 「나어린 두 정찰」, 『소년단』, 1949.9, 41쪽.

에도 못 미치게 그려져 있다.

"해방이 되면 나아질 줄 알았던 세월이 이 몰골이니 더욱 너희 형 소식 없는 것이 원통하다……."

가끔 하시는 아버지 말씀이었지만 오늘도 절반밖에 안 되는 죽 그릇을 앞에 놓고서 참다 못해 또 탄식을 하십니다.

"어서 아무 말 말구 꼭 참고 있습시다. 김 장군님을 만나볼 날이 며칠 남았겠 다구요."

어머니가 아주 똑똑히 말씀하십니다.

"옳소! 우리들은 그날을 위해서 더욱 굳세게 싸워야 하오."

남철이는 크지는 않으나 힘 있게 하시는 부모의 말씀에 막 눈앞이 환해지는 것 같았습니다. 그러면서 가슴속 깊이 "김 장군! 김일성 장군……." 하고 불러 보았습니다. 어느 때나 항상 그리고 있는 김일성 장군이 옆에 계시는 것만 같 았습니다.[65]

잠깐 사이에 놈들은 전멸을 당하고 대장 놈은 산 채로 잡히었습니다.

"홍 네놈이 날 푸대 속에 가두고 때렸지? 이놈 인젠 맛이 어때?"

갑돌이는 대장 놈 앞에서 뽑냅니다.

"제발 목숨만 살려줍쇼!"

하고 대장 놈은 굽실거립니다.

이렇게 첫 공을 이룬 갑돌이는 드디어 유격대 아저씨들을 따라서 산으로 올 라갔습니다.[66]

적개심과 투쟁심을 고취시키는 이들 작품과 달리, 강효순의 「새 결

65 장수, 「유격대의 아들」, 『소년단』, 1949.10, 45쪽.
66 백태산, 「소년빨치산」, 『소년단』, 1950.5, 19쪽.

심」은 학교를 배경으로 소년단에서 활동하는 아이들의 모습을 그린 작품이다. 생활현장에서 취재했기 때문에 비교적 리얼리티가 살아 있다. 강효순은 학교생활을 즐겨 다룬 작가인데 상황의 일단을 말끔히 제시하는 서두의 수법에서부터 작가의 남다른 솜씨가 느껴진다.

매 학기마다 종합적인 성적이 가장 우수한 분단에 수여하는 승리의 깃발 수여식이 있은 다음 5분단에서는 이 구석 저 구석에 모여 쑥떡거리는 것이었습니다.

"참 기가 막혀서. 그래 한 사람 때문에 전체가 희생된단 말이야?"

"그래도 아마 집에 가서는 큰소리치겠지?"

"밥알이 입이 있다면 항의할 거야."

이런 말들은 모두 원호를 빈정대서 하는 말들입니다.

5분단의 다른 성적들은 7분단에게 조금도 떨어지지 않았는데 원호가 낙제점수를 맞아 낙제생을 냈다는 데서 그만 승리의 깃발은 7분단으로 돌아갔던 것입니다.[67]

원호를 빈정대는 아이들의 말에서 실감이 묻어나온다. 원호와 나머지 5분단 아이들 사이에서 빚어지는 갈등이 스토리 전개의 추동력이다. 원호는 분단총회에서 자기비판을 종용받고 결국 눈물을 흘리며 자기비판을 한다. 이때 벽보주필 창호가 대책을 내온다. 분단전체에게도 책임이 있으니 원호의 성적을 높이기 위하여 과목별로 우수한 동무들이 책임을 지기로 하자는 것이다. 결말부는 "원호의 성적제고를 위한 결정"을 지은 지 한 한기가 지난 후, 담임선생님이 통지부를 돌리는 장면이다. 담임선생님은 칠판에 만점에 가까운 점수들을 쭉 적어 놓고 누구의 성적

---

67 강효순, 「새 결심」, 『소년단』, 1950.5, 28쪽.

이겠느냐고 묻는다. 작가는 이 모습을 자세히 묘사해서 긴장감을 높이고자 했다. 물론 그것은 원호의 성적으로 밝혀지고 '승리의 깃발'은 5분단에 돌아간다.

짜임이나 인물을 그리는 데에서 작가의 솜씨를 어느 정도 느낄 수 있지만 이 작품은 분명한 한계를 지니고 있다. 강한 주제의식과 교훈적 의도가 스토리를 식상하게 이끌고 있는 것이다. 독자는 앞부분만 보고도 뒷이야기를 훤히 예측할 수 있다. 모범분단이 되는 것을 가로막은 낙제생과 나머지 분단원 사이의 갈등은 결국 아름다운 협동으로 해결된다. 그러나 이 협동이 정말 '아름다운' 것인지는 다시 생각해볼 문제다. 5분단원의 협동은 낙제생 원호를 위해서라기보다는 '승리의 깃발' 쟁취를 위해서 동원된 것이라고 보이기 때문이다. 그것은 서두에서 원호를 빈정대는 분단원들의 말에 이미 드러나 있다. '승리의 깃발'을 쟁취하지 못한 것을 두고 "전체가 희생"된 것으로 보는 태도가 그것이다. 이는 경쟁심의 발로에 지나지 않는다. 경쟁심은 인간의 자연스러운 감정이기도 하지만, 지나치면 타락의 요인이 되기도 한다. 문학의 탐구는 이런 인간성의 문제와 별개로 존재하지 않는다. 그런데 '비적대적 갈등' 구조에서는 마지막까지 일을 망가뜨리는 인물은 나올 수 없다. 나온다면 '고상한 리얼리즘'의 긍정적·적극적 서사원칙에 위배되기 때문이다. 학업에 대한 장려와 협동의 중요성을 가르치려는 교훈적 의도가 서사를 장악하는 순간 천편일률적인 스토리 전개는 불가피한 것으로 된다.

이런 종류의 작품에서 진정한 갈등의 주범은 '승리의 깃발' 제도라고 해야 맞을 것이다. 그 제도가 선의에서 나왔더라도 일등은 하나뿐이기에 거기에서 끝없는 경쟁심이 유발되는 것은 당연하다. 그러나 정책에 따른 창작은 이런 제도의 문제를 적극적으로 제기하기는커녕 비껴갈 수밖에 없다는 점에서 근본적인 한계를 지닌다.

『아동문학』, 『어린 동무』, 『소년단』 등을 통해서 확인된 평화적 건설 시기의 작품 양상을 정리하면 다음과 같다.

첫째, 동요·소년시·동화·소년소설·동극·평론 등으로 장르를 구분 하고 있다. 동시란 명칭은 아주 사라진 것은 아니지만 광고에서만 보일 뿐이다. 동요로 분류된 작품에 자유로운 율격을 지닌 것이 있고, 동화로 분류된 작품에도 현실적 서사를 지닌 것이 있다는 점에서, 이 시기 '동요와 소년시' '동화와 소년소설'의 구분에는 대상연령이 가장 중요한 기준이었음을 알 수 있다.

둘째, 북한 사회를 배경으로 하는 작품에서 현실비판적 경향의 작품은 찾아볼 수 없다. 모두 새로운 사회건설에 대해 긍정적·적극적 시선을 보인다. 이른바 '고상한 리얼리즘'의 창작원칙은 이 시기 아동문학에서도 관철되고 있다.

셋째, 현물세, 문맹퇴치, 조쏘친선, 인민군대, 인민항쟁 등 당시에 요구되었던 정치적 테마를 그린 작품이 많다.

넷째, 소년단원을 그린 작품들에서는 학업준비, 성적우수, 근로봉사, 협동심 등을 전면에 내세워 교훈적 색채가 짙게 배어나온다.

다섯째, 식민지시대와 남한 사회를 배경으로 하는 작품들은 빨치산투쟁과 인민항쟁에서 영웅적 투쟁을 보이는 소년 주인공을 그리고 있다. 피아간 선악구도에 따른 도식적·유형적 인물 묘사가 대부분이다.

여섯째, 동요에서나 소년소설에서나 김일성을 흠모하고 예찬하는 장면이 자주 나온다.

일곱째, 이 시기 번역물은 거의 소련 작품에 국한돼 있다.

요컨대 거의 모든 작품들이 당의 정책을 강박처럼 드러내고 있다. 문학적 자율성은 부르주아적으로 지목되어 배제된 형국이다. 이와 같은 양상은 오늘날까지도 지속되고 있다는 점에서 북한 아동문학의 기본틀은 조선인민공화국이 출범한 직후에 이미 정초되었다고 볼 수 있다.

5. 보충─북한에서 주목한 이 시기 주요 작품

북한 아동문학 작품의 일차 자료를 충분히 확보할 수 없는 형편에서는 북한에서 나온 이차 자료에 의한 보완이 북한 아동문학의 전모를 파악하는 데 도움을 줄 수 있다. 북한은 해방과 건국 10주년에 즈음해서 그간의 문학적 성과를 짚어보는 기획서를 두 권 펴냈다. 조선작가동맹 출판에서 펴낸 『해방 후 10년간의 조선 문학』(1955)과 『해방 후 우리 문학』(1958)이 그것들이다. 여기에는 아동문학에 관한 것도 포함되어 있다. 1955년 판은 김명수의 「해방 후 아동문학의 발전」, 1958년 판은 장형준의 「해방 후 아동문학의 찬연한 발전 노정」을 수록했다. 두 글 모두 평화적 건설 시기(1945~1950), 조국해방전쟁 시기(1950~1953), 전후 사회주의 건설 시기(1953년 정전 이후) 등으로 구분해서 주요 성과를 정리하고 있다. 이 자료들은 유일사상 시기 이전에 나온 것들인 만큼, 그나마 카프 전통이 강조되어 있다. 유일사상 시기 이후에 나온 이차 자료들은 카프 전통에 대한 언급 대신에 김일성의 교시와 항일혁명문학의 전통이 강조되어 있으며, 한설야처럼 숙청된 작가들에 대한 언급도 빠져 있다.

1) 김명수의 「해방 후 아동문학의 발전」에서

① 주제별 성과를 개관한 부분

1945년 10월 조선 민족의 전설적 영웅이신 김일성 원수가 고국으로 개선하였다. 수령의 고국 귀환은 전체 인민에게 있어서와 마찬가지로 우리 아동들에게 있어서도 8·15해방에 뒤이은 역사적 사변이었다. 그리하여 우리 아동문학 작가들이 희망과 미래의 행복을 약속하는 이 역사적 사변에 눈을 돌리었으며 수령에 대한 인민들의 걷잡을 길 없는 존경과 사랑의 마음을 표현하는 데 솔선

동원되었다.

강훈은 소설 「김일성 장군 맞던 날」(1946, 『어린 동무』)에서 김일성 원수의 항일유격대가 부운물 전투에서 일본 침략 군대를 격파하는 영웅적 사적을 묘사하였다. 이 밖에도 김일성 원수를 노래한 수다한 동요 동시들을 들 수 있다.

1946년에 실시된 역사적 토지개혁을 비롯하여 노동법령과 산업국유화 법령들은 우리나라의 노동자 농민들을 중심으로 한 인민들의 생활을 근본적으로 개변시키었다. 이러한 역사적 사변이 1946년 이후 평화적 건설 시기의 우리 아동문학 작품의 중심 테마로 등장하였다. 이것은 이러한 역사적 사변이 우리 아동들의 생활을 전변시킨 때문이며 이러한 사변들은 인민정권과 수령에 대한 사랑을 아동들의 가슴에 더욱 북돋아주는 사실로 되기 때문이다. 이원우의 동화 「나는 흙덩어립니다」와 「물방앗간 이야기」(1947, 이원우 동화집 『물방아』)는 토지개혁이 농촌 아동들의 생활에 일으킨 변화를 취급한 것이며 강승한의 동요 「현물세가 들어온다 애국미가 들어온다」(1947, 『어린 동무』)는 토지개혁에 의하여 개변된 농촌 생활에 대한 소년의 애국적 감정을 노래한 것이다. 또한 황민의 소설 「편지」(1948, 『아동문학』 제2집)는 나라의 주인으로 된 노동자의 즐거운 가정생활 모습을 보여주었으며 이 밖에 노력의 즐거움과 영예감을 주제로 한 김순석의 동극 「꿀 캐는 골짝」 및 기타 수많은 동요 동시 작품들이 발표되었다.

1946년 6월 6일은 공화국 어린이들에게 있어서 잊지 못할 명절날이며 또 하나의 새 생활이 시작된 날이었다. 즉 아동들의 민주주의적 대중 단체이며 민청의 후비대로서의 소년단이 창립된 것이다. 소년들의 이러한 새로운 조직생활의 영예감과 소년들을 항상 배우며 준비하는 아동들로 불러일으키는 수많은 작품들이 창작되었다. 동시로서 홍순철의 「소년단 행진곡」과 김련호의 「소년단 행진곡」, 이 밖에도 소년단을 주제로 한 강훈의 수다한 소설들이 있다.

우리 작가들은 국제주의에 입각한 애국주의 사상으로 후대들을 교양하는 사업에 전력을 기울여 왔다. 이와 같은 창작사업은 거의 일상적인 것이었으나 특히 1948년 12월 쏘련 군대의 귀국을 계기로 하여 쏘베트 군대에 대한 찬양과 쏘베트 인민들에게 보내는 불멸의 친선을 취급한 작품들이 그 어느 때보다도 활발하게 창작되었다. 동화로서 신영길의 「따냐가 떠나던 날」, 박태영의 「나의 동무 이완」, 강훈의 「쓰딸린그라드에 있는 동무」, 이원우의 동화 「붉은배 개구리」, 동요 동시로서 김순석의 「쏘련 군대 아저씨」, 박세영의 「길가의 코쓰모스」, 김우철의 「잘 가거라 쏘련 동무야」, 「고마우신 쓰딸린 대원수」, 강승한의 「담모퉁이를 돌아가다가」 등이 모두 이 시기에 창작되었다.

제반 민주개혁이 성과적으로 완수되고 공화국이 선포된 후 공화국 북반부에서 평화적 건설은 눈부신 면모로 진행되었으며, 공장, 광산, 농촌들에서는 초과생산을 위한 증산투쟁이 전개되었다. 인민경제의 부흥 발전에 따라 인민생활은 점차 안정되고 미래의 주인공들인 근로자들의 아들딸들에게 배움의 길은 더욱 활짝 열리었다. 이 시기에 벌써 초등 의무교육 실시를 위한 제반 준비사업이 진행되었다. 이러한 사회적 정세 아래서 아동문학 작가들은 아동들의 기본 임무는 학습투쟁이라는 것을 강조하면서 장차 민주조선 새 나라를 더욱 부강하게 발전시키는 기둥이 되도록 학습과 소년단 사업에 부지런할 것을 교양하는 작품들을 활발히 창작하였다. 이원우는 동화 「작아지지 않는 연필」(1949, 『아동문학』 제5집)에서 학습을 태공하는 어린이의 개변 과정을 취급하였으며, 강효순은 소설 「새 결심」에서 아동들의 과학 탐구 모습을 보여주었다. 또한 동요 동시 부문에서 박세영의 「한글학교 가자우요」, 윤동향의 「새나라 어린이」, 이정구의 「새학기」, 남응손의 「학교 가는 길」, 김연호의 「소년단 야영대」 들이 모두 학습투쟁과 소년단 생활을 주제로 한 것들이다. 이때로부터 우리의 아동문학에서 학습투쟁과 소년단 생활은 가장 기본적인 테마로 되어 오늘에 이르렀다. 또한 이 시기에 공화국 아동들의 행복된 생활과 대비하여 일제시대 아동들의 비참상을 그린 강효순의 소설 「조선 아이」가 창작되었다.

동시에 우리 작가들은 조국 남반부를 강점한 원쑤들에 대하여 혁명적 경각성과 적개심을 불러일으키며 하루 속히 조국의 평화적 통일 독립을 쟁취할 것

을 지향하도록 아동들을 교양하는 사업을 잊지 않았다. 신영길은 소설 「순철이
는 죽지 않았다」(1949,『소년단』 8호)에서 구국투쟁에 용감히 궐기하여 원쑤
들과 싸우는 남반부 애국 소년의 영용한 모습을 형상하였으며, 박응호는 동극
「원쑤는 우리 곁에도 있다」(1949,『소년단』)에서 공화국의 민주건설을 파괴할
목적으로 북반부에 잠입한 간첩을 아동들이 적발 체포하는 경위를 묘사하여
소년들의 높은 경각성의 시범을 보여주었으며, 강훈은 동화 「지지와 배배」에
서 남조선 인민들의 비참한 생활과 투쟁의 모습을 취급하면서 북반부의 행복
한 생활을 보여주었다.

원쑤들에 대한 증오와 적개심은 공화국 어린이들의 애국심의 한 표현이며
우리나라를 원쑤들의 어떤 침해나 파괴 행위로부터도 수호하려는 불타는 의지
의 표현이다. 따라서 이러한 공화국 소년들에게 있어서 조국 보위의 인민 무력
인 인민군대에 대한 존경과 사랑과 신뢰감은 그들의 일상적인 생활 감정의 일
부분으로 되었다. 우리 작가들은 인민군대에 대한 어린이들의 이러한 감정을
더욱 고무해 줌으로써 그들의 애국주의 사상을 더 한층 높이어주는 창작 활동
을 전개하였다. 박세영의 동요 「모두모두 형인걸」, 김우철의 동요 「조국을 위
하여」, 송순일의 동요 「인민군대 아저씨」, 강승한의 동시 「씩씩한 얼굴만 보아
도」 등이 모두 이러한 주제의 작품들이다. 이러한 주제의 문학은 조국해방전쟁
시기에 들어가면서 더욱 심오하고 다양한 형태로 발전되었다.[68]

② 동화 장르의 개척자 이원우를 주목한 부분

아동문학 장르 중에서 동화야말로 아동문학의 특성을 집중적으로 반영하며
또한 아동들이 가장 사랑하고 환영하는 장르라고 말할 수 있을 것이다. 왜냐하
면 아동들은 언제나 꿈과 환상을 현실 속에서 공유하고 있는 부대들이며 자기
들의 꿈과 환상을 통하여 그들이 지향하는 미래의 길을 내다보기를 즐겨하는

---

68 김명수, 「해방 후 아동문학의 발전」,『해방 후 10년간의 조선문학』, 조선작가동맹출판사, 1955,
370~384쪽.

동무들이기 때문이다. 이 귀중한 문학 장르가 우리 아동문학에서 중요한 비중을 차지하게 된 것은 극히 당연한 일이다.

동화 장르의 발전에 대해서 말할 때 우리는 먼저 이 장르를 광범한 어린 동무들에게 침투시키기 위하여 구연체 동화를 개척하고 발전시킨 것을 말해야 할 것이며 이 점에서 이원우의 노력은 훌륭한 열매를 가져왔다.

1948년에 그는 자기의 동화집 『물방아』를 발행하면서 다음과 같이 책 서두에 썼다.

"이 책에 나오는 동화들은 문장체가 아니라 구연체입니다.

구연체로 동화를 꾸민 이유는 여러 동무들과 좀 더 친하고 싶어서입니다. 즉 여러 어린 동무들의 입에 오르내리는 동화를 쓰는 것이 나의 희망이기 때문입니다."

그의 희망이 전적으로 정당했다는 것은 그의 동화 자체가 증명해 준다. 왜냐하면 구연체의 동화는 우리 동화가 가지고 있는 인민성의 요소를 더욱 확대 강화하는 것을 의미하는 것이며 또 구연체가 일상용어와 문학어를 혼동하면서 비예술적인 문학 형식을 낳는 것을 의미하지 않을 뿐만 아니라 세밀하게 선택된 인민적 언어의 보고로써 이루어진다는 것을 보여주었기 때문이다.

구연체 동화에 있어서만이 아니라 동화에 현대성의 주제를 도입하고 발전시키는 데 있어서도 이원우의 노력은 적지 않다. 즉 동화라면 흔히 옛이야기나 동물 이야기라고 생각하는 폐단이 없지 않았으며 또 이런 동화만이 커다란 비중을 차지해 온 것이 사실이다. 물론 동화 장르에서 이 부문이 중요한 비중을 차지하는 것은 물론이다. 그러나 이것만으로 동화 장르의 광활한 영지를 봉쇄하는 것은 부당한 쇄국주의다. 아동들의 생활에서 현실적으로 제기되는 중요한 문제들을 해결해 주는 데 있어서 동화는 위력적이며 매력적인 장르다. 이원우는 이 특성을 옳게 살리어 현대적인 주제로써 허다한 동화를 썼다. 토지개혁의 의의를 밝히는 동화로서 「나는 흙덩어립니다」와 동화시 「개고리집 잔칫날 생긴 일」을 썼으며, 남조선 인민항쟁을 주제로 한 「썩은 기둥」을 썼고 과학적 탐구를 주제로 하여 「열두 가지 과일이 열리는 나무」를 썼으며, 학습 문제를 주제로 하여 「작아지지 않는 연필」을 썼다. 이 모든 동화들이 다만 그 주제의 현대성으로서만 의의가 있는 것이 아니라 그 예술적 형상에 있어서도 높은 가치를 가지고 있기 때문에 아동들은 그의 동화를 사랑한다. 그중에서도 「작아지지 않는 연필」은 가장 애독되는 동화다.

이 동화는 학습을 태공하면서 공연히 연필만 깎아 없애치우는 주인공 용이의 개변 과정을 심각한 내부 체험을 통하여 표현하고 있는바 마침내 연필들이 환상적 주인공들로 등장하여 용이를 당황케 하고 자기의 잘못을 깨닫게 되는 전체 슈제트의 발전과 표현 수법이 진실하고 생동하다. 뿐만 아니라 작품 전체에 흐르는 친근하고 인도주의적 빠포쓰와 풍부한 유모어 및 웃음은 이 동화의 교양적 의의를 더욱 높여주고 있다. 흔히 환상 세계를 빌어 엄격하고 위협적인 수단으로 아동들을 설교하는 것이 아니라, 이 동화는 그러한 유해한 경향과 날카롭게 자기를 대립시키면서 동화 장르의 발전에 크게 기여하였는바 이와 같은 과정에서 강훈의 동화 「지지와 배배」와 같은 성과도 거두어졌다.[69]

2) 장형준의 「해방 후 아동문학의 찬연한 발전 노정」에서

① 산문의 성과를 개관한 부분

김일성 원수의 조국 개선과 과거의 애국주의적 투쟁에 바쳐진 강훈의 「장군을 맞는 날」, 송창일의 「김일성 장군이 학교에 오시던 날」, 이원우의 「부운물 싸움과 김일성 장군」을 비롯하여 농촌 생활과 토지개혁을 묘사한 강훈의 단편 「산막집」과 이원우의 「물방앗간 이야기」, 노동에 대한 어린이의 정신세계를 밝힌 황민의 단편 「편지」와 노력의 즐거움과 영예로움을 보여준 김순석의 동극 「꿀 캐는 골짝」, 아동들의 학습 생활과 과학 탐구를 그린 강효순의 소설들인

---

69 김명수, 같은 글, 403~405쪽.

「어린 과학자」와 「새 결심」, 남반부 형제들의 영웅적 구국투쟁을 그린 신영길의 단편 「순철이는 죽지 않았다」와 「유격대와 갑덕이」, 그리고 강훈의 단편 「쓰딸린그라드에 있는 동무」 등 국제주의적 친선을 형상화한 소설—이 모든 작품은 당시의 아동 산문이 얼마나 폭넓게 인민의 운명과 관련된 문제에 주목하였으며 얼마나 시대적 특징 속에서 어린 세대의 사상—성격적 장성을 보여주려고 하였는가를 명확히 실증하여 주는 것이다. 따라서 이 작품들은 아동들을 주인공으로 하면서도 거대한 사회적 문제의 해결과 새 생활의 의의 천명에 이바지하고 있으며 그 주인공들은 어른들과의 복잡한 사회적 문제의 해결과 새 생활의 의의 천명에 이바지하고 있으며 그 주인공들은 어른들과의 복잡한 사회적 가정적 연관 속에서 형상화되고 있는 것으로 특징적이다.

때문에 우리 아동 산문의 소년 주인공들은 소위 순수한 아동 세계 자체에 파묻혀 있거나, 비현실적인 꿈나라에서 헤매이거나 할 수는 없었다. 그들은 새살림이 꽃피는 우리 땅 위에 튼튼히 발붙이고 있는 새 시대의 청소년들이다. 그러므로 생활의 진실과 시대정신은 이 형상들을 통하여 천명되고 있으며, 따라서 이 형상들은 인민 민주주의 제도하에서 무럭무럭 커가고 있는 우리 아동들의 시대적, 성격적 특질을 자체 속에 체현하고 있는 것이다.

이와 같은 특징은 이 시기 아동 산문에서 높은 예술적 성과를 달성한 강훈의 창작에서 가장 명백히 나타난다.

그의 작품집 『산막집』은 그의 넓은 창작 세계를 말하여 주는 동시에, 그의 높은 예술적 수준을 중시하여 주기도 한다.

「장군을 맞는 날」, 「산막집」, 「연에 붙인 편지」, 「쓰딸린그라드에 있는 동무」와 같은 작품들에서 특징적인 것은 짤막한 단편에 커다란 시대적 문제를 닦고 있으며, 그것이 예술적으로 잘 해명되고 있는 것이다.

자매편이라고 볼 수 있는 단편 「산막집」과 「연에 붙인 편지」에서 우리는 토지개혁의 혜택에 의한 생활의 전변으로 말미암아 가난에 쪼들리고 인생의 환락을 몰랐던 두 부자가 딴 사람처럼 갱생하였으며, 학교에서 공부하게 된 산막집의 아들 벌개가 얼마나 비약적으로 발전하였는가를 보게 된다. 땅을 얻은 그는 다만 자기들만의 행복에 만족하지 않고 남반부 동무들에게도 땅이 차례지도록 염원하면서 연 편지를 띄우는 것이다.

이처럼 작자는 자기 작품에서 아동들의 생활을 사회생활과의 유기적 연관 속에서 묘사하면서 시대적 특질을 밝히고 있는 것으로 특징적이다. 그러나 이것은 그에게만 고유한 특징이 아니다.

카프 문학의 혁명적 전통을 계승한 모든 건실한 작가에게 있어서 이것은 공통적인 특징으로 되고 있는 것이다.

그에게 있어서 가장 특징적인 것은 이 시기 아동 산문에 있어서 일반적 약점으로 되어 있었던 바로 그 점을 극복한 것이라고 말하여야 할 것이다.

얼마 동안 산문에는 사상이 형상적으로 체현되지 않은 생경한 작품이 존재하였던 것이다. 이것은 일부 아동 작가들이 시대의 이념을 자기 작품에 담으려는 긍정적 지향에도 불구하고 그것을 형상적으로 구현할 만한 예술적 기량을 원만히 소유하지 못하고 있는 데 기인하였던 것이다.

그러나 다른 산문 작가들과 함께 강훈은 중요한 사회적 문제를 빛나는 예술적 형상으로 전형화할 줄 알았다.

「장군을 맞는 날」에서 작가는 조국에 개선하신 김일성 원수를 처음 맞이하는 어린 소년 용이의 남다른 감격과 고상한 정신세계를 통하여 수령에 대한 전체 조선 어린이들의 존경과 사랑의 감정을 일반화하고 있는 것이다.

중국으로 망명한 혁명가의 아들인 어린 용이는 일제의 모진 탄압하에서도 어머니의 귓속말에 의하여 김일성 장군을 알게 되었고, 아버지와 함께 김일성 장군이 개선할 날을 목마르게 기다렸던 것이다.

그러기에 용이의 그 감격과 존경은 절대로 추상적인 것일 수 없다. 이것은 그러한 그의 구체적인 생활 조건과 개별적인 특수한 사정에 기초하여 이루어진 한 소년의 생생한 감정이며, 더 나아가서 전체 소년들의 감정으로 승화되고 일반화된 고상한 감정이기 때문이다.

우리는 「쓰딸린그라드에 있는 동무」에서도 조쏘친선의 위대한 사상을 생동하게 느끼게 되는 것이다. 그것은 작품의 사상이 이 소설의 쓔제트와 인물 형상들을 통하여 스스로 흘러져 나오도록 형상화되어 있으며 시대적 문제가 작자의 설명에 의해서가 아니라, 아동들의 성격화와 심리 세계의 묘사를 통하여 해결되었기 때문이다.

바로 이 점이 그의 작품들의 높은 예술적 가치를 규정하는 기본 요인인 것이다.

천진난만하고 사랑스러운 어린이의 세계에 깊이 침투한 작가의 심오한 경지는 「혼자 있는 동안에」, 「잊어버린 생일」 등만 보아도 명백하다.

단편 「혼자 있는 동안에」에 등장하는 나어린 주인공의 행동과 심리 세계는 그야말로 어린이다우며, 오직 그 또래의 아이들만이 그렇게 행동하며 생각할 수 있도록 그려져 있다.

이 작품의 주인공 용이는 참으로 천진스럽고 귀여운 아이다. 그와 동시에 그의 성격은 밝고 낙천적이다. 이런 낙천적이며 정직하고 밝고 명랑한 아동들이 바로 그의 작품의 주인공들이다.[70]

② 시문학의 성과를 개관한 부분

시문학처럼 시대를 민감하게 반영하는 장르는 아마 없을 것이다. 이것은 정서적이며 직접적인 시가의 본성 자체에 의하여 규정되는 합법칙적 현상이다. 그러나 해방 후 우리 시문학의 시대에 대한 민감성은 다만 시가의 본성에 의해서만 규정되고 있는 것은 아니다. 해방 후 시문학은 혁명적 카프 시문학의 혁신적 계승자로서 당적 시가이기 때문에 시대에 더욱 민감한 것이다. 이것은 해방 첫 시기에 새 시대를 심장으로 노래 부른 가수들의 첫 대열에는 바로 카프 시인들이 서 있었다는 사실에 의하여 웅변적으로 증명된다.

---

[70] 장형준, 「해방 후 아동문학의 찬연한 발전 노정」, 『해방 후 우리 문학』, 조선작가동맹출판사, 1958, 279~282쪽.

그중에서도 카프 시문학의 창시자의 한 사람이며 아동 가요의 대가인 박세영의 노래는 가장 힘차게 울렸다.

뒷동산에 핀 꽃은
흰 빛 무궁화
개울 앞에 핀 꽃은
보라 무궁화
피고 피고 또 피여
수를 놓나니
금수강산 삼천 리
아름답구나

—「무궁화」에서

해방 직후에 창작된 이 동요에는 시인의 조국에 대한 다함없는 사랑의 감정과 함께 해방된 우리 어린이들의 미래에 대한 축복의 감정이 하나로 융합되어 충일되고 있는 것이다.

시인은 아름다운 금수강산에 만발하는 무궁화에게 '씩씩하게 뻗어날 우리 맘' 즉 우리 아동들의 새로운 포부와 '우리 조국의 마음' 즉 새 조선의 기상을 담아 아름답게 노래하였다.

이 시는 아마 해방 후에 나온 우리 아동 시가의 첫 작품일지도 모른다. 그런데 우리는 이 노래에서만도 벌써 해방 후 시가가 해방 전의 그것들과 같지 않은 시대적 음조를 충분히 감득할 수 있다.

우리의 들끓는 생활이 그러하듯이 우리의 시가도 격동적인 리듬과 밝고 명랑한 음색을 띠게 되었다.

어찌 이렇게 고조된 감정으로 노래 부르지 않고 견디어낼 수 있었으랴! 일제의 모진 채찍에도 굴하지 않고 무산 아동 대중에게 "빼앗긴 강산을 아는 마음으로" 불타오르는 심장을 옮겨주기에 갖은 애를 쓴 그가, 그러한 이상이 실현된 해방된 새 현실에서……

이 시기에 창작된 그의 우수한 동요들인 「모두 모두 형인걸」, 「길가의 코스모스」, 「한글학교 가자우요」 등과 동시 「우리는 빨찌산의 아들」 들은 중요한 사회적 현상에 대한 시인의 깊은 관심을 보여주는 동시에, 이 시기의 시문학의 높은 수준을 보여주기도 한다.

「모두 모두 형인걸」—이 동요는 인민군대가 창건된 바로 그때에 창작된 것이다.

씩씩하게 행진하는 인민군 대렬 속에서 자기 형님을 찾던 이 시의 주인공은 "찾아선 무엇하나 모두 모두 형인걸"—이러한 감정에 도달하는 것이다. 여기에는 인민군대에 대한 전체 우리 아동들의 친근한 감정이 소박하고 진실하게 노래되어 있다. 그는 이 동요에서 사상의 심각성을 아동의 풍부한 내면세계의 개방을 통해서 노래 불렀다면, 동요 「길가의 코스모스」에서는 할아버지의 행동 세계를 통하여 그것을 생동하게 보여주고 있다.

"피자마자 꺾으라 심은 꽃이냐, 두고 보면 우리 동네 아름다운걸." 이처럼 아름다운 심정 때문에 할아버지는 오고 가는 사람들이 꽃 꺾는 것을 나무랐던 것이다. 그런데 어떤가?

떠나는 쏘련군에
　드릴 꽃이면
고운 것을 골라서
　따들 가거라.
웃으시는 할아버지
　돌아다보며
열두 동무 한 아름씩
　안고 갑니다.

우리는 이 노래를 읊으면서 할아버지의 아름다운 모습을 한 폭의 그림처럼 눈에 환히 그려보며, 쏘런 군대에 대한 조선 인민의 두터운 사랑을 느끼게 된다.

그의 시가의 본래의 예술적 특징은 해방 후에 더욱 광채를 발휘하였는데 그것은 시인이 약동하는 소년의 감정과 낙천적 성격에 입각하면서 인민 가요의 표현 방식을 대담히 이용하여 심오한 시대적 사상 감정을 소박하게 그러나 음악적으로 형상화한 때문이다. 그는 즐겨 3·3조, 4·4조, 7·5조 등의 인민 가요 및 인민 동요의 인민적 운율을 자기 노래에 살리면서 간결하고도 정확한 시어를 선택하며, 평이한 언어를 시적 언어로 정화시키며, 대구와 반복으로써 음악적 리듬을 더욱 효과적으로 조성하였다.

조선말은 미묘한 색채와 풍부한 음향성을 가지고 있다. 이러한 조선말의 아름다움을 우리는 시어의 정확한 구사와 의성의태어의 능숙한 이용 및 대구의 수법을 통해서 묘사된 다음 시에서 본다.

> 노을진 하늘에
> 　바다는 금물결,
> 금갈매기 훨 훨
> 　배를 따라 날은다.
> 배에서는 퐁 퐁
> 　풍어기는 훨 훨
> 저희들도 좋다고
> 　춤을 추나 갈매기
>
> —「갈매기」에서

그런데 이 작품을 그가 해방 전에 창작한 동명의 작품인 「갈매기」에 비교하여 본다면 해방 후 시문학의 그의 사상예술적 특징은 더욱 뚜렷하다.

두 작품의 묘사 대상도 바다와 갈매기이고 그 묘사 수법에 있어서도 매우 상기 작품과 유사하다. 그러나 그 음조는 다르다. 이것은 시인의 자의에 의하여 결정된 것이 아니라, 시대에 의하여 그렇게 제약된 것이다.

평화적 민주건설 시기에 벌써 박세영을 비롯한 동요 동시인들은 카프 시문학의 전통적 주류를 따라 어린이들과 더불어 큰 문제를 이야기하며 공민적 빠포쓰를 열렬히 토로하였던 것이다.

강승한의 동시 「우리나라 정부가 섰다」와 동요 「쏘련 군대 아저씨」, 「몇 알 여물고」―이 모든 성과작들은 그러한 사실을 확증하고 있다.

이것은 우리 시인들이 부르주아 시문학의 허위성을 반대하고 카프 시문학의 길을 따르며 사회주의적 사실주의 기치를 고수 발전시켰다는 것을 말하는 것이다.

박세영은 과거의 부르주아 아동문학에 대하여 "부르주아 아동문학가들은 마치 세상에서 제일 아름답고 정하고 좋은 것은 저희들이 다 차지한 듯 달과 별과 새와 나비, 꽃들을 값싼 눈물까지를 담아 노래하였다"고 지적한 바 있지만, 오늘도 남반부의 부르주아 아동시인들은 그렇게 '순수미'의 세계에서 달콤한 언어를 희롱하고 있는 것이다.

그러나 우리의 시문학은 이러한 부르주아 아동문학과는 처음부터 적대적인 것으로서 항상 우리 아동들에게 고상하고 정의로운 것을 지향케 하였으며, 그들을 인민의 충실한 아들이 되도록 고무하였다.

그럼에도 불구하고 이 시기의 우리의 아동 시가는 우리 시문학에 존재하였던 부정적 경향인 허장성세에 의한 위선적 감격과 새 현실에 대한 사이비 낭만주의적 해명에 떨어지는 추상적인 예술적 일반화를 완전히 극복하지 못하였다. 이와 같은 결과에 도식주의적인 생경한 소위 '구호시'들이 우리 시단에는 근절되지 않았던 것이다.

이처럼 전형화에 있어서 일정한 예술적 약점이 있었다는 것을 인정하면서도 이 시기의 우리의 아동 시가는 시대정신과 우리 아동들의 새로운 사상 감정을 노래하면서 새 현실을 확인하고 찬양한 바로 그 때문에 독자들 속에서 커다란 반향을 일으켰다.

시대의 변천과 소년 대중의 정신적 발전과 미학적 요구의 장성은 우리 아동 시문학에 존재하는 도식주의적 경향을 결정적으로 극복할 것을 요구하였다.

이와 같은 요구는 전쟁 시기의 시문학 발전 과정에서 급속도로 충족되어 갔다.

이것은 시대의 고조된 열정의 표현을 시인 자신의 주관적 외침으로 대신하던 결함이 극복되어 주제가 아동들의 심리와 정서를 통하여 참신하고 감동적으로 해명되고 있는 사정과 관련되어 있다.

만일 평화적 민주건설 시기의 아동 시가가 주로 외부 세계에 대한 특징적 묘사에 기울어지면서 등장인물들인 소년들의 내면세계의 묘사와 서정적 주인공의 주정 토로가 미약하였다면, 전쟁 시기의 시가는 이러한 제약성을 극복하면서 우리 아동들 자체의 풍부한 내면세계를 개방하여 그들의 고상한 정신적 특질을 성격적으로 보여주고 있는 것으로 특징적이다.

이것은 우리 아동 시문학의 예술적 발전에 있어서 매우 중요한 의의를 가졌다. 왜 그런가 하면 그것은 아동 시가에서 서정적 주인공의 성격을 더욱 선명하게 전형화할 수 있게 하였기 때문이다.

이리하여 전시의 아동 시가들 속에는 싸우는 전시 아동들의 높은 정신적 특질이 전형적으로 노래되고 있는 것이다.

이것은 카프의 영향하에 일찍이 혁명적 문학 창작의 길에 들어온 시인 김우철의 시가들에서 볼 수 있다.

평화 시기에 창작한 동요 「잘 가거라 쏘련 동무야」에서 벌써 시인은 위 아동의 새로운 정신적 특징인 국제주의적 감정을 서정적 주인공의 전형적 감정을 통해서 잘 노래하였던 것이다. 그의 이러한 솜씨는 전쟁 시기의 시가들에서 더욱 발전적으로 발현되고 있다.

그의 정론적 동시 「산수」의 주인공 '나'는 싸우는 조선의 나이 어린 공민이며 투사다. 이 서정적 주인공 '나'는 미국 놈들이 우리 강토에 뿌린 폭탄이 몇 알이나 되는가고 원쑤를 심판하는 재판정에서 트루맨에게 묻겠다고 한다.

재판정에서 그놈이 만이라, 억이라고 대답할 때엔 '나'는 얄미운 그놈에게 우리 학교를 무너뜨린 한 톤짜리 폭탄 세 개와 우리 집을 불태운 소이탄 한 타스도 그 수효에 들어 있느냐고 다시 한 번 물어보겠다고 한다.

이 서정적 주인공은 전쟁 승리의 요인이 조선인민의 단결과 세계인민의 국제주의적 원조에 있다는 것을 소리 높이 선언하며

> 우리들의
> 뭉친 '하나'
> 이 하나는
> 어떠한 수로도
> 나눌 수 없음을
> 나는 온 세계에
> 자랑하련다.

이처럼 이 시에는 원쑤를 단죄하려는 격앙된 감정과 필승의 신념이 시인의 높은 톤에 의하여 서정적 주인공의 전투적 빠포쓰로써 힘차게 울리고 있다. 이 동시는 확실히 아동 시문학에서 정론적인 시가를 창조함에 있어서 좋은 시도로 된다.

이것은 시인이 현실에서 시적 영감을 얻고 카프 시문학의 혁명적 전통에 충실하였음을 말하는 것이다. 어찌 이것이 우연한 현상이겠는가? 그 자신이 벌써 카프 산하에서 동요 「화차」와 동시 「진달래꽃」과 같은 혁명적인 노래를 창작하였음에랴.

우리는 이러한 전통적 연결이 해방 전의 그의 작품인 노동가요라고 할 수 있는 동요 「땅달구야」와 이 시기의 성과작인 동요 「벼낟가리」 사이에도 존재한다는 것을 쉽게 판정할 수 있다.

「벼낟가리」에는 현물세를 바치고 남은 볏단을 앞마당에 쌓고 있는 노역하는

아동들의 즐거운 생활 감정이 홍겹게 노래되고 있다.

　던질 테니 받아라
　　세 둘기째다.
　누나야 그만하면
　　학교가 보이니?

　교실은 안 보여도
　　지붕은 보인다.

　이 노래에서 시인은 노동가요들에 특징적인 노동 율동에 의한 감정의 기복을 시가의 운율적 기초로 하여, 노력의 로만찌까와 노동의 낙천성을 시적 감흥 속에서 밝히고 있는 것이다. 높이 쌓여진 벼낟가리 위에서 그들은 싸우는 형님을 보고 싶어 한다. 그러나 전선이 보일 리가 없다. "싸움터는 안 보여도 우리 논이 보인다"고 하며 씩씩히 협동노동을 하는 그들의 모습 속에는 노력을 사랑하는 명랑한 우리 시대의 새 찌프의 성격적 특질이 잘 구현되어 있다.

　이러한 성격적 특질은 원쑤의 무차별 폭격에 의하여 우리 곁을 이미 떠난 아동작가 김련호의 시 작품들, 예하면 「징검다리」의 주인공에 대해서도 그렇게 말할 수 있다.

　앞 냇가 징검다리가 비 내리는 야밤에 떠내려갔으니 일터에 가는 아저씨들과 총을 멘 아저씨들은 할 수 없이 칠벙칠벙 물에 뛰어들지 않을 수 없었다. 바쁜 사람들의 이러한 딱한 사정을 본 철이는 아이들과 의논했다—나무다리를 세울 것인가? 어른들에게 놓아달라고 할 것인가? 고. 그러나 그들은 농사일에 바쁜 어른들의 손을 바랄 수 없다는 것과 시냇물은 발 벗지 않고 건너도록 하여야 한다는 것을 알았다. 그래서 그들은 자기들의 힘으로 징검다리를 놓기 시작한다.

하염없이 냇물만 보던 철이와 동무들
싱긋 웃고 무르팍 탁 치고는
옳지 옳지 냇물 넓이 다섯 발 치고
한 발에 세 개씩 3×5는 15

이들의 창발적 노력을 보고 뒤따라온 동무들도 따라나섰다. 그들의 이러한
집단적 노력에 의하여 징검다리는 놓아지고 바쁜 사람들은 활개치고 건너간
다. 이를 바라보는 철이의 심장은 기쁨과 자랑에 충만되었는데, 이 기쁨과 자
랑은 그 얼마나 값있는 것인가! 이러한 기쁨과 이러한 긍지를 느끼는 철이와
그의 동무들이야말로 과연 우리 시대 아동들의 전형이 아니고 무엇이랴.

그러기에 우리의 독자들은 시의 종련에 주어진 누가 놓았는지 알고나 가라
는 찬양조의 주정 토로에 심장으로 공명하게 되는 것이다.

새 세대들의 새로운 정신적 특질은 그의 동시 「군마와 용이」의 주인공 용이
의 국제주의적 친선의 맑고 깨끗한 감정 세계를 통해서도 생동하게 나타나고
있다. 군마 '황하'에 대한 용이의 사랑은 말을 좋아하는 아동의 단순한 사랑이
아니라 그것은 중국 인민에 대한 뜨거운 국제주의적 친선의 고귀한 심정에 의
하여 승화된 고상한 감정인 것이다.

국제주의적 친선의 이러한 고귀한 감정은 윤동향의 동요 「그리운 까이로브
아저씨」와 정서촌의 동요 「잊지 않아요」및 유연옥의 동요 「떡두화」 등에서도
매혹적으로 노래되고 있다.

꽃나무는 자라서 고운 꽃이 피고 어린이는 자라서 큰 일꾼이 된다고 하며 떠
나간 까이로브 아저씨에 대한 아동의 그리운 심정과, 뒤뜨락 꽃밭에서 같이 놀
던 일곱 살 동갑인 리샤에 대한 소녀의 추억과, 둘이서 함께 심은 떡두화 두 나
무를 조선 아동과 쏘련 아동 간에 맺어진 친선의 상징으로 바라보며 리다를 생
각하는 주인공의 감정 세계에는 친선의 감정이 맥맥히 흐르고 있다. 이 친선의
감정은 아동의 생활적 바탕을 통해서, 그들의 아름다운 추억을 통해서 절절하

게 노래되고 있는데 그 동요들의 특징이 있는 것이다.

트럭에 대한 사랑의 정신으로 아동들을 교양하는 데 특별한 작가적 관심을 표시하면서 이 시기에 윤동향은 동요 「기계 다루는 어머니」를, 정서촌은 동요 「소문난 누나」를 각각 창작하였다.

황산의 기계창에서 군대 가신 아빠를 대신하여 쇳물을 까는 어머니와, 밭갈이 명수로 이름난 누나에 대한 자랑—이것은 다만 자기 어머니와 자기 누나에 대한 자랑일 뿐만 아니다. 이 자랑 속에는 노력에 대한 사랑과 근로자들에 대한 존경의 심정이 침투되어 있는 것이다.

그러므로 이 동요들에는 우리 아동들의 새로운 윤리가 심오하게 천명되고 있다.[71]

③ 동화의 성과를 개관한 부분

해방 후 우리 동화 문학은 장르적 특성에 있어서뿐만 아니라, 실로 그의 비약적 발전에 의하여 아동문학에서 중요한 자리를 차지하고 있다. 오늘 우리의 어린 세대들은 그 어느 때보다도 동화를 사랑하며 열렬히 환영한다.

그것은 우리의 동화가 환상을 즐기는 아동들의 심리 세계와 정신적 요구에 적응한 장르적 특성을 구비하고 있을 뿐만 아니라 또한 거기에는 바로 그들의 생활적 이상인 위대한 꿈이 심각하고 다양하게 담겨져 있기 때문이다.

어린 시절은 실로 꿈으로 충만되고 있거니와 우리 현실은 그들에게 그 얼마나 보람찬 꿈을 안겨주는 것인가!

인류의 선진적 이상이 활짝 꽃피게 된 우리 사회의 행복한 요람 속에서 무럭무럭 커가는 우리의 새 세대들의 생활적 낭만과 미래에의 위대한 꿈—바로 이것을 원천으로 하여 해방 후 동화 문학은 유구한 전통의 흐름 위에서 그처럼 빛나는 자리를 차지하게 되었다. 해방 후 첫 시기, 즉 평화적 민주건설 시기,

---

71 장형준, 같은 글, 301~312쪽.

우리의 동화 문학 앞에 나선 기본 과제는 새로운 시대 생활을 어떻게 동화적 형상으로 창조하는가 하는 문제였다. 이 과제의 해결은 오직 사회주의적 사실주의에 엄격히 입각하여서만 가능하였다.

그런데 우리에게는 동화의 장르적 특성에 대한 이해의 혼란이 있었다. 이 시기에『아동문학』『어린 동무』등 잡지들에는 '동화'라는 표제 하에 동화 아닌 '이야기'가 적지 않게 소위 동화로 행세하였던 것이다. 아마도 이때에 적지 않은 작가들은 장르로서의 동화를 어린이 이야기로도 이해하였던가 싶다.

이것은 물론 동화 장르에 있어서 기본 핵을 이루는 환상적 요소를 전혀 몰각한 데 기인된다. 문제의 복잡성은 그것이 동화 장르에 대한 인식상 착오에 기초하고 있을 뿐만 아니라 환상에 대한 비속 사회학적 태도에도 기초하고 있다는 데 있다. 일부의 동화 작가들은 동화 창작에서 허망한 것을 배격하고 과학적인 것을 찾으려는 나머지 환상을 비과학적인 것으로 경원하였다. 그러기 때문에 동화 작가들은 무엇보다도 먼저 장르에 대한 인식상 혼란을 청산하는 동시에, 사이비 유물론적 견지로부터 동화의 생명인 환상적 요소를 약화시키려는 그릇된 경향을 극복하여야 하였다.

이것은 오직 우리 선조들이 남겨준『홍길동전』,『홍부전』,『심청전』등을 위시한 인민 창작의 훌륭한 동화 유산과 송영을 비롯한 카프 작가들의 혁명적 동화 전통을 창조적으로 계승하며, 쏘련의 선진적 동화 문학을 옳게 섭취하면서 우리의 새 생활을 동화적 형상으로 형상화함으로써만 가능하였다.

그러기 때문에 동화에 현대성의 주제를 도입하는 문제와 동화 장르를 발전시키는 문제는 호상 연결된 하나의 통일적 문제로 제기되었던 것이다.

이 문제 해결에서와 해방 후 동화 문학 건설에서 특출한 역할을 수행한 것은 시인이며 소설가며 동화 작가인 이원우의 창작이다.

그는 누구보다도 먼저 작품을 통하여 위에서 지적한 바와 같은 사이비 동화와 비속 사회학적 태도를 반대하여 나섰다. 그의 동화집『물방아』에 수록된「큰 곳간 속에 생긴 일」을 비롯한 일련의 동화 작품들에서 그는 우리의 새 현실을 동화 문학이 가지고 있는 위력한 요소인 환상과 과장의 수단으로 형상화하여 흥미진진한 동화적 형상들을 창조하였다.

바로 여기에 동화 창작에 있어서의 그의 혁신성이 있다. 또한 그의 혁신성은 일부 동화 작가들이 민주건설의 벅찬 현실이 제기하는 새로운 생활에 육박하여 그것을 동화로 재생하는 데 주목하지 않고, 옛이야기나 동물 이야기에만 매어달리고 있을 바로 그때에 그가 현대성의 주제를 대담하게 붙잡고 매혹적인 동화적 형상들을 창조한 것과도 관련된다. 그의 주목은 우선 인민의 운명과 관련된 거대한 사회적 문제에 돌려졌다.

토지개혁의 위대한 의의를 천명한 「나는 흙덩어립니다」, 노동동맹의 사상을 노래한 「큰 곳간 속에 생긴 일」, 남반부 동포들의 영웅적 항쟁을 보여준 「썩은 기둥」, 자본주의 사회의 모순과 10월 혁명 및 조선 인민의 해방을 내용으로 한 「눈에 보이지 않게 만든 주머니」 등등만을 예거하여도 그의 동화에는 시대의 초미의 문제가 첫 자리를 차지하고 있다는 것을 능히 알 수 있다.

그의 동화적 관심에서 또한 아동 생활이 도외시될 리가 없다. 작가는 아동들의 일상적 생활에서 취재하여 「작아지지 않는 연필」을 썼는가 하면 그들의 과학적 탐구와 미래에의 꿈에 기초하여 「열두 가지 과일이 열리는 나무」 등의 성과작도 창작하였다. 그의 동화들은 주제의 현대성과 다양성에 있어서뿐만 아니라 동화적 형상의 매혹성으로 하여 높은 평가를 받고 있는데, 그의 작품들은 주로 물체들을 의인화하는 동화적 수법에 의거하여 창작되고 있는 것으로 특징적이다.

우선 「큰 곳간 속에 생긴 일」을 보면 어느 한 큰 곳간 속에 쌓인 생명 없는 제품 포대들이 작가의 환상에 의하여 의인화되자 좌담회를 진행하고 새 나라의 거창한 진실을 토론하며, 노동동맹의 위대한 사상을 천명하는 산 동화적 형상들로 되었다.

이것은 동화 「작아지지 않는 연필」에 나오는 연필을 비롯한 동화적 형상들을 보면 더욱 명백한 것이다.

그런데 「큰 곳간 속에 생긴 일」은 시적 정서가 풍만한 가운데서 큰 사상을 의인화의 수법에 의하여 천명하고 있다면, 「작아지지 않는 연필」은 같은 의인화의 수법에 의거하면서도 해학을 조성하고 있는 데 그 작품의 특징이 있는 것이다. 즉 이 후자는 아동들의 일상적 생활에 기초하여 학업을 태만하는 아동을 해학적 웃음을 통하여 개변하도록 하고 있는 것이다.

따라서 이 동화는 환상적 수법을 빌어 위협적 수단으로 아동을 설교하거나, 작자의 의도가 노출된 따분한 교훈주의적 동화 작품들과는 아무러한 공통성도 없다.

이 작품에 나오는 의인화된 제 동화적 형상들은 필경 웃음을 조성하여 바로 웃음의 위력으로써 용이의 내부 세계에 자각을 환기시키는 해학 조성의 동화적 형상인 것이다.

이처럼 이 동화는 인민 창작의 고전적 전통을 계승하여 해학 동화의 길을 빗대면서, 동화화하기 어려운 소재를 훌륭하게 동화화한 바로 그 때문에 동화 장르 발전에서 혁신적 의의를 가지고 있는 것이다.

동화 문학에서 특히 현대성의 주제를 형상화함에 있어서 리원우가 주로 물체를 의인화하는 수법을 이용하였던 것과는 달리 아동 작가 강훈은 동물을 인지화하는 수법에 의하여 성과작 「지지와 배배」를 창작하였다.

이 동화에는 한 쌍의 제비가 등장하는데, 그들은 봄을 맞이하여 강남에서 날아온다. 처음 들르게 된 곳은 의례히 남반부다. 산천은 아름다우나 그들이 주인으로 섬겨야 할 인민들의 살림은 소문과는 너무나 판이하다. 이에 실망한 제비는 조선으로 온 것을 후회하기까지 한다. 그러나 이것은 미제와 이승만 도당의 학정 때문이라는 것과 행복한 조선이 따로 있다는 것을 차차 알게 된다. 그래서 북반부에 들어와 자기들의 소원대로 행복한 새 생활을 누리게 되었다는 것이다.

이와 같이 이 동화는 자연스러운 줄거리와 단순한 구성으로 특징적이다. 그러나 이 자연성과 단순성 속에는 소년의 다감한 정서가 풍기고 있으며 이 정서

속에서 진리는 성광처럼 번쩍이고 있다.

바로 여기에 작자의 기교의 힘이 있다. 높은 기교는 항상 애쓰지 않는 듯한 자연스러움과 단순한 것 가운데 스며들어 자기의 마력을 나타내는 때문이다.

작자는 가증한 원쑤들의 암흑 통치를 폭로하면서도 작품으로 하여금 서정이 풍만하도록 하였으며, 놈들의 폭로에 대부분의 스페스를 제공하면서도 폭로 그 자체에 머무르지 않고 조국 통일의 절절한 빠포쓰로 작품을 관통시키고 있는 것이다. 그리하여 우리는 이 동화에서 제비의 형상을, 곧 북을 우러러보는 남반부의 수백만 보통 사람들도 보는 데 아무러한 모순도 느끼지 않는다. 또한 제비에게 절절한 민족적 염원을 담은 편지를 부치는 사연도 그대로 우리의 아동들과 전체 조선 인민의 심정이다.

이처럼 이 동화는 제비의 형상으로써 우리 시대의 가장 초미의 문제를 취급하고 있는 것이다. 그러나 동화에서의 현대성은 현대 인간생활의 소재를 직접 취급하지 않고도 해결될 수 있다. 그것은 순 동물에 관한 이야기로도 그것을 능히 해결할 수 있기 때문이다. 이에 있어서 이동규의 동화 「게으른 참새」가 일정한 성과를 거두었다고 보아진다. 동화의 주인공은 부정적 형상인 게으른 참새다. 가만히 앉아 놀고먹을 궁리만 하던 그는 거미줄에 걸린 잠자리며, 나비 등을 뺏어먹고 나중에는 남의 노동 수단인 거미줄마저 강탈하였다. 그러나 그가 빼앗은 거미줄에는 아무것도 걸리지 않는다. 그것은 거미줄 앞에서 그가 뽐내며 노래를 부르고 있기 때문이었다. 며칠째 앉아서 '떡'을 기다리던 게으름뱅이는 하는 수 없어 날려고 푸덕거렸다.

그러나 굶어서 기진한 새는 땅에 떨어지지 않을 수 없었으며, 드디어 검둥개의 밥이 되고 말았다.

참새 방앗간 놓친다는 속담도 있거니와 나태와 착취적 근성 때문에 그의 꾀가 그 자신을 멸망으로 이르게 한다는 것을 보여준 점에 이 동화의 교양적 의의가 있는 것이다. 다시 말하면 이 동화는 나태와 착취에 대한 증오와 함께 근로 애호 정신으로 아동들을 고무하는 교훈적인 작품이다.

이 작품에서 특징적인 것은 기왕에 우리들이 어린 시절에 흔히 듣던 권선징
악적인 것이 시대의 이념으로 윤색되고 있는 점인바, 이 때문에 이 동화의 동
물 이야기는 현대성을 띠고 있는 것이다.

그러나 이 시기에 발표된 동물에 관한 것과, 옛이야기에 관한 동화의 대부분
은 아직 시대적 색채를 띠도록 충분히 윤색되지 못하였거나, 동화에 고유한 위
력한 환상의 날개를 펴지 못한 것이 사실이다. 동화에서 환상의 날개가 높이
퍼득여지지 못한 것은 다만 이 방면에서뿐만 아니라 현대성을 직접 주제로 한
경우에서도 볼 수 있다. 이 모든 것은 대체 무엇 때문인가. 그것은 환상의 과학
성에 대하여 속학적으로 대하는 부정적 경향과 투쟁하면서도 물체를 의인화하
거나 동물을 인격화하는 데 그치고 인간은 현실적인 인간 그대로이거나 기껏
하여 꿈속에서만 동화적으로 활동하는 정도의 소심성을 아직 면치 못하였기
때문이다.

그러므로 동화 장르의 가일층의 발전에 있어서의 중요한 내부적 요구는 그
가 가지고 있는 환상적 '마력'을 자유분방하게 충분히 발휘하는 문제였다.[72]

---

72 장형준, 앞의 글, 329~335쪽.

조국해방전쟁 시기(1950~1953)

1. 자연주의 비판과 '승리에 대한 신심'

1950년 6월 25일 전쟁이 시작된 다음 날, 김일성은 방송연설을 통해 조국해방전쟁의 승리를 위하여 총궐기할 것을 전체 인민들에게 호소했다. 전쟁 발발 직후 북한 사회는 '모든 것을 전쟁 승리를 위하여!'라는 당의 구호 아래 일사불란한 전시체제로 바뀌었다. 1950년 7월 김일성은 직접 작가 예술가들을 만나 "전시하 문학예술은 모름지기 영웅적 인민군대의 승리적 진격에 상응하는 승리의 깃발이 되어야 한다"[1]고 교시했다. 이에 따라 많은 작가들이 종군작가로 혹은 통신원으로 혹은 문화선전대로 인민군대를 따라 전선으로 나갔다. 그들의 보고문학은 전체 인민을 대상으로 하고 있으므로 아동문학과 직접 관련된 것은 없다. 아동문학은 영웅적 투쟁을 그린 작품으로 후방에서 아동을 교양하는 역할에 충실했다.

이 시기의 문학은 '전쟁문학'의 성격을 띠고 있다. 아동문학도 예외

---

[1] 『조선노동당의 문예정책과 해방 후 문학』, 과학원출판사, 1961, 79쪽.

없이 투쟁적인 내용을 담아냈다. 6·25 이전에도 빨치산투쟁과 인민항쟁을 그린 소년소설은 영웅적 투쟁을 그렸지만, 조국해방전쟁 시기로 와서는 그런 내용이 전면화한 양상을 보인다. 김일성은 직접 작가 예술가들을 고무 추동하면서 창작을 지도했다. 특히 1951년 6월 전체 작가 예술가들에게 준 격려의 말은 중요한 내용을 담고 있다. 김일성은 작가 예술가들의 사명과 의무를 다음과 같이 밝혔다.

오늘 우리 조선 인민이 조국의 독립과 자유를 위하여 야수적 미제 침략들을 반대하는 성스러운 조국전쟁을 진행하고 있는 이때 우리 조선 작가 예술가들의 사명과 의무는 실로 중대한 것입니다. 우리 작가 예술가들은 인간 정신의 기사로서 자기들의 작품에 우리 인민이 갖고 있는 숭고한 애국심과 견결한 투지와 종국적인 승리를 위한 철석같은 결의와 신심을 가장 뚜렷하게 표현할 뿐만 아니라 자기들의 작품이 싸우는 우리 인민의 수중에서 가장 강력하고도 예리한 무기가 되게 하며 전체 인민을 최후의 승리에로 고무 추동시켜야 할 것입니다.[2]

작가 예술가들은 '인간 정신의 기사'이고, 작품은 싸우는 '인민의 가장 강력하고도 예리한 무기'이다. 이어서 김일성은 문학예술이 아직까지도 잘 표현하지 못하는 몇 가지 중요한 문제를 말하겠다면서 '애국심, 영웅 묘사, 승리에 대한 신심, 적에 대한 증오심, 구전문학의 이용, 공정한 문학평론, 소련의 선진문화 섭취' 등을 조목조목 설명한다. 이 중 맨 앞자리에 놓인 '애국심'은 6·25가 미제국주의와 상대하는 조국해방전쟁이라고 규정된 상황에서 폭넓은 민족 감정에 호소하는 강력한 이데올로기적 성격을 띠는 것이다. 김일성은 작가 예술가들이 애국심을 표

---

2 김일성, 「전체 작가 예술가들에게 주신 김일성 장군의 격려의 말씀」, 『문학예술』, 1951.6, 4쪽.

현하는 문제에 대하여 다음과 같이 말했다.

애국심은 자기 조국의 과거를 잘 알며 자기 민족이 갖고 있는 우수한 전통과
문화와 풍습을 잘 아는 데서만이 생기는 것입니다. 애국심은 그 어떠한 추상적
인 개념에 그치는 것이 아닙니다. 애국심은 자기 조국의 강토와 역사와 문화를
사랑함과 아울러 자기 고향에 대한 애착심, 고향 사람들에 대한 생각과 감정,
부모 아내 자식들에 대한 애정에도 표현되는 것입니다. 애국심은 인간의 감정
에서 구체적으로 살고 있으며 구체적으로 그 표현을 보게 되는 것입니다.

때문에 우리 작가 예술가들은 조선 인민의 애국심을 표현함에 있어 그 어떠
한 추상적인 구호를 나열할 것이 아니라 가장 구체적이며 형상적인 감정 사건
인물 사상을 보여주어야 하겠습니다.[3]

여기까지는 누구나 수긍할 수 있는데, 문제는 이 '애국심'이 '우리 민
족에 대한 높은 자부심', '인민군대의 영웅성과 완강성', '수다한 공화국
영웅들'을 표현하라는 주문으로 이어지면서 논리적 비약을 무마하고 있
는 점이다. 김일성은 '인민군대가 지니고 있는 높은 사상적 토대와 국가
적 입장과 견해'를 '적의 치명적인 약점과 처지'에 대비시킴으로써만
"승리에 대한 신심"이 그려질 수 있다고 주장한다. 또한 "우리가 진행
하는 전쟁은 정의의 전쟁이며 조국의 행복과 후손 만대를 위한 전쟁이
라는 것을 높은 예술적 경지에서 표현"하자면 "적에 대한 증오심"을 옳
게 표현해야 한다는 것이다. 여기에서 "적을 어떻게 묘사하느냐" 하는
문제가 제기된다.

우리 작가들은 미제 침략자들을 교활한 자들로 묘사합니다. 이것은 물론 옳

---

3 김일성, 같은 글, 5쪽.

습니다. 그러나 미제국주의자들은 교활할 뿐만 아니라 가장 포악하며 가장 추악한 야만적인 존재라는 것을 잊어버리는 상례들이 있습니다. (……)

미제의 만행을 세계 인민들은 반드시 알아야 할 것이며 인류에 대한 죄악으로 후손에 대한 치욕으로 천추만대에 걸쳐 끝없는 분노와 저주를 일으켜야 할 것입니다.

그러나 우리 작가 예술가들은 원수들의 만행 그대로를 보인다고 하여 그것이 곧 예술이 되지 않는다는 것과 증오심을 더 고취시키지 않는다는 것을 잊어서는 안되겠습니다. 어떠한 예술 작품에서든지 자연주의적인 요소를 숙청함으로써만이 사실주의적인 예술 작품을 창작할 수 있는 것입니다.[4]

'미제국주의자들은 악'이라고 하는 명제는 어떤 경우에도 바뀌지 않을 본질임을 상기시키는 말이다. 곧 '적에 대한 묘사'를 전형성의 문제와 결부시켜서 자연주의를 사실주의로부터 분리시켜 내는 논법인데, 이런 논리에 입각해 있다면 미제 침략자와 인민군대를 묘사하는 사실주의적인 예술 작품은 권선징악의 이분법적 도식을 벗어나기 힘들 것이다. 따라서 "예술에서 추상성은 주검"[5]이라면서 형상성을 강조한 말도 정치적 선동성을 극대화하라는 주문과 다를 바 없다.

자연주의와의 투쟁은 1947년 3월 '고상한 리얼리즘'이 제창된 이래 무갈등주의의 폐단을 낳았다. 그런데 적대적 갈등을 다뤄야 하는 전쟁 시기에 이르러서는 자연주의와의 투쟁이 무엇보다도 '패배주의와 염전 사상'을 일소케 하는 '승리에 대한 신심'을 의미하게 되었다. 이즈음 이 문제를 둘러싸고 작가 예술가들에게 또 하나의 본보기가 주어졌다. 바로 남로당 계열의 핵심문인들을 대상으로 한 1952년의 반종파투쟁이다.

---

4 김일성, 같은 글, 8~9쪽.
5 김일성, 같은 글, 7쪽.

북한 문단은 북조선문학예술총동맹의 결성과 더불어 전일적인 관리 체제 아래 있었지만, 그 내부에는 두 개의 정치적 구심이 존재했다. 즉 북로당과 남로당이 그것인데, 둘 사이의 갈등은 거기 관계하고 있는 문인들의 갈등으로까지 이어졌다. 임화·이태준·김남천·이원조·오장환·안회남 등 남로당 계열의 핵심 문인들은 조선문학가동맹이 탄압을 받는 시점에 대부분 월북했지만, 이미 북로당 계열의 문인들이 주도하고 있던 북조선문학예술총동맹에서는 이렇다 할 활동을 할 수 없었다. 그들은 주로 남로당 분국이라 할 수 있는 해주 제1인쇄소를 전초기지 삼아 남한 쪽 공작에 관여하고 있었다. 그런데 38선이 뚫리고 서울이 인공치하에 들어서게 되자 남로당 계열의 문인들은 비로소 활기를 띠게 되었다. 이때 그들은 남한의 진보적 문학예술단체를 재조직하는 임무를 맡았다.

1950년 7월 남로당의 이승엽을 위원장으로 하는 서울시 임시인민위원회에 등록된 정당·사회단체 현황을 보면, 조선문화단체총연맹의 서기장은 김남천, 남조선문학가동맹의 서기장은 안회남이었다. 두 조직의 위원 명부는 다음과 같다.[6]

조선문화단체총련맹 중앙위원회 위원 명부

부위원장 임화

서기장 김남천

조직부장 이근호

선전부장 이상선

예술사업부장 안영일

기술사업부장 최영철

---

6 오제도 편, 『1950.9 서울시 임시인민위원회 정당·사회단체 등록철』, 한국안보교육협회, 1990 참조.

조직부원 리원장 손태민 황영화 김세진

　　　　　　김만선(문학가동맹지도원) 윤용규(영화동맹지도원)

　　　　　　조영출(연극동맹지도원)　정동원(음악　〃　)

　　　　　　박문원(미술　〃　)　리창규(사진　〃　)

　　　　　　계수남(가극동맹지도원)　홍구(국악무용　〃　)

　　　　　　김복득(보건　〃　)　현효섭(체육　〃　)

　　　　　　손종식(공련　〃　)　조남령(어학회　〃　)

　　　　　　약규봉(법학과학　〃　)

선전부원 현기창 손영기 리정은 허남언 변두갑 림항국 리선을

예술사업부원 리재현 김영석 리건우 윤용규(겸) 서강헌

서기국원 박찬모 김형관 성윤경 김종환

남조선문학가동맹 위원 명부

제1서기장 안회남

제2서기장 현덕

조직부장 나선영(羅善榮)

　　부원 소조원(趙蘇元) 상민(常民) 윤장원(尹壯園) 유도희(柳道熙)

　　　　　송완순 김병달(金秉達) 김문환(金文煥)

선전부장 이용악(李庸岳)

　　부원 강형구(姜亨求) 석반(石殷) 김관현(金光現) 이명선(李明善)

　　　　　윤태웅(尹泰雄) 배호(裵皓)

사업부장 이병철(李秉哲)

　　부원 조인행(趙仁行) 채규철(蔡奎哲) 김용○(金容○) 박철(朴哲)

　　　　　배채원(裵在元) 신용태(愼鏞泰) 강이홍(姜利弘) ○완표(○完杓)

　　　　　전창식(田昌植) 양철(楊哲) 고성원(高性源)

남조선문학가동맹은 조선문학가동맹을 재조직한 것으로 볼 수 있는데, 이 단체의 위원은 정부수립 후에도 국민보도연맹에 가입하지 않은 문인들이 대부분이다. 안회남은 북에서 내려왔고, 이용악과 이병철은 서대문형무소에서 풀려나왔으며, 현덕과 송완순은 각각 검거를 피해 숨어 있거나 보도연맹에 가입했다가 모습을 드러냈다. 그런데 1950년 9월 28일 국군의 서울수복과 함께 전선이 북쪽으로 이동하자 다시 상황이 변했다. 아동문학 분야에서 활동한 현덕·송완순·윤복진·임원호·임서하 등은 이때 월북한 것으로 볼 수 있다. (반대로 북한의 아동문학 분야에서 창작 활동을 벌인 양명문·박남수·장수철·강소천 등은 전쟁 중에 월남했다.)

1950년 12월 당 중앙위원회 제3차 전원회의에서 "남북 두 지역으로 분리되어 있던 직맹, 민청, 여맹 및 문학예술 단체들을 통일할 데 대한 토의"[7]가 이뤄졌다. 1951년 3월 평양에서 전국작가예술가대회가 소집되어 조선문학예술총동맹이 새로 발족되었다. 이때부터 단체명에 '북조선'이라는 한정사는 더 이상 사용되지 않았다. "북조선문학예술총동맹과 남조선문화단체총연맹 중앙위원회연합회에서 선출한 조선문학예술총동맹 중앙지도기관과 산하 각동맹 열성자회의에서 선출한 각동맹 중앙지도기관"의 위원 명단은 다음과 같다.[8]

조선문학예술총동맹

○상무위원회
　위원장　한설야
　부위원장　이태준
　부위원장　조기천

---

7 『조선노동당의 문예정책과 해방 후 문학』, 83쪽.
8 『문학예술』, 1951.4, 35쪽.

서기장 박웅걸

위원 이기영 신고송 임화 김순남 정관철 김조규 박영신 김남천

○검사위원

　위원장 안막

　위원 김북원 이원조 안회남 이북명

○문학동맹

　위원장 이태준

　부위원장 박팔양

　서기장 김남천

　위원 이기영 한설야 임화 최명익 이원조 조기천 김조규 안회남 이용악 안
　　　함광 민병균 현덕

○음악동맹

　위원장 이면상

　부위원장 김순남

　서기장 이범준

　위원 박한규 이건우 김원균 이경팔 김완우 김기덕 박동실 안기옥 안기병
　　　박헌숙

○미술동맹

　위원장 정관철

　부위원장 박문원

　서기장 탁원길

　위원 정현웅 선우남 리석호 길진섭 손영기 문석오 김만형 문학수

○연극동맹

　위원장 신고송

　부위원장 라웅

　서기장 김승구

위원　송영 조영출 이서향 배용 박영신 이단 황철 안영일

○영화동맹

　위원장　심영

　부위원장　윤상렬

　서기장　윤재영

　위원　강홍식 문예봉 이재현 박학 장선원 유경애 최순홍 정준채

○무용동맹

　위원장　최승희

　부위원장　장추화

　서기장　박용호

　위원　정지수 이석예 함귀봉 임소향

○사진동맹

　위원장　김진수

　부위원장　이태웅

　서기장　김은주

　위원　고용진 이창규 이문빈 신진호

○문화전선사 주필　김남천

○문학예술사 주필　김조규

○미술제작소 소상　선우담

　조선문학예술총동맹 산하 조선문학동맹의 주요 임원은 남로당 계열의 문인들이 다수 차지했다. 문화전선사의 주필도 김남천이다. 1951년부터 1952년 사이 문화전선사 발행의 기관지『문학예술』과 기타 출판물들에는 남로당 계열의 문인들 이름이 급격히 증가한다. 그만큼 남로당 계열이 활발하게 움직였다는 증거이다.

　그런데 전선이 소강상태에 빠지고 전쟁 수행에 관한 책임 문제가 고

개를 드는 시점에 이르자 노동당 내 권력투쟁이 비화한다. 박헌영과 그 일당은 권력찬탈의 음모를 꾸민 미제스파이로 규정되고, 임화·김남천·이태준·이원조 등이 숙청의 도마 위에 올랐다. 남로당 계열의 문인들은 종파주의자로 지목되는 한편, 그들이 써낸 작품은 극악한 자연주의 경향이라고 매도되었다.[9] 자연주의 경향에 대한 옹호는 이제 반국가적 범죄행위나 다름없이 간주되었으며, 한때 높이 평가되기도 했던 임화·김남천·이태준·현덕 등의 작품은 하루아침에 패배주의와 염전사상의 해독성을 퍼뜨린다고 비판되었다.[10] 이런 상황에서 '승리에 대한 신심'을 표현하라는 주문이 창작에 어떻게 작용할지는 명약관화한 일이다.

전쟁 중에 월북한 현덕의 단편소설 「복수」(1951)와 「첫 전투에서」(1951)를 두고 당시 어떻게 평가했는지를 살펴보면 이 시기 자연주의 비판의 양상을 알 수 있다.[11] 현덕은 남로당 계열의 작가들과는 그저 친분이 깊은 정도밖에 되지 않는 작가이다. 1930년대 카프 이후 시기의 동화와 소년소설 영역에서 리얼리즘의 뛰어난 성취를 이루었으나 월북 이후에는 아동문학 작품을 전혀 발표하지 못했다.

『문학예술』 1951년 5월호에 실린 「복수」는 미군의 학살 만행을 증언하고 원수에 대한 분노의 감정을 표현한 작품이다. 전사(戰士) 김은 병원 폭격으로 인해 전우 박이 자기 눈앞에서 유언을 마치지 못하고 사망하자 몸이 완치되지 않았음에도 자진해서 병원을 나와 전장으로 향한다. 김과 박은 부상당한 몸을 서로에게 의지하며 적의 포위망을 빠져나온 전우였다. 전장으로 가는 도중에 김은 박의 고향 마을에 들르게 된

---

9 이 시기 자연주의 비판의 양상과 논리를 살필 수 있는 대표적인 글은 한효, 「자연주의를 반대하는 투쟁에 있어서의 조선문학」(『문학예술』, 제6권 제1호~3호)이다.

10 1951년 4월 26일 조선민주주의 인민공화국 최고인민회의 상임위원회 정령으로 조선민주주의 인민공화국 훈장 및 메달을 수여했는데, '국기훈장 및 군공메달 공로메달을 수여받은 문학예술인들'에 남로당 계열의 문인들도 포함되어 있다. 이태준과 임화는 국기훈장 제2급, 김남천은 공로메달을 수여받았다. 또한 이 명단을 보면 신고송이 국기훈장 제2급, 이원우가 군공메달을 수여받은 것으로 나와 있다.(『문학예술』, 1951.5 참조).

11 이 부분은 졸저 『한국근대문학의 재조명』(소명, 2005)에서 발췌한 내용이다.

다. 박의 고향 마을은 폐허로 변해 있다. 김은 박의 동생으로부터 그 마을에서 자행된 미군의 학살만행을 전해 듣는다. 이야기를 마치고 박의 동생은 김에게 인민의 원수를 갚아달라는 부탁을 한다. 김은 그 말을 박이 끝내 마치지 못한 유언으로 겹쳐서 듣는다. 또한 박의 동생과 비슷한 또래의 자기 동생을 떠올리면서 그런 수난은 자기 고향 마을에서도 일어났을 것이라 생각한다. 그리하여 자기 동생도 인민군대를 보면 똑같은 부탁을 할지도 모른다고 여겨 이를 악문다.

이 나라 방방곡곡에서 원수의 도가에 쓰러진 그 숱한 애국인민들의 백골에 사모친 원한이, 그 늙은 어머니가, 그 젊은 아내가, 그 어린 아우가, 소리를 합해서 말하리라, '원수를 갚아주오.'[12]

이처럼 원수에 대한 증오와 분노를 단호히 표출하는 것으로 작품은 끝이 난다. 이 증오와 분노는 폭격으로 인해 참담하게 변해버린 마을에 대한 묘사와, 구사일생으로 살아난 박의 동생이 미군의 학살만행을 김에게 전하는 생생한 대화 장면으로 뒷받침되고 있다.

지금으로부터 석 달 전에 지나던 간이역이 있는 작은 거리나 인민위원회가 있는 조촐한 거리들—그때만 해도 장이 서서 돼지고기 냄새를 풍기며 얼굴이 기름진 사람들이 모여 욱적거리던 거리, 인민학교가 있고 소비조합이 있고 국수집이 있고 단란한 생활이 영위되고 아침과 저녁이 새롭고 하루가 백년처럼 장성해 가던 거리다.
오늘 이 거리에 남아있는 것은 몇 개의 굴뚝뿐 횅한 벌판 가운데 손때 묻은 농짝이 원수가 누구인 것을 호소하듯 하늘을 향해 입을 벌리고 있다.[13]

---

12 현덕, 「복수」, 『문학예술』, 1951. 5, 38쪽.
13 현덕, 위의 글, 28쪽.

"개놈들은 우리를 그 보와굴 앞으로 끌고 가더니 주욱 일자로 세워놓드군요. 그러더니 하는 말이 이 굴 속에는 되놈도 들어갈 놈이 없겠지만 물론 우리도 아니 들어가겠다. 그러니 그 속에서 너이 마음대로 인민공화국을 꾸며보아라 하는 거예요."

(……)

"그놈들은 한 사람씩 그 앞으로 끌고가 세우더니 발길로 걷어차 굴 속으로 떨어뜨리기 시작하였어요. 그것을 보고 어린아이들이 먼저 와아아 하고 떼울음을 터뜨렸어요. 그러자 위협을 하느라고 그런 것인지 오발을 한 것인지 모르겠는데 건너편 언덕 위에서 망을 보고 있던 놈이 총을 탕 한 방 놓았어요. 그 총소리를 듣자 아마 우리 군대가 오는 줄 알았던 것이지요. 우리를 경계하고 있던 놈들이 놀라 더러는 뒤로 물러서기도 하고 더러는 그 총소리 나는 쪽으로 향하고 뛰어가기도 하였어요."

"그래서."

"우리는 이때라고 싶어 그 틈을 타고 일제히 쫘악 흩어졌어요. 그런데 우리 칠십이 명 중에는 나이 많은 노인이 열댓 명이 되고 어린애가 이십 명이 넘었어요. 그리고 나머지 사람도 거지반 여인네들인데 오랫동안 먹지도 못하고 시달린 데다가 노인과 어린애들의 손목을 이끌어야 해서 멀리 가지도 못하고 도루 그놈들에게 붙잡혀 왔어요. 그 통에 서너 사람이나 총에 맞아 쓰러졌는데 그런 사람들은 헨가래를 키듯 네 놈들이 팔 하나 다리 하나씩을 들고 흔들다가는 굴속으로 던져버리고 하였어요.

사람들은 이를 갈며 그 놈들에게 무서운 악담과 욕을 하였어요. 다른 때 같으면 당장 총이라도 쏠 텐데 그러지는 않고 그저 시시덕거리며 한 사람씩 붙들어 내다가 굴속으로 걷어차는 거예요. 그중에는 갓난애를 업은 여인네도 있었어요. 개놈들은 등에 아기를 업은 그대로 걷어찼어요."

"그래 사람들은 그놈들이 걷어차는 대로 순순히 당합디까."

"아네요. 나이 많은 노인들까지 악담을 하며 그놈들의 팔이나 다리에 달라붙어 물어뜯었어요. 그러면 그놈들은 그대로 반짝 안아다 굴 속에 쳐놓고 했어요. 그놈들은 사람에 아녜요. 아귀예요. 아귀보다 더 해요."[14]

기본적으로 이 작품은 참혹하고 처절한 전쟁의 아픔에 대한 증언과 고발의 성격을 띤다. 원수에 대한 복수심을 불러일으키는 내용이기도 하다. 그런데도 이 작품은 인민들의 영웅적인 모습에 대하여는 눈을 감고 어두운 부정적인 세계만을 보여주었다고 해서 전면적으로 부정되었다. 안함광은 다음과 같이 비판했다.

> 이 작품은 미제 침략군대로부터 받는 놈들의 강점지대에서의 조선 인민의 처절참담한 가지가지의 고초를 정성껏 수집 나열하였다. 필연으로 이 작품을 짓궂게 일관하고 있는 것은 어둡고 처참하며, 몸서리치게 무서운 부정적인 세계다. 작가는 놈들의 만행에 항거하는 인민투쟁의 줄기에 대하여는 아무것도 보여주지 않는다.[15]

안함광이 지적하는 것처럼 「복수」가 "만행에 항거하는 인민투쟁의 줄기에 대하여는 아무것도 보여주지 않"았다고 할 수는 없다. 주인공 김은 박이 폭사한 뒤에 다리 부상이 충분히 치료되지 않았음에도 원장에게 완고히 부탁을 해서 전장으로 나선다. 학살의 순간에 인민들은 미군에게 저주의 말을 퍼붓는다. 우군과 적군의 선악 대비도 확실하다. 아마도 비판의 빌미는 전쟁의 참화를 겪는 주인공의 심리를 개성적으로 그려낸 점, 다시 말해 감정의 다양한 스펙트럼을 허용한 데 있을 것이다. 한설야는 이를 두고 "적에 대하여 증오심을 느낄 대신에 도리어 공포심을 가지게 하는 극악한 자연주의적 묘사 방법을 채용하였

---

14 현덕, 같은 글, 32~34쪽.
15 안함광, 「1951년도 문학창조의 성과와 전망」, 『인민』, 1952, 『현대문학비평자료집』 2권, 159쪽.

다."[16]고 비판했다.

이와 같은 리얼리즘관은 「첫 전투에서」를 남김없이 비판한 한효에게서도 나타난다.

현덕은 「첫 전투에서」라는 그의 단편에서 우리의 생활에 대한 비방적인 왜곡과 노동계급에 대한 모욕적인 중상에서 묘사의 자연주의적 양식을 전형적으로 이용하였다. 묘사되고 있는 사실의 '사실성'과 '확실성'으로써 자기의 반리얼리즘적 태도를 엄폐하려고 시도하면서 현덕은 가장 타기할 저급한 동물적 충동을 '흥미 있는 사건'이라고 간주하고 있다.[17]

한효는 계속해서 현덕 소설의 인물 묘사 방법을 "여지까지의 작가 생활의 필연적인 소산"[18]이라고 몰아붙인다. 이제 막 월북한 작가 현덕이 보여준 인물 형상화는 북한의 기준에서 볼 때 자연주의라는 것이다. 한효는 현덕이 그의 작품에서 인물의 '성격 발전'을 그려 보인 것을 두고도 인민들의 애국심에 대한 "중상적이며 모욕적이며 고의적인 묘사"[19]라고 지적한다. 한효의 글에 따르면, "코 속이 알싸하도록 강한 꽃향기와 함께 땀내가 시큼한 처녀의 젖가슴"에 파묻혔던 14,5세 소년에 대한 묘사는 "추악하고 동물적인 것"[20]이다. 따라서 "별바우골 돌배나무 밑에서 생의 첫 눈을 떴을 때, 전율하던 그 심장은 오늘 조국애와 동지애의 크고 높은 감동으로 아찔하도록 강한 행복감에 취하는 것"이라고 주인공을 묘사한 대목은 "순전히 동물적인 충동에다가 오늘의 조국애와

---

16 한설야, 「전국작가예술가대회에서 진술한 한설야 위원장의 보고」, 『조선문학』, 1953. 10. 『현대문학 비평자료집』 3권, 44쪽.
17 한효, 「자연주의를 반대하는 투쟁에 있어서의 조선문학」, 『문학예술』, 1952년 1~4. 『현대문학비평 자료집』 2권, 494쪽.
18 같은 곳.
19 같은 곳.
20 같은 곳.

동지애를 결부시키려고 드는 것"[21]에 지나지 않는다. 한효는 주인공의 애인 칠딴이의 성격 발전에 대해서도 "순전히 노동계급에 대한 모욕적이며 비방적인 견지에서 옳지 못하게 형상화하였다"[22]면서 다음과 같이 비판했다.

우리의 아름다운 딸로 영웅의 진실한 애인으로 더 한층 아름답고 고결하게 그리어야 할 이 인물을 현덕은 놀랍게도 매춘부로 전락시키고 그가 이태 만에 마을에 돌아왔을 때는 "얼굴에는 능금 같은 생기 대신에 삶은 박처럼 누렇게 뜨고 눈가슬에는 퍼런 가락지가 돋았다. 그 고기 뱃대기같이 싱싱하던 팔뚝에는 시퍼런 점이 점점이 박히었다. 몸에서는 풍뎅이 궁둥이처럼 고약한 냄새를 풍기었다. 마을 사람들은 늙은 노파까지 그와 자리를 같이 하기를 꺼리었다. 나무꾼 아이들은 지게 작대기로 괴상한 동작을 해보이며 그를 모욕하였다"고 하는 그런 인물로 만들었다. 이렇게 인물을 만화화한 다음 현덕은 기어코 이 인물을 노동자로 만들었으며 또한 그로 하여금 해방 후 처음 맞는 5·1절을 경축하는 노동자들의 대열의 맨 앞에서 "근로자들은 단결하라!"고 크게 쓴 푸랑카트의 한쪽 깃대를 들고 전진하게 하였다.[23]

이로 미루어볼 때, 인물의 성격 발전을 표현하는 데에는 사실성보다 더 중요한 원칙이 있다. 영웅의 형상은 어디까지나 숭고함과 결부되어야 하는 것이다. 한효는 "문학에 있어서 '있는 그대로'의 자연주의적 추구는 악명 높은 '사실문학'에의 통로"[24]라고 강변한다. 자연주의와 사실주의를 이렇듯 정치적 판단에 따라 주관적으로 재단하는 분위기에서 조국해방전쟁 시기의 창작이 행해졌다. 아동문학이라고 해서 다를 수는

---

21 같은 곳.
22 한효, 같은 글, 495쪽.
23 같은 곳.
24 한효, 같은 글, 499쪽.

없었다. 아동문학은 오히려 아동의 눈높이에 맞춘다는 것을 빌미로 묘사에 있어서 편향과 왜곡이 더욱 두드러지게 나타났다.

2. 전시 아동문학의 양상

조국해방전쟁 시기의 아동문학 자료 또한 손에 닿는 것이 거의 없어 이차 자료에 의존해야 하는 실정이다. 전반적인 경향은 성인문학 쪽과 다를 바 없다고 보지만, 이차 자료에 의한 정리보다는 손에 닿는 일차 자료의 양상을 구체적으로 확인하는 게 우선시되어야 할 것이다. 전쟁 중에 발행된 『아동문학』 8집(1951.9)이 현재 손에 닿는다. '책임주필 김조규, 발행소 문학예술사'이고, 이전과 다르게 가로쓰기로 편집되어 있다. '소년시'라는 장르 명칭 대신이 '동시'라는 명칭이 다시 쓰인 점도 눈에 띈다. 『아동문학』 8집에 수록된 작품을 장르별로 정리하면 다음과 같다.

장르	작가	작품	비고
동요	김우철	남쪽으로 뻗은 길	중국지원부대
〃	김찬홍	비행사가 될테야요	투쟁의지
〃	윤복진	복수의 불길처럼	투쟁의지
〃	유연옥	빨간줄 봉투	중국 지원부대
〃	김열	모내기	후방의 전선지원
동시	이맥	나는 선반공	후방의 전선지원
〃	임원호	논으로 밭으로	후방의 전선지원(월북가족)
〃	박석정	중국 아저씨	중국 지원부대
〃	송봉렬	새학기는 온다	투쟁결의
동화	강효순	새 동산	원수 섬멸(의인화)
소년소설	이진화	영웅형님	원수에 대한 증오심
〃	김연호	영예를 지킨 소년	소년의 영웅적 투쟁
동극	박응호	소대장과 남매	인민군대 투쟁지원

1) 동요 · 동시

원수에 대한 증오심과 투쟁의지를 고양하고, 후방의 생활을 전선지원 형태로 총동원하려는 전시체제적 테마를 확연하게 보여준다. 과거에는 조쏘친선을 다룬 작품이 많았다면, 이 시기에는 중국 지원부대에 관한 것으로 바뀌었음을 볼 수 있다.

끝도 안 보이는
두 줄기 레루야
너희는 나란히
어데로 가느냐?

산과 들을 달리고
거리와 마을을 지나서
싸우는 남쪽으로
뻗어 간단다

거긴 거긴
무엇하러 가니?
거긴 거긴
무엇이 있니?

인민군대 아저씨들
중국 지원부대 아저씨와 함께
얄미운 미국 강도 놈들을
무찌른단다

—김우철, 「남쪽으로 뻗은 길」에서

빨간줄 봉투
반가운 편지
중국 동무가
보내준 편지
다 함께 손잡아
싸우자지요

(……)

인민군 아저씨와
중국 지원부대가
코주부 미국 놈
쳐부수듯이
우리들도 싸우자
답장했지요

—유연옥, 「빨간줄 봉투」에서

우리 집은 길갓집
오가는 인민군대 자주 들르고
나는 좋아 그때마다 연락병 되면
군대 아저씨도 칭찬하지요

(……)

중국 아저씨들 떠나시면서
주먹을 코에 댔다 때고

팔을 머리 위에 쳐들더니만
총을 겨눠 놓는 시늉하기에

우리 아버지랑 형님들마냥
미국 놈 잡으러 간다는 뜻이라고 통역했더니
모두들 고개를 끄덕이면서
손을 들어 만세를 불렀답니다.

—박석정, 「중국 아저씨」에서

과거 조쏘친선의 테마를 다룬 작품들은 상투적 발상이나마 아버지를 따라왔다가 귀국한 소련의 아이들을 그리워하는 서정적이고 감상적인 내용이 대부분이었다. 그런데 중국 지원부대 아저씨들을 그린 작품들에서는 미제국주의에 대한 투쟁에 있어서 인민군대와 혈맹관계임이 강조되었다. 인민군대와 중국 지원부대는 기차 레일처럼 나란히 한 방향으로 나아가는 모습이고, 다 함께 손잡고 미군과 싸우는 관계이기에, 아버지 형님들과 똑같은 존재로 그려져 있다.

다음은 투쟁의지를 한층 예각적으로 드러내고 있는 작품들이다.

우리 우리 형님이 탄 제비비행기
하늘 높이 씨잉씨잉 날아다니네
우리나라 기어드는 미국 강도 놈
이리 번쩍 저리 번쩍 쳐부수지요

(……)

나두 나두 비행사가 될 터이야요

높고 푸른 아름다운 조국 하늘을

형님처럼 제비처럼 날아다니며

원수놈을 모조리 쳐부수지요

—김찬홍, 「비행사가 될 테야요」에서

산골짝마다

진달래 피어나네

샛빨갛게 피어나네

미제의 원수 놈들은

풀 한 포기 없으리 생각하나

아! 가슴에 타오르는

복수의 불길처럼

진달래 피어나네

새빨갛게 피어나네

넓은 들녘마다

보리는 자라나네

우쭐우쭐 자라나네

미제의 원수 놈들은

곡식 하나 없으리 생각하나

아! 굴할 줄 모르는

인민의 힘처럼

보리는 자라나네

우쭐우쭐 자라나네

—윤복진, 「복수의 불길처럼」에서

김찬홍의 동요는 음수율에 짜 맞추려고 동일한 어휘를 단순 반복하면서 흥을 돋우는 낡은 동심주의 수법에 갇혀 있다. 그래서 음악성은 도드라져 있지만 시인이 의도한 투쟁의지가 서정적 울림이 없는 상투적 다짐으로밖에 다가오지 않는다. 반면에 윤복진의 동요는 서정적 울림이 더 살아난다. "피어나네" "자라나네" 같은 어휘의 규칙적 반복이 각운의 유장한 흐름을 타고 있다. 윤복진은 향토적 소재인 "진달래"(1절), "보리"(2절), "종달새"(3절)와 "미제의 원수 놈들"을 대비시킴으로써 절절한 애국심에서 투쟁의지를 끌어냈다. 물론 "미제의 원수 놈들"이나 "복수의 불길" 같은 생경한 정치적 언어는 이질감을 주면서 전체적인 화음을 깨뜨리고 있는 것이 사실이다. 그러나 전반 수준에 비춘다면 이 작품은 시적 형상과 서정성을 띠고 있다. 이나마 일급의 동요시인 윤복진이 월북 직후에 쓴 것이라서 가능했는지도 모른다.

다음은 후방의 생활을 그린 작품들이다.

나는 나는 조그만 선반공
생산의 전사
인민군대 형님들
싸우시는 마음으로
밤에도 낮에도
기계를 돌린다

(……)

나는 나는 나어린 선반공
후방의 전사
총 메고 전선으로

못 나간다 해도
선반기를 돌리며
원수와 싸운다

—이맥, 「나는 선반공」에서

한 평의 땅이라도 묵히지 말자
한 알의 곡식이라도 더 많이 내자
38넘어 들어온 우리들도
농사에 한몸 논으로 밭으로

무시로 그리운 내 고향 산천
저 얄미운 미국 놈의 비행기
생각할수록 떨리는 손길
괭잇자루를 힘껏 잡는다

날빛에 번득이는 괭잇날
원수 놈들을 이렇게 찍어보자
오늘도 남쪽 그 어드메선가
마음껏 찍으실 게다 우리 언니는

—임원호, 「논으로 밭으로」에서

책가방
나의 책가방
인민학교 들어갈 제
엄마가 무명 짜 팔어
사준 조고마한 책가방

원수 놈의 폭탄에

온 마을이 불타던 날 밤

우리 집도 타버리던 날 밤

내 꽃밭도 뭉그러지던 날 밤

나는 이 책가방을 꼭 끼고

어둔 뒷산으로 기어 올라갔지요

(······)

이번에는 더 잘 공부하리라고

마음을 단단히 먹었지요

그래서 원수를 갚자구요

—송봉렬, 「새 학기는 온다」

후방의 생활에서 취재하더라도 반드시 전선을 의식하는 내용으로 나
아간다. 그러니 진부한 발상이 되풀이될 뿐이고, 시적 화자의 결의도 깊
은 울림을 주지 못한다. 한편, 6·25 때 월북한 임원호의 작품에서 곡식
생산에 대한 헌신적 태도가 드러나 있는 점이 흥미롭다. 고향을 떠나 북
에 와서 땅을 일구는 괭이질이 원수에 대한 증오심으로 표현되었는데,
카프 시기 계급주의 아동문학의 표현 방식을 닮았다. 송봉렬의 작품도
도식적 발상으로 구호적 내용을 담은 것은 마찬가지다.

2) 동화 · 소년소설 · 동극

강효순의 「새 동산」은 숲 속의 자연생태를 그린 것이다. 숲 속의 풀과

나무, 흙덩어리와 물방울, 그리고 동물과 벌레 들은 자연생태에 맞춰 자기성격을 부여받고 모두 사람처럼 행동한다. 이런 알레고리 형식의 의인동화는 각각의 캐릭터가 아주 분명하게 구별되기 때문에 낮은 연령의 아이들이 곧잘 흥미를 느낀다. 교훈적인 내용을 쉽고 친근하게 전할 수 있는 장점도 있다. 그런데 「새 동산」의 경우는 각각의 캐릭터가 고유의 개성을 지니지 못하고 작가의도에 따라 꼭두각시처럼 움직이고 있다. 온갖 풀과 나무로 꾸며진 새 동산에서 환영회가 열린다. 새 동산을 살기 좋게 만들기 위한 연설들이 이어지는데, 이를 배 아파하는 해충의 무리가 나오면서 싸움이 벌어진다. 결국 모두 합심해서 해충을 물리치고 행복한 나라를 지켜간다. 이른바 조국해방전쟁을 빗댄 내용이다. 숲 속 자연생태에 기반을 둔 스토리면서 풍뎅이, 송충이, 메뚜기, 하늘소 등을 해충으로 갈라놓은 것은 일면성의 한계를 지니며, 정치적 교훈을 방편으로 스토리를 안이하게 전개시켰다고 할 수 있다.

이진화의 「영웅 형님」은 국기훈장을 받은 영웅적인 형을 자랑스럽게 여기는 학일이의 투쟁심을 그린 작품이다. 학일이는 전선에 나가 싸우는 형을 떠올리며 자신은 후방의 전사로서 소임을 다하겠다는 투지에 불타는 아이다. 그는 놀이삼아 굴레바퀴를 굴릴 때에도 보통 아이들과는 다르다.

　　그런데 학일이가 이 굴레바퀴를 굴리는 동안 누가 넌지시 따라가며 학일이의 얼굴을 보았다면 학일의 부릅뜬 두 눈과 또 이빨로 악문 입술을 발견했을 것입니다. 그뿐인가요.
　　"이놈! 물러가라!"
　　하고 학일이의 연신 노이는 살기 찬 목소리도 들었을 것입니다.
　　(……)
　　"왜 그렇게 얼굴에 악을 올리고 소리까지 지르며 굴레바퀴를 굴린 건 뭐냐."

하고 누가 묻는다면 학일이는 굴레바퀴를 굴릴 때와는 딴판으로 생글거리는
얼굴을 하고 이렇게 대답했을 것입니다.

"미국 놈들 말야요. 내 이제 인민군대가 되면 저렇게 몰아낼 테야요."[25]

학일이는 소를 돌보면서도 "소야, 우리 소야. 양껏 먹구 양껏 기운을
내라 응? 양껏 농사를 지어 전선에 실어내야지. 양키 놈들을 우리 땅에
서 몰아낼 때까지 말이야." 하고 중얼거린다. 고무총으로 새를 잡을 때
에는 인민군대들이 하는 포복전진으로 풀밭을 건너 사수처럼 고무총을
쏘아댄다. 나무판대기들을 모아서는 "미국 놈들 때려부실려구 전선에
물자를 수송하는 달구지'를 만들겠다고 한다. 이처럼 여러 에피소드를
모아 인물의 성격을 부각시키는 것은 좋은데, 문제는 처음부터 확실하
게 고정된 성격이고 이러한 성격이 시종일관 작가의 메가폰 역할을 하
고 있는 것이다. 자기네 소가 '옛말 달린 황소'라고 소년단 아이들에게
자랑하는 장면에서는 국방군의 만행을 끼워 넣었다. 학일이는 소년단
아이들과 함께 폐고무를 모아 '탱크 비행기 함선 기금'을 바치는 일을
벌인다. 오로지 정해진 방향에서만 인물과 사건이 그려지는 선전성이
도드라진 작품이다.

김연호의 「영예를 지킨 소년」은 점령지대를 배경으로 빨치산을 돕다
가 붙잡혀 총살당한 영웅소년을 그린 작품이다. 역시 미군과 국방군의
만행을 폭로하고 투쟁심에 불타는 소년을 영웅화하기 위해 사실성보다
선동성이 강한 서술을 보인다.

미군 놈들과 국방군 놈들은 마을에 기어 들어오자마자 치안대 놈들을 데리
고 마을 집들을 죄다 뒤지기 시작했습니다.

---

25 이진화, 「영웅 형님」, 『아동문학』, 1951.9, 3쪽.

민청 형님들과 여맹 누나들은 두말할 것도 없고 늙으신 할아버지와 할머니들까지도 모조로 끌어내었습니다. 그리고 노동당원 아저씨들의 집에는 닥치는 대로 불을 질러놓았습니다.

놈들에게 붙잡힌 마을 사람들은 현물세 창고 안으로 몰려 들어갔습니다.

"개자식들—"

그때 뒤뜰의 살구나무 밑에서 가슴을 조이며 망을 보고 있던 상철이는 두 주먹을 불끈 쥐고 입술을 꽉 깨물었습니다.[26]

아버지는 먼저 빨치산으로 들어갔고 함께 마을에 숨어 있던 상철이와 어머니도 결국 빨치산으로 합류하려 든다. 그런데 상철이의 영웅성을 부각시키는 데에 초점을 두다 보니 아들과 어머니 대화 장면에서도 인물의 심리를 아랑곳하지 않는다.

"어머님 저 창고 안에 몰려 들어간 사람들은 어떻게 되었을까요?"

"글쎄, 짐승 같은 놈들이 그저 두었을라구."

"어머님! 내 가서 보구 오겠어요."

"너 무섭지 않니?"

"아뇨. 무에 무서워요."

"그렇지만 주의해야 해."

"알았어요."[27]

어머니는 말씀 대신에 상철이의 얼굴을 쳐다보셨습니다.

"저 어머님. 내 생각 같아선 빨치산으로 갈 바엔 무기를 가지고 가는 게 좋을 것 같아요."

---

[26] 김연호, 「영예를 지킨 소년」, 『아동문학』, 1951.9, 25쪽.
[27] 김연호, 같은 글, 27쪽.

"그래? 그건 좋은 일이지만 어떻게 무기를 얻는단 말이냐?"

"그런 걱정 마세요. 어머님께서 꾹 참으시고 나와 같이 계셔만 주신다면."

"정말 그래? 그럼 네 말대로 하마."

상철이는 어머님과 같이 땅굴 속에 들어가서 한밤을 지냈습니다.

다음 날 저녁에 상철이는 계획대로 무기를 가지러 떠났습니다.

"조심해야 한다."

어머님의 말씀은 걱정이라기보다도 용감하라는 것 같았습니다.[28]

어머니는 아들이 몰래 빼내온 무기를 빨치산에 전해준다. 그리고 대장 아저씨도 상철이를 칭찬하면서 용감하게 잘 싸우라고 했다는 말을 아들에게 전한다. 상철이는 다음 날 밤도 무기창고 안으로 들어가는데 이번에는 발각되고 만다. 그러나 국방군에게 붙잡혀 모진 고문을 받으면서도 입을 열지 않는다. 이 작품은 취재를 바탕으로 했음인지 상철이가 빨치산에 의해 구해지지 않고 총살을 당하는 장면으로 끝이 난다.

"이놈아! 말만 하면 살려주어."

상관 놈이 마지막 삼아 협박하는 것입니다.

"내가 그랬어. 너의 놈들을 죽이자고 내가 훔쳐갔어."

"요 맹랑한 놈! 쏘앗!"

상관 놈은 거품을 물고 발악을 쓰는 것입니다.

그러나 상철이의 힘찬 외침은 원수 놈의 발악을 억눌렀습니다.

"이 개놈들아! 나는 죽어도 우리 아버지의 빨치산은 너의 놈들을 복수하리라. 우리의 수령님 김일성 장군 만세!"

"땅— 땅— 땅—"

---

28 김연호, 같은 글, 30쪽.

그만 치 떨리는 총소리는 하늘땅을 울리고야 말았습니다.[29]

이처럼 영웅적 소년 주인공을 내세운 소년소설들에서 드러나는 문제점은 조국해방전쟁 시기는 물론이고 이전 시기에도 반복되었고 이후 시기에도 반복되는 일반적인 문제점이다. 동극의 경우도 마찬가지다. 박응호의 「소대장과 남매」은 방 안을 무대로 해서 어머니와 두 남매가 부상으로 낙오된 인민군 소대장을 도와 미군 헌병을 무찌르는 내용인데, 소년소설에서 보이는 문제점을 그대로 안고 있다. 적대적 갈등관계에 있는 '일제순사·미군·국방군/빨치산·인민군' 등은 어느 인물을 다른 작품과 맞바꾸더라도 스토리가 변하지 않을 만큼 상투적 유형성을 띠고 있다. 리얼리즘에서 중시하는 전형이 아니라 개념적 인물에 그치고 있는 것이다. 이는 남한에서 나온 반공 아동문학의 주된 특질이기도 하다. 이렇게 만들어진 집단과 집단 사이의 분노와 증오, 영웅적 투쟁심은 국가적 동원이데올로기로 기능하게 된다.

3. 보충─북한에서 주목한 이 시기 주요 작품

1) 김명수의 「해방 후 아동문학의 발전」에서

① 주제별 성과를 개관한 부분

전시 문학에서 첫 자리를 차지하는 작품은 김일성 원수에 대한 테마의 작품이다. 그것은 우리의 수백만 아동들의 생활 감정에서 김일성 원수에 대한 존경심과 앙모심은 가장 크고 깊은 자리를 차지하고 있기 때문이며 특히 항일유격

---

29 김연호, 같은 글, 37쪽.

투쟁 시기의 수령의 모습을 아동들에게 보여주는 것은 곧 간고한 싸움에서 승리할 수 있는 길과 자신심을 보여주는 것으로 되기 때문이다. 그중에서 한설야의 소설『아동 혁명단』은 조국해방전쟁 기간의 문학을 빛내이는 대표적 작품이다.

『아동 혁명단』은 김일성 원수가 항일유격투쟁을 진행하던 당시의 역사적 사실에서 취재한 장편소설이다. 이 소설은 김일성 원수가 일본 제국주의자들과의 격렬한 싸움 속에서도 어떻게 아동들의 교육 교양 사업에 깊은 관심을 돌리었으며 이러한 배려 속에서 우리의 후대들이 어떻게 슬기롭고 용감하게 자라고 있는가를 보여주었다.『아동 혁명단』에서 수령과 어린이들 사이에 벌어지는 감격적인 장면과 이야기들은 아동들의 행복과 미래를 약속하는 수령의 자애롭고 친근한 모습과 수령의 뒤를 따르고 경보하는 아동들의 씩씩한 형상을 보여주면서 독자들에게 고상한 애국주의 사상과 혁명적 낙천성을 북돋아준다. 특히 이 작품에 등장하는 어린 주인공 금철 소년은 그 슬기로움과 용감성으로써 아동들에게 새로운 모범을 제시한 빛나는 형상이며 또한 교육 교양 사업에 대한 수령의 모든 말씀과 행동들은 어린이들을 교양하는 모든 사람들에게 귀중한 산 교재로 된다. 이 소설을 우리 어린 독자들은 물론 성인들까지도 열광적으로 애독하였으며 또 계속 애독하고 있는 것은 우연한 일이 아니다. 이 밖에도 수령을 주제로 한 동요 동시 작품에 최석숭의 「김일성 원수의 말씀」, 박세영의 「김일성 원수」, 송창일의 「수령님께 드리자」를 비롯한 많은 작품들이 발표되었다.

1950년 10월 일시적 후퇴의 어려운 시기가 닥쳐왔을 때 공화국 소년들은 이 시련을 이겨냈을 뿐만 아니라 영웅 조선의 후대들로서 영용하게 적과 싸웠다. 그들은 자기들의 아버지와 아저씨들로써 조직된 빨찌산 투쟁을 도와주었을 뿐만 아니라 자기 자신들이 빨찌산을 조직하여 일어섰다. 안주 탄광 소년들은 학교와 교과서를 지키기 위하여 싸웠으며 선천 애육원 아동들은 수령께서 주신 따뜻한 보금자리들과 즐거운 노래를 위하여 싸웠다. 그 밖에 '고원 소년 빨찌산' '벽성 꾀꼬리 소년 빨찌산' '영변 소림 소년 빨찌산' '서강렴 빨찌산' 등이 도처에서 일어났다. 이 영용한 어린 애국자들의 모습이 전시 아동문학에 반영 되었다. 윤두현의 씨나리오 「소년 빨찌산」, 소설로서 박응호의 「소년 근위대」, 이원우의 「싸워 이긴 아이들」과 「기다리던 날」, 최석숭의 「복쑤의 불길」 들이 모두 이러한 영웅적 현실을 반영한 것이며, 이 밖에 계급투쟁을 주제로 한 박 응호의 동극 「토끼의 승리」가 역시 자기의 성과를 보여주었다.

조국해방전쟁 개시 이후 인민군대에 대한 공화국 아동들의 사랑과 존경심은 더욱 커졌으며 영웅적 인민군대를 본받고 뒤따르려는 것이 우리 아동들의 진 실한 감정들이다. 우리 작가들은 이러한 아동 감정들을 반영하면서 어린이들 을 더욱 높은 애국주의 사상과 용감성으로 교양하는 수다한 작품들을 썼다. 황 민의 소설 「땅크 놀음」과 동요 동시들로서 박세영의 「어디라도 와봐라」, 이원 우의 「아이쿠 총」, 「영웅 누나 날아가는 밤」, 김우철의 「영예군인 아저씨」, 김 북원의 「우리 제비 이겼다」, 「오빠는 비행사」, 김신복의 「영팔이의 따발총」, 「기총 맞은 난로」 들은 모두 이러한 작품들이다.

우리 어린이들은 인민군대를 다만 존경하고 사랑하는 것만이 아니라 스스로 전선을 원호하며 후방에 기어든 간첩을 적발하며 증산투쟁을 위한 온갖 노력 협조에 자진 동원되며 한편으로는 학습투쟁과 소년단 사업에 온갖 열성을 발 휘하면서 전쟁 승리를 위하여 일어섰다. 이진화는 소설 「학일이는 자랍니다」 에서 인민군대에 나간 자기 형님을 본받아 원쑤를 격멸하려는 의지에 불타며 전선 원호에 나선 어린 동무들의 사랑스럽고 씩씩한 초상을 보여주었으며, 동 극 「선물」과 「장갑」에서도 전선 원호투쟁을 전개하는 소년들의 모습을 그리었 다. 또한 박응호는 동극 「소년 자위대」에서, 신고송은 동극 「양깃말 소년들」에 서 각기 후방에 기어드는 적 간첩들을 일망타진하는 소년들의 애국적 면모를 형상하였으며, 어린이들의 학습투쟁과 관련된 주제의 작품들로서 강효순의 동 화 「걸어가는 책상」, 송봉렬의 동시 「책가방」, 윤복진의 동시 「책이 만일 입이 있다면」, 송창일의 동요 「도서실 공부」 등이 있으며, 노력의 영예와 즐거움을 취급한 김련호의 동시 「징검다리」, 김우철의 동시 「벼낟가리」, 이원우의 유희 동요 「수박 따기 놀음」, 윤동향의 동요 「기계 다루는 어머니」, 정서촌의 동요 「소문난 누나」 등은 전시 중에 얻은 귀중한 수확들이며, 강효순의 동화 「다시 찾은 피리」는 노력하는 인민의 승리를 보여준 우수한 작품이며, 김신복의 소설 「꼬마 공장」은 아동들의 노력 혁신을 취급한 성과작이다.

우리 작가들은 조국해방전쟁 중에 우리 인민들의 생활 속에서 위대한 쏘베트 인민과 중국 인민과의 친선적 감정이 더욱 심오한 형태로 발양되고 있음을 간취하였으며, 인민들을 프롤레타리아 국제주의 사상으로 더 한층 무장시키는 것을 자기들의 영광스러운 임무로 인식하였다. 이것은 아동문학 분야에서도 나타난 현저한 특징인바, 이원우의 동시 「내가 만난 쓰딸린 할아버지」, 김북원의 동시 「모주석을 뵙는 날」, 윤동향의 동시 「그리운 까이로브 아저씨」, 유연옥의 동요 「떡두화」, 정서촌의 동요 「잊지 않아요」, 김련호의 동시 「군마와 용이」, 이진화의 소설 「말과 반 동무들」은 그 대표적 실례로 된다.[30]

② 이원우의 유희동요와 강효순의 동화를 주목한 부분

우리는 동요 부문에서 달성한 다른 성과에 대하여 반드시 지적하여야 할 것인바 그것은 유희동요의 개척이다. 우리 아동들에게 생활의 즐거움을 주며 오락을 통하여 그들을 교양하는 것은 중요한 사업이다. 이원우의 유희동요 「수박 따기 놀음」은 그 선구적 역할을 담당한 우수한 동요다. 이 작품은 구전 동요를 계승 발전시키어 수박 따기 놀음을 통하여 어린이들에게 조국을 위하여 복무하며 노력하는 부형들에 대한 사랑을 불러일으켜 줌과 함께 하나의 수박을 기르고 따기 위하여는 얼마나 꾸준하고 고귀한 노력이 요구되는가를 보여주었다. 밭을 갈고 씨를 뿌리고 밑거름과 덧거름을 주고 세벌 김을 매주고 벌레 잡고 물 주고 하는 전체 노력 과정과, 드디어 수박이 동이만큼 열리자 오빠와 형

---

30 김명수, 「해방 후 아동문학의 발전」, 『해방 후 10년간의 조선문학』, 조선작가동맹출판사, 1955, 375~378쪽.

들을 맞이하여 수박을 따기에 이르는 행정이 소박하고 유모어 넘치는 동작과 리듬 속에서 표현되고 있으며

오빠도 형님도 돌아온 날
아저씨도 언니도 돌아온 날
농장 아저씨 땀 흘린 덕에
동이 같은 수박이
데롱 데롱

하고 꽃보라를 뿌리며 춤을 추게 함으로써 노력에 대한 사랑과 노력의 열매로써 빚어지는 즐거운 감정을 유감없이 보여주고 있다. 이 작가가 개척한 이 새로운 분야는 더욱 확충되고 발전되어야 할 것이다.

(……)

우리는 여기서 또 하나의 동화 장르의 능수인 강효순을 들어야 할 것이다. 오래지 않은 창작 경험을 가졌으나 자기의 창작에서 눈부신 발전을 보여준 이 작가는 동화 부문에서 특히 자기의 역량을 보여주었는바 그중에서도 그는 우리의 인민 구두 창작을 계승 발전시키어 거기에 새로운 의미를 부여한 점에서 성과를 거두었다. 그 대표적인 실례로서 우리는 「다시 찾은 피리」와 「행복의 열쇠」를 들 수 있다.

「다시 찾은 피리」는 이미 인민들 속에서 잘 알려진 구전동화 「어부와 연적 이야기」의 내용을 계승하고 거기에 새로운 의미를 부여하고 또 천명함으로써 이 동화의 사상적 내용을 더욱 풍부화시켰다. 즉 이 동화가 가지고 있는 인민 성을 기본 토대로 하여 자기의 노력으로 온 세상 사람들의 행복을 창조하는 근로하는 인민의 승리와 남의 노력을 착취하며 정의를 짓밟는 자의 최후를 보여

주었으며 생활을 즐겁고 풍족하게 하는 아름다운 피리의 선물이 온 천하를 뒤덮을 날을 예고하고 있다. 특히 이 동화가 조국해방전쟁 행정에서 창작 발표된 것에도 의의가 있는바 이 작품에는 우리 인민들의 정의의 투쟁이 승리하고야 말 것을 암시하면서 아동들에게 승리의 신심을 북돋아주었다.

이것은 우리의 아동문학이 앞서 지적한 바와 같이 당의 지도에 의하여 민족 고전과 인민창작을 계승 발전시킨 하나의 예증이다. 이 작가의 동화「행복의 열쇠」, 이원우의 전기 유희동요「수박 따기 놀음」등 역시 그 대표적 실례로 들 수 있다. 이러한 작품들은 당의 옳은 지도하에 우리의 아동문학 작가들이 민족 고전의 비판적 계승에서 얼마나 진지한 노력을 경주하였는가를 보여줄 뿐만 아니라 이 부면에서의 앞으로의 발전도 약속하여 주는 것이다.[31]

2) 장형준의「해방 후 아동문학의 찬연한 발전 노정」에서

① 산문의 성과를 개관한 부분

조국해방전쟁 시기에 우리들은 전선에서뿐만 아니라, 후방에서도 싸웠으며 어른들뿐만이 아니라, 어린이들도 싸웠다.

이와 같은 우리 소년들의 전투적 생활은 그대로 이 시기 산문 작품들에 생생하게 반영되었다. 황민의 소설「땅크 놀음」, 김신복의 소설「꼬마 공장」, 이진화의 소설「학일이는 자랍니다」들은 모두 싸우는 후방 소년의 전투적 특질과 낙천적 성격미를 밝히고 있다. 즉 이 작품들은 각기 자기의 테마를 달리하고 있음에도 불구하고 전시의 엄혹한 환경 속에서도 슬기롭게 자라며, 낙천적 기질을 키우고 있는 조선 소년의 전시 면모를 보여주는 점에서 공통적 특질을 갖고 있는 것이다. 여기에서 명백한 바와 같이 전시 아동 산문 작품들의 특징은 우선 그의 전투적 내용에 있다. 그러나 그 전시의 어려운 조건에서도 우리의

---

31 김명수, 같은 글, 402~406쪽.

아동 산문은 우리 문학이 이 시기에 총체적으로 발전한 것과 마찬가지로 비상히 발전하였다. 이것은 어떠한 난관 앞에서도 굴할 줄 모르는 조선 인민의 전투적 기상을 지닌 우리 작가들의 정력적인 창조적 노력을 말하는 것이다.

전시에 아동 산문이 얼마나 예술적으로 발전하였는가는 아동 작가들이 전시 산문 작품을 평화적 민주건설 시기의 그들의 작품들과 각각 비교하여 본다면 너무나도 확연한 사실이다. 우리는 이에 대하여 전시의 몇몇 성과작들을 분석하면서 언급하게 될 것이다.

해방 전부터의 창작 경력을 가진 아동 작가 황민은 전시 아동 생활의 특징과 그들의 정신적 특질을 소설 「땅크 놀음」에서 명랑하고 선명하게 묘사하였다.

소년들은 일반적으로 그러한 것이지만 싸우는 전시의 우리 소년들은 특히 용감하고 영웅적인 것을 가장 슬기롭고 아름다운 것으로 받아들였던 것이다. 그러기 때문에 그들은 용감무쌍하고 원쑤 앞에서 굴할 줄 모르는 인민군대를 무한히 존경하고 사랑했으며, 그들을 자기들의 귀감으로 하였던 것이다.

인민군대에 대한 존경과 사랑─이것은 싸우는 우리 수백만 소년들의 심장 속에 활짝 피어난 고귀한 감정이다. 인민군대를 따르고 존경하고 모범 받는 우리 아동들의 이 고귀한 감정을 작자는 상기 소설에서 아동들의 유희 생활을 통하여 보여주고 있다.

땅크병의 아우인 영남이가 선두에 서서 운전하는 새끼줄을 늘여 쥔 땅크는 원쑤들이 파놓은 건호 구덩이를 뛰어넘기나 하듯이 개울창을 철버덕거리며 마구 건너뛰었다. 그리고 그 기세로 저의 집 마당으로 덤벼들어 누나가 곱게 엮어 세운 꽃밭 울타리를 마구 걷어차고 나갔다. 마치도 원쑤의 만행에 희생된 자기 어머니의 원쑤를 갚는 것과 같은 드높은 기세로⋯⋯. 그러자 아이들은 용감한 땅크라고 환호를 올린다. 이때 집 안에서 뛰어나온 누나는 "그래 땅크면 인민군대 땅크겠지." 하고 영남이를 꾸짖는다.

누나의 지적에 의하여 영남이는 인민군대의 땅크가 누구를 위하여, 또 무엇 때문에 싸우는가를 심각히 깨닫게 되는 것이다. 이 소설은 아동들의 생활 정서를 리얼하게 묘사한 점에 있어서뿐만 아니라, 더 나아가서 땅크 놀음에 잠겨 있는 단순한 그들의 유희적 감성을 인민군대의 고상한 정신적 높이에로 이끌어 올리고, 그들의 유희 세계를 정화하고 그들의 사상 감정을 도야한 바로 그 점으로 하여 높이 평가되어야 할 것이다.

이 소설을 전쟁 전에 창작한 그의 소설 「편지」에 비하여 보라. 그러면 얼마나 현저하게 발전하였는가를 알 수 있다. (당시에 있어서는 「편지」도 일정한 수준에 있은 작품임에도 불구하고)

그러나 「땅크 놀음」에서 보는 그의 예술적 솜씨는 「편지」에서 이미 얼마간 번쩍이고 있다는 것을 간과하여서는 안 될 것이다. 동심 세계를 능란하게 묘사하며 그에 시대적 감정을 체현시킬 줄 아는 그의 긍정적 솜씨는 「땅크 놀음」에서 보다 발전적으로 발휘되고 있는 것이다. 「땅크 놀음」에서 보는 바와 같이 전시의 우리 아동들은 유희 속에서도 원쑤와 싸워 이겼다.

전시하 우리 아동들의 이러한 정신적 특질과 전형적 모습은 리진화의 소설과 동극들에서 다면적으로 형상화되어 있다.

우리는 이진화의 소설 「학일이는 자랍니다」의 주인공 학일이는 「땅크 놀음」의 주인공처럼 놀음에 전념하는 그런 어린이라는 것을 알고 있다. 학일이도 영남이가 유희세계 속에서도 원쑤와 싸워 이기듯이 커서 인민군대가 되어 영웅이 된 형님을 따라 미국 놈을 쳐부술 그런 생각을 하며 굴레바퀴를 씩씩하게 굴리는 것이다. 이러한 정신적 자각이 싹트고 있기에 그는 식량 증산에 궐기한 식구들을 도와 소먹이 일을 맡아 나서는 것이었다. 이것은 싸우는 현실 속에서 어떻게 우리 아동들의 심장에 애국주의의 불꽃이 피어나고 있는가 하는 것을 보여주고 있는 것이다.

애국주의와 함께 국제주의적 사상을 형상화하는 것은 전시 문학의 중요 과제인데, 이진화의 소설 「말과 반 동무들」은 말을 간호하는 사건을 통하여 소년들과 중국 인민지원군과의 국제주의적 관계를 아름답게 묘사하고 있는 것이다.

이 아동들의 정신세계에는 새로운 세대의 전형적 특질이 선명하게 구현되어 있다.

전시 아동들의 고상한 정신적 특질은 그들의 헌신적인 인민군대 원호 사업을 통해서도 힘차게 발현되고 있다.

이에 대해서는 이진화의 동극인 「선물」과 「장갑」이 잘 말하여주고 있다.

「선물」의 주인공 형국이는 홍수로 말미암아 부상병에게 우유를 대접할 수 없게 되자 위험을 무릅쓰고 강을 헤엄쳐 우유를 가져다 드렸으며 「장갑」의 여주인공 창숙이는 군대에 나가신 아버지에게 보내려고 뜬 장갑을 지나가는 인민군대에 선사하는 것이었다. 작자는 이러한 사건을 통하여 인민군대를 극진히 존경하고 사랑하는 우리 소년들의 고상한 내면세계를 보여주고 있는바, 모든 인민군대는 곧 그들의 형이며 아버지라는 것을 형상적으로 말하여주고 있는 것이다.

이 시기의 동극들 중에서는 반간첩 투쟁에서 위훈을 세우는 소년들의 투쟁을 보여준 박응호의 장막 「소년 자위대」와 신고송의 동극 「양짓말 소년들」이 특히 아동들의 사랑을 받았다.

공화국의 품 안에서 자란 우리 소년들의 강의한 정신적 특질은 우리의 일시적 후퇴의 가장 간고한 시기에 유감없이 시위되었다. 이것은 원쑤의 발밑에다 불을 지른 영웅적 우리 소년들의 실시 투쟁을 산 재료로 하여 창작한 이원우의 중편 「기다리던 날」과 박응호의 소설 「소년 근위대」 등에 잘 형상화되고 있다.

싸우는 우리의 애국적 소년들의 전형적 군상을 우리는 「기다리던 날」의 주인공들에게서 보는 것이다.

영길이, 철관이, 정숙이, 행선이…… 그들은 모두 비극의 운명을 타고난 해방 전의 고아다. 그러나 애육원에서의 행복한 생활은 그들에게 슬픔과 고독을 알지 못하게 하였다. 이것은 그들에게 미더운 어버이―공화국이 있었기 때문이다.

소설은 공화국의 품속에서 자란 그들이 자기의 어버이―공화국을 수호하기 위하여 어떻게 원쑤와 싸워 이겼는가를 보여주면서 우리 소년들의 전형적 성격과 그들의 집단적 힘을 보여주고 있다.

그들이 그처럼 영웅적으로 싸우게 된 것은 생활을 통하여 생명보다도 더 귀중한 것이 조국의 따뜻한 품이며, 수령의 무한한 사랑이라는 것을 알았으며, "투쟁! 투쟁이 사는 길이다. 싸우지 않고는 우리 길을 빼앗긴다"는 것을 일치하게 깨닫고 조국의 승리를 철석같이 믿었기 때문이다. 때문에 우리는 이 소설에서 고아이면서도 고아 아닌 우리나라의 어린 공민들의 슬기로운 모습을 보는 것이며, 이 때문에 소설은 광범한 독자들의 사랑을 받고 있는 것이다.

이 작품은 작자의 산문 계열에서 기념비적 작품이다. 그것은 평화적 민주건설 시기에도 이미 성과작들을 창작한 바 있으나, 여기에서 그의 소설 문학은 더욱 높은 데로 올라갔기 때문이다.

그의 모든 소설에서 특징적인 것은 작가 자신이 사건에 뛰어들어 강한 주정토로를 하고 있는 점이다. 그런데 그의 작품에 작자의 주정이 지나칠 정도로 토로되면서도 독자들이 따분하게 느끼지 않게 되는 소위는 바로 등장하지 않는 주인공의 성격적 특질이 소년답기 때문이다.

이것은 소년의 관점에서 묘사하는 그의 지문의 문체의 특징에 의해서도 단적으로 설명된다.

전쟁은 조선 인민의 애국적 전통, 특히 김일성 원수의 혁명적 정신으로 아동들을 교양하는 사업을 강화할 것을 요구하였다.

바로 이와 같은 시대적 요구에 의하여 전시 산문문학의 높은 봉우리를 과시해 주는 한설야의 아동소설 『아동 혁명단』이 창작된 것이다.

장편소설 『아동 혁명단』의 사상 예술적 성과는 김일성 원수의 항일무장투쟁이 가지는 테마의 높은 사상적 의의와 작가의 원숙한 형상력에 의하여 규정되었다.

이 소설에는 김일성 원수가 아동 혁명단 학원과 단원들을 지도하는 과정이 주로 묘사되어 있다.

작자는 김일성 원수가 일제와의 가열한 싸움 속에서도 얼마나 후대들의 교양에 진력을 다했으며, 그의 이러한 간곡한 지도와 극진한 배려 밑에 어린이들이 어떻게 투사로 단련되어 가는가 하는 것을 보여주면서 주로 김일성 원수와 최금철 소년의 형상을 선명하게 형상화하고 있다.

"나는 인간을 사랑하고 인간의 생명을 아끼는 동지들의 따뜻한 마음을 여기서 좀 더 보고 싶었소."

이것은 식당 사업을 소홀히 한 학원 선생들에 대한 김일성 원수의 비판인데, 이 말씀 가운데는 아동들에 대하여 세심하게 배려하며, 인간들을 지극히 사랑하는 그의 고상한 인간적 특질이 가장 단적으로 나타나 있는 것이다. 송 동무의 이야기를 비롯한 이러저러한 에피소드와 아동 혁명단에 대한 그의 지도와 교양의 생동한 여러 장면을 통하여 김일성 원수의 인간적 풍모와 혁명가적 성격은 다면적으로 형상화되어 있다.

그의 인도주의적 측면과 혁명가의 전투적 기질—이 양자는 서로 떨어질 수 없는 그의 성격의 유기적 핵이다.

그것은 진정한 혁명가에게 있어서 혁명적 정신은 바로 인간에 대한 배려와 인민에 대한 사랑에 뿌리박고 있기 때문이다.

혁명가로서의 전투적, 사상적 특질은 투쟁이다. 투쟁—이것은 그에게 있어서 가장 고귀한 것이었으며, 바로 이 전투적 정신으로 하여 그는 그처럼 탁월한 애국자로 되었다.

금철이를 비롯한 단원들의 사격 훈련을 지도하는 장면만을 상기하여 보라.

과녁에서 왜놈의 대가리가 보여야 한다는 것이다. 이것은 백발백중의 명사격은 다만 기술과 숙련에만 달려 있는 것이 아니라, 무엇보다도 먼저 원쑤에 대한 증오에 토대하고 있으며 그의 애국적 정신상태에 달려 있다는 것을 실증적으로 보여주는 것이다. 이런 수령의 전투적 정신을 본받으며 최금철 소년은 빨찌산의 전투 대열에 하루속히 들어설 것을 열망하여 나이를 속이기까지 한다. 그는 드디어 김일성 원수의 전투 대열을 뒤따라 자기 부모의 원쑤를 갚을 시난차로 가는 길로 노래 부르며 씩씩하게 나아간다. 이 길은 곧 조국에의 길이며 이 노래는 그대로 이 작품을 관통하는 전투적 빠포쓰다.

이처럼 이 작품에서는 우리들이 존경하여 마지않는 김일성 원수와 아동 혁명단에서 혁명적으로 교양된 새 세대가 문학의 전형들로 매혹적으로 성격화되어 있는 것이다. 이 작품은 해방 후 아동소설의 첫 장편이기도 하지만, 예술성에 있어서도 특출한 존재이다.

작가는 이 소설에 뒤이어 전후 시기에 중편 아동소설 『만경대』를 창작하였다.

『아동 혁명단』의 자매편인 『만경대』는 경애하는 김일성 원수의 어린 시절을 묘사하고 있다.

작가는 이 작품에서 김일성 원수를 만경대에서의 천진난만한 유년 시절로부터 풍파 많은 소년기에 걸쳐 묘사하면서 미래의 혁명가로, 민족의 지도자로 될 탁월한 그의 성격적 핵이 어떻게 형성되고 발전하였는가를 사실적으로 보여주고 있다.

유년기에 처한 원수는 주위 세계에 다감한 어린이였다. 그는 만경대의 아름다운 경치에서 자연에 대한 미를 감득하였으며, 아름다운 향토에 대한 사랑을 느꼈다. 이것은 그에게 있어서 조국에 대한 사랑의 감정이 싹트고 있다는 것을 보여준다.

사랑과 증오에 대한 그의 감정은 3·1운동의 파도와 아버지가 체포된 사건을 계기로 하여 급속히 발전하였다.

착하고 존경받는 자기 아버지에 대한 일제의 체포는 인간관계를 판단하기 시작한 그에게 원쑤에 대한 증오의 감정을 환기시켰으며, 인민의 행복과 조국해방에 대한 고상한 이념을 간직하도록 하였다. 이러한 사상은 만주에서의 간고한 생활과 아버지의 혁명적 영향으로 말미암아 더욱 공고화되었다.

이것으로 명백한 바와 같이 작자는 자연에 대한 그의 관계로부터 점차 복잡한 사회적 제 관계 속에서 그를 묘사하면서 그의 사상적 발전을 보여주고 있다.

그의 성격적 특질은 그가 무지개를 잡자고 한 데서나, 동무들과의 놀음에서 벌써 교묘한 전술을 쓰며 영도적 수완을 발휘하고 있는 데서 여실하게 형상화되어 있다. 이와 같이 하여 작자는 삼천만 인민에게 투쟁의 불씨를 안겨준 새형의 민족의 지도자로 될 어린 원수와 개성적 풍모와 사상적 특질을 보여주는 것이다. 그리하여 이 작품은 전투적 빠포쓰로 충만되고 혁명적 낙관주의로 일관되고 있는 것으로 특징적이다. 그러기 때문에 이 소설에서 우리는 고매한 형상 속에 피와 같이 유기적으로 스며들어 있는 그의 혁명적 사상을 감명 깊게 감득하게 된다.

한설야는 자기의 장편소설인 『탑』, 『대동강』, 『력사』, 『설봉산』 등등에서 항상 소년들의 매혹적 형상을 창조함으로써 아동들에 대한 작가적 관심을 표시한 점에서 특징적인 존재인바, 바로 이 때문에 그는 성인 독자들 속에서뿐 아니라 어린 독자들 속에서도 광범한 사랑을 받고 있는 것이다.

그의 작품들에 내재하는 예술적 고무력은 애국주의의 전형을 창조하고, 복잡한 시대적 문제들을 동심 세계를 통하여 생동하게 묘사할 줄 아는 솜씨에 달려 있는 것이다.

그리하여 우리 현대문학의 거장의 한 사람인 한설야의 아동 작품들은 이중의 의의를 가지고 있다. 그것은 첫째로 우리 아동문학의 높은 사상 예술성의 모범으로 된 점에서와 그것은 둘째로 성인문학 작가들을 아동문학 창작에로 고무한 점에서 그렇게 말할 수 있다.

이러한 점에서 그의 아동 작품들은 전쟁 시기나 전후 시기 아동 산문의 발전에 있어서 기념비적 존재로 되고 있다.[32]

② 시문학의 성과를 개관한 부분

우리 아동들은 어려운 전시 환경 속에서도 씩씩하고 명랑하게 자랐으며 더욱 쾌활하고 낙천적으로 생활하였다. 바로 이러한 우리 아동의 정신적, 성격적

32 장형준, 「해방 후 아동문학의 찬연한 발전 노정」, 『해방 후 우리 문학』, 조선작가동맹출판사, 1958, 283~292쪽.

특질이 이 시기에 새로 진출한 김신복의 일련의 동요들에서 특히 생생하게 밝혀지고 있다.

그의 동요 「영팔이의 따발총」의 주인공의 행동 세계를 보자.

병아리 노리는
솔개미… 빙그—르
하늘에서 맴돌면
후여—
이놈의 쌕쌔기
이중 영웅 김기우
나갑신다.
후여—
영팔이의 따바리
뚜루룩
성이 나서 뚜루룩

누나가 만들어준 장난감 따바리를 어깨에 척 메고 병마개 훈장을 가슴에 달고 이중 영웅 김기우라고 뻐기는 이 아이의 낙천적 생활에는 싸움 속에서도 장성하는 우리 아동들의 특징적인 모습이 그 얼마나 생동하고 명쾌하게 노래되어 있는 것인가!

그러므로 이 노래는 승리의 신심만만한 우리 아동들의 영웅을 따르는 사상적 특질을 노래하고 있는 점에서뿐만 아니라 굽힐 줄 모르는 우리 아동들의 낙천성을 전형화하고 있는 점에서도 높이 평가되어야 한다. 아동들의 낙천적 특징은 박세영의 동요 「어디라도 와봐라」, 이원우의 동요 「아이쿠 총」을 비롯한 여러 시인들의 작품에서도 잘 노래되어 있다.

위에서 예거한 동요 동시들을 통하여 전시 아동 시가의 기본 특징을 보면,

그것은 우리 아동들의 풍부한 내면세계를 다면적으로 보여주면서 그들의 고상한 정신적 특질을 전형적으로 형상화한 점이라고 다시 한 번 말하여야 하겠다.

이와 같은 것은 「수령님께 드리자」(송창일), 「김일성 원수의 말씀」(최석숭)이나 「공화국 깃발」(김순석)과 같은 동요들이 어떻게 형상화되었는가를 보아도 명백하다. 이전에는 이러한 테마가 왕왕 시인 자신의 교양적 의도의 노출로 말미암아 개념적으로 취급되어 작품의 사상성이 논리적으로 선언되기가 일쑤였다.

그러나 이 작품들은 아동의 구체적인 생활 감정으로써 독자들을 작품의 사상에 매혹시키고 있다. 전쟁 전 시기에 이미 유년동요 「별」과 같은 작품을 쓴 송창일은 어린이의 수령에 대한 경모의 감정을 선참으로 딴 앵두를 수령님께 드리려는 그들의 소박하고 갸륵한 심정을 통해서 사랑스럽게 노래 불렀다.[33]

③ 동화의 성과를 개관한 부분

조국해방전쟁 시기의 우리 동화 문학의 질적 발전은 무엇보다도 조선 인민의 영웅적 투쟁에 원천을 두고 있다. 물론 이 시기의 동화 문학의 발전을 말할 때 그것을 다만 시대에만 귀착시킬 수는 없다. 그러나 시대는 평화적 민주건설 시기에 쌓아올린 동화 문학의 성과와 경험에 기초하여 전쟁 환경에 알맞은 동화들을 창작할 것을 요구하였다. 그리하여 동화 문학은 이 시기에 전쟁의 최후 승리를 위하여 영웅적으로 전진하는 우리 인민의 투쟁대오에서 싸우는 어린 투사들에게 계급적 각오와 승리에 대한 확고한 신심을 주며, 승리는 저절로 얻어지는 것이 아니라 곤란을 뚫고 원쑤와 싸워 이기는 인민의 단결된 힘에 의해서만 쟁취될 수 있다는 것을 가르칠 고상한 사명을 수행하였다.

이 역사적 사명을 수행함에 있어서 현실은 작가들에게 주제를 암시하였다. 즉 외래 침략자를 반대하는 조국 수호의 민족적 투쟁인 동시에 국내외의 원쑤

---

33 장형준, 같은 글, 312~314쪽.

들을 반대하는 치열한 계급투쟁인 조국해방전쟁과 그 불길 속에서 전대미문의 기적을 발휘하고 있는 조선 인민의 단결된 필승불패의 역량과 간고한 투쟁은 동화 문학 앞에 가장 주되는 과업으로써 계급투쟁과 인민해방 및 그 승리에 대한 숭고한 문제를 형상화할 것을 요구하였다.

이러한 요구에 대답하여 새로운 동화 작품을 대담하게 내놓은 것은 아동문학 작가 강효순이다.

그는 「새 동산」, 「다시 찾은 피리」 등 일련의 동화 작품에서 전시의 동화 문학이 지닌 역사적 과업을 수행하였다.

동화 「새 동산」은 그대로 싸우는 조선의 역사를 말해주고 있다. 아름다운 새 동산은 일제 기반으로부터 해방되어 지상 낙원을 이루며 '황금 시대'를 자랑하던 전쟁 직전의 평화롭고 행복한 북반부를 상징화한 것이다. 그리고 이 동산의 주인들로 의인화되고 인격화된 갖가지 나무들과 산새들, 빛, 토끼 등등은 자기의 땀과 노력으로 자기의 행복을 창조하며 새 생활을 건설하는 착하고 부지런한 우리 인민에 대한 동화적 형상이며, 이와 반대로 새 동산을 정복하여 유린하려고 덤벼드는 침략자들로 의인화된 하늘소와 그 졸도들인 풍뎅이, 송충이 들은 침략자 미제와 이승만 매국 도당들을 형상화한 동화적 형상이다.

그런데 이야기는 아름다운 새 동산을 꾸민 착한 나무들과 새들이 일심 단결하여 새 동산의 행복을 유린하려고 덤벼드는 원쑤들과 싸워 이기고 더욱 아름다운 동산을 꾸며 행복하게 살게 되었다는 것이다.

이렇듯이 작자는 자기의 동화 작품으로 싸우는 어린 애국자들을 전쟁 승리에로 고무하였다.

그러나 동화 문학 발전에서 차지하는 그의 위치는 다만 조국해방전쟁 시기에 그가 시대적 요구를 자기 동화에 옳게 체현시켰다는 점에 있어서뿐만 아니라 그와 함께 동물과 자연의 이야기에 진정으로 시대의 넋을 불어넣을 줄 알았으며 특히 인민창작의 옛이야기를 옳게 계승하여 그에게 새로운 인민성과 환상을 담을 줄 안 바로 그 솜씨에 의해서도 높이 평가되어야 한다.

창작의 투철한 계급성과 환상적 수단을 대담하게 구사할 줄 아는 높은 동화적 솜씨는 그로 하여금 인민동화를 현대성의 견지에서 개작함에 있어서 진일보 전진하도록 하였다.

그는 해방 후 문학의 길에 들어서면서부터 인민창작의 전통을 혁신적으로 계승하는 분야에서 자기의 동화 세계를 탐구하였던 것이다. 평화적 민주건설 시기에 발표한 동화 「쇠 먹는 거북이」에서 작자는 이미 구비전설 「불가사리」를 토대로 하고 거기에 계급성을 새로이 부여함으로써 농민해방의 이념으로 일관된 새로운 동화를 창작하였다.

동화 「다시 찾은 피리」를 창작한 작자의 태도에 대해서도 그렇게 말할 수 있다.

이 동화의 원형은 전래의 구전동화인 「어부와 연적 이야기」다. 이것을 계승하면서 거기에 새로운 환상과 새로운 의의를 부여함으로써 질적으로 다른 동화를 창작하였다. 구전동화를 모찌브로 하여 새로운 동화를 창작함에 있어서 그는 혁신적 입장을 망각하여 옛것을 그대로 답습하지도 않은 반면에 역사주의적 립장을 떠나 원형을 자의적으로 개작하는 무모한 시도도 하지 않았다. 그렇기 때문에 그의 동화 작품에서 우리는 구전동화의 인민성의 진수가 시대사상과 우리의 미학적 이상에 의하여 더욱 선명하여진 것을 보게 되는 것이다.

「다시 찾은 피리」는 인민해방과 인민의 행복에 대한 이념으로 일관되어 있다. 따라서 독자들은 이 작품을 통하여 근로하는 사람들이 아름다운 피리 소리를 들으며 행복을 구가할 그러한 세상은 오직 행복을 유린하는 계급적 원쑤를 타승함으로써만 쟁취될 수 있다는 것을 절절히 느끼게 된다.

그러기에 이 동화는 싸우는 우리 아동들에게 정의의 전쟁에 궐기한 조선 인민의 투쟁의 정당성과 최후 승리에 대한 확고한 신심을 안겨주면서 그들을 투쟁의 낭만과 내일의 승리에 대한 혁명적 낙관주의로 고무하였던 것이다.

정전 직후에 발표된 그의 동화 「행복의 열쇠」도 이러한 계열에 속하는 작품이다. 그런데 이 작품의 특징은 작가가 동화 문학이 가지고 있는 가장 위력한 예술적 수단인 환상적 요소를 대담하게 구사하여 모험적인 활극과 요술적인 기적으로 독자들을 동화 세계에로 더욱 흥미진진하게 끌고 들어간 점이다. 이 것은 이 작가에게 특징적인 동화 쓰찔이며 이것은 우리 동화 문학 발전에 긍정 적인 것을 가져왔다.

　도적을 소탕하여 행복의 열쇠를 찾기 위한 노정은 아슬아슬한 고비와 간난 신고가 첩첩히 쌓여 있다. 그러나 새벽골 즉 조선의 행복과 평화를 위해서는 이 모든 곤란과 위협을 무릅쓰고 전진하여야 했다. 전진 노정에서나 도적과의 투쟁에서 새벽골 사람들을 도운 환상적 기적의 밑바탕에는 정의를 위하여 싸 우는 사람들은 반드시 승리하고야 말 것이라는 데 대한 작자의 사상 미학적 이 상이 안받침되어 있다. 그리고 "행복의 굴에서 얻어낸 행복의 그림책"은 승리 한 우리 인민의 미래의 사회주의 낙원인 동시에 그것을 건설할 데 대한 웅대한 설계도이기도 하다. 이렇듯 환상의 기초에는 인민의 염원과 그와 연결된 작가 의 이상이 놓여 있다. 그렇기 때문에 일견 비현실적인 것 같은 환상이라고 하 더라도 인민성과 진리를 체현하고 있는 한에서는 그러한 요소가 강하면 강할 수록 그 동화의 사상예술적 가치는 높아지게 된다.

　강효순의 이 시기 작품들은 바로 이러한 사실을 확증적으로 보여주고 있는 것이다. 그리하여 그는 조국해방전쟁 시기를 거쳐 이원우와 함께 동화 문학에 서 중요한 위치를 점하게 되었다.

　이 시기 동화에 대해서는 전쟁 현실 그 자체를 직접 동화적 소재로 한 신영 길의 동화 「고지의 두더지」를 비롯하여 더 이야기되어야 할 것이다. 그러나 신 인의 진출을 염두에 두고만 이야기한다면 김도빈의 「애기 꾀꼬리 잔칫날」을 더 들게 된다. 이 동화는 꾀꼬리와 뻐꾸기의 생활 습성의 속성을 그대로 모찌 브로 하여 그것들의 생활 습성에 대한 유물론적 이해를 깊게 하는 동시에 남의 노력에 의거하려는 비노력성을 폭로한 교양적인 작품이다.[34]

---

34 장형준, 같은 글, 335~339쪽.

전후 사회주의 건설 시기(1953~1967)

1. 문학제도의 정착과 반종파투쟁

1953년 7월 23일 정전협정이 체결된 직후 조선노동당 중앙위원회 제
6차 전원회의에서 김일성은 「모든 것을 전후 인민경제 복구 발전을 위
하여」를 선언했다. 전후 복구 사업을 최우선으로 내세우면서 북한에서
는 전쟁 시기와 다름없는 총동원체제가 지속되었다. 또한 남한과 적대
적으로 대치하면서 체제 경쟁을 벌이는 형편이었기에, 내부를 공고화하
는 작업에서는 조금의 틈도 허용치 않았다. 당의 정책을 펼쳐나가는 데
에서 문학예술은 인민을 교양하는 유력한 사상의 무기였다. 따라서 문
학예술에 있어서도 내부 결속을 다지는 일은 무엇보다 중요했다.

전쟁 중 남로당 계열의 '임화 도당'을 종파주의로 규정하고 대대적인
숙청작업을 벌였지만, 그 '사상적 여독'까지 완전히 청산된 것은 아니었
다. 반종파투쟁은 전후 시기에도 계속되었다. 적어도 1967년 김일성 유
일사상체제가 확립되기까지는 반종파투쟁의 구호가 되풀이되었다. 나
름의 역동성이 없지 않았지만 그렇다고 '다른 목소리'가 주류와 경쟁을
벌이면서 유의미한 창작의 흐름으로 이어진 것은 아니다. 주류에서 이

탈의 징후가 나타나면 바로 엄격한 잣대를 적용해서 수정주의적 경향으로 몰아붙이고 배제하는 것이 기본이었다. 1956년의 제2차 작가대회를 전후로 해서는 창작에서의 도식주의와 영웅우상화 경향, 그리고 비평에서의 사회학적 비속주의에 대한 반성의 목소리가 쏟아져 나왔다. 그러나 문학이 당성의 이름 아래 정치권력에 완전히 종속되어 있었기 때문에, 문제점을 해결하는 데에서 근본적인 한계가 가로놓여 있었다.

1955년 12월 김일성은 「사상사업에서 교조주의와 형식주의를 퇴치하고 주체를 확립할 데 대하여」를 발표하여 박창옥과 기석복이 카프의 역사를 부인하고 부르주아 반동작가인 이태준과 사상적으로 결탁했다고 비판을 가했다. 그러자 조선작가동맹 중앙위원회 제22차 상무위원회에서는 1956년 1월 18일 「문학예술 분야에서 있어서의 반동 부르주아 사상과의 투쟁을 더욱 강화함에 대하여」라는 결정서를 채택했다. 이 결정서에 따라 기석복·정률 등은 조선작가동맹의 중앙위원직을 박탈당한다. 송영은 새삼 「임화에 대한 묵은 논죄장」(『조선문학』, 1956.3)을 발표하면서 반종파투쟁의 분위기를 고조시켰다. 여기에 더해, 1958년 10월 김일성은 「작가 예술인들 속에서 낡은 사상 잔재를 반대하는 투쟁을 힘있게 벌일 데 대하여」를 발표했다. 곧이어 '다른 목소리'들을 부르주아적 잔재로 규정하는 반종파투쟁의 바람이 다시 불어왔다. 신고송은 「부르주아 사상과의 철저한 투쟁을 통하여」(『조선문학』, 1959.3)를, 이원우는 「아동 시문학에 나타난 부르주아 사상 잔재를 청산하기 위하여」(『조선문학』, 1959.8)를 발표하면서 반종파투쟁의 기치를 높이 들었다. 이런 상황에서 제2차 작가대회와 더불어 갱신을 모색하려던 움직임은 금세 수그러들었다. 한효·안함광·박팔양·홍순철·안막·한설야 등 쟁쟁한 카프 계열의 작가들조차 어느 순간 무대 뒤로 사라지고 말았다. 유일사상을 확립해 가는 도정은 곧 사상투쟁을 통해 '다른 목소리'를 제압해 가는 과정이었다. 어떤 경우에도 당의 노선을 따르는 문학만이 가장 옳은 것으로 인정되었다.

우리 당 제3차 대회가 문학예술 부문 앞에 제기한 과업의 실천 대책을 토의하기 위하여 1956년 10월 제2차 작가대회가 진행되었다. 제2차 작가대회에서는 우리 당 제3차 작가대회에서 김일성 동지가 제시한 강령적 방향에 기초하여 사회주의적 사실주의 문학예술 발전을 위하여 중요하게 제기되는 일련의 이론적 및 실천적 문제들을 진지하게 토의 결정하였다. (……)

사회주의적 사실주의 문학예술의 레닌적 당성 원칙을 철저히 관철시킴에 있어서 가장 중요한 것은 작가, 예술가들의 문학예술 작품들이 당의 수중에 쥐어진 강력한 사상적 무기이며, 자기들은 그 무기를 생산하는 붉은 전사라는 것을 철저히 자각하고 당 중앙위원회 주위에 철석같이 뭉치어 당의 문예정책을 관철하기 위하여 완강하게 노력하는 것이다. 당의 문예정책은 문학예술에 관한 레닌적 당성 원칙을 우리나라 현실에 가장 창조적으로 적용한 것이다. 따라서 문학, 예술에서 레닌적 당성 원칙의 관철은 당의 문예정책을 왜곡하거나 반대하는 현상과의 투쟁, 작가 예술가 대열의 사상의지의 통일을 약화시키거나 파괴하려는 책동과의 투쟁과 분리해서 생각할 수 없다. 우리 문학예술의 당성은 바로 각종 부르주아 문예사상과의 투쟁 속에서 더욱 철저하게 관철되었다.(……)

이 시기에 일부 나라들에서는 사회주의적 사실주의와 레닌적 당성 원칙을 거부하는 수정주의적 견해들이 횡행하였다. 이자들은 레닌의 노작 「당조직과 당문학」이 러시아 혁명 발전의 소여 단계에서 전술적 조치로 씌어진 것인 만큼 그때로부터 50년 이상이 지난 오늘에 와서는 현실적 의의를 갖지 않는 것처럼 떠벌리면서 문학예술에 대한 레닌적 당성 원칙을 '재검토'하려고 달려들었으며, 혹은 사회주의적 사실주의를 개인숭배의 산물로 간주하면서 그것을 낡은 문서고에 처넣을 것을 주장하여 나왔으며, 혹은 문학예술 사업에 대한 당과 국가의 지도를 '의심'에 부쳤다. 그것이 어떠한 형태를 띠고 나왔다 할지라도 이 모든 것들이 사회주의적 사실주의와 레닌적 당성 원칙을 반대하여 발광하는

부르주아 사상의 이러저러한 형태의 표현이라는 것은 명백하다.[1]

여기에서 보듯이 논증의 과정을 생략한 채로, 당의 문예정책은 문학예술에 관한 레닌적 당성 원칙을 "우리나라 현실에 가장 창조적으로 적용한 것"이라고 천명되었다. '가장 창조적으로 적용한 것'이라는 전제가 붙으면 코에 걸든 귀에 걸든 어쩔 도리가 없는 법이다. 당의 판단과 결정은 절대적인 지위를 지닌다. 문학논쟁이 발생하기도 했지만 그렇다고 해서 서로 다른 경향이 공존할 수 있었던 것은 아니다. 전후 사회주의 건설 시기의 아동문학은 당이 소집한 아동문학 관계자회의와 제1,2차 작가대회를 계기로 한층 공고한 제도적 기반 위에서 전개되었다.

1) 제1차 전국작가예술가대회(제1차 조선작가대회)

문헌에 따르면, 1953년 7월 12일 아동문학 관계자회의가 소집되었다. 회의록이 없어 자세한 내용은 알 수 없지만, 이 회의는 아동문학의 역할을 제고시킬 일련의 대책들을 강구한 중요한 자리로서 언급되고 있다.

작년도는 실로 우리 아동문학이 발전을 위한 새 전환의 길로 들어선 해다. 종래 아동문학이 몇 명의 전문 작가에게 방임된 채 수공업적 정체 상태에 빠져 있었다면 작년도를 계기로 하여 아동문학은 전체 작가들이 광범한 주의와 관심을 이끌었으며 활발한 창조 사업이 진행되었다. 특히 작년도 7월 12일에 소집되었던 아동문학 관계자회의는 우리 아동문학 가운데 잔존하고 있는 기본 결함들을 시정하고 아동문학에 대한 옳지 않은 무관심적 태도를 배격하며 우리 어린이들을 미래의 열성적인 민주주의 투사들로 교양함에 있어서 아동문학

---

1 『조선노동당의 문예정책과 해방 후 문학』, 과학원출판사, 1961, 124~125쪽.

이 가지고 있는 역할들을 제고시킬 일련의 대책들이 강구되었으며 이 회의를 계기로 하여 창조사업이 활발히 전개되었다.[2]

조선로동당은 조국해방전쟁의 가열한 불길 속에서도 아동들에 대한 교육교양사업에 더욱 큰 배려를 돌리어 아동들의 학습 생활을 정상적으로 보장하여 주었을 뿐만 아니라 아동문학 발전을 위하여 온갖 대책을 취하였다. 1953년 7월 당이 직접 소집한 아동문학 작가협의회는 그 한 실례로 된다.

이 회의에서는 조국해방전쟁 중에 창작된 우리의 일부 아동문학의 엄중한 결함들이 날카롭게 지적되었으며 아동문학 발전에 커다란 계기를 지어주었다. 회의에서는 우리 작가들이 아동교양사업에서 적지 않은 성과들을 쟁취했음에도 불구하고 당과 정부의 요구에 만족하게 수응하지 못하고 있음을 강조하면서 우리 작가들이 아동들의 세계를 파악치 못하고 성년들의 세계관을 주관적으로 설교하는 경향, 유치하거나 기묘한 말들로써 무사상적인 내용을 엮어놓는 형식주의적 경향 및 작품의 사상 및 감정이 명료하지 않고 모호하며 아동들을 어떤 의심과 혼란 속에 빠뜨릴 수 있는 경향, 그리고 우리의 고전과 인민창작들을 계승 발전시키는 문제에 있어서의 불원만성 등이 지적되었으며, 이러한 결함들을 극복하기 위하여 아동문학 작가들과 아동교육 관계자들은 아동교양의 중요성을 재삼 인식하며 아동문학에 대한 과소평가의 경향을 일소하며 창작에 있어서의 형식주의 및 설교식 창작방법 등을 결정적으로 퇴치함과 아울러 일련의 조직적 대책을 강구할 것이 제기되었다. 이 회의를 계기로 하여 우리 아동문학 분야에서 일으킨 활발한 질적 양적 개변은 아동문학에 대한 당적 지도와 배려가 아동문학 발전에 얼마나 결정적 요인의 하나로 되는가를 명백히 보여주는 것이다.[3]

---

2 한설야, 「전진하는 조선문학」, 『조선문학』, 1954.1, 120쪽.
3 김명수, 「해방 후 아동문학의 발전」, 『해방 후 10년간의 조선문학』, 362~363쪽.

여기서 보듯이 1953년 7월의 아동문학 관계자회의는 중앙 차원에서 아동문학 관계자들을 소집하여 창작상의 문제점을 짚고 대책을 강구한 자리였다. 곧이어 열린 전국작가예술가대회에서도 아동문학에 관해 언급하고 있는바, 그 내용이 서로 연결되는 것이라고 할 수 있다.

1953년 9월에 개최된 전국작가예술가대회는 뒤에 제1차 작가대회로 자리매김된다. 임화·김남천 등이 참가했던 이전의 대회와 구분하려는 의도일 텐데, 한설야가 발표한 제1차 작가대회의 일반보고문은 전체대회로서는 처음으로 아동문학의 문제를 포함하고 있는 것이다.

한설야는 아동문학을 부차적으로 여기는 잘못된 인식이 아동문학의 부진상태를 초래하고 있다고 주장했다. 그는 조국해방전쟁 시기의 소년영웅들이 아무런 교양 없이 제멋대로 우연히 나타난 것이냐고 물으면서, 아동문학이 소년들의 교양에서 차지하는 중요한 몫을 제대로 인식해야 한다고 지적했다. 그는 무책임하고 안일하게 쓴 작품의 예로 송창일의 「돌멩이 수류탄」을 들었다. 그가 보기에 이 작품은 "그야말로 돌멩이를 던져서도 때려잡을 수 있는 적을 그려놓고 독자를 향하여 적개심을 가지라고 요구"[4]하는 꼴이다. 송창일을 보기로 든 것은 아동문학 분야에서 활동하는 작가들을 그대로 믿고 맡겨둘 수 없다는 의중이 담겨 있다. 한설야는 앞으로 아동문학 창작사업을 더욱 왕성하게 전개하기 위해 특별한 관심을 돌려야 한다면서 "아동문학가는 물론 전체 작가예술가들로 하여금 우리의 계승자들의 올바른 교양을 위하여 의무적으로 아동문학에 참가하도록 할 것"(136쪽)이라고 대책을 제시했다.

한설야의 보고문에 기초하여 대회결정서가 채택되었다. 핵심만 요약하자면, 첫째, 인민경제 복구 발전을 위하여 모든 힘을 모을 것, 둘째, 노동계급의 실지 생활을 체득할 것, 셋째 고전연수 사업을 광범히 추동

---

4 한설야, 「전국작가예술가대회에서 진술한 한설야 위원장의 보고」, 『조선문학』, 1953.10, 130쪽.

할 것, 넷째, 아동을 위한 문학예술 사업을 왕성히 전개할 것, 다섯째, 사회주의 리얼리즘의 원칙을 수호하며 평론 사업을 선진화할 것, 여섯째, 세계 진보적 문학예술을 연구 섭취할 것, 일곱째, 신인육성 사업을 체계 있게 전개할 것, 여덟째, 출판물의 질을 제고할 것, 아홉째, 사회주의 리얼리즘의 원칙성을 고수하여 자연주의 및 형식주의와 투쟁할 것 등이다. 총 9개항 중에서 네 번째 항목이 바로 아동문학 관련이다.

넷째, 우리는 아동들을 위한 문학예술 창조 사업을 더욱 왕성히 전개할 데 대하여 특별한 관심을 돌려야 한다.
오늘 우리나라의 미래의 주인공들인 아동들의 정서를 교양하는 사업을 전 인민적 과업으로 제기되고 있다.
전쟁 기간에 아동들의 정서는 거칠어지고 고갈되었으며 그들의 성격은 비정상적인 생활을 통하여 왜곡되었다. 이러한 실정에 근거하여 우리의 미래의 주인공이며 후계자인 아동들의 정서 교육을 강화하는 문제는 우리의 가장 중요한 당면 임무 중의 하나로 되는 것이다.
아동들을 위한 문학예술 사업을 강화하기 위하여서는 이 사업이 가지는 역할의 중요성을 인식하지 못하고 여기에 대한 관심을 덜 돌리며 심지어는 천시하는 경향들과 용서 없는 투쟁을 전개할 것이며 전문적 아동문학 작가들만이 아니라 각 부문 전체 작가 예술가들을 동원하여 아동들을 위한 문학, 미술, 음악, 연극, 무용 등 각 부문의 작품을 보다 더 많이 창작하기 위한 대책을 취할 것이다.[5]

이후로 한설야를 포함해서 많은 작가 예술가들이 아동문학 창작에 참여했다. 이 대회에서 조선문학예술총동맹은 조선작가동맹, 조선작곡가

5 한설야, 같은 글, 139쪽.

동맹, 조선미술가동맹으로 재편되었고, 기관지 『문학예술』은 『조선문학』(1953.10)으로 제호를 바꿔서 발행되었다. 제1회 조선작가동맹회의에서 선출한 조직 임원은 다음과 같다.[6]

○위원장: 한설야

○서기장: 홍순철

○중앙위원회

한설야, 이기영, 안함광, 박팔양, 민병균, 한효, 홍순철, 김조규, 기석복, 신고송, 박세영, 윤두헌, 이북명, 황건, 한봉식, 정률, 김북원, 한태천, 송영, 조영출, 이종민, 정문향, 천세봉, 전동혁, 이정구, 홍건, 조벽암, 윤세중, 김영석, 한명천, 이원우, 김순석, 이찬, 남궁만, 안막, 김승구, 박웅걸, 조운, 신동철

○상무위원회

한설야, 이기영, 박팔양, 정률, 홍순철, 김조규, 한효, 송영, 민병균, 윤두헌, 박세영

후보: 김북원, 조영출

○소설 분과위원회

위원장: 황건

위원: 한설야, 이기영, 박웅걸, 김영석, 윤시철, 이춘진, 이북명, 변희근, 윤세중, 한봉식

○시 분과위원회

위원장: 민병균

위원: 홍순철, 김북원, 김조규, 박세영, 김순석, 이용악, 조벽암, 정문향, 이찬, 홍종린, 동승태, 전동혁, 박팔양

---

6 「제1차 작가동맹회의 결정서」, 『조선문학』, 1953.10, 143~144쪽.

○극문학 분과위원회

　위원장: 윤두헌

　위원: 송영, 조영출, 신고송, 김승구, 한태천, 남궁만, 홍건, 박태영, 서만
　일, 한성

○아동문학 분과위원회

　위원장: 김북원

　위원: 송창일, 강효순, 이진화, 신영길, 이원우, 윤복진, 박세영, 이효남

○평론 분과위원회

　위원장: 한효

　위원: 정률, 김명수, 안함광, 엄호석, 기석복, 신구현

○기관지 책임주필: 김조규

　편집위원회: 박팔양, 홍순철, 김조규, 민병균, 조영출, 황건, 김순석, 서만
　일, 김명수

한편, 1953년 11월 27일 작가동맹 제5차 상무위원회는 아동문학 분
과위원회 사업을 개선 발전시키기 위하여 여러 문제들을 토의 결정했
다. 새로 결정한 과업은 총 9개항인데, 주요 골자만 요약하면 다음과 같
다.[7]

첫째, 아동문학 작품에서 발현되는 자연주의적 형식주의적 부정적 요소들을
퇴치하기 위한 비판의 정신을 높이고, 테마 합평회, 플롯 합평회, 창작 합평회
등을 수시로 조직한다.

둘째, 아동문학 신인육성 사업을 강화하기 위하여 민청과의 긴밀한 연계 밑
에 아동문학 써클원과의 담화를 수시로 조직하며, 『아동문학』에 발표되는 신

---

[7] 「조선작가동맹 중앙위원회 제5차 상무위원회에서」, 『조선문학』, 1954.1, 146~149쪽.

인들의 작품을 친절하게 평가해 주는 한편, 각 학교들과 민청단체들을 통하여 올라오는 아동들의 작품을 지도 발표한다.

셋째, 작가들의 현지파견 사업을 강화하는 동시에 수시로 독자회를 조직하여 작품의 결함을 시정하도록 한다.

넷째, 아동문학 창작에 있어서 주제의 편파성을 제거하도록 이를 계획적으로 추진시키는 동시에 노력만을 강요하여 학습을 부차적으로 취급하는 경향을 시정한다.

다섯째, 아동문학 평론의 부진을 타개하기 위하여 아동문학 작가들이 자체적으로 평론을 집필하며, 동맹 지도부는 평론가들과 기타 맹원들이 이에 동원되도록 조직 지도하여 아동문학에서 제기되는 문제에 이론적 해명을 준다.

여섯째, 아동문학 분야에서의 민족 고전을 계승 발전시키기 위하여 구전동요, 전설, 옛말, 수수께끼, 속담 등 인민적 창작들을 맑스레닌주의적 원칙에 입각하여 계승 발전시키고 타 분과 위원회와의 연계 밑에 이에 대한 연구회를 조직 진행한다.

일곱째, 아동극, 아동 시나리오에 관심을 돌려 이 부문의 낙후성을 극복한다.

여덟째, 각 분과위원회는 자기 부문의 맹원들이 아동문학에 적극 참가하도록 조직 추동한다.

아홉째, 동맹 기관지 『아동문학』은 사상적으로 예술적으로 더욱 고상한 수준의 작품을 게재하며, 동맹 출판사는 아동문학 출판물을 높은 수준에서 보장한다.

아동문학관계자회의, 제1차 전국작가예술가대회, 조선작가동맹 중앙위원회 제5차 상무위원회 등 일련의 회의들에서 거듭 아동문학을 정책적으로 장려하고 있음이 확인된다. 이로 인해 제1차 작가대회 이후 아동문학 분과는 전문위원들과 더불어 한층 안정적으로 사업을 펼칠 수 있게 되었다. 1954년부터는 기관지 『아동문학』이 본격적인 편집위체제를 갖추고 월간으로 발행되기 시작했다.

2) 제2차 조선작가대회

1956년 10월 제2차 조선작가대회가 개최되었다. 이 대회는 자기비판의 목소리가 어느 때보다 강하게 터져나온 점이 주목된다. 그동안은 당의 정책과 어긋나거나 그 기준점에 도달하지 못하는 것에 대해 문제를 짚는 검열의 성격이었다면, 이번에는 그간의 활동 전반을 두고 솔직하게 문제를 제기하는 토론의 성격이었다. 이는 사회주의 종주국 소련의 해빙 무드와 관련이 깊다. 그렇지만 국내는 세칭 '8월 종파사건' 직후였기 때문에 '반동 부르주아 사상과의 투쟁'이 한쪽에서 중단 없이 전개되는 상황이었다. 따라서 제2차 작가대회는 자유토론을 한 축으로 하고, 사상투쟁을 또 다른 한 축으로 하는 기묘한 양상을 보여주고 있다. 도식주의·기록주의·개인우상화 비판, 형식 문제의 다양성과 개성 중시, 사회학적 비속화 극복 등 기존의 관행에 문제를 제기하는 목소리들이 조심스럽게 제기되었지만, 사회주의적 사실주의와 레닌적 당성 원칙을 내세워 부르주아적 경향을 비판하는 목소리는 여전히 되풀이되었다. 이 무렵 중국공산당에서는 '백화제방 백가쟁명'을 내걸고 당의 정책에 대해 지식인의 자유로운 토론을 권유하고 있었다. 그 추이는 비슷했다. 얼마 후 '다른 목소리'들은 모두 수정주의로 내몰렸기 때문이다. 일시적인 자유토론의 분위기는 숨어있는 목소리를 겉으로 드러나게 해서 뿌리까지 제거하는 여건을 제공했다.

그렇더라도 제2차 작가대회는 스스로 문제점을 진단하고 노정시킨 토론의 장으로서 중요한 의미를 지닌다. 이후에도 이전의 문제점은 극복되지 않았지만, 그 원인을 이때만큼 제대로 적출한 경우가 따로 없었던 것이다.

제2차 작가대회에서의 일반보고도 한설야가 맡았다. 그는 1차 대회와 2차 대회 사이에 소련공산당 제20차 대회가 있었다고 하면서 그 의미를 다음과 같이 상기시켰다.

소련공산당 제20차 대회는 사람들의 의식과 생활을 독단주의의 질곡으로부터 해방함으로써 복잡다단한 문제들을 해결하는 데 있어서 집체적 지혜를 동원하게 되었으며 모든 사람으로 하여금 맑스주의 사상의 활짝 펼쳐진 창조적 날개를 가지게 하였습니다.[8]

"독단주의의 질곡으로부터 해방"이나 "창조적 날개"라는 표현은 이번 작가대회가 사뭇 색다른 여건에서 진행되고 있음을 짐작케 한다. 한설야는 소련의 변화가 '사회주의 형제국'들에게 끼친 영향을 언급하면서 조선 작가들 또한 "자유로운 토론"을 전개해 왔다고 했다. 한설야의 보고문은 자유로운 토론의 분위기를 고조시키려는 의지와 열망을 내비치고 있다.

문학 분야에서의 이러한 자유로운 논쟁은 창작 사업에도 좋은 영향을 주었습니다.

사람들은 보다 더 자기 목소리로 말하기 시작하였으며, 보다 더 자기 결함들을 대담하게 비판하기 시작하였으며, 보다 더 독자적으로 사색하기 시작하였으며, 인류의 봄을 위하여 자기들의 온갖 정열과 천재와 노력을 투쟁에로 이바지하는 광활한 길로 자신 있게 걸어나가게 되었습니다. 드디어 독단주의가 종식될 날은 왔습니다. (……)

많은 나라에서 진행된 대회에서 작가들은 한결같이 자유로운 분위기 속에서

---

8 한설야, 「전후 조선문학의 현상태와 전망」, 『제2차 조선작가대회 문헌집』, 1956, 6쪽.

얻은 성과를 확대하고 잔존한 약점들을 급속히 제거하기 위하여 속임 없이 진지하게 그리고 어디까지나 준열한 비판정신을 가지고 자기 사업들을 검토했습니다.

형제적 나라들의 작가들이 논쟁했으며 주목을 이끌은 중심 문제는 창작방법으로서의 사회주의 사실주의였습니다. 또한 전위적 문학예술의 금후 발전을 위하여 작품에 반영된 개인숭배사상과 그 후과에 대한 면밀한 연구들이 있었으며, 창작과정에 끼친 행정적 간섭과 주관적 조치의 유해성을 규탄했으며 독단주의를 없애기 위한 치열한 투쟁이 벌어졌습니다.[9]

전체 문맥상으로는 정치사상적 입장이 확고하다는 안전장치를 걸어놓았지만, 이처럼 '독단주의, 개인숭배 사상, 행정적 간섭과 주관적 조치' 등을 내놓고 비판한 것은 결코 예사로운 일이 아니다. 그간의 정치적 구속에 대해 작가로서 품어온 속깊은 생각을 읽을 수 있는 발언이다. 레닌적 원칙이나 사회주의 사실주의를 언급하면서도 과거로부터의 변화 쪽에 현저히 강조점이 주어져 있다.

우리는 지난 시기에 우리들이 문학에 있어서의 레닌적 원칙을 위해서 어떻게 싸웠으며 거기서 얻은 성과는 무엇이었던가를 말해야 할 것이며 창작방법으로서의 사회주의 사실주의에 대한 편협한 인식과 그의 실천적 면에 나타난 창작상 오류를 밝혀야 할 것이며 우리 작품에 나타나는 개인우상화는 어떤 것이었으며, 현지파견 사업에서 시정할 점은 무엇이며, 동맹지도 사업에서 급속히 시정을 요하는 문제는 무엇인가를 자유로운 분위기 속에서 비판해야 하겠습니다.[10]

---

9 한설야, 같은 글, 6~7쪽.
10 한설야, 같은 글, 9쪽.

이어지는 투쟁과정 보고는, '자유로운 분위기'를 거듭 언급하는 데 따른 부담감을 떨치기라도 하듯이 임화·김남천·이태준 등을 격렬하게 논죄하는 발언으로 채워졌다. 언제나처럼 김일성의 말을 인용하면서 "자유주의적 산만성" "문예 분야에 인민의 원수들이 뿌려놓은 악영향"을 청산해야 한다고 역설하고 있는 것이다.

그렇지만 한설야의 보고는 작품이 생경하고 비개성적이며 천편일률적인 이유를 진단하는 데에 더욱 많은 지면을 할애하고 있다. 그는 사회주의 사실주의를 교조주의적으로 인식하거나 일면적으로 보는 병폐를 지적했다. 그동안의 사회주의 사실주의에 대한 이해가 오로지 현실을 긍정만 한다는 일면을 강조했다는 것이다. 그에 따르면 사회주의 사실주의는 본래부터 가장 비판적인 사실주의인 동시에 현실을 긍정하는 사실주의다. 그런데 사회주의 사실주의의 강력한 측면인 전진운동으로서의 비판성을 마비시키면서 현실의 미화와 도색이 시작되었으며 임의로 만들어진 이상적 주인공이 작품의 가장 모범적인 주인공으로 등장하게 되었다. 그는 작품들이 따분하고 저조하며 유형적이며 도식적이라는 독자들의 항의는 정당한 것이라면서 문학예술의 특수성에 대해 작가들이 재인식할 것을 촉구했다. 또한 평론이 사회학적 비속화의 견지에서 이뤄지고 있기 때문에 작품의 종말이 피상적인 낙천주의로 나아가고 의식적 과장설이 기계적으로 적용된다고 보았다. 개인우상화 경향에 대해서도 비슷한 문제점을 지적했다. 어떤 특수한 인물을 그리는 데 생경한 정치적 개념에만 사로잡혀 구체적이며 개성적인 감동적 형상을 만들지 못했기 때문에 공허한 외침, 감성의 허위적 호소, 아첨적인 우상화를 피치 못하게 되었다는 것이다. 이러한 지적은 '고상한 사실주의'가 제창된 이래로 왜곡과 파행을 거듭해 온 사회주의 사실주의를 제 길에 올려놓을 수 있는 중요한 원칙들에 해당하는 것이다.

한설야는 이번에도 아동문학에 대한 언급을 빼놓지 않았다. 그는 송영의 「백두산은 어디서나 보인다」, 이원우의 「도끼 장군」, 김학연의 「소년 빨치산 서강렴」을 높이 평가하는 한편으로, 아동문학이 "종래에 학교생활에만 국한시킨 주제의 협애성을 벗어나서 노력과 과학적 공상과 넓은 사회적 생활에까지 시야를 점점 확대하여야"[11] 한다고 지적했다. 그리고 평론 분과위원회와 더불어 아동문학 분과위원회를 "전문가 외의 권위자로써 보충 강화할 필요가 있다"[12]는 대책도 내놓았다. 이런 대책들에 힘입어 이후 문단의 '권위자'들이 아동문학 창작에 활발히 참여했으며, 아동문학 분과위원회의 토론이 활기를 띨 수 있었던 것이다.

한설야의 보고가 끝나고 이어진 토론과정에서는 그간의 오류들이 제법 활기차게 전시되었다. 몇 가지 부문별 사례를 통해 그간의 행정이 어떻게 이뤄졌는지를 살펴볼 수 있다.

어느 신문사에서 6·6절에 당하여 어느 시인에게 작품을 청탁하고 그 내용을 요구하기를 "조선소년단은 지난 10년간 당의 배려 밑에 장성하였다는 것, 전쟁 시기에 소년단원들이 잘 싸웠는데 그중에도 안주 소년 빨치산의 투쟁은 꼭 넣어달라는 것, 앞으로 당의 지도 밑에 소년단원들은 민청의 뒤를 따라 힘차게 나아가야 할 것이니 이런 것들을 꼭 넣어달라"고 하였다 한다.

그것은 물론 사실이었으며 제강으로서는 정당하다. 그러나 우리의 생각은 이를 어찌하여 논문으로가 아니고 서정시에 요구하였는가에 있다.

상술한 것처럼 방대한 시기에 걸쳐 진행된 방대한 내용, 개념을 그 시인이 접수하고 '시화'한다고 가정하는 때 어떤 작품이 씌어졌겠는가. 그것은 개념의 나열로 될 수밖에 없다는 것은 자명한 일이다.[13]

11 한설야, 같은 글, 31쪽.
12 한설야, 같은 글, 57쪽.
13 김북원, 「시문학의 보다 높은 앙양을 위하여」, 같은 책, 111~112쪽.

언제부터인지는 몰라도 고전문학 연구 분야에서도 괴상한 사태가 발생하기 시작했다. 소위 '정치적 고려'병에 걸린 어떤 사람들은 재빨리 고전 작품들에 나오는 인물들의 성분 개조에 착수하였다. 그리하여 우리들에게 널리 알려진 고전문학 작품인 「혹 뗀 이야기」의 주인공들은 어느 아동문학 작가에 의하여 각각 지주와 소작인으로 성분이 개조되었으며 심지어 최근에 와서는 「춘향전」의 한 인물인 이몽룡의 성분을 개조해야 한다고 떠드는 목소리가 울리고 있다.

생각건대 앞으로 「혹 뗀 이야기」의 주인공들은 또 다른 작가에 의하여 자본가와 노동자로 성분을 개조당할 운명을 지니었으며, 「춘향전」의 이몽룡은 암행어사가 아니라 농민폭동의 수령으로 등장하게 될 것이 예견되고 있다. 이와 같은 성분 개조가 고전의 계승 발전의 미명 밑에 진행되고 있는바 이것은 고전의 계승 발전이 아니라 바로 그의 파괴로 되는 것이다.[14]

그것은 만일 창작 분야에서 풍부한 생활과 인물의 성격들을 단순화시키는 데서 도식주의가 초치되었다면 평론 분야에서의 그것은 예술적 특성을 무시하는 사회학적 비속화의 경향 속에서 발현되고 있습니다. (……)

그리하여 우리 평론들 가운데는 일부 작품 분석에서 나타난 바와 같이 작중 인물들을 긍정적 인물들과 부정적 인물들의 두 그룹으로 도해하여 거기에 규격화된 계급적 본질의 설명만을 가함으로써 다양하고 복잡한 인물들의 성격발전을 구체적으로 밝히지 못하는 실례들이 계속되고 있습니다.

나는 이 문제와 관련하여 우리 고중, 초중 문학 교수에서 나타나고 있는 그 영향들에 대하여 언급하지 않을 수 없습니다.

한 가지 실례로 현대문학의 교수안들은 해방투쟁사의 교수안과 큰 차이가 없을 뿐만 아니라 가령 조국전쟁 시기 작품들을 취급하는 경우에는 주인공들의 이름이나 달랐지 모두 미제 침략자들의 야만성이라든가, 조선 인민군의 영

---

14 한효, 「도식주의를 반대하여」, 같은 책, 176쪽.

웅성이라든가, 유사한 사회학적 설명을 주고 있는바 이는 그 교수자들보다도 문학 교과서를 그렇게 썼고 또 그들에게 그러한 영향을 주게 한 우리 평론가들에게 전적으로 책임이 있다고 봅니다.[15]

우리의 출판물들은 국가적 행사나 명절날이 닥쳐올 때마다 판에 박은 듯한 시들을 싣기 시작했으며 그것이 오늘날에 이르기까지 관례로 되어 오고 있습니다. 또한 무슨 대회가 있을 때마다 무개성적인 헌시들이 출현하여 명절 기분을 북돋았습니다. (……)

작품의 창작 방향과 구체적인 내용이 미리 설정되어 있고 출판물의 성격에 상응하는 강한 요구가 따라다니기 때문에 '합격품'을 쓰기란 참으로 곤란한 일입니다. 그러나 이 방면에서 오랜 기간의 경험에 기초하여 능수들이 생겨났습니다.

편집일꾼들이 미리 작성한 제강에도 맞아 떨어지고 잡지 성격에도 알맞은 규격품들이 편집일꾼들의 가공을 거쳐서 해마다 달마다 발표되었고, 가요시까지 합쳐서 계산해 볼 때, 그 양은 전체 발표 작품의 태반을 점령하게 되었습니다.

그러나 이렇다 할 서정적 감동이 없이 도식적인 틀에 맞추어 쓴 이러한 서정시들이 인민들의 사랑을 받지 못할 것은 자명한 일입니다.[16]

김북원·한효·윤세평·김우철 등이 불만을 토로한 창작·연구·비평·출판 부분의 제반 오류들은 당의 문예노선을 교조적으로 밀어붙이는 과정에서 나타난 것들이다. 하지만 이를 시정할 수 있는 토론의 기회는 이제껏 주어지지 않았다. 위의 글들에서 지적된 오류들과 시정 방안이 이론적으로 특별히 어려운 문제에 속하는 것도 아니다. 그럼에도 제2차 작가대회에 와서야 문제들이 적출된 것은 사회주의 종주국 소련의

---

15 윤세평, 「평론의 현 상태와 그 개선을 위하여」, 같은 책, 238~239쪽.
16 김우철, 「창작과 편집 사업에서도 도식적 틀을 깨뜨리자」, 같은 책, 299~300쪽.

변화와 관련이 깊다. 이는 그때까지 소련의 영향이 매우 컸다는 사실을 말해주는 것이기도 하다. 1960년대 들어 소련의 영향력이 갈수록 축소되고 주체의 방법이 더욱 강조되는 상황에 이르면 이런 문제의식조차 거의 실종되고 만다.

아동문학에 대한 특단의 조치가 필요하다는 한설야의 일반보고가 있었기 때문인지, 대회 토론과정에서 아동문학 부문도 논의 대상에 포함되었다. 아동문학 부문의 토론문은 이원우가 작성했다. 그는 작품이 재미없다는 독자들의 편지를 들어서 아동문학은 스스로 자기결함을 찾아내야 한다고 문제를 제기했다. 이를 해결하기 위해 아동문학은 아동들의 연령적 특성에 의거한다는 점을 특히 강조했다. 아동들은 자신의 내면세계가 외적으로 표현된 움직이는 상태의 사건을 좋아한다. 하지만 사건의 갈등을 그리는 데에서 모순을 상용적 모순의 대립투쟁에서만 찾고 그조차 투쟁과정이 안이하다면 긴박성이 없는 무미건조한 교양성만 노출된 작품이 만들어진다. 한 시간 전에 낙후하였던 아이가 긍정인물의 한마디 충고로 한 시간 후에 모범적인 학생이 되는 경우가 그런 예이다. 이원우는 작가 자신들의 역량부족도 문제지만 객관적인 원인도 규명해야 한다면서 역시 지도행정의 문제점을 지적했다.

만약 어떤 작가가 학습생활을 묘사하는 작품에서 부정적 인물의 성격을 강하게 그리면 어떤 지도일꾼들은 말하기를―이런 아동은 공화국 북반부에 없다고…… 물론 있기는 하지만 그것은 부분적 사실이고 우리 생활의 전형이 아니라고 하였습니다.

나는 이 기회에 강조하고 싶습니다.

"불상용적 모순의 대립투쟁이거나 상용적 모순의 대립투쟁이거나를 막론하고 작가는 생활의 진실을 예술적 진실로 창조하기 위하여 생활을 위조하지 않는 방향에서 생활에서 느낀 그대로 작품화할 권리를 가져야 한다. 그 갈등이 아동 교양에 이바지하는 이상, 우리들의 원칙이 어그러지지 않는 이상, 그것은 자유라고."

우리는 어떠한 모순의 대립투쟁을 묘사하거나 그것을 긴박성 있게 그려야 할 것이라고 생각합니다.

긴박성 없는 작품, 그것은 흥미 없는 작품입니다.[17]

이원우가 말하는 인물의 갈등 문제는 '고상한 사실주의' 이래의 병폐로서, 그 도식적인 무갈등주의를 극복해야 한다는 주장이 벌써부터 제기돼 오고 있었다. 하지만 문학의 자율성이 극도로 제약되고 있는 상황에서는 도식주의를 근본적으로 해결할 수 없었다. 제2차 작가대회는 그간의 문제점을 비교적 솔직하게 드러냈다는 의미를 지닐 따름이었다. 창작의 문제점들은 이후에도 지속적으로 나타나고 있다.

제2차 작가대회에서 이뤄진 「동맹 각급 기관들의 선거와 각부 성원들의 임명」에 관한 내용은 다음과 같다[18]

1. 조선작가동맹 중앙위원회 위원

강효순, 김북원, 김순석, 김승구, 김조규, 김우철, 남궁만, 이갑기, 이기영, 이북명, 이용악, 이원우, 이찬, 민병균, 박세영, 박석정, 박웅걸, 박태영, 박팔양, 변희근, 송영, 서만일, 신고송, 신구현, 신동철, 안막, 안용만, 안함광, 엄호석, 엄흥섭, 윤두헌, 윤세중, 윤세평, 정문향, 조영출, 조벽암, 조중곤, 최명익, 최창섭, 추민, 한명천, 한설야, 한태천, 한효, 황건

중앙위원회 후보위원: 강필주, 이정숙, 이춘진, 석인해, 유항림, 윤시철, 조학래, 천세봉

---

17 이원우, 「아동문학의 금후 발전을 위하여」, 같은 책, 248쪽.
18 『조선문학』, 1956.11.

2. 조선작가동맹 중앙검사위원회 위원

김순석, 이원우, 이찬, 엄흥섭, 조중곤

3. 동맹 중앙상무위원회 위원

김승구, 이기영, 이북명, 박세영, 박팔양, 서만일, 송영, 신고송, 안막, 윤두
헌, 조영출, 조벽암, 한설야

상무위원회 후보위원: 강효순, 윤세평

4. 조선작가동맹 중앙위원회 위원장, 부위원장

위원장: 한설야

부위원장: 박팔양, 서만일, 윤두헌

5. 조선작가동맹 중앙검사위원회 위원장

이찬

6. 조선작가동맹 각 분과위원장 및 위원

1) 소설 분과위원회

위원장: 조중곤

위원: 강형구, 김영석, 이갑기, 이북명, 이춘진, 박웅걸, 박태민, 변희근, 석
인해, 신동철, 엄흥섭, 윤세중, 윤시철, 유항림, 전재경, 천세봉, 최명익, 황건

2) 시 분과위원회

위원장: 김순석

위원: 김귀연, 김북원, 김우철, 김학연, 이맥, 이용악, 이효운, 박근, 박석정,
박세영, 박팔양, 서만일, 안용만, 정문향, 정서촌, 조벽암, 조학래, 한명천

3) 극문학 분과위원회

위원장: 박태영

위원: 김승구, 남궁만, 유기홍, 이지용, 서만일, 송영, 신고송, 윤두헌, 조영출, 주동인, 추민, 탁진, 한성, 한태천

4) 아동문학 분과위원회

위원장: 이원우

위원: 강효순, 김북원, 유연옥, 이순영, 이진화, 박세영, 박응호, 백석, 송고천, 송봉렬, 송창일, 윤복진, 한태천, 황민

5) 평론 분과위원회

위원장: 김명수

위원: 김하명, 이정구, 이효운, 박종식, 박태영, 서만일, 신고송, 신구현, 안함광, 엄호석, 윤두헌, 윤세평, 윤시철, 추민, 최창섭, 한효

6) 외국문학 분과위원회

위원장: 박영근

위원: 강정희, 강필주, 김시학, 이순영, 임학수, 변문식, 백석, 최봉규, 최일룡, 최창섭, 최호, 홍종린

7) 고전문학 분과위원회

위원장: 신구현

위원: 김승구, 김하명, 고정옥, 윤세평, 조영출, 조운

8) 남조선문학 분과위원회

위원장: 이갑기

위원: 강효순, 김명수, 이북명, 박팔양, 송영, 조벽암

9) 신인 지도부

부장: 이효운

협의원: 이맥, 박태영, 송고천, 송봉렬, 송영, 안함광, 조중곤, 한태천

7. 조선작가동맹 출판사 각 편집위원회 위원 및 주필, 부주필, 부장

1) 조선문학

편집위원: 김순석, 박태영, 서만일, 전재경, 조영출, 조벽암, 조중곤

주필: 조벽암

부주필: 전재경

부장: 현희균

2) 청년문학

편집위원: 엄호석, 김상민, 이맥, 이효운, 윤두헌, 최창섭, 한태천

주필: 엄호석

부장: 이맥

3) 아동문학

편집위원: 강효순, 이원우, 이진화, 박세영, 박팔양, 송고천, 신영길

주필: 강효순

부장: 송고천

4) 문학신문

편집위원: 이호남, 박석정, 백석, 박영근, 박태민, 박팔양, 서만일, 신동철, 윤두헌, 윤세평, 정준기, 탁진, 추민

주필: 윤세평

부장: 이호남, 백문환, 백석

5) 단행본부

주필: 박혁

부주필: 이용악

부장: 이영규

8. 조선작가동맹 각도 지부(반)장

1) 조선작가동맹 평안남도 지부 지부장: 엄흥섭

2) 조선작가동맹 평안북도 지부 지부장: 정서촌

3) 조선작가동맹 황해남도 지부 지부장: 유기홍

4) 조선작가동맹 황해북도 지부 지부장: 송창일

5) 조선작가동맹 개성시 지부 지부장: 이상현

6) 조선작가동맹 강원도 지부 지부장: 이춘진

7) 조선작가동맹 함경남도 지부 지부장: 변희근

8) 조선작가동맹 함경북도 지부 지부장: 정문향

9) 조선작가동맹 양강도 작가반 반장: 동승태

10) 조선작가동맹 자강도 작가반 반장: 김영석

제2차 작가대회 이후 새로 『문학신문』이 만들어진다. 백석은 여기 편집위원이자 부장으로 참여하면서 한동안 아동문학에 관한 토론을 주도한다. 그는 외국문학 분과와 함께 아동문학 분과위원회에도 참여했다. 뒤에 다시 살펴보겠지만, 백석은 제2차 작가대회의 분위기와 취지를 이어서 토론을 활성화하고자 노력한 거의 유일한 예외였다. 그는 아동문학의 문제를 이론적으로 밝히는 한편으로 거기 입각해서 창작활동을 병행했다. 1950년대 후반에 이뤄진 '학령 전 아동문학 논쟁'은 바로 백석에서 비롯된 것이다. 하지만 백석은 교조적이고 강경한 논리에 부딪쳐 자신의 문제의식을 철회하게 된다. 때마침 반종파투쟁이 벌어지고 있었기 때문에 강경파의 승리는 예견된 것이나 마찬가지였다.

2. 백석과 '학령 전 아동문학' 논쟁

1) 전후의 '사회학적 비속주의' 양상

제1차 작가대회 이후의 뚜렷한 변화 중 하나는 작가동맹 기관지 『조선문학』에 아동문학에 관한 논의가 포함되기 시작했다는 점이다. 전후에는 아동문학 분과뿐 아니라 평론 분과 또는 여타 분과에 속하는 주요 이론가들이 본격적으로 아동문학 평론을 발표했다. 제일 먼저 아동문학 창작의 문제를 짚고 나온 이로 김명수를 들 수 있다. 그의 「아동문학 창작에 있어서의 몇 가지 문제」(『조선문학』, 1953.12)는 문예총출판사에서 나온 『아동문학』 12집과 민주청년사에서 나온 동요동시집 『항상 배우며 준비하자』를 검토한 글이다. 이 글이 나온 시점으로 볼 때, 조국해방전쟁 시기의 작품들이 주요 검토 대상이었으리라 판단되지만, 그것에 대한 비평이 전후 아동문학의 창작에 큰 영향을 끼쳤으리라는 점은 의심의 여지가 없다. 김명수는 제1차 작가대회 이후 평론 분과위원으로서 기관지 『조선문학』과 『아동문학』의 편집위원을 맡았고, 제2차 작가대회 이후에는 평론 분과위원장까지 수행한 주요 인물이다. 김명수는 두 출판물에 수록된 총 45편의 작품들을 다음과 같이 주제별로 분류했다.

　　—당과 수령과 조국에 대한 사랑을 노래한 것: 4편

—아동들의 학습투쟁을 묘사한 것: 6편

—인민군대에 대한 존경과 사랑을 취급한 것과 그와 관련해 어린이들의 결
 의 및 학습투쟁을 표현한 것: 9편

—소년단 생활에서 취재한 것: 4편

—국제친선을 주제로 한 것: 7편

—강점 시기 어린이들의 애국투쟁을 표현한 것: 3편

—유년기 아동들의 인민군대 놀음을 묘사한 것: 4편

—어른들의 노력투쟁을 주제로 한 것: 3편

—기타: 5편

이 분류만 보더라도 당시 아동문학 창작에 관한 대강의 윤곽을 그려
볼 수 있다. 역시 몇 가지 정치적인 테마가 변함없이 되풀이되는 양상을
보여준다. 김명수는 먼저 초보적인 성과를 언급하겠다고 하면서, 김일
성 원수에 대한 작품이 왕왕 추상적 개념과 구호들을 들고 나오는 실례
를 보이고 있는데 최석숭의 동시 「김일성 원수의 말씀」(『동요동시집』)은
이런 그릇된 경향을 극복했다고 호평했다. 김일성 원수의 말씀을 아동
들의 구체적 생활과 연결시켜 묘사함으로써 아동들의 학습열을 북돋아
주는 좋은 시도를 보여주었다는 것이다.

작자는 산수 문제를 풀다 못하여 집어치고 밖으로 나가려는 어린이와 그를
불러일으키는 수령의 목소리—너는 새 조선의 꽃봉오리 아니냐. 어서 공부하
여 새 조선의 꽃봉오리로 곱게 피라는 말씀과 연결시키고 있으며 산수 문제를
끝까지 풀기 위하여 책상 앞에 앉은 어린이에게 "너는 내일이면 조선의 기둥,
어렵다만 하지 말고 힘차게 준비하라"는 수령의 격려를 결부시킨 후, 산수 문
제가 아무리 어려워도 원수님의 말씀을 명심하고 자기 힘으로 반드시 풀고 말
것이라는 어린이의 결의를 강조하였다. 이 동시 속에서 경애하는 수령은 어린

이의 학습을 격려하는 자애롭고 친근한 아버지로 나타나고 있으며 어린이는 그의 따뜻한 격려에 즐겁게 호응하고 있다. 이 동시는 어린이들의 학습투쟁에 있어서 구체적이며 설득력 있는 교양 재료로 되지 않을 수 없다.[19]

굳이 작품을 확인해 보지 않더라도 호평 받은 작품의 내용과 수준을 가늠하기 어렵지 않다. 구체적 생활과 연결되었다 해도 개인우상과 교훈성의 문제점은 피할 수 없는 일이었다. 장려되는 작품과 그에 대한 평가의 논리를 보면 이후에 비슷비슷한 발상의 창작이 되풀이되지 않을 수 없다. 형상성을 중시하더라도 정치적 테마와의 관련에서 사상성과 계급성을 논하고 있기 때문에 제2차 작가대회에서 불만으로 터져나온 전형적인 '사회학적 비속주의' 경향을 보여주는 것이다.

황민의 소년소설 「탱크 놀음」(『아동문학』 12집)은 "어린이들의 생활을 예술적으로 반영하면서 그것을 통하여 명확하고 구체적인 교양을 주는 데 성공한 작품"이라고 호평되었다. 김명수에 따르면, 이 작품은 탱크병이 된 형을 둔 영남이가 주동이 되어 동네 어린아이들과 탱크 놀음하는 것을 그린 유치반 대상의 간단한 소설이다. 그러나 이것은 단순한 탱크 놀음이 아니라 "미국 놈들의 야수적 만행으로 말미암아 어머니를 잃은 어린이의 복수심이 있고 그 복수심과 함께 전선에서 탱크병이 된 형을 본받으려는 용감성이 있다." 이 작품의 미덕은 어린이에게 구체적인 민주주의 교양을 주는 데까지 나아간 점이다. 복수심에 불타는 용맹스러운 영남이네 패의 탱크가 그의 집 앞마당에 덤벼들어 꽃밭 울타리를 걷어차고 나가자 이를 알게 된 누나는 '인민군대'의 탱크가 어째서 꽃밭을 짓밟느냐고 꾸짖는다. 이런 장면이 바로 "인민군대의 정의적 성격에 대한 올바른 인식"을 준다고 김명수는 밝혔다. 그의 지적처럼 이 작품

---

19 김명수, 「아동문학 창작에 있어서의 몇 가지 문제」, 『조선문학』, 1953.12.

은 "용감성이 무원칙한 만용이어서는 안 되며 오직 인민을 위한 용감성이어야 한다는 것"을 구체적으로 교양한다고 평가할 수 있다. 그렇지만 유치반 대상의 작품에서 전쟁에서의 복수심과 용맹성을 불러일으키는 내용까지 긍정적으로 평가할 수 있는 것인지 의문스럽다.

김명수는 이원우의 동시 「나와 형님」(『동요동시집』)에서 "형님! 나 때문에 걱정 마세요. 얄미운 원수들을 쳐부수세요. 씩씩히 자라는 동생을 위해 원수를 더 많이 쳐부수세요." 하는 동생의 말이 천 마디 설교보다 아동들을 더 힘 있게 교양하는 것이라면서 정서에 직접 호소하는 문학의 정치적 기능을 강조하고 있다. 김북원의 동시 「우리의 은제비」(『동요동시집』)는 적기를 쏘아 떨어뜨리는 오빠의 용맹스러움에 자랑을 느끼는 주인공의 심리가 잘 표현된 작품이지만, "마을과 학교를 불태운 미국 날강도들에 대한 어린이의 적개심과 분노가 표현되었더라면 더 좋았을 것"이라는 부추김이 덧붙어 있다. 원수를 향한 적개심은 강할수록 좋다는 것이다.

"아동문학은 뚜렷한 목적지향성을 가진 당적 교양사업의 일부분"인 만큼 "주제가 모호"하거나 "주제의 중심이 명확하지 않은 무사상성 내지는 회색적 작품"들은 비판의 대상이 된다. 이러한 예로 윤복진의 동시 「대장간 할아버지」(『아동문학』 12집)가 지목되었다.

이 동시를 읽고 나서 우리에게 남는 인상은 반복되는 "푸루루 뚝딱"이라는 음향뿐이다. 우리는 대장간 할아버지가 무엇 때문에 그처럼 열심히 이른 아침부터 푸루루 뚝딱 일을 하는지 알 수 없으며 영이와 순이 아버지들이 무엇에 쓰기 위하여 호미와 꺽쇠를 만들어 가지는지 알 수 없다. 대장간 할아버지가 돈벌이를 하기 위해서 그렇게 열성을 낸다고 말하여도 그것을 부정할 하등의 근거가 없으며 영이나 순이 아버지 역시 마찬가지다. 대장간 할아버지의 형상을 꼭 그려야 할 필요가 있다면 작자는 마땅히 이 할아버지가 그처럼 열심히 노력하는 것은 전쟁 승리를 위하여 공장과 농촌의 증산투쟁에 이바지하기 위해서라는 것을 뚜렷하게 밝혔어야 할 것이며 이 숭고한 목적을 위하여 노력의 땀을 흘리는 것이 어떻게 즐겁고 영예로운 일인가를 강조함으로써 어린이들에게 애국심과 노력의 영예스러움을 실감 있게 가르쳐야 할 것이다. (……) 이와 같은 기본 문제에 대한 고려의 부족, 이것은 대장간 할아버지를 공화국 후방 노력전선의 전형적 인물로 형상할 데 대한 무관심에서 오는 것이며 전형성은 당성이 발현되는 기본 분야인 점에서 곧 작가 자신의 당성, 사상성의 문제로 되지 않을 수 없다. 그리고 무사상성의 문학이 형식주의의 말을 뒤집어쓰고 나오는 것은 우연한 일이 아니며 「푸루루 뚝딱」은 바로 그 형식주의의 상징적 표현이다.[20]

이와 같이 아동문학 비평이 당성과 사상성에 입각한 목적지향을 문제 삼으면서 압박할 때, 창작이 어떤 방향으로 나아가게 될지는 명확한 것이다. 윤복진 것 외에도 많은 작품들이 비판의 도마에 올랐다. "무갈등론적 유해한 경향"과 투쟁해야 하며, "일부 작품에 표현되는 생기 없고 무미건조하고 딱딱한 도식주의적 경향을 시급히 청산하고 아동 생활을 그 자연스러운 활발성과 창발성에서 묘사"해야 한다는 등 수긍할 만한 지적이 없는 것은 아니지만, 기본적으로 당성과 사상성을 전제로 하는 것이기에 개성적인 작품이 보장되지는 않았다.

김명수는 『해방 후 10년간의 문학』(조선작가동맹출판사, 1955)이란 연구논집의 아동문학 부문도 집필했다. 여기서 그는 해방 직후, 전쟁 시기, 전후 시기의 성과들을 각각 개괄했다. 그가 전후 시기의 성과라고 들어 보인 테마별 작품목록은 다음과 같다.

---

[20] 김명수, 같은 글.

—학습투쟁과 실력제고의 문제를 다룬 것; 박응호 소년소설 「45분」, 강효순 동화 「이상한 거울」, 윤복진 동시 「학습을 다 하고」, 김순석 동시 「새 학 년」, 이효운 동시 「책을 사랑하자」 등

—장엄한 복구건설의 현실이 반영된 것과 아동들의 노력 교양을 취급한 것; 윤동향의 유희동요 「기차놀이」, 윤복진의 동요 「시내물」, 유연옥 동시 「스 탈린 거리로」, 김정태 동요 「이사를 가요」, 김경태 동요 「김일성 광장에 서」, 박세영 동요 「우리집 자랑」 등

—전쟁영웅과 인민군대를 형상한 것; 김학연의 장편서사시 「소년 빨치산 서 강렴」, 이진화 소설 「해군 아저씨」, 강립석 동시 「영웅 스크랩」, 윤복진 동 요 「해군 형님 댕기」, 원도홍 소설 「두 소녀와 영예군인」, 우봉준 동요 「정 찰 가는 날」 등

—수령에 대해 다룬 것; 한설야 소년소설 「만경대」, 변희근 소년소설 「편지」 등

—국제친선을 다룬 것; 이진화 소년소설 「왕텐 아저씨」, 유연옥 동시 「모형 지도를 만들며」, 김조규 동시 「버스야 네사 친절도 하다」, 정서촌 동시 「그 림책을 펼쳐 들고」, 박세영 동시 「몽고시초」, 김북원 동시 「왕쇼링」 등

—과학 탐구를 다룬 것; 송창일 「바람개비」, 박인범 「누에와 파리」 등

—도덕적 교양을 주는 것; 강효순 소설 「다시는 그렇게 안 할 테다」, 송창일 동화 「벼랑에 떨어진 여우」, 유연옥 동시 「지워서는 고칠 수 없다」, 정서촌 「나는 두 아이를 보았다」, 윤복진 「나는 소년단원」 등

김명수는 사상을 고무하는 새 주인공의 형상이 나오고 있음을 살피는 한편으로, "미제국주의자와 이승만 괴뢰들에게 고용"되어 "무기력, 굴 종, 비겁의 사상으로 노예교육하는 데 전력을 기울이는" 남조선 작가를 여기에 대비시켰다. 그는 윤석중 동요집 『아침 까치』(1950)에 실린 「잤 다 깼다」를 보기로 들었다. "꽃들은 왜 잤다 깼다 하나/나비는 왜 잤다

깼다 하나/새들은 왜 잤다 깼다 하나/닭들은 왜 잤다 깼다 하나/사람은 왜 잤다 깼다 하나/지구는 왜 잤다 깼다 하나"와 같은 작품은 어린이의 질문을 외면하는 "신비주의의 안개"에 뒤덮인 것으로 결국은 "휴지조각의 운명"이라는 것이다. 반면에 이호남의 동시 「시냇물」(『아동문학』 13호. 1954)에서 보듯이 "시냇물 졸졸/종이배 동동/을밀대가 보인다/해방탑이 보인다//시냇물 졸졸/종이배 동동/원수님이 계시는/우리 평양 닿았다"와 같은 작품은 "소꿉놀이를 하면서도 평양을 생각하며 수령을 사모하는 심정이 진실하게 표현"되었을 뿐만 아니라 "아동들의 호흡이 있고 감정이 있고 사색이 있으며 거기에 해당한 운율이 있다." 아동문학을 대하는 이와 같은 관점의 차이를 통해서 남북 아동문학의 이질성을 보다 분명하게 확인할 수 있다.

김명수는 아동문학의 각 장르가 발전하고 있는 데에도 눈을 돌렸다. 그는 "작가들이 아동들의 대상을 명확히 파악하기 시작했으며 연령층의 특성을 고려하면서 자기들의 형상 체계, 언어 수단을 성격화하면서 높은 사상성과 훌륭한 예술적 형상의 새 경지를 개척하고 있"다고 보았다. 실제로 전후의 아동문학은 동요, 동시, 동화, 소년소설, 동극을 기본으로 해서 여러 하위 장르들이 자리잡혀 가는 모습을 뚜렷이 드러내고 있다. 그중 유희동요의 개척은 주목할 만한데, 김명수는 이원우의 유희동요 「수박 따기 놀음」이 선구적 역할을 했다고 평가했다. 또한 이원우의 공로는 구연체 동화를 개척하고 발전시킨 점에도 있다고 지적하고, 앞으로 동화의 영토를 더욱 확장해야 한다고 주문했다. 아동문학의 교양기능을 중시한 데 따른 결과라 하겠지만, 연령 특성에 맞는 장르의 탐구가 활발히 이뤄진 점은 긍정적으로 평가할 수 있다.

이원우와 함께 강효순도 구전동화를 계승 발전시키고 동물 세계를 능란하게 다룰 줄 아는 작가로 높이 평가되었다. 북한에서는 동화의 특질을 규명하고 발전시키고자 하는 노력이 비교적 일찍 시도되었다. 하지만 동화의 발전을 말하는 김명수의 구체적인 평가에는 동의하기 어렵다. 예컨대 그는 "동물들이 지닌 개성과 생활풍습에 대한 고려가 전혀 없이 다만 인간의 대용물로 동물을 이용하는 일"이 종종 있었던 과거에 비해 "오늘 우리 동화작가들은 동물들의 개개의 특성을 연구 파악한 기초 위에 동물들에게 인간의 혼을 불어넣을 줄 알며 동물의 이야기이자 인간의 이야기로 만들 줄 알며 동화에 있어서의 일반화와 개성화를 결합시킬 줄 아는 능수로 되고 있다"고 했다. 그러나 이런 평가는 지나칠 뿐만 아니라 실제와도 어긋난다. 구체적으로 작품을 살펴보면 정치 사상적 교훈에 매달려 자연생태를 왜곡하는 경우가 아주 빈번하게 나타나고 있기 때문이다.

2) 백석의 항의와 논쟁의 전말

(1) '사회학적 비속주의'에 대한 항의

전후에 부쩍 활발해지기 시작한 아동문학론은 여느 때와 다름없이 당성과 사상성을 가장 중요한 평가기준으로 삼는 정치적 성격을 지닌 것들이 대부분이다. 제2차 작가대회를 전후로 해서는 문학의 창발성을 가로막는 정치행정에 대한 문제제기가 한꺼번에 표출되기도 했으나 거의 불만의 토로에 그치는 수준이었다. 소련의 영향으로 잠시 열린 국면에서 통제에 대한 작가들의 반발심이 표출된 것이라 할 수 있는데, 작가들 스스로 워낙 정치적 동향에 민감하다 보니 대부분 반종파투쟁 국면과 함께 다시 수그러들고는 이렇다 할 이론의 진전 없이 원점으로 돌아섰다.

이런 가운데 단 하나의 예외를 말할 수 있다면 시인 백석의 지속적인 문제제기와 창작의 실천이다. 그는 문학의 본질을 환기하는 보다 원론적인 차원에서 '사회학적 비속주의'와 맞서고자 했다. 하지만 북한식으로 굴절된 사회주의 리얼리즘의 자장(磁場) 안에서는 한계가 따를 수밖에 없었다. 주로 외국문학과 아동문학에 몸담은 그의 행적부터가 정치적 이념을 조금이라도 멀리하려는 나름의 방책이었다고 해석할 수 있다. 어떤 의미에서 그는 본류와 거리를 둔 경계의 자리에서 문학을 실천하고자 궤도를 아동문학으로 바꾸었는지도 모른다. 하지만 아동문학이 놓인 곳 역시 문학의 자리였다.

백석의 아동문학 논의는 일종의 복화술로 읽힌다. 사회주의 건설의 시대적 사명을 강조하는 기본 줄기에서는 문학에 대한 '당의 지도'를 수용하는 태도를 보이지만, 문학의 정치적 편향에서 비롯되는 '사회학적 비속주의'를 맹렬히 비판하면서 문학에 대한 '당의 지배'를 거부하고 있어 이중의 목소리를 내는 것으로 보이기 때문이다. 그러한 백석의 의중이 제일 먼저 드러난 글은 고리끼의 아동문학론을 발췌 번역한 「아동문학론초」(『조선문학』, 1954.3)이다. 이 글에서 특히 역점이 주어진 곳은 '엄중함'을 반대하고 '웃음'을 긍정하는 대목이다. 고리끼는 "열 살 이하의 아이는 재미나게 웃을 것을 요구"하며, "이 요구는 생리적으로 정당"한 것이라면서 엄중함이 어린아이의 감정을 고갈시키지 않도록 해야 한다고 말했다. 혁명적 아동문학이 투쟁성을 내세워 어린이독자에게 무거운 짐을 안기는 상황에서 이처럼 재미와 웃음을 긍정하는 논의는 더없이 귀중했다. 백석이 주로 열 살 이하의 유년층을 대상으로 하는 동화시나 동시를 창작한 까닭 또한 여기에 있을 것이다.

백석의 첫 번째 평론 「동화 문학의 발전을 위하여」(『조선문학』, 1965.5) 역시 소년소설보다는 어린 연령을 대상으로 하는 동화를 주목했다는 점에서 정치적 이념과 거리를 두려 한 의중을 엿볼 수 있는 글이다. 백석은 "문학으로서의 동화"는 '시정(詩情)'과 '철학적 일반화'를 동반해야 할 것이라고 요구했다.

시정으로 충일되지 못한 동화는 감동을 주지 못하며, 철학의 일반화가 결여된 동화는 심각한 인상을 남기지 못한다. 이러한 동화는 벌써 문학이 아니다. 동화에 있어서 시정이라 함은, 인간과 세계에 대한 감동적 태도이며 철학의 일반화라 함은 곧 심각한 사상의 집약을 말하는 것이다. 동화의 생명과도 같은 시와 철학은 동화의 여러 가지 특질 속에 나타난다. 일상적이며 실재적인 현상들에 비상한 특징들과 자질들을 부여하는 동화의 특질 속에도, 생명 없는 것에 생명을 주입하며, 감동 없는 세계에 감동을 부여하는 동화의 특질 속에도 나타난다. 이런 특질들은 곧 과장과 환상의 두 요소로 요약된다. 동화가 동화로서의 경지에 이르자면 이 두 요소를 무시할 수는 없다. 이 두 요소가 없이는 그 어떤 공상도, 지향도, 미래에의 투시도 성립될 수 없다.[21]

"시와 철학"을 동화의 생명이라 하고, "과장과 환상"을 동화의 주된 특질로 본 것은 일견 원론적이라 할 수 있지만, 이러한 견해는 정치적 요구에 급급해서 문학성을 고갈시키고 있는 문제점을 극복하려는 의지와 관련된다. 과장과 환상이 그저 생활상의 갈등을 안이하게 해결하는 방법 정도로 이해되고 있는 이유는 시와 철학이 부재한 탓이다. 백석은 '대담성', '동화의 수법', '개성'을 거듭 강조하면서 동화 창작의 문제점을 한층 예각적으로 드러냈다. 그는 다음과 같은 이유를 들어 도식주의를 경계했다.

우리의 많지 못한 작품 중에서 그 대부분이 동물을 작품에 등장시키는 것들인바, 이런 작품들의 대부분이 천편일률적으로 약자들의 단결, 협력에 의한 강자에의 승리이거나 권선징악의 내용으로 한 것들이다.[22]

---

21 백석,「동화 문학의 발전을 위하여」,『조선문학』, 1956.5.

그는 무수한 동화 작품들이 다만 한 가지 종류의 행동 목적과 윤리의 수립에만 그치고 있는 것은 문학의 자살이라고 비판했다. 그리고 이러한 관점에 입각해서 낮은 연령의 아이들을 대상으로 하는 일련의 동화시와 동물시편을 쓰기 시작한다.[23] 자신의 주장을 창작으로 실천해 보인 것이다.

백석은 1956년 8월부터 수개월 동안 『아동문학』의 편집위원으로 활동한다. 이 기간에 『아동문학』에는 동심 지향의 작품들이 실리고 유머란이 마련되었다. 때마침 제2차 작가대회가 개최되었는데, 여느 때와는 다르게 자유스러운 토론 분위기가 만들어졌다. 제2차 작가대회의 준비 과정을 『아동문학』은 다음과 같이 소개했다.

「제2차 작가대회가 열립니다」

조선작가동맹 제2차 작가대회가 9월 말에 평양에서 열립니다. 여기에는 전체 작가들과 예술가, 교원, 문학써클원, 기타 많은 사람들이 참가하게 됩니다.

제2차 작가대회에서는 1953년 9월에 열렸던 제1차 작가대회 이후의 조선작가동맹 사업을 총결하고 우리 문학 발전을 위한 여러 가지 문제들이 토의됩니다. 여기에서 어린 동무들의 열렬한 사랑을 받고 있는 아동문학에 대해서도 토의될 것입니다. 대회를 앞두고 작가들은 앞으로 어떻게 하면 어린 독자들에게 더 좋은 작품들을 줄 수 있는가 하는 문제에 대해서도 연구하고 토론하고 있습니다. 이원우 선생은 「아동문학의 예술성 제고를 위하여」라는 제목으로, 백석 선생은 「나의 항의, 나의 제의」라는 제목으로, 기타 많은 아동문학 작가들이 잡지와 신문지상을 통하여 토론에 참가하고 있습니다.

뿐만 아니라 독자들의 광범한 의견을 듣기 위하여 지난 5월부터 설문을 조

---

22 백석, 같은 글.
23 『아동문학』 1956년 1월호에 「까치와 물까치」, 「지게게네 네 형제」를 발표했으며, 1957년에는 동화시집 『집게네 네 형제』를 출간했다. 「지게게네 네 형제」는 제목의 '게'와 '네' 자의 반복 배열에서 오는 혼란이 거슬렸는지 책으로 출간할 때 내용을 조금 손질하고 제목을 「집게네 네 형제」로 바꾸었다.

직하고 독자들의 목소리를 듣고 있습니다. 『아동문학』 독자들로부터만 하여도 400여 통의 좋은 의견들이 들어왔습니다.

이렇듯 조선작가동맹에서는 제2차 작가대회를 성과적으로 맞이하기 위하여 여러 가지 사업을 진행하며, 자기 사업을 총화하고 있습니다.

이번 열리는 제2차 작가대회는 앞으로 우리 문학의 발전을 위하여 큰 기여를 할 것이며, 어린 동무들의 사랑을 받고 있는 아동문학의 발전에도 크게 이바지할 것입니다.[24]

이원우와 백석이 토론문을 작성하고 있다는 사실이 기록되어 있다. 이원우의 글은 대회 토론문으로 채택되어 『제2차 조선작가대회 문헌집』(1956)에 실리고, 백석의 글은 『조선문학』(1956.9)에 실린다. 곧 두 글이 모두 작가대회 개최일자보다 먼저 작성되어 광범한 토론이 조직되고 있었음을 짐작할 수 있다. 백석의 토론문 「나의 항의, 나의 제의」는 제목이 가리키듯 주류의 문제점을 확실하게 비판하고 나선 첫 번째 포문이라 할 수 있다. 이 글은 유연옥의 동시 「장미꽃」(『아동문학』, 1956.3)을 실패로 규정한 아동문학 분과회의의 평가결과에 대한 본격적인 반론의 성격을 지니고 있다.

백석은 다만 '벅찬' 현실이 그려지지 않았다는 이유로 유연옥의 「장미꽃」을 실패작이라 내친 아동문학 분과 1·5분기 작품총화회의 보고에 대해 강력히 항의했다.

그러면 우리는 이 '벅찬' 현실을 무엇으로 이해하여야 할 것인가? 이 보고의 작성자인 아동문학 분과위원회와 이 보고를 지지한 사람들은 이 '벅찬' 현실을 기중기와 고층건물과 수로와 공장굴뚝들로써 상징하려고 하였음이 분명하다.

---

24 『아동문학』, 1956.9, 16쪽.

작품에서 벅차다는 것은 현실의 일정한 면에만 있는 그 어떤 속성이 아니라 생활상의 빠포스의 문제이며, 현실 생활을 감수하는 시인의, 즉 개성이 감도는 문제이다. 그러므로 고조된 건설이나 투쟁에도 강렬한 빠포스는 있으므로 벅찬 것이다. 이렇게 볼 때 그 어떤 현실의 일정한 면만이 벅찬 것이며 이외의 현실 면들은 죄다 벅차지 않을 것이라는 견해는 문학 창조에서와 마찬가지로 문학 평가의 길에서 커다란 오류로 될 것임이 틀림없다. 기중기에도 건설장에도 벅찬 현실은 있으며 벅찬 시는 있는 것이고, 장미꽃에도 교실에도 벅찬 현실은 있으며 벅찬 시는 있는 것이다.[25]

이어서 백석은 "전형적인 것을 다만 당해 사회적 역량의 본질의 구현이라고만 고찰하는 것은 예술 작품에서 생활의 개별적인 다양성을 상실하고, 예술적 형상이 아니라 도식들을 창조하는 결과를 초래한다"는 『꼼무니스트지』 1955년 18호의 권두논문'을 인용해 보임으로써 자신의 주장이 시대의 전형성을 무시하자는 것이 아님을 뒷받침했다. 그의 주장의 핵심은 전형의 문제를 협애하고 일면적으로 파악하는 '사회학적 비속주의'를 벗어나자는 것이라 할 수 있다. "아동들의 완전한 교양"을 위한다면 기중기가 있는 건설장을 다룬 시뿐 아니라 장미꽃이 있는 교실을 다룬 시도 함께 보여줘야 한다는 것이다.

백석은 오해를 피하기 위해 사회주의 교양을 의도하는 목적만큼은 시비의 대상이 아님을 확실한 전제로 깔아두었다. 즉 '장미꽃'을 배제한 채 '기중기'만을 교양으로 여기는 태도는 일면의 교양에 지나지 않는다. 이는 감성과 정서를 배제한 채 용감성과 완강성을 외쳐대는 것과 다르지 않다. 그래서 백석은 "진실로 높은 감성의 도야 없이, 아름다운 정서의 연마 없이 어떻게 진실로 용감해질 수 있으며, 어떻게 진실로 완강해

---

25 백석, 「나의 항의, 나의 제의」, 『조선문학』, 1956.9.

질 수 있을 것인가. 어떻게 숭고한 인간의 힘에 신복할 수 있으며 어떻게 거대한 인간의 힘을 발현할 수 있을 것인가!"하고 힘주어 말하고 있는 것이다.

백석이 유연옥의 동시 「장미꽃」을 들어 항의를 표하는 이유는 분명해 보인다. '사회학적 비속주의'가 문학과 정치의 관계를 그릇 이해함으로써 문학을 고갈시키고 있음을 공격하고 나선 것이다. 백석은 동시인들이 기중기라는 한 길로만 노래한다면 아동시의 다양한 테마의 세계가 좁아질 수밖에 없고, 결과적으로 아동들의 감정과 정서의 세계가 좁아질 수밖에 없으니, 이것은 문학의 고갈을 의미한다면서, 「장미꽃」이 유해로운 실패작으로 간주되는 것은 "일면적인 '벅찬' 현실의 도식화된 사회학적 내용을 가지라는 것"밖에 아니 된다고 거듭 항의했다.

> 현실의 벅찬 한 면만을 구호로 외치며 흥분하여 낯을 붉히는 사람들의 시 이전인 상식을 아동시는 배격한다. 인간과 인성을 무시하려는 무지한 기도를 아동시는 타기한다. 시는 깊어야 하며, 특이하여야 하며, 뜨거워야 하며 진실하여야 한다.[26]

이렇듯 백석이 강도 높게 '사회학적 비속주의'에 항의를 표하는 이유는 문학을 제자리에 올려놓고자 하는 안간힘인바, 그의 주장은 자연스럽게 형식과 기교에 대한 응분의 관심을 촉구하는 제의로 이어진다.

> 시에서 교양성의 노출, 상식적인 사회학적 성격의 노출만에 편중하는 경향은 예술성을 거부하는 기교 무시의 형태로도 나타난다. 기교 무시는 언어의 분식도, 시의 산문에로의 타락도 한 가지도 경계하거나 배격하거나 하는 일이 없

---

26 백석, 같은 글.

는 데서 나타난다. 형상은 되었거나 말았거나 시의 주제가 노력전선에 관한 것이라면, 즉 협동조합이나 공장에 관한 것이라면 깊은 내면에의 추구 없는, 감동과 절연된 도금한 말의 나열을 가리켜 시라고 하며, 좋은 시라고 하며, 시로서 가져야 할 자랑스러운 제약이 무시된 산문의 토막토막을 가리켜 시라고 하며, 좋은 시라고 하는 경향이 있음을 부인할 수는 없을 것이다.[27]

그런데 이곳에서 밝혀지는바, 아동문학 분과 1·4분기 작품총화회의에서는 석광희의 동시 「기중기」를 성과작이라며 통과시켰다. 백석은 이 「기중기」를 보기로 들어서 "탄력 있고, 압축되고 긴장되고 그리고 음악적 율동에 찬 언어를 찾아보기 힘들다"면서 1·5분기에서 실패작으로 판정한 유연옥의 「장미꽃」과 대비시켜 논의를 전개한 것이다. "많은 작품과의 비교 속에서 우열을 결정하는 자리에서, 오로지 현실의 사회학적 면만을 고려하고 예술의 예술로 되는 근본 소의, 문학의 문학으로 되는 근본 소의인 기교를 무시하거나 망각할 수가 있을 것인가?" 하는 백석의 질타는 사회주의 문학도 문학의 자리에서 검토가 이뤄져야 함을 강조한 것으로, 상식적이지만 발본적인 문제제기에 해당한다.

(2) 학령 전 아동문학 논쟁

'사회학적 비속주의'에 항의하는 백석의 문제제기는 제2차 작가대회의 자기반성적 토론 분위기에 비추어 폭넓은 공감을 얻을 수 있는 내용이었다. 하지만 반종파투쟁이 여전히 펼쳐지고 있는 또 다른 맥락에서는 이런 문제제기가 전선에 혼란을 주어 주류의 입장을 위태롭게 만드는 것이 아닐 수 없었다. 문단의 권위가 문학성보다는 정치성에 의해 좌

---

27 백석, 같은 글.

우되는 판이고 보니, 성숙한 관점이 아니라 정치적 판단으로 문제를 해결하려는 단속의 움직임이 위로부터 나타났다. 아동문학 분과위원장 이원우는 다양성의 옹호가 목적성을 흐리게 한다는 우려에서 기존 입장을 대표하려 들었고, 여기에 대해 백석이 자신의 뜻을 굽히지 않자 일정한 긴장이 조성되었다. 그런데 문제를 한층 단순화해서 예각적으로 표출한 이순영의 발언이 계기가 되어 새로운 논쟁 국면이 펼쳐지게 된다. 1957년 한 해 동안은 '학령 전 아동문학에서 교양과 인식 그리고 사상 문제를 어떻게 봐야 하는가'를 두고 뜨거운 논쟁이 전개되었다. 이 논쟁은 이순영의 발언을 계기로 양쪽 진영이 확대되었지만 기본적으로는 백석의 문제제기를 어떻게 해결할 것이냐에 관한 것이었다. 학령 전 아동문학 논쟁의 전말을 살필 수 있는 글들은 다음과 같다.

—유도희, 「작품에 시대정신을 반영하자」, 『문학신문』, 1957.2.28.
—기자, 「주제를 확대하자」, 『문학신문』, 1957.4.18.
—이원우, 「유년층 아동들을 위한 시문학에 있어서의 빠포스 문제와 기타 문제」, 『문학신문』, 1957.5.23.
—백석, 「아동문학의 협소화를 반대하는 위치에서」, 『문학신문』, 1957.6.20.
—이진화, 「아동문학의 정당한 옹호를 위하여」, 『문학신문』, 1957.6.27.
—백석, 「큰 문제, 작은 고찰」, 『조선문학』, 1957.6.
—김명수, 「아동문학에 있어서 인식적인 것과 교양적인 것」, 『문학신문』, 1957.7.18.
—이효운, 「최근 아동문학에 관한 론쟁에 대하여」, 『문학신문』, 1957.8.22.
—박세영, 「학령 전 아동문학에 대하여」, 『조선문학』, 1957.9.
—기자, 「아동문학의 전진을 위하여」, 『문학신문』, 1957.10.3.

북한에서 논쟁이라고 이름 붙일 수 있는 아동문학의 논쟁은 '학령 전 아동문학' 논쟁 하나뿐이기도 하거니와 이 논쟁은 백석에서 시작하고 백석에서 끝났다고 해도 과언이 아니다. 백석은 1956년 제2차 작가대회와 더불어 아동문학 분과위원회에 소속했으며, 『아동문학』의 편집위원을 맡았고, 아동문학 창작활동에도 열심이었다. 그러면서 기존의 풍토에 항의하는 아동문학론을 발표해서 논쟁을 촉발하는 한편, 논쟁을 지속시키기 위해 자신이 또한 편집위원으로 있는 『문학신문』에 지상토론의 자리를 마련하기도 했다. 이 논쟁은 『문학신문』뿐 아니라 『조선문학』으로도 이어졌다. 그만큼 중요한 의미를 띤 논쟁이라고 할 수 있다.

백석이 아동문학 분과의 작품총화회의를 걸어서 문단에 던진 「나의 항의, 나의 제의」에 대해서는 누구도 구체적인 응답을 하지 않았다. 무엇보다도 제2차 작가대회에서 불거져나온 문학행정 전반에 관한 불만을 해결하는 일이 화급했기 때문일 것이다. 그렇지만 아동문학 분과에서는 어떤 식으로든 해결을 지어야 할 사안이었다. 당시 아동문학 분과위원장은 이원우였다. 그런데 이원우도 제2차 작가대회의 토론 자리에서 부정적 인물 형상을 금기시해 온 오류를 지적하면서 긴박성이 있는 작품을 써야 한다는 것, 그러기 위해서는 작가적 권리와 자유를 보장해야 한다는 주장을 펼친 바 있다. 물론 그의 주장은 "그 갈등이 아동교양에 이바지하는 이상, 우리들의 원칙이 어그러지지 않는 이상"이라는 단서를 붙임으로써 거의 일탈로 나아갈 여지를 두지 않았지만, 어쨌든 기존 관행에 비판적인 목소리를 낸 것만은 사실이었다. 게다가 백석은 이원우의 작품을 호평해 온 편이었다. 책임당사자가 백석의 문제제기에 곧바로 응답하지 않은 배경에는 이런 여러 정황이 놓여 있었다. 그러나 백석의 주장을 아동문학 분과에서 받아들이는 방향으로 나아가지 않는 이상에는 그냥 지나칠 수 없는 첨예한 문제가 제기된 상태였다. 말하자면 백석이 던진 「나의 항의, 나의 제의」는 유예 상태로 남아 있었던 것이다.

해가 바뀌자 사정이 바뀌었다. 1957년 무렵부터 반종파투쟁이 다시
고개를 들었다. 여기에서 아동문학 분과위원장 이원우가 택한 방향은
원칙으로 돌아서는 것이었다. 아동문학 분과 확대위원회의 회의 결과를
정리한 「작품에 시대정신을 반영하자」에 따르면, 1957년 2월 20일 아
동문학 분과 확대위원회가 개최되어 '당과 국가 정책을 작품에 어떻게
반영시킬 것인가?' 하는 문제를 중심으로 토론을 벌였다. 이날의 보고
에서 분과위원장 이원우는 "최근에 나타난 일련의 결함들에 대하여 지
적"했는데, 여기서 일련의 결함이란 백석을 필두로 원칙을 흐리게 하는
일탈 조짐을 가리키는 것이다.

제2차 작가대회에서 도식주의를 퇴치할 데 대한 문제가 중요하게 논의된 것
은 어디까지나 우리 문학의 당성을 고수하며 사회주의 사실주의의 기치를 더
욱 높이기 위해서였다. 그러나 일부 아동문학 작가들 중에는 도식주의를 극복
하는 길이 마치 주제 선택 여하에 달려 있는 듯이 곡해하고 시대정신을 망각하
는 경향이 있다. 물론 우리 문학은 다종다양한 내용, 쓰찔, 개성들을 가지고 창
작할 것을 요구하고 있다. 그러나 그것은 어디까지나 우리의 시대정신을 거부
하지 않는다.[28]

"도식주의를 극복하는 길이 마치 주제 선택 여하에 달려 있는 듯이
곡해"했다는 말은, 구체적인 언급이 없을 뿐이지, '기중기'와 '장미꽃'
을 들어서 전자만을 '벅찬' 현실로 인정하는 평가태도에 항의를 제출한
백석을 직접적으로 겨냥하고 있다. 결국 백석의 주장은 "시대정신을 망
각하는 경향"이라고 비판된 꼴이다. 백석은 "다종다양한 내용, 쓰찔, 개
성"에 무게중심을 두고자 했으나, 이원우는 "시대정신" 쪽으로 다시 무

28 유도희, 「작품에 시대정신을 반영하자」, 『문학신문』, 1957.2.28.

계중심을 옮겨놓은 것이다.

백석도 보충보고를 했다. 「아동시에서의 몇 가지 문제」라는 백석의 보고에 대해 정리기록자는 "아동문학에서의 도식주의를 분석한 다음 아동 시단에서 해결해야 할, 학령 전 아동들을 위한 작품 창작 문제와 아동시에 있어서 민족적 특징을 살리는 문제, 그리고 동시에 있어서 과학 정신의 배양 등 문제를 제기하였다"고만 쓰고 있다. 그런데 토론에 참가한 이순영이 쟁점을 뾰족하게 드러내는 발언을 한다.

이순영은 학령 전 유년층 아동들을 위한 문학 작품 문제를 토론하면서 유년층 아동들에게 사회사상을 강요할 수 없으며 오직 그가 살아가는 주위 환경의 모든 사물에 대하여 서정적으로 노래함으로써 유년들에게 그에 대한 인식적 교양을 줄 수 있다고 강조하였다. 그리고 만일 이런 견해가 거부된다면 우리의 아동문학은 구호의 제창이나 만세식 작품들로 되돌아갈 수 있을 것이라고 말하였다.[29]

회의 결과를 정리한 글이라서 정확한 내용은 알 수 없지만, 토론자 이순영은 백석의 보충보고에 고무받아 한 발 더 나아갔을 것으로 짐작하기에 무리가 없다. 백석의 「나의 항의, 나의 제의」와 비슷한 내용이기 때문이다. 단지 토론을 정리한 글인 탓에 조심스러운 전제와 단서 같은 것이 반영되지 않았을 뿐이다. 이 밖에도 박린과 강효순은 "교양적 내용 있는 작품을 사상성이 노출되지 않도록 어떻게 형상하느냐가 중요한 문제라고 말하였다." 이는 이원우와 백석의 중간 정도에 위치한 발언이라고 볼 수 있다.

1957년 4월 23일과 24일 양일간 아동문학 분과위원회 연구회에서 학

---

29 유도희, 같은 글.

령 전 아동들을 위한 유년 동요, 동시 창작에서 제기되는 문제들이 다시 토의되었다. 그런데 이 자리를 위해 준비된 보고문은 모두 백석과 이순영을 비판하는 내용이다. 이원우의 「유년층 아동들을 위한 동요, 동시에서의 빠포쓰 문제와 기타 문제」, 박세영의 「아동문학의 혁명적 전통과 오늘의 학령 전 아동문학에 대한 몇 가지 문제」, 김순석의 「유년동요에서의 사상성 문제」 등이 그것들이다. 발표자 선정에는 어느 정도 '주최측'의 의도가 반영되었을 것이다.

이 회의를 정리한 「주제를 확대하자」란 글에 따르면, 양일간의 토론이 논쟁적인 주제에만 국한되었던 것은 아니다. 그렇지만 역시 핵심은 백석과 이순영을 겨냥한 내용들이다. 먼저 이원우는 유년들에게 '시대생활' '웃음' '노동' '환상' 등을 어떻게 보여주어야 할까 하는 문제를 가지고 보고를 했다. 그는 이 문제에 대해 두 가지로 나누어 의견을 내놓았는데, "그 하나는 어디까지나 유년층 아동들의 연령 특수성에 의거해야 한다는 것과 다른 하나는 우리의 시대정신을 유년층 아동 작품에서도 노래 부를 수 있다는 것이다." 이원우는 이순영의 「고양이」(미발표작품)와 「소꿉놀이」, 백석의 「멧돼지」, 「산양」, 「기린」 등을 예증 분석하면서 교양을 위한 의도의 불투명성을 짚었다. 즉 "「고양이」는 사실을 보여준 데 불과하며 성장하는 유년층 아동들을 위하여 무엇을 보태어 주려는지 작가의 의도가 알 수 없으며 「소꿉놀이」는 아이들의 노는 현상은 있으나 그들의 생활을 이끌어 주려는 개조정신이 없다. 「멧돼지」는 내용이 명확하지 않아 아동들의 사고에 혼란을 줄 수 있지 않을까. 그리고 「산양」, 「기린」 등은 우리 시대의 어떠한 생활의 진실을 반영하려는 것인지 알 수 없다"고 지적했다.[30] 유년층을 대상으로 한 작품도 "생활을 이끌어 주려는 개조"의 교양을 주기 위해서는 분명한 의도, 목

---

30 기자, 「주제를 확대하자」, 『문학신문』, 1957.4.18.

적, 내용을 지녀야 한다는 것이다.

박세영은 '사회주의 사실주의'와 '사상성'을 내세워 더 한층 원칙적인 문제를 확인해 두고자 했다.

그(박세영; 인용자)는 우리의 유년층 아동문학은 철저히 사회주의 사실주의 창작방법에 의거해야 하는바 어디까지나 사상성을 강조해야 한다고 말하면서 만일 아직 사고할 줄도 모르는 단순하고 천진난만한 아동들에게 무슨 이데올로기를 요구할 수 있는가, 다만 아름답고 깨끗하고 취미 있는 것을 보여주며, 명랑하게 교양하면 되지 않는가고 한다면 그것은 마치 학령 전 아동문학 분야에서만은 사회주의 사실주의 창작방법이 적용되지 않는다는 견해와 같은 것이라고 지적하였다.[31]

유년층 문학에서의 "사상성" 문제는 이를 양자택일식으로 표현한 이순영이 표적이 될 수밖에 없지만 실은 그보다 앞선 백석의 문제제기와 연결되는 것이다. "아름답고 깨끗하고 취미 있는 것을 보여주며, 명랑하게 교양하면 되지 않는가" 하는 견해를 끌어내어 비판의 대상으로 삼고자 했을 때 떠오르는 것은 백석의 문제제기가 아닐 수 없다. 물론 백석은 문제를 양자택일식으로 제기하지 않았다. 그럼에도 박세영은 백석의 견해를 일도양단해서 곧바로 "사회주의 사실주의 창작방법"을 백석이 부정한 것처럼 몰아붙이고 있다. 그 또한 이원우와 마찬가지로 "동물을 생태나 습성만 보여줄 것이 아니라 동물들이 우리 생활에서 어떤 역할을 노는가 하는 관계를 형상하는 문제가 중요할 것"이라고 목적지향성을 요구했다. 이 점에서 "백석의 동화시 「까치와 물까치」, 「지게게네 네형제」 등은 성과를 거둔 작품이나 「멧돼지」, 「강가루」 그리고 김정태 작

---

31 기자, 같은 글.

그림동요 「여러 가지 동물」, 구본영 작 그림동요 「친한 동무」 등은 실패한 작품"이라는 것이다. 박세영의 글에서 또 하나 주목되는 것은 카프 시기 『별나라』를 중심으로 하는 프롤레타리아 아동문학 작가들의 투쟁을 언급하면서 혁명적 전통의 계승을 강조한 점이다. 박세영의 이력에 붙은 혁명적 전통의 권위는 백석의 이력에 붙은 문학적 권위를 충분히 압도하는 것이니 이 기회에 쐐기를 박아두려는 저의가 엿보인다.

김순석의 견해도 이원우, 박세영과 별반 다를 바 없다. 그는 "자기보고의 서두에서 '유년동요에 사상성이 필요한가?' 하고 스스로 문제를 제기하고 이에 대하여 '반드시 있어야 한다'고 대답한 다음, 우리의 유년동요도 사회주의 창작방법에 철저히 의거해야 한다"고 주장했다. 이렇듯 동일한 입장의 보고만 세 개가 주어진 뒤에 토론에 들어갔다. 이순영과 백석의 반론도 만만치 않았다. 직격탄을 맞은 이순영은 "유년동요의 사상성 문제에 대한 비속 사회학적 견해를 반대"한다면서 "연령적 특수성을 고려하지 않고 인식적 단계에 있는 유년들에게 사상적 교양을 강요하는 것은 부당한 요구"라고 반발했다. 그는 또한 동물의 움직임을 진실하게 묘사 반영하여 아동들에게 동물의 생태나 습성을 인식시켜 줌으로써 동물에 대한 사랑을 느끼게 한다면 그것이 사상성이라고 해석을 달리했다. 이번에는 이순영도 백석처럼 "유년동요에서의 사상성 문제를 조급하게 좁은 측면에서만 보지 말고 넓게 여러 면에서 보아야 하며, 대담하게 주제의 세계를 넓혀야 한다"는 식으로 포괄적인 논리를 구사한 것이다.

백석은 "유년문학에서의 사상성이란 계급의식적인 것만을 의미하지 않으며, 높은 구마니즘, 선과 악에 대한 정확한 인식, 아름다운 것에 대한 지향, 낙천성, 애정 등 이 모든 것이 포괄된다"고 자신의 과거 주장을 이어갔다. 그의 논리는 배제가 아니라 상호공유점을 전제로 하면서 하나 더 생각할 거리를 보태는 식의 성숙한 관점에 서 있다. 유년문학의 사상성에 대해서도 "그 대상의 특수성으로 하여 극히 복잡한바 유년들을 혁명투쟁에로 직접 불러일으킬 수 없으며, 다만 옳을 것을 옳게 보고 아름다운 것을 아름답게 볼 줄 알도록 인간정신의 바탕을 닦아주는 것"을 의미한다면서 성인문학과 달라야 함을 강조했다. 백석은 유년문학의 영향과 역할에 대해서는 세 가지로 나누어 설명했는데, 이순영이 부인하듯이 말한 사상교양의 문제까지 포함시키고 있어 생산적인 논쟁으로 나아가고자 애쓰는 모습이 역력했다. 그가 말한 세 가지는 "첫째는 주위 사물을 인식시켜 주는 인식적 역할인바 이것은 유년들의 인식의 세계를 넓혀주는 것이며, 둘째로 교양의 역할인바 이것은 모랄의 교양과 계급의식의 교양으로 고려할 수 있으며, 셋째로는 구마니즘에 입각해서 주위 사물을 처리할 수 있도록 풍만한 정서로써 교양하는 기능"이다. 그런데 "인식적 단계에서 계급의식을 요구할 수 없다고 역설"했다는 것으로 보아 이순영과 동일한 입장인 것은 틀림없다.

이렇듯 두 개의 입장이 명백히 대립하는 가운데서도 백석의 논리가 한끝으로 치닫지 않는 유연성을 보였기 때문인지 어느 일방의 승리로 비치지 않게끔 토론이 정리되었다. 분과위원장 이원우는 "금번 연구회를 통해서 동물의 생태나 습성만을 반영하는 것도 유년들의 인식적 역할을 높이는 데 도움을 준다는 문제를 해결하였다"고 했으며, 부위원장 윤두헌은 "인식이란 다음 실천의 전제로 되느니만큼 유년들에게 사물을 인식시키는 것은 무사상한 것 아니"며, "백석의 일련의 작품들이 새 분야를 개척한 새로운 시도인 만큼 조급하게 단정할 것이 아니라 계속 발전시켜야 한다"고 말했던 것이다.

학령 전 아동문학 논쟁은 유년문학에서 사상 또는 시대정신을 어떻게 반영해야 할 것인지의 문제로 떠올랐는바, 유년을 위한 문학에서도 '개조의지' 곧 사상적·계급적 목적의식이 분명해야 한다는 쪽과 그런 목적의식이 사회학적 비속주의를 초래하는 것을 경계해서 유년을 위한 문학은 사물에 대한 기초적 인식과 보편적 휴머니즘의 정서를 중시해야 한다는 쪽으로 의견이 나뉘어졌다. 논쟁이 구체적인 작품 평가와 더불어 진행된 점은 고무적이지만, 평가의 대상이 된 작품들이 각각의 견해를 확실하게 뒷받침할 만한 것이었는가의 문제가 뒤따른다. 『문학신문』에 발표된 이원우의 분과회의 보고문을 보면 논의의 초점이 되고 있는 작품은 이순영의 「고양이」와 백석의 「멧돼지」, 「산양」, 「기린」 등이었다. 이원우가 전문 인용한 작품은 다음 3편이다.

고양이 야옹
낮잠 깨었네
처마 끝 참새 한 놈
조금 흘기고
돌개바람
팽그르르

도는 바람을
쪼르르 쫓아가
재롱 피구요
독 뒤에 야옹
쥐 잡아가네

—이순영, 「고양이」 전문(미발표)

곤히 잠든 나를
깨우지 말라
하루 온종일
산비탈 감자 밭을

다 쑤셔놓았다

소 없는 어느 집에서
보습 없는 어느 집에서
나를 데려다가 밭을 갈지 않나?

—백석, 「멧돼지」 전문, 『아동문학』, 1957.4

누구나
싸울 테면 싸워보자
벼랑으로 오너라
벼랑으로 오면
받아 넘길 테니

싸울 테면 오너라
범이라도 곰이라도
다 오너라
아슬아슬한 벼랑가에
언제나 내가 오똑 서 있을 테니

—백석, 「산양」 전문, 『아동문학』, 1957.4

이원우는 이들 작품에 대해 하나씩 결함을 짚었다. 핵심부분을 발췌
하면 이러하다. ① 이순영의 「고양이」는 시정신이 약하다. 실재적 사실
이상의 것이 없다. 시인이 발견한 것을 첨가하지 못한 채 다만 아름다운
언어로써 사진 한 장 찍었을 뿐인 관조적인 것밖에, 그것을 통하여 주려
는 그 어떤 것도 명백하지 않은 시라고 본다. ② 백석의 「멧돼지」는 멧
돼지를 좋다고 했는지 나쁘다고 했는지 아동들 지각으로는 아리숭하여

분간할 수 없게 되었다. 남의 감자밭을 쑤셔놓고도 그것을 장한 일이나 한 줄 생각하고 이러쿵저러쿵하는 자를 조소하는 정신을 강하게 역점을 찍어주지 못한 데 그 결함이 있으며 작가가 아동들에게 주려고 한 시정신이 분열된 데 그 결함이 있다. ③「산양」도 모호하게 표현되었다. 즉 "누구나 싸울 테면 싸워보자"의 목소리가 "오똑 서 있을 테니"보다 크게 들린다. "오똑 서 있을 테니"와 함께 자기노력으로 행복하게 사는 산양의 측면이 강조되면서 "그러나 네놈들이 쳐오면 나는 이렇게 막겠다, 즉 벼랑으로 차 물리겠다"로 노래되었으면 명확하게 되었으리라고 생각한다.

인용한 작품을 읽어보면 알 수 있지만, 이원우의 지적은 어느 정도 타당하며 설득력 있는 논리를 갖추었다. 이원우의 관점에서 「고양이」는 실재적 사실 이상이 없고, 「멧돼지」와 「산양」은 전달하려는 바가 다소 불명확하다. 문제는 이런 결함을 해결하는 방안으로 시대현실과의 연관을 명시적으로 드러내는 사상성과 교양성을 강조하려는 데 있다. 「고양이」는 동심으로 그려낸 실재적 사실만으로도 의의가 있고, 「멧돼지」와 「산양」은 다른 시들에서 맛보기 힘든 독특한 긴장을 지니고 있다. 이원우가 "어린 독자들은 「산양」을 통하여 산양만 보는 것이 아니라 자기가 지니고 있는 생활감정을 가지고 자기가 아는 범위의 우리 시대의 생활을 연상해 본다"면서 시인은 "그 연상과정을 도와주는 측면에서" 묘사를 해야 한다고 말한 것은 일견 타당해 보일지라도, 실제 그 효과는 백석이 참을 수 없어 하는 상투성에 빠진 천편일률적인 교훈시를 긍정하는 쪽으로 작용하게 되는 것이다.

백석은 「큰 문제, 작은 고찰」(『조선문학』, 1957.6)에서 "우리 아동문학은 혁명적인 아동문학"이고 "우리 아동들은 혁명기의 아동들"임을 전제로 한 뒤에, 그러나 "예술 작품이 가지는 사상의 질도 정치적 요소도 높은 예술적 수준"이 요구된다면서 '예술적 높이'에 강조점을 찍고 나왔다. 그는 "현실을 '가장 좋은 상태'에서 묘사하려는 의도"가 "생활 재료를 일정한 규범에 의하여 처리하는 경향"과 "작품을 도해하는 그릇된 결과"를 낳고, 따라서 "흥미 있는 생활적 제재를 가장 흥미 없는 도덕 교양의 자료로 떨어지게 하는 직선적이며 반형상적인 교훈주의를 초래"한다고 보았다. 긍정적 모범과 교훈적 의도를 분명하게 내세우기만 하면 좋다고 하는 '사회학적 비속주의'를 비판한 것이다. 그는 '환상'과 '흥미', 특히 유년들을 위한 문학에서는 '웃음'의 요소를 중시해야 한다고 주장했다. 그리하여 「큰 문제, 작은 고찰」은 아동문학에 대한 그의 관점을 큰 테두리에서 제시한 글이다.

백석이 지상토론으로 다시 논쟁을 이어간 글은 「아동문학의 협소화를 반대하는 위치에서」(『문학신문』, 1957.6.20)이다. 이 글은 '최근 논란이 되고 있는 유년층 문학에 사상성과 교양성이 있느냐 없느냐' 하는 식으로 논의를 끌고가는 이원우를 대놓고 비판한 것이다. 백석은 "이 사상성, 교양성을 어떻게 이해하는가에 문제가 있다"면서, "이원우는 사상성을 정치성으로 사회적 의의로만 해석하며, 교양성을 도덕 교훈으로만 이해하는 것"이라고 공박했다. 이는 사상성과 교양성에 대한 "속학적 해석과 협소화를 의미"한다는 것이다. 이런 경직된 풍토에서 그나마 백석이 기댈 수 있는 것은 소련의 사례일 수밖에 없었다. 그는 마르샤크, 아·바르또 등의 작품을 예로 들면서 명랑성과 낙천성, 웃음과 장난 등의 요소가 어린이에게 얼마나 중요로운가를 밝혔다. 그리고 이러한 관점에서 이순영의 「고양이」가 지닌 작품적 가치와 의의를 긍정해야 한다고 역설했다. 그는 자신의 작품 「산양」과 「기린」에 대한 이원우의 일면적 해석도 수긍할 수 없다면서 협소화에 반대하는 의견을 개진했다.

백석이 아동문학 분과위원장 이원우의 주장을 정면으로 반박하는 글을 발표하자 이진화·김명수·이효운·박세영 등이 다시 백석을 비판하는 글을 잇달아 발표했다. 이진화는 「아동문학의 정당한 옹호를 위하여」(『문학신문』, 1957.6.27)에서 그 또한 마르샤크의 다른 작품을 들어 백석의 주장을 뒤집었다. 이진화는 마르샤크의 작품이 지니는 교양적 의의는 "고양이와 행동 그 자체인 것이 아니라 그 뒤에 아동들의 생활이 반영되어 있는 때문"에 나오는 것임을 밝혔다. 사회주의 리얼리즘의 창작방법을 주장한다면, "있는 그대로"의 동물습성을 보여주고 "미적 감흥"이니 "넓은 의미의 교양성"이니 말하는 것은 어불성설이라는 것이다. 이 글에서 이진화는 백석의 『집게네 네 형제』는 일정한 성과를 거둔 것이지만 「멧돼지」 등 동시 4편은 그렇지 않다면서 그 원인을 '목적'과 '지향성'의 후퇴에서 찾았다.

김명수는 「아동문학에 있어서 인식적인 것과 교양적인 것」(『문학신문』, 1957.7.18)을 통해 학령 전 아동문학에 관한 논의 전체를 짚어보는 논평을 시도했다. 그는 우선 '유년들에게 사상적 교양을 강조하는 것은 부당한 요구'라는 이순영의 주장은 옳지 않다고 지적하고, 여기 공명을 표시한 백석의 주장 가운데 '인식적 단계에서 계급의식을 요구할 수는 없다'는 부분에 문제가 있다고 했다. 오히려 그는 "정치사회적인 것, 계급적인 것에 대한 백석의 견해가 대단히 협소하며 속학적 경지에 머물러 있는 것처럼 생각된다"면서 "혁명을 말하고 투쟁을 부르는 것만이 정치사회적인 것이 아니며 지주 자본가를 때려부수자 하는 구호만이 계급적인 것이 아니"라고 공박했다. 봄에 꽃이 피고 나비가 날고 해가 뜨고 달이 지는 것은 정치사회적인 것이 아니지만 "그러한 현상을 보는 인간의 눈과 심장은 계급적인 것"이라는 말이다. 이는 온당한 지적이며, 백석과도 접점을 찾을 수 있는 견해이다. 그렇지만 김명수 또한 세계관과 계급적인 문제에서는 현저히 편향성을 드러내고 있다. 그는 식민지시대 방정환의 동요 「여름비」와 박세영의 동요 「구름을 모으는 마음」을 예로 들어서, 사치스럽고 관조적인 그림에 불과한 전자는 부르주아적 감정의 표현이고, 가난한 농민의 자식의 초상을 그린 후자는 프롤레타리아 감정의 표현인바, 이런 점이 세계관과 계급적 성격의 차이를 보여주는 것이라고 일갈했다. 그러므로 "이데아의 선명성과 명백성을 강조한 이원우의 견해나 인식과 지향성을 분리하지 말 것을 요구한 이 진화의 견해는 정당하며 이순영의 「고양이」나 백석의 「멧돼지」 등이 시비 대상으로 된 것은 당연하다"는 것이다. 그는 백석과 이순영의 견해에서도 받아들일 점과 그렇지 못한 점이 섞여 있다고 보는 입장이지만, 관조적인 것에 대해 비판하는 입장에서 다시 남조선의 윤석중과 강소천의 동요를 들어 "소위 순수 아동심리 철학에 의거"하고 있는 이색적인 것이 "연령적 특수성이라는 기치 밑에 우리 대열 내에 기어들어서는 안 된다"고 못을 박았다. 그런데 이처럼 식민지시대나 남조선의 상황을 들어 이데올로기 전선을 부각시키는 논리가 등장하면 선명한 계급성이 우위에 서게 마련이다.

이효운 또한 「최근 아동문학에 관한 논쟁에 대하여」(『문학신문』, 1957.8.22)에서 식민지시대 박세영의 동요 「할아버지의 헌 시계」와 윤석중의 동요 「누가 먼저 알았나?」를 비교하면서 세계관의 문제를 제기했다. 그러고는 논란이 된 이순영과 백석의 유년동시는 "흥미와 웃음의 견지에서 보아도 그렇게 건전하다고 할 수 없다"면서 특히 『집게네 네 형제』에서 보는 것처럼 "어린이들에게 생물 세계를 인식시키는 동시에 훌륭한 교양을 줄 수 있는 조선적인 정서 깊은 창작"을 내놓은 백석이 최근 일련의 작품에서 "불안스런 경향으로 나아가고 있는 것은 유감스러운 일"이라고 그 사상적 후퇴를 짚었다.

박세영은 「학령 전 아동문학에 대하여」(『조선문학』, 1957.9)를 발표해서 최근 공통적으로 나타나는 문제점으로 '무사상성' '교조주의' '주관주의적 경향'을 들었는데, 이 중에서 첫 번째가 백석을 향한 것이다. 그는 쟁점을 지나치게 단순화하는 탓에 비약적인 논리로 상대 주장을 압박하는 폭력적인 언사를 구사한다. 그의 주장을 따라가다 보면 백석은 부르주아 문학의 옹호자일 수밖에 없다. 곧 "아동들은 천진난만하니 그들에게 무슨 이데올로기를 요구하랴, 그저 아름답고 깨끗하고 재미있는 것을 보여주며 명랑하게 교양하면 되지 않는가 하는 입장"이란 "학령 전 아동문학 분야에서만은 사회주의적 사실주의 창작방법을 적용하지 않아도 무방하다는 견해와 같다는 것으로 된다." "그것은 마치 유년층만은 오늘의 우리 사회에서 살지 않고 어떤 다른 사회에서 사는 것처럼 생각하는 것이나 무엇이 다르랴. 즉 다른 사회라면 무엇을 말하는가. 그것은 두말할 것도 없이 우리의 적대 진영인 부르주아 사회 이외에 다른 것은 없을 것이다." "그러므로 학령 전 아동문학 부문에서만 사회주의적 사실주의 창작방법의 무기를 놓는다는 것은 부르주아 문학의 창작방법인 형식주의, 순수예술과 상통하는 것이며 나아가서는 부정적 역할을 놀 수 있는 것으로 된다." 박세영 역시 백석의 『집게네 네 형제』에 실린 작품들에 대해서는 긍정하지만, 「멧돼지」를 비롯한 일련의 동물시편들에 나타나는 무사상성에 대해서는 더 이상 용납할 수 없다는 견해를 피력하고 있는 것이다. 이러한 논의는 구본영의 그림동요집 『친한 동무』와 김정태의 그림동요집 『여러가지 동물』 등 유행처럼 번지는 동물시편들이 도식화되는 경향을 띠고 있는 것과도 관련이 있다. 박세영은 이를 "동물사전의 주해와 다를 수는 없을 것" "피상적으로 자연현상 그대로 보는 태도" 등 "부르주아 사회에서나 볼 수 있는 낡은 사고방식이며 수법"이라며 문제를 간단하게 정리하려 들었다. 그리고 학령 전 아동들을 계급의식으로 교양하는 과업은 이미 카프 시기부터 제기되고 진행되었다면서 정청산의 동시 「어린이날은 광고날이라지」, 김우철의 동시 「화차」, 이원우의 동시 「세 발 달린 황소」를 들어 "영광스러운 혁명적 전통"을 내세웠다. 이렇듯 카프의 혁명적 전통을 등에 업은 박세영이 "오늘의 벅찬 사회주의 건설의 투사로서 당이 부르는 길에서 모든 낡은 사상 잔재를 불태워 버리고 진실로 인간 정신의 기사의 역할을 놀아야겠다"고 글을 끝맺고 있는 데에는 더 이상 맞서기 어려울 만큼 압도적이고 권위적인 힘이 있었다.

쌍방간 토론을 이어갈 수 있는 분위기는 오래 지속되지 않았다. 이순영과 백석의 논리를 비판하는 일련의 글들이 쏟아져 나오는 가운데, 1957년 9월 27일, 28일 양일간에 걸쳐 진행된 『아동문학』 확대편집위원회는 학령 전 아동문학 논쟁에 대한 결산의 성격을 띤다. 쌍방간에 문제가 해결된 것은 아니지만, 논쟁을 촉발하고 확대시킨 당사자 백석이 자기비판을 함으로써 일단락을 짓게 된 것이다. 이날의 확대편집위원회는 "박팔양, 윤두헌, 서만일 부위원장들과 『아동문학』 정서촌 주필, 아동문학 분과위원회 이원우 위원장을 비롯하여 편집 임원들, 작가, 시인들, 그리고 관계일꾼 등 다수가 참가하였다."[32] 기자가 정리한 『아동문학』 확대편집위원회의 정리 글에 따르면, 상반기 편집사업의 총화는, 아마도 정서촌 주필이나 이원우 분과위원장이 기본보고를 했을 수도 있으나 소개되지 않았고, 송봉렬이 산문 부문, 윤복진이 운문 부문에 대해 각각 보충보고를 하였다. 이 자리에서 윤복진은 "백석의 「멧돼지」에 대해 말한다면 아무리 조심성 있게 살펴보고 찾아봐도 무엇을 의도하였는가가 명확하지 않다"는 식의 발언으로 어느 때보다 신랄하게 비판했다. 그는 "자연이나 사물의 정확한 인식을 주는 것만으로서 유년 시문학에서 교양성을 줄 수 있다는 일부 부당한 견해들에 반박하면서 백석의 「강가루」를 예증하였다." 토론에서 강효순도 백석과 이순영의 일부 작품들을 비판하였다. 이렇듯 반대토론에 몰린 백석은 "인식적인 것이라고 해서 교양성이 없다고 말할 수 없다"는 기존의 주장을 굽히지 않았지만, 논란이 된 작품 「강가루」와 「멧돼지」에 대하여는 "자기가 노린 의도와는 달리 아이들의 이해력에 맞지 않았으며 독자에게 혼동을 주게

---

32 기자, 「아동문학의 전진을 위하여」, 『문학신문』, 1957.10.3.

한 데 대하여 자기비판"을 하지 않을 수 없었다. 정작 눈여겨볼 것은 회의를 마무리하는 주필 정서촌의 발언이다. 그는 "백석이 주장하는 유년층 아동문학에서의 인식적인 것과 교양적인 것을 분리하는 견해에 대하여는 모든 토론자들과 같이 반대한다"고 말함으로써 사실상 이 문제를 정리하려 들었다. 그러나 "인식적인 것과 교양적인 것을 분리하는 견해"라면 이미 살펴본바 백석의 주장과는 거리가 멀다. 사상성·계급성으로 무장한 정치적 흑백논리가 백석의 진의를 곡해해서 무대 뒤로 퇴장시키는 장면을 여기서 확인할 수 있다.

이후로 논쟁은 더 이상 지속되지 않는다. 동물시편에 관한 것으로 치자면 서만일의 동시집 『숲 속에서』(1958)를 부르주아 사상의 발로로 규정하고 청산할 것을 주장하는 이원우의 「아동 시문학에 나타난 부르주아 사상 잔재를 청산하기 위하여」(『조선문학』, 1959.9)가 나왔을 뿐이다. '동물편, 식물편으로 도합 30편의 시가 수록'되어 있는 서만일의 동시집에 대한 이원우의 비판은 "추악한 부르주아 사상"이라는 표현을 동원했을 정도로 적대적이다. 이 글에서 이원우는 1958년 10월 14일 김일성의 교시를 들어 "자기 내부에 남아 있는 부르주아 낡은 사상 잔재와의 투쟁을 더욱 줄기차게 진행해야 할 것"이라고 요구했다. 자세한 내막은 알 수 없지만, 서만일은 반종파 사건과 연루되어 숙청의 대상이 되었음이 분명하다. "한마디 강조하고 싶은 것은 시에 있어서의 당성 문제이다" "우리 모두가 하루바삐 자기 자신들을 공산주의 투사로 단련하지 않으면 안 된다"는 구절들이 가리키는바, 제2차 작가대회의 토론 분위기는 불과 이삼 년도 지나지 않아 완전히 경색되어 버린 것이다.

다행히 백석의 창작은 이후에도 계속되었다. 장형준의 「해방 후 아동문학의 찬연한 발전 노정」(『해방 후 우리 문학』, 조선작가동맹출판사, 1958)을 보면, "아동들을 위하여 그림을 붙여 발간한『네 발 가진 멧짐승들』"이란 백석의 작품집을 성과작으로 평가하고 있다. 1958년 6월 5일자

『문학신문』에도 학령 전 아동을 위한 그림책으로 백석의 『네 발 가진 멧짐승들』, 『물고기네 나라』가 함께 소개되고 있다. 한편 1962년 2월 27일자 『문학신문』에는 백석의 동시집 『우리 목장』을 서평 형식으로 소개한 이맥의 「아동들의 길동무가 될 동시집」이 실려 있다. 이들 동시집은 구해지지 않지만, 이로 미루어볼 때 백석은 『집게네 네 형제』를 포함해서 총 4권의 동시집을 펴낸 것이 확인되는 것이다. 따라서 백석은 자기비판으로 종결된 '학령 전 아동문학 논쟁'에도 불구하고 지금까지 알려진 통념과는 달리 숙청되지 않았다는 사실을 알 수 있다. 그가 1960년대에도 계속 활동할 수 있었던 요인을 몇 가지로 정리해볼 수는 있겠다. 백석은 첫째, 여느 아동문학인과는 구별되는 뛰어난 문학적 역량과 권위를 지녔다. 둘째, 평북지방을 연고로 하는 북한 토박이 시인이다. 셋째, 사상성 면에서 사회주의적 지향 자체를 반대하지 않는다는 점을 분명히 했다. 넷째, 정치적 이념성이 상대적으로 덜 첨예한 외국문학과 아동문학 방면에서 주로 활동했다. 물론 이것은 어디까지 추측일 뿐으로, 그의 말년까지의 행적에 대해 더욱 자세한 연구가 요청된다.

3. 『아동문학』 수록 작품의 경향

1) 월간 『아동문학』의 체제

정전과 함께 제반 문학제도가 정착됨에 따라 아동문학 부문도 본격적인 활동이 개시되었다. 작가동맹 아동문학 분과위원회가 비로소 안정적으로 자리를 잡았고, 작가동맹의 기관지 『아동문학』은 월간으로 발행되기 시작했다. 『아동문학』은 중간에 호수를 몇 번 거른 적은 있지만 지금까지 60년 이상 발행되고 있는 북한 아동문학의 역사적 증인과도 같은 잡지다. 『아동문학』 창간 열 돌을 맞이해서 나온 글들을 보면 이 잡지가 월간으로 전환되면서 더욱 커다란 의의를 갖게 되었음을 알 수 있다.

특히 1953년 7월 12일 우리 당의 배려에 의하여 소집되었던 아동문학 관계 자회의와 작가동맹 중앙위원회 제5차 상무위원회는 전반적인 조선 아동문학 발전에 커다란 전환점으로 되었을 뿐만 아니라 잡지 『아동문학』을 발전시킴에 있어서도 새로운 획기적 계기로 되었다.

종전에는 계간으로 되어 몇몇 아동문학 전문작가들의 동인지인 듯한 성격을 띠고 발행되었다면 이상 회의들이 있은 후 1954년 1월호부터는 월간 잡지로 출판하게 되어 필자 진영을 확대하는 동시에 아동문학의 활발한 발전을 기할 수 있는 조건들이 더 폭넓게 조성되었으며 오늘까지 통권 56호를 계속하게 되었다.[33]

그런데 1953년 7월에 당에서는 아동문학 작가들을 소집하고 협의회를 진행했다. 당은 아동문학 작가들을 더욱 보살펴주고, 더욱 고무해 주었고 특히 『아동문학』을 월간으로 발간할 데 대한 배려를 주었다. 아동문학 작가들이 창작을 더욱 왕성히 할 수 있는 길을 열어준 것이었다.

이렇게 하여 잡지 『아동문학』은 1954년부터 매달 출판되게 되었다. 이로부터 『아동문학』은 아동문학 작가들이 아동교양을 위한 작품을 마음껏 발표할 수 있는 '활무대'로 되었다. 즉 잡지 『아동문학』은 아동문학 작가들을 중심으로 아동교양에 이바지할 수 있는 문학잡지로 그 면모를 갖추면서 자기성격을 가지고 오늘에 이르기까지 발전해 왔다.[34]

위의 글들에서 밝힌 1953년 7월 12일에 소집된 아동문학 관계자 회

---

33 강효순, 「'아동문학' 창간 열 돌을 맞으며」, 『문학신문』, 1957.7.18.
34 이진화, 「'아동문학'이 걸어온 길」, 『아동문학』, 1957.7.

의의 일차자료는 구해지지 않지만, 여기에서 아동문학의 중요성이 강조
된 이래 제1차 작가대회를 통해서 특단의 조치가 취해졌음은 충분히 짐
작할 수 있다. 한설야·송영·박세영 등 중앙의 비중 있는 문인들이 아
동문학의 활성화를 위해 직접 지도에 나섰고, 이원우·송창일·강효순·
이진화 등이 분과위원으로 두각을 나타냈다.

기관지 『아동문학』은 1954년 월간체제로 바뀌면서 조선작가동맹출
판사에서 발행되었고 1959년 6월호까지 편집위원 명단을 일일이 밝혔
다. 1959년 7월호부터는 단순히 '편집위원회'라고만 적었다. 명단을 밝
힌 기간에 주필과 편집을 담당한 위원들은 다음과 같다.

기간	주필	편집위원
1954.1~11	김조규(책임)	김북원, 이원우, 박세영, 송창일, 윤두헌, 천청송, 강필주
1954.12	김조규(책임)	박세영, 송창일, 강필주, 강효순, 박태영, 김명수
1955.1~3	엄호석(책임)	박세영, 송창일, 강필주, 강효순, 박태영, 김명수
1955.4~ 1956.1	엄호석(책임) 윤시철(부)	박세영, 강효순, 김명수, 김학연, 송창일, 강필주, 송고천
1956.2~4	엄호석(책임) 윤시철(부)	박세영, 이원우, 강효순, 이진화, 김명수, 강필주, 이맥
1956.5~7	엄호석(책임) 윤시철(부) 김명수(부)	박세영, 이원우, 강효순, 이진화, 강필주, 이맥
1956.8~9	엄호석(책임) 김명수(부)	박세영, 이원우, 강효순, 이진화, 송봉렬, 백석, 이맥
1956.10~11	엄호석(책임) 김명수(부) 박혁(부)	강효순, 이원우, 이진화, 박세영, 백석, 송봉렬
1957.1~9	강효순(책임)	이원우, 이진화, 박팔양, 박세영, 신영길, 송고천
1957.10~12	정서촌(책임)	강효순, 이원우, 이진화, 박팔양, 박세영, 신경길, 송고천
1958.1~2	정서촌(책임)	강효순, 김진항, 이원우, 이진화, 박팔양, 박세영, 신영길, 송고천
1958.3~12	정서촌(책임)	강효순, 김진항, 이원우, 이진화, 박팔양, 박세영
1959.1~6	정서촌(책임)	강효순, 김진항, 이원우, 박세영, 송봉열, 윤복진

* 1957.12(통권 49호)는 입수하지 못함.

책임주필은 김조규·엄호석·강효순·정서촌 순으로 바뀌었다. 박세영은 한 호도 거르지 않고 편집위원으로 참여했음이 확인된다. 이 밖에 이원우·강효순·이진화가 비교적 오래 관여했고, 송창일은 초기에만 관여한 것으로 나타난다. 백석은 1956년 8월부터 약 반 년 동안 편집위원으로 참여했다. 이 무렵 그는 아동문학 평가에 있어서의 문제점을 제기하면서 학령 전 아동문학에 관한 논쟁을 이끌었다. 백석이 『아동문학』의 편집을 맡은 뒤로 한동안 동심 지향의 유년동시가 실리고 유머란이 신설되는 등 작은 변화가 이루어진다. 유머는 백석이 번역한 고리끼의 「아동문학론초」(『조선문학』, 1954.3)에서 중요하게 취급된 바 있다.

『아동문학』은 수록작품의 장르를 하나하나 밝혔다. '동요, 동시, 동화, 소년소설, 동극'이 기본 장르임은 예전과 다르지 않지만, 새로 '우화'가 등장했으며 그 밖에도 '유희동요, 구전동요, 가사, 서사시, 서정서사시, 동화시, 이야기, 옛이야기, 오체르크, 과학환상소설, 시나리오, 희곡' 같은 하위 장르 명칭도 나타났다. 한때 목차에 '시'와 '소설'이라고만 밝힌 적도 있지만, 이것은 아동문학 안에서의 '시'와 '소설'을 가리키기 때문에 각각 '아동＋시'와 '아동＋소설'을 줄인 말로 봐야 한다. 즉 아동문학 장(場)에서 쓰이는 '시'와 '소설'은 '동시'와 '소년소설'의 동의어인 것이다. 그런데 1950년대 이후 발행된 아동문학 이론서에는 '우화'가 '동화'와 어깨를 나란히 하면서 소개된다. 따라서 전후 시기부터 기본 장르에 '우화'가 새롭게 추가되었다고 볼 수 있다. 이는 교훈적인 것을 특히 강조되는 데 따른 변화일 것이다.

'유희동요'는 말 그대로 놀이와 함께 부르는 노래를 가리킨다. 그래서 유희동요라 붙인 작품은 노랫말과 악보 외에 놀이방법을 함께 소개한다. 유희동요는 취학 전 교육을 국가가 책임지고 유치원 시절부터 집단 활동을 중시하면서 발달한 동요의 하위장르라고 할 수 있다. '구전동요'와 '옛이야기'는 고전유산 계승사업을 본격화하면서 나타난 명칭으로 새로운 것이라 할 수 없고, '동화시'는 시적 형식에 동화적 내용을 담은 것으로 이것 또한 식민지시대부터 존속해 온 것이다. '가사, 서사시, 서정서사시, 오체르크, 과학환상소설, 시나리오, 희곡'은 아동문학에만 고유한 장르 명칭은 아니다. '이야기'는 오체르크와 함께 비교적 자주 등장하는데 실존 인물에 관해 들려주는 형식으로서 순수 픽션의 범주에 넣기는 어렵다. 전체적으로 볼 때 북한의 아동문학은 기본 장르가 분명하게 정립되어 있으면서도 유희동요, 서사시, 동화시, 만화영화시나리오 등의 창작이 활발해서 남한보다는 장르가 한층 고르고 다양하게 발달한 편이다.

『아동문학』은 어린이와 청소년 독자를 대상으로 하기 때문에, 평론은 특별한 경우를 제외하고는 『조선문학』이나 『문학신문』 같은 데에 발표되었다. 『아동문학』에는 작가와 문학사에 관한 이야기를 간혹 싣는 정도였다. 임화와 이태준 등 남로당 계열 문인들을 맹렬하게 비판한 윤시철의 「우리 문학의 원수들」이 1956년 4월호와 5월호에 2회 연재되었고, 카프의 전통을 강조한 김명수의 「투쟁 속을 걸어온 우리 문학」이 1958년 1월호부터 10월호까지 총 10회 연재되었다. 『집 없는 아이』, 『톰 소여의 모험』, 『허클베리 핀의 모험』 등 세계 아동문학에 대한 해제를 싣는 경우도 있었다. 한편, 독자의 이해를 돕기 위하여 간단하게 아동문학에 관한 지식을 설명해 주는 꼭지를 두기도 했다. '통신란'(박세영 「동요와 동시에 대한 차이」, 1954.6, 송창일, 「소년소설을 쓰려면 어떤 공부가 필요한가」 1954.7), '문학지식'(이원우, 「동요와 동시를 어떻게 감상할 것인가?」, 1964.2, 황민, 「동화를 어떻게 읽을 것인가?」, 1964.3), '아동문학소사전'(「동요와 동시」, 1964.8, 「우화」, 1964.9) 같은 꼭지들이 그것이다. 써클 작품이나 학생 투고 작품을 소개하고 전문가가 단평을 덧붙인다든지, 기성작가의 작품에 대한 아동독자의 감상문을 수록하는 경우도 있었다. 신인단평은 주로 박세영·이원우·이순영·이호남·윤복진 등이 맡았다.

『아동문학』은 때때로 남한의 아동잡지에서 뽑은 글들을 소개했다. 1961년 4월호는 4·19에 관한 이원수의 「동생의 노래」, 고양순의 「아우의 영전에」, 이정인의 「전차와 톱과 철조망」을 수록했고, 1964년 4월호는 '남조선 잡지 『학원』 1963년 11월호에서' 뽑았다고 밝히면서 「나는 어떻게 할까?」를 수록했다. 1964년 4월호에는 「우리 집」과 「편지」, 1965년 8월호에는 「멍든 소녀의 일기」를 '남조선 출판물에서'라는 주석을 붙여 수록했다. 이 밖에도 1965년 5월호는 일본 해외동포 '총련 결성 10주년을 맞으며'와 '분노의 땅 싸우는 월남에'를 기획으로 다루었다.

2) 동요·동시의 양상

기본 성격으로 볼 것 같으면 1950~60년대 『아동문학』에 수록된 작품들은 이전 시기와 크게 다르지 않다. '모든 것을 전후 복구로!'라는 구호를 내걸고 계획경제를 추진해 가는 과정에서 '작가는 인간 정신의 기사'라는 인식에 기초한 문학예술이 변함없이 전개되었다. '천리마운동'과 '속도전'의 구호는 문학예술에도 그대로 적용되었다. 남북한이 적대적으로 대치하는 상황이었기에 인민의 사상교양을 담당하고 체제의 우월성을 선전하는 일에 문학예술이 총력적으로 동원되었다. 이 과정에서 아동은 혁명의 후비대로 간주되었다.

동요·동시는 서정적 자아의 감정을 토로하는 양식이어서 그런지 김일성 원수에 대한 헌사의 성격을 지니는 것들이 가장 많았다. 시적 대상이 인물이든 자연이든 사회현실이든 가리지 않고 어느 한 대목에서 김일성의 은혜를 표현하는 것은 거의 상투적이라 할 만하다.

새해 첫 아침
밝은 햇살 비쳐 온다.

동무들아
원수님 계신 평양을 향해
손 들어 새 결의 다지자

— 이맥, 「새해」에서, 1954.1, 2 합본호

우리 수령님 만수무강하시라
'김일성 원수 만세'를 부릅니다.
가슴에 훈장이 빛나는 인철이도
눈시울 뜨겁게 만세를 부릅니다.

(……)

원수님이 계신 평양을 향하여
'김일성 원수 만세'를 부를 때
아름다워 가는 조국 땅도 모두 일어나
수령님 만세를 부르는 듯합니다.

— 박세영, 「'김일성 원수 만세'를 부릅니다」에서, 1954.4

아버지의 사랑 산처럼 높고
어머니의 사랑 바다처럼 깊대요
산과 바다를 합친 것보다
원수님은 우리를 더 사랑합니다
모두모두 한가슴에 안아주시니
고맙습니다 김일성 원수님

— 김순석, 「고맙습니다 김일성 원수님」에서, 1958.4

이와 같은 작품은 행사시의 성격을 띠고 있는 것인데, 새해, 노동절, 노동당대회 등 계기마다 빠지지 않고 나타난다. 특정 계기가 없어도 이른바 수령형상의 문학이라고 할 수 있는 헌시, 송가의 작품들은 시기를 가리지 않고 초기부터 지속적으로 창작되어 왔다. 김일성의 현지 방문을 감격스럽게 표현한 것들도 많지만, 초상화를 보며 또 마음속으로 김일성을 떠올리며 쓴 것들도 많다.

아침 일찍 창문을 열면
수령님 초상화에 해가 비치고,
해를 안는 맘으로 우리러보면
공부를 잘해라 말씀하시는 듯.

—박세영, 「우리 집 자랑」에서, 1954.5

햇발 눈부신 새 교실 흰 벽에서
원수님 초상이 우리를 보신다.
—너희들의 생각이 참으로 장하구나!
원수님이 말씀해 주시는 듯……

—김학연, 「우리의 새 교실」에서, 1954.5

오늘, 내가 한 일
원수님의 가르침을 얼마나 잘 지켰나
마음을 가다듬고 연필을 들면
가슴은 절로 물결칩니다

—강립석, 「오늘도 적습니다」에서, 1954.8

그렇다! 동무들아

우리들은 행복한 조선 소년
우리 손으로 아름답게 꾸며놓은
원수님의 초상을 우러러
다함없는 영광을 드리며,

다시 한번 다짐하자
원수님께 드리는 맹세를
우리 반드시
이 은혜에 보답하기 위하여
학업에서 영웅이 되겠습니다

—이순영, 「9월 초하루」에서, 1954.9

손을 들어라 인사 드리자
김일성 원수님 안녕하세요
넥타이 날리며 인사 드리면
원수님 웃으며 말씀하신다.

—귀여운 새 조선 꽃봉오리들
즐겁게 뛰놀며 공부하여라.

—김북원, 「김일성 원수님은 말씀하신다」에서, 1956.2

어린이 화자를 표나게 드러내는 경우에는 이처럼 김일성 원수의 은혜
를 가슴속 깊이 새기면서 공부로 갚겠다는 결의로 나타나곤 한다. 개인
우상화와 교훈성이 결합되어 있는 것이다. 어린이의 호기심을 끄는 망
원경, 쌍안경 등을 매개로 김일성의 영웅적 투쟁을 표현한 작품들도 보
인다.

먼 곳도 가까이
작은 것도 크게 뵈는
원수님의 망원경은
정말 좋은 망원경

벌벌 떠는 왜놈들
숨어 있는 왜놈들
모조리 찾아내어
쳐 없앤 망원경

—황민, 「원수님의 망원경」에서, 1959.8

원수님의 쌍안경은
천 리를 내다본대요,
만 리 밖을 내다본대요

장백의 먼 준령에서
그리운 조국의 백두산을 바라보시고,
백두산 위에서 제주도 끝까지
신음하는 조국 땅을 굽어보시며
원수님은 싸우셨대요.

—전초민, 「원수님의 쌍안경」, 1962.2

전쟁영웅 예찬, 인민군대에 대한 고마움, 소련과 중국 지원군에 대한 친선의 마음을 표현한 작품들은 이전 시기와 다름없이 지속적으로 나타난다. 전후에 만들어진 전적지, 박물관, 기념관, 동상 앞에서의 감상을 쓴 작품들도 많은데 모두 비슷한 테마라고 할 수 있다. 1950년대 이후 특히 많이 볼 수 있는 아동서사시는 대부분 전쟁영웅, 혁명영웅을 다룬 것들이다. 송봉렬의 서사시 「만경대 소년들」(1956.4~6), 여병철의 서정서사시 「그리움」(1959.8) 등이 그러하다. 유희동요 가운데서도 정치성이 도드라진 작품들이 보인다. 이원우의 유희동요 「화살통보」(1959.4)는 아동단원들의 보초놀이를 소재로 한 것이고, 배풍의 유희동요 「천리마 타기」(1959.5)는 1950년대 말부터 구호가 되기 시작한 천리마운동을 반영하고 있다. 전후복구와 사회의 발전상을 보여주는 것들이 이 시기에 창작된 작품의 다수를 차지하는 가운데 이와 대비적으로 남한의 부정적 현실을 그린 작품들도 상당수 포함되어 있다. '남한 소년·소녀의 노래'라고 제목을 달거나 부제로 한 작품들이 많은 것을 보면 이런 설정은 거의 양식화되어 있는 듯하다.

전후복구에 전력을 다하면서 아동문학의 중요한 테마로 떠오른 것은 노력영웅을 본받아 열심히 공부할 것을 다짐하는 결의의 시편들이다. 학습투쟁이 긴급한 과제로 제기되었기 때문에 아동문학 작가들은 이 문제에 우선적으로 관심을 돌렸다. 모두가 팔을 걷어붙이고 힘을 모아야 했던 상황인 만큼 아동들이 자기본분을 깨닫고 각오를 다짐하는 시편들은 일단 자기 삶에서 출발하는 내용이라고 볼 수 있다. 문제는 그 다짐이 마음속 깊은 곳에서 우러나온 것으로 느껴지는 시편을 찾기 어렵다는 점이다.

> 강 건너 높이 솟은
> 굴뚝들에선
> 뭉게뭉게 검은 연기
> 뿜어오르네
> 누가 누가 저 굴뚝에
> 불을 올렸나

노동자 형님들이 불을 올렸지

(……)

오늘 아침 신문에도
공장 이야기
원수님이 가리키는
건설의 길에
앞장서 나아가는
형님들 따라
나도 나도 모범 소년
으뜸 갈 테야

—김조규, 「일 잘하는 우리 형님」에서, 1954.5

우리 누나는 방직공이지요.
굴뚝 높이 새로 세운 공장에서
우리들의 옷감을 짜내는
자랑스런 모범 노동자지요.

(……)

부끄러워 누나 얼굴 똑바로 볼 수 없는 나,
굳게 맹세하며 다시 내기 걸었죠.
—천을 더 많이 짜낼 누나처럼 공부 잘해
다음 학기엔 통지부 받고 자랑할 것을.

—박옥련, 「방직공 우리 누나」에서, 1954.6

폐허의 현실을 희망의 현실로 바꾸고자 각오를 다지는 것은 좋지만, 결의의 표명이 작품마다 꼬리표처럼 매달린 모습을 하고 있다. 내면화되지 않은 이런 상투적인 결의는 한낱 관념일 뿐이다. 드물지만 다음과 같이 다짐을 드러내지 않은 작품이 오히려 공감을 주면서 태도에도 영향을 미칠 것으로 여겨진다.

우리 형은 벽돌공
높은 집을 짓는다.
벼랑보다 더 높이
한 장 두 장 쌓아올린다.

오늘은 어데서
일을 하시나?
아차차, 너무 높아 허리 젖히다
하마트면 엉덩방아 찧을 뻔했네.
저런 집에 살면은
아침 해도 먼저 볼 테지.
햇볕 받아 번쩍이는
대동강도 보일 테지.

바람아, 그때엔
활짝 열린 창으로
너도야 시원히 불어 들어라.

삼 년이나 토굴집에
살아온 우리

답답하던 그 마음에
불어 들어라.
우리 형은 오늘도
땀을 흘리며,
한 장 두 장 벽돌을 쌓아올린다.
마지막 돌기 벽돌을 쌓아올린다.

―이순영, 「우리 형은 벽돌공」, 1957.7

형이 땀 흘려 집 짓는 모습을 아이다운 상상으로 생생하게 그려내면
서 토굴집에서 살아온 답답한 마음을 날려보내고 있다. 이처럼 어떤 지
향에 속박되지 않는 작품은 예외적이라 할 만큼 만나보기 쉽지 않다. 전
후 복구 현장을 긍정적으로 노래한 수많은 시편들 중에서 사뭇 다른 느
낌을 주는 이 작품은 제2차 작가대회의 자기반성적 분위기와 무관하지
않을 것이다.

계획경제를 강력하게 추진해 가던 1950년대 말부터는 천리마운동을
노래하는 작품들이 많이 나왔다. 그 대부분이 변화 발전한 농촌과 도시
의 모습, 향상된 생산력, 자기 일터에서 헌신적으로 일하는 천리마기수
예찬 등의 내용이다. 화물자동차, 기중기, 굴삭기, 풍차 등 어린이가 흥
미를 느끼는 생산품을 소재로 한 것들이 더러 보이지만, 단순히 구호의
형식으로 천리마 현실을 반영하고 있는 실정이다. 천리마운동을 노래한
작품들은 정치적 요구에서 비롯된 것이기에 체제 우위를 선전하려는 의
도가 짙게 풍겨나온다. 정치적 이념과 무관하게 어느 정도 보편감정을
노래한 작품들은 상식적인 교훈성을 직접 드러내는 것들이 많다.

아이들아!
가버린 시간은 다시 못 온다

45분의 공부 시간은
가장 소중한 시간이다

누가 선생님 말씀을 귀담아 듣지 않고
뽈 차던 생각을 하고 있느냐
집에 두고 온 장난감 생각을 하느냐

—남응손, 「45분」에서, 1954.1,2 합본호

모르는 것 깨쳐가는
즐거운 학습보다
뽈 차기를 더 즐기는
동무가 만약 있다면

몰고가는 공을 가로채
멋있게 꼴 먹여주던 일
산수시간에도 그 생각 하다니
선생님의 문제 해답은
잘 듣지 못할밖에

—김경태, 「즐거운 학습」에서, 1954.3

그런데 한 가지 성난 일이 있어요
우리 동무들 사이에
책을 소중히 하자 않는
그릇된 아이가 있어요.

(······)

책을 사랑하는 아이는
꼭 좋은 아이
그렇지 않은 아이는
마음이 나쁜 아이

—이효운, 「책을 사랑하자」에서, 1954.7

밤공부를 마치고
잠자리에 누웠는데
달님이 가만히 들여다본다
—아마 내가 뭘 하나 보려는 게지?
자는가, 노는가, 공부하는가……

—유충록, 「달님」에서, 1955.11

　지금까지 살펴본 몇몇 테마 중심의 동요·동시 경향은 전 시기에 걸쳐 나타난다. 그런데 제2차 작가대회를 전후로 해서, 백석이 아동문학의 문제점을 제기하고 나온 무렵부터 그가 『아동문학』의 편집을 맡은 시기에 이르는 1950년대 중후반에는 정치성에서 벗어나 개인의 서정을 노래한 작품들이 간혹 등장한다. 학교생활에서 취재한 것이면서도 순수서정의 세계라고 할 만한 내용을 지닌 다음의 동시는 백석이 논쟁적으로 옹호한 작품이다.

온실의 화분을
두 손으로 안아드니,
흠뻑 향기롭다
빨간 장미꽃.

눈보라 휘몰아치는
오동지 섣달에도
한난계 자주 살폈다,
우리들 번갈아 가꾸며……

협동 마을 새 학교
아담하게 꾸려야지
3월엔 꽃 필 거야,
날마다 세어 보던 꽃망울.

활짝 핀 장미꽃
창가에 놓으니,
봄빛도 반가운 듯
꽃송이를 엿본다.

바깥엔 아직 쌀쌀한 바람
물오른 버들가지 휘어잡는데,
새 교실 넓은 방 안엔
꽃 향기 가득 차온다.

동무들의 얼굴들은
꽃빛으로 한결 밝다,
책을 펴는 마음들도
사뭇 즐거워……

한 송이 꽃도
우리 분단의 자랑,
가꾸며 배우는 그 보람
꽃처럼 활짝 펴온다.

―유연옥, 「장미꽃」 전문, 1956.3

이 작품은 아동문학 분과에서 진행한 1956년 1·5분기 작품총화회의
보고에서 "유해로운 실패작"으로 평가되었다. 그 근거는 "이 작품에는
'벅찬' 현실이 그려지지 않았다"는 것이다. 백석은 이 작품을 실패작으
로 규정한 이들은 "'벅찬' 현실을 기중기와 고층건물과 수로와 공장굴
뚝으로써 상징하려고 하였음이 분명하다"면서 그런 협소한 의식이 문
학의 고갈을 초래할 것이라고 항의했다.[35] 백석이 『아동문학』의 편집위
원을 담당하던 시기에는 낮은 연령을 대상으로 하는 시편들에서 동심
지향의 작품들도 발견되곤 한다.

걸음마하는 우리 아기
고운 새 옷 입고

엄마 보고도 짝짝꿍
아빠 보고도 짝짝꿍

물건 값 내린 날
사다준 고운 옷

---

35 백석, 「나의 항의, 나의 제의」, 『조선문학』, 1956.9 참조.

거울 보고도 갸우뚱
꽃을 보고도 갸우뚱

두었다 입자요 내가 말하면
샐쭉 돌아서며 "언니는 미워"

고운 옷 입은 우리 아기
이쁜 우리 아기

그래그래 또 사주마
엄마가 말하면
우리 엄마 좋다고
짝짝꿍 하지요

—이맥, 「우리 아기 고운 옷」 전문, 1956.9

어머니[36] 옛말 듣다
우리들은 자지요.
하얀 요들 깔고
꽃이불들 덮고요
베갯머리 나란히
솔솔 자는데,
머리도 쓰담고
이불귀도 눌러주고
누가 누가 안 자나

---

36 여기서 '어머니'는 보모를 말한다.

어머님이 안 자지.

—황민, 「즐거운 우리 집」에서, 1956.9

오늘밤도 내 동생은
뜰에 쌓인 보리짚에 뒹굴면서
하늘에 총총한 별들을
세이다가 세이다가
깜빡 잠들었답니다.

그래도 내일 아침에는
열까지 세었노라 뽐낼 테지요
아이 고것 참 얄미워
내가 하는 건 다 한다죠.

—박아지, 「내동생」에서, 1957.7

선생님이 수수께끼
내걸었지요

"새까만 굴속으로
하얀 강아지 두 마리가
들락날락하는 게 뭘까요?"

모두들 까르르 웃어대면서
자신있게 손들을
제깍 드는데

석이만 손 못 들고
코를 훌쩍
알면서도 못 맞히고
또 한번 훌쩍.

─윤동향, 「수수께끼」, 1957.12

위의 인용문은 이맥·황민·박아지·윤동향의 작품으로, 같은 시인의 다른 시기 작품들과도 확연하게 차이를 보이는 것들이다. 이른바 동심주의 작품들에서 흔히 볼 수 있는 작고 귀엽고 곱고 밝은 느낌을 주는 시어들과 발상으로 만들어진 것들인데, 이들 시편이 뛰어난 것이라고는 할 수 없다. 그렇지만 정치적인 구호시가 아니면 상투적인 교훈시들이 넘치는 상황이고 보니 이런 시편들이 새삼 참신하게 보이기까지 한다. 이후로는 이런 동심지향의 시편들을 다시 찾아보기 힘들다는 점에서 이것들은 제2차 작가대회의 열린 분위기와 아동시에서의 사상교양에 대해 문제를 제기한 백석의 주장으로부터 힘입은 것이라고 여겨진다.

이 시기에 백석은 「멧돼지」, 「강가루」, 「산양」, 「기린」 등 일련의 동물 시편을 발표하면서 주목을 받았다. 그 때문인지 동물 또는 곤충을 소재로 하는 시편들이 한꺼번에 여러 시인들로부터 잇달아 나왔다. 대표적으로 다음의 작품을 들 수 있다.

새끼 강가루는
업어줘도 싫단다.

새끼 강가루는
안아줘도 싫단다.

새끼 강가루는

엄마 배에 달린

자루 속에만 들어가 있잔다!

—백석, 「강가루」 전문, 1957.4

새하얀 허리띠를 띠고

부채 모자 펼쳐 쓴 궁궁새[37]야.

상상 가지에 넌지시 앉아

날씬한 모가지 쭉 뽑아 들고

두리번두리번 무엇을 살펴보니?

무엇이 그리 반가우냐?

—궁궁 궁궁

네 노래는 은근하구나.

—유연옥, 「궁궁새」에서, 1957.8

이 작품들은 동물의 개체적 생태를 어린이다운 눈으로 포착한 것들이다. 대상과의 친연성과 교감을 동반한 탐구적인 내용이기 때문에, 백석이 주장했듯이 협소한 정치의식이 아니라 휴머니즘에 기초한 폭넓은 교양의 의미를 지니는 시편들이라 할 수 있다.

---

37 궁궁새: 학명은 '후투디'라고 설명해 놓았다.

3) 동화·우화의 양상

동화는 사회현실의 문제를 특유의 방법으로 단순화해서 은유적으로 표현한 것이라고 보면 된다. 소년소설에 비해 낮은 연령을 대상으로 하기에 비현실적인 줄거리지만 현실에 뿌리를 둔 흥미로운 이야기가 동화인 것이다. 의인화, 환상, 공상, 과장은 동화의 주된 특질을 이루는 것으로서 이 때문에 동화는 저만의 고유한 영역을 인정받고 있다. 그런데 표면의 교훈에만 치중해서 스토리를 전개하면 발견과 탐구의 몫이 줄어들고 감동도 덜한 법이다. 『아동문학』에 수록된 동화들은 분명한 교양을 염두에 둔 탓에 권선징악, 근면성, 협동심 등을 주제로 하는 상식적인 교훈 이야기들이 많다. 남의 것을 부러워하는 너구리를 재미있게 풍자한 강효순의 「뿔난 너구리」(1958.3), 먹을 것을 빼앗길까봐 산불을 모른 체했다가 멧돼지들에 의해 구해지고 나서 부끄러움을 느끼는 곰이 나오는 이동섭의 「욕심쟁이 곰서방」(1959.1) 등은 그 전형적 예라고 할 수 있다.

북한의 동화에서는 동물 세계를 그리더라도 제국주의 침략과 남북한 대결 상황을 염두에 둔 이야기들이 많다. 혁명투쟁을 그려야 한다는 요구를 동화적으로 표현하려다 보니 사나운 동물의 침략에 맞서는 슬기롭고 용맹스런 동물의 이야기가 자주 나온다. 행복의 동산에 침범한 승냥이들을 퇴치하는 이야기인 이성준의 「어린 반디불」(1961.7), 못된 구렁이를 퇴치하는 가물치가 나오는 김만선의 「구렁이와 가물치」(1962.8), 흉악한 독수리를 퇴치하는 황민의 「흉악한 독수리」(1963.6), 행복의 동산에 침입한 족제비를 퇴치하는 심용하의 「검둥이와 게사니」(1964.6), 살기 좋은 양지동산과 포악한 맹수들이 사는 박쥐골을 대비시킨 문희준의 「양지동산의 이야기」(1964.10), 행복의 동산과 그 길목의 흉악한 짐승들을 대비시킨 김신복의 「너구리」(1964.10), 맹수들이 서로 탐욕스럽게 실랑이를 벌이자 이들을 합심해서 퇴치하는 정용진의 「바위골에 있은 이야기」(1965.7) 등이 그런 것들이다.

사회현실과의 관련성을 직접 내비침으로써 체제우위를 새겨넣은 동화들도 있다. 김신복의 「도망 온 암소」(1959.3)는 남쪽에서 도망쳐 온 비쩍 마르고 상처 입은 소와 북쪽의 살진 소를 대비해서 보여주는데 도망 온 암소는 미군의 학살 만행 과정에서 도망쳐 온 소로 밝혀진다. 강효순의 「개구리네 세 식구」(1959.4)는 겨울잠을 자고 나온 개구리 식구가 마을이 새롭게 단장되고 늪이 저수지로 바뀌는 등 땅위의 풍경이 변화 발전한 것에 놀라는 내용이고, 우봉준의 「세발자전거」(1959.5)는 땅속에 묻혀 썩어가는 세발자전거가 미국 비행기의 폭격을 원망하는 내용이다. 김용권의 「열두 번 뜨는 해」(1961.9), 황민의 「큰 사람이 살고 있다」(1961.9), 「우리나라 해님」(1964.1), 김신복의 「가장 귀중한 것」(1962.3) 등은 모두 동화의 과장적 속성을 이용해서 사회의 발전상과 수령의 은혜가 지대함을 표현한 것들이다.

주제의식을 우선하다 보니 생태를 왜곡해서 반영하는 이야기도 많이 보인다. 리자응의 「늪에 빠져 죽은 여우」(1954.10)에서는 여우가 노루를 잡아먹는 대신 노루가 비축한 식량을 탐내고, 정용진의 「능금나무」(1966.6)에서는 나무가 꿀을 좋아하며, 한정자의 「세 동무」(1961.11)에서는 오미자, 머루, 다래의 씨앗들이 까마귀밥이 되는 것을 두려워하면서 사람들이 과자로 만들어줄 것을 고대한다. 송정수의 「돌배나무의 여행」(1963.8)은 불만투성이 돌배나무가 다른 곳으로 떠나는 결말이고, 심용하의 「갈매기 나라의 영웅들」(1963.8)은 승냥이와 갈매기가 싸우는 줄거리다. 박인범의 「다시 돌아온 인형」(1955.2)에서는 수류탄을 꺼내드는 인형이 나오고, 안재붕의 「이쁜이」(1964.6)에서는 혼자 옷을 못 입는 것을 부끄러워하는 인형에게 제 스스로 입어야 한다고 타이르는 아이가 등장한다. 이런 부자연스러운 의인화는 정도의 차이가 있을 뿐 거의 모든 작품들에서 나타난다.

우화라는 장르 명칭을 달고 나온 작품들은 삶의 깨우침을 주고자 주인공의 부정적인 면을 풍자한다는 점에서 동화와 구별된다. 의인화를 기본으로 하는 것은 동화와 비슷하지만 사건의 전개를 구체적으로 그려가지 않고 시와 비슷한 분량으로 어느 한 장면만을 촌철살인적으로 표현하기 때문에 쉽게 구분할 수 있다. 예컨대 김도빈의 「산골 개구리의 대동강 구경」(1954.1.2합본호)은 올바른 과학적 지식을 갖추지 못하고 현상을 피상적으로 알고 있는 개구리를 풍자한 것이다. 이 우화는 부정적 주인공을 풍자하는 면에서는 동화로 발표된 송창일의 「벼랑에 떨어진 여우」(1954.1.2 합본호)나 최정숙의 「욕심 많은 여우」(1957.3) 같은 작품과 차이가 없다. 그렇지만 김도빈의 우화는 서사적 진행 면에서 여러 등장인물 사이의 대립과 갈등을 축으로 사건이 발전하다가 해결이 되는 송창일이나 최정숙의 동화와는 차이를 보인다. 우화는 맨 끝에 작가가 말하고자 하는 교훈을 직접 서술해 보이기도 하는데, 의미 층위가 두텁지 못한 탓에 풍부한 문학성을 기대하기는 힘들다.

4) 소년소설의 양상

소년소설은 사회현실의 문제를 소년의 눈높이로 끌어내리고 소년 주인공을 내세웠다는 점에서 일반 성인소설과 구별되는데, 긍정적인 주인공 형상을 중요시하기 때문에 주로 소년의 영웅적인 투쟁과 모범적인 활동을 그렸다.

소년소설에서 가장 많은 비중을 차지하는 작품은 사회역사적 현실을 배경으로 벌어지는 투쟁을 그린 것들이다. 이것들은 다시 식민지시대, 해방 직후, 조국해방전쟁기, 전후 남한 사회를 배경으로 하는 것들로 나눌 수 있다. 한결같이 억압과 수탈 체제에서 고통 받는 인민의 모습과 착취가 없고 모두가 평등한 사회주의 사회를 건설해 가는 북한의 현재를 대비하려는 것으로 작품의 의도가 모아진다. 모든 작품에는 집단의 기억을 형성해서 혁명의 당위성과 체제의 당위성을 마련하고 국가적 사업에 동원하려는 이데올로기성이 표면에 드러나고 있다. 예외없이 계급 관계에 따라 피아의 대립이 명확하게 설정되어 있는데, 해방 후를 배경으로 하는 작품에는 일제를 대신해서 미군과 선교사들이 등장하는 경우가 많다. 조국해방전쟁기에 중국 지원군이 등장하는 것도 시대상의 반영일 것이다.

인민항쟁을 그린 수많은 작품들 역시 카프 시대의 경향문학과 같은 성격을 지니고 있다. 피아를 대립시키고 영웅 주인공을 형상화하려는 의도 때문에 사건 전개와 인물 묘사에서 전형성이라기보다는 도식성에 가까운 리얼리티의 훼손이 자주 나타난다. 원도홍의 「붉은 별」(1954.8), 변희근의 「아버지의 이야기」(1955.9), 남궁만의 「피어린 투쟁」(1957.5) 이근영의 「족제비」(1957.11), 김용익의 「비밀」(1964.8) 등은 식민지시대를 배경으로 계급갈등을 그린 것들이다. 그리고 미군 병영에서의 빨치산투쟁을 그린 김형교의 「불씨」(1957.7), 미국인 목사의 폭력성을 고발한 김신복의 「쫀」(1957.9), 동생이 미군 차에 깔려죽는 장면을 그린 이정숙의 「어두운 별 밑에서」(1958.3), 전쟁기 미군의 학살 만행을 그린 김용익의 「영원한 기념품」(1959.10) 등은 해방 이후를 배경으로 한 것들이다.

소년소설로서 소년 주인공의 영웅적인 모습을 강조하는 것은 이해할 만하지만 소년 영웅의 투쟁을 그린 작품들에서 용맹성에 가려서 현실성이 희생되는 문제점은 거의 공통적으로 드러나고 있다. 일제 순사에 맞서는 아이들의 영웅적인 투쟁을 그린 이진화의 「달 뜰 무렵」(1961.9), 식민지시대 양 치는 아이가 못된 주인의 횡포와 맞서기 위해 김일성 유격대원과 더불어 조국광복회를 조직해 가는 내용을 지닌 황태연의 「첫걸음」(1963.11) 같은 것은 소년무용담을 그린 통속만화의 줄거리에 가깝다. 박경호의 「소년탐험대」(1965.8), 김용익의 「붉은 기 휘날린다」(1964.1), 박응호의 「두 아동단원」(1965.10), 이진화의 「대열」(1960.4), 박종모의 「소년과 유격대원」(1965.7) 등이 모두 식민지시대 빨치산의 일을 도와 영웅적인 활동을 벌이는 내용이다. 전쟁 중에 영웅적 활동을 벌이는 소년 주인공을 그린 것들로는 김규엽의 「아궁 밑의 비밀실」(1957.8), 유도희의 「풀피리」(1958.6), 원우건의 「전선 고개」(1961.9) 김룡익의 「자동차는 전선으로 달린다」(1963.9), 김홍무의 「어린 전사」(1960.6), 김병훈의 「꼬마 사령관」(1962.2), 이춘복의 「도화선」(1965.6) 등이 있다. 이런 작품의 경우 현실성도 문제지만, 표현도 거칠기 짝이 없다. 이를테면 "만철이는 이 무지개탄창 속에 빼곡히 들어찬 총알들을 원수 놈들의 대갈통에 면바로 쏟아부을 그 순간만을 애타게 고대하고 있는 것이다."[38]와 같은 표현이 증오감과 적대감을 고조시키는 것으로 정당화된다.

전후 남한 사회를 배경으로 하는 작품도 많이 발표되었다. 이 작품들에는 북한 현실과는 대조적으로 거리에서 구두를 닦는 소년이 단골처럼 등장하고 있으며, 철거민 싸움이 벌어지기도 한다. 이런 모습이 당시 남한 현실의 일단임에는 틀림없다. 그런데 투쟁의 대상을 곧바로 미국과 그 하수인으로 설정해서 실감을 잃곤 한다. 더욱이 북한을 그리워하는 모습이 자주 나온다. 박명철의 「택시 28호」(1963.11), 류벽의 「북극성 빛나는 밤」(1960.12), 박정렬의 「언년이」(1965.10), 박명철의 「여기에도 바리케이트가 있다」(1965.11,12 합본호), 현재덕의 「희망의 길」(1966.3) 등은 미국과 연결이 되는 줄거리다. 류도희의 「붉은 노을」(1960.2)은 미군의 학정에 헐벗는 아이들이 북조선을 생각하면서 희망을 잃지 않고 살아간다는 내용이고, 석윤기의 「범들이 자리는 땅」(1962.8)은 4·19 데

---

38 김철, 「대대장 연락병」, 『아동문학』, 1960.2, 6쪽.

모에 참가한 소년이 이북 방송을 듣고 미군과 싸우는 내용이며, 계형수의 「싸이렌」(1965.6)은 미군에 담배를 빼앗긴 양담배 파는 소년이 거리의 항쟁에서 인공기를 달고 싸이렌을 울리는 장면으로 끝이 난다. 강능수의 「큰 파도」(1965.2)와 오선학의 「등사기」(1965.9)처럼 한일회담 반대투쟁을 배경으로 하는 것들도 보인다.

한편, 소년단원의 모범적인 활동을 그린 것들도 혁명투쟁을 주제로 한 것 못지않게 큰 비중을 차지하고 있다. 소년단은 학습과 노력봉사를 수행하는 데에서 집단에 헌신적인 태도를 매우 중요시하는데 소년소설은 바로 소년단에 소속된 아동을 독자대상으로 하는 대표적인 장르이다. 따라서 많은 작품들이 소년단 활동에서 발생하는 고민과 문제를 다루면서 모범적인 주인공을 그려내고 있다. 교훈을 내리먹이는 설교적인 서술보다는 형상성이 강조되고는 있지만 주제가 생활상의 교훈에 제한되는 데 따른 통속성이나 작위성은 쉽게 지나치는 모습을 보인다. 형상 그 자체로 인간의 문제가 탐구되지 않는다면, 작중인물은 제 힘으로 움직이는 것이 아니라 작가의 교훈적 의도라는 추상적 관념에 의해 움직이는 꼭두각시가 된다. 제법 생생한 묘사로 진행되는 스토리조차 미리 예정된 상투적인 결말을 보이는 것은 바로 도덕 교과서의 예화 수준으로 창작이 이루어지는 탓이다. 그나마 흥미진진하게 읽히는 작품은 사건의 전개과정에서 인물의 갈등이 비교적 진지하게 드러나는 것들이다. 그러나 대부분 적대적 갈등이 없는 사회라고 천명된 뒤로 비적대적 갈등관계에서 모범적인 주인공을 그리려 하니까 미담가화에 머무는 작품들이 많이 나온다.

우선, 숨겨진 선행 또는 반성으로 사건이 해결되는 작품들이 많다. 김병익의 「복숭아」(1954.7), 송창일의 「기록장」(1955.2), 류근순의 「깨진 유리」(1955.8), 남응손의 「색연필」(1957.4), 변덕주의 「병아리」(1958.6), 조경환의 「일요일」(1959.7), 전영식의 「영자」(1959.7), 최석숭의 「양」

(1959.8), 전기영의 「쌍둥이 분단」(1964.4), 김룡익의 「분단의 자랑」 (1965.6) 등은 누군가 선행을 베풀고 그것을 알게 된 아이가 잘못을 부끄러워하거나 쌍방의 오해가 풀리면서 화해로 가는 내용들이다. 선행을 그린 것들의 대부분은 소년단원의 임무를 앞세워 아이다움을 잃어버리는 관념적인 결말로 미끄러지곤 한다. 최용수의 「비옷」(1962.6)은 비옷을 자랑하고 싶은 마음과 비료가 비에 젖는 것 사이에서 갈등하는 아이를 그리고 있는데, 어떤 결정을 하리라는 것은 누구나 알 수 있다. 한형수의 「세 동무와 책상」(1963.1)도 학교와 나라의 재산을 아껴야 한다는 교훈에 매달린 주인공의 선행이 그려진다. 고동은의 「영식이」(1962.1)는 축구를 잘하는 영식이와 모범생 효남이의 대결구도를 지닌 것인데, 이삭을 주워 팔아 축구공을 사려는 영식이와 이삭이 조합의 재산이라고 보는 효남이의 대결에서 누가 이길지는 예정되어 있는 것이나 다름없다. 남응손의 「송아지」(1955.3)는 소를 팔려는 아버지와 협동조합으로 가져가려는 아들의 갈등을 그렸다. 이 또한 아들이 아버지를 반성하게 하는 결말이 예정되어 있다.

소년단 활동을 그리는 수많은 작품들은 협동심을 배양한다는 취지에서 상호경쟁을 갈등의 축으로 삼는다. 모범분단 쟁취에 방해가 되는 대립자가 나오고 이 문제를 주인공이 주도해서 집단적으로 해결하는 이야기들이 많다. 경쟁을 갈등의 축으로 해서 모범분단 쟁취운동과 관련한 활동을 그린 작품으로 조병수의 「지나간 45분」(1954.8), 송정수의 「꼬마 기사」(1963.12), 김홍무의 「담임선생」(1962.3 소설), 남응손의 「비 오는 밤에」(1961.3), 장정익의 「순호」(1961.4), 김재원의 「분단의 위임」 (1961.7) 등을 들 수 있다. 그런데 경쟁은 학교 밖에서도 벌어진다. 유도희의 「깃발 따기」(1959.7)는 철도 건설의 한 구간에서 두 돌격대 사이의 경쟁으로 그린 것으로 일의 진척에 따른 깃발 표시를 두고 두 아이가 겨루는 내용이다.

1960년대로 가서는 소년단 활동을 그린 것들이 천리마운동과 결합되어 나타나는 양상을 보인다. 1960년 11월 27일 김일성은 작가 예술인들과의 담화에서 「천리마 시대에 상응한 문학예술을 창조하자」고 제창한 바 있다. 이후로 작가 예술인들은 과거 혁명투쟁의 영웅뿐만 아니라 "우리 시대의 영웅"을 창조하는 데에도 온 힘을 기울인다. 김용익의 「길가에서 만난 소녀」(1960.10)를 보면, 책임감을 강조하는 교훈적인 의도는 여느 작품과 다름없지만 천리마학교 학생의 당찬 모습을 생생하게 잡아냈다. 원도홍의 「분단의 막내둥이」(1960.12)는 사과씨 모으기 경쟁에서 헌신적으로 혁명대오에 끼려는 아이들의 모습을 그렸다. 문희준의 「달밤에」(1961.3)도 천리마 증산 경쟁을 내용으로 한 것이며, 권정웅의 「아들」(1962.12)은 광부의 자식들이 생산력 경쟁을 벌이는 '꼬마 천리마' 이야기다. 하지만 천리마운동이 작품의 표면에 자주 나오는 것은 창작이 시대의 구호를 따라 움직이는 모습일 뿐이지 모범분단을 쟁취하려는 소년단의 활동을 그린 것들과 크게 차이가 나는 것은 아니다.

　　『아동문학』에 실린 소년소설의 대표적인 긍정적 주인공상은 소년빨치산 영웅, 헌신적인 분단위원장, 꼬마 천리마 기수 등이다. 이런 주인공상은 특정 시기에 국한되지 않고 거의 모든 시기를 관통하는 것으로 보아도 틀리지 않는다. 전쟁의 폐허를 딛고 삶을 복구하기 위해 국가경제계획을 추진해 가는 과정에서 작가는 국가공무원 신분으로 사상교양의 임무를 띠고 창작활동을 벌였다. 아동문학 작가는 아동의 사상교양을 책임지는 존재였으니 동원이데올로기에서 벗어난 작품을 기대하기는 어려운 노릇이다. 남북한이 적대적으로 대치하는 상황이었기 때문에 국가적 동원이 한결 수월한 면도 없지 않았다. 특히 전후 시기의 경제적 지표는 북한이 남한보다 우월했다. 따라서 인민의 단합된 힘으로 체제경쟁에서 승리했다는 기쁨은 지도자에 대한 충성심과 미래에 대한 낙관까지 의심 없이 내면화하기에 이른 것으로 보인다.

김일성을 서사의 중심에 놓은 작품은 항일빨치산투쟁을 그린 이원우의 「자유를 찾는 노래」(1956.4), 박응호의 「혁명의 불꽃」(1959.6), 이영규의 「밀림에서」(1960.8) 등으로 아직 많은 편수를 차지하고 있지는 않지만, 작중인물이 김일성에게 충성심을 보이는 장면을 포함하는 것들은 헤아릴 수 없을 정도로 많다. 이런 개인 우상화를 비롯해서 승리에 대한 신심과 낙관적 결말로 이끄는 스토리는 그 작위성과 도식성으로 말미암아 현실성이 떨어진다. 그런데 미래사회를 배경으로 하는 과학환상소설은 현실성과는 좀 다른 차원의 문제점을 드러내고 있다. 가장 근본적인 것은 과학기술문명에 대한 낙관적 전망이다. 현실의 문제가 인간 개조에 달려 있다고 보기 때문에, 제도와 문명에 대한 회의가 들어설 틈이 없다. 과학환상소설의 범주에 드는 작품들은 과학적 지식에 대한 설명으로 기술개발과 자연탐사의 의욕을 불러일으킨다든지 놀라운 미래의 발전상을 그려내는 것들이 대부분이다. 남응손의 「하늘과 땅 속에서」(1957.7), 「평화 1호」(1958.11), 차용구의 「희유금속의 왕」(1959.11), 문희준의 「용마어를 찾아서」(1964.1), 김동섭의 「내일의 언덕」(1961.12) 등이 모두 그러하다.

4. 보충—북한에서 주목한 이 시기 주요 작품

1) 김명수의 「해방 후 아동문학의 발전」에서

① 주제별 성과를 개관한 부분

1953년 7월 27일 조선 인민들은 조국해방전쟁에서 위대한 승리를 쟁취하고 영예로운 정전이 실현되었다. 승리한 인민들은 전후 인민경제 복구 발전의 새 기치를 높이 들고 공화국 북반부의 민주 기지를 더욱 공고히 하는 노력투쟁에 총궐기하였으며 이를 계기로 하여 아동문학 앞에도 새로운 임무가 제기되었다. 그것은 우리의 새 생활 건설과 밀접히 보조를 같이 하는 문제다.

과거에 있어서나 오늘 자본주의 국가들에서는 있을 수도 없고 생각할 수도 없는 그런 현상이 우리 앞에 벌어졌다. 즉 전쟁으로 흑심하게 파괴된 터전 위에 신속하게 새롭고 더 웅대한 공장들과 학교들이 일어서고 있는 것이다. 특히 공장들과 함께 무엇보다도 먼저 우리의 학교들이 웅장하고 화려하게 일어서게 된다는 이 사실은 우리의 후대들에 대한 교육 사업이 얼마나 큰 국가적 비중을 차지하는가를 말해준다. 이러한 현실에 호응하여 아동들 앞에는 전쟁 중에도 꾸준히 지속해 온 학습투쟁과 실력제고의 문제가 가장 긴급한 과제로 제기되었다. 그리하여 우리의 아동문학 작가들은 당연히 이러한 문제에 먼저 관심을 돌리게 되었다. 박응호의 성과적인 소설「45분」, 강효순의 동화「이상한 거울」, 윤복진의 동시「학습을 다 하고」, 김순석의 동시「새 학년」, 이효운의 동시「책을 사랑하자」 등은 모두 이러한 문제에 정면으로 대답하고 나온 작품이다.

한편 전후 아동문학의 특징은 우리의 장엄한 복구건설의 현실이 반영된 것이며 한걸음 나아가 아동들의 노력교양을 취급한 작품들이 활발히 창작된 것이다. 그중에서도 아동들에 대한 노력교양을 취급하여 동화에서 생신한 경지를 개척한 강효순의「너구리네 새 집」, 김도빈의「제일 큰 집」 등이 있으며, 윤동향의 유희동요「기차놀이」, 윤복진의 동요「시냇물」 역시 이 시기에 거둔 성과의 하나다. 유연옥의 동시「쓰딸린 거리로」, 김정태의 동요「이사를 가요」, 김경태의 동시「김일성 광장에서」, 박세영의 동요「우리 집 자랑」 등은 전후 복구건설의 모습들이 반영되었다.

또한 우리의 작가들은 전쟁에서 영용성을 발휘한 우리 인민과 인민군대들을 형상하여 아동들에게 불굴의 영웅주의를 배양하는 것을 계속 중요한 과업으로 인정하면서 이 부면에서 허다한 성과들을 거두었는바 그중에서도 김학연의 장편서사시 『소년 빨찌산 서강렴』은 특출한 자리를 차지한다. 이 작품에는 소년 빨찌산으로 우리 새 세대의 애국적 전형인 서강렴의 빛나는 형상을 창조하는 데 많은 성과를 거두었으며 특히 해방 후 소년들을 위한 첫 장편 서사시라는 데도 큰 의의가 있는 것이다. 이 밖에 이진화의 소설 「해군 아저씨」, 강립석의 동시 「영웅 스크랩」, 윤복진의 동요 「해군 형님 댕기」, 원도홍의 소설 「두 소녀와 영예군인」, 우봉준의 동요 「정찰 가는 날」 등 허다한 동요 동시들이 인민군대의 영용성 및 인민군대에 대한 아동들의 존경심을 그리면서 전시 문학의 특성을 더욱 발전시켰다.

전후 아동문학에서 특히 지적되어야 할 것은 우리 문학에서 영원한 테마로 되는 수령에 대한 작품과 조쏘친선 및 조중친선의 작품이 새로운 발전을 보여 준 것이다.

한설야의 소설 『만경대』는 김일성 원수의 유년시기를 취급한 작품으로서 김일성 원수의 유년 시대의 생활에서 가장 중요하고 기본적인 것들을 선정하여 예리한 전형화의 수법으로 쓴 것이며 작가의 높은 형상력과 작품을 일관하는 혁명적 낭만주의의 빠포쓰는 이 작품을 전후의 가장 큰 성과로서 인정받게 하였으며 아동들에게 김일성 원수를 흠모하여 그의 뒤를 따르려는 의지를 깊은 감흥 속에 불러일으키는 산 교양 재료로 되게 하였다. 오늘 우리 아동들이 이 소설을 가장 고귀하고 감격적인 교과서로 인정하면서 애독하고 있는 것은 우연하지 않다. 이와 함께 변희근의 소설 「편지」는 우리 아동들의 수령에 대한 경모감을 새해의 편지를 주고 받는 슈제트로써 새로운 각도에서 밝혀냄으로써 이 분야에서 진일보의 발전을 보여주었다.

국제친선의 테마도 전후의 새 현실과 결부된 새로운 측면에서 천명되어 새 성과들을 거두었는바 이진화의 소설 「왕텐 아저씨」는 중국 인민지원군과 우리 아동들과의 아름다운 친선의 이야기를 엮었으며 유연옥의 동시 「모형 지도를 만들며」는 우리의 복구건설을 원호해 주는 위대한 쏘베트 동맹에 대한 존경과 친선적 감정을 소년단 동무들이 함께 모여 쏘련의 모형 지도를 만드는 가운데서 생산성과 구체성을 띠고 표현되었다. 이 밖에도 김조규의 동시 「뻐쓰야 네사 친절도 하다」, 정서촌의 동시 「그림책을 펼쳐 들고」, 박세영의 동시 「몽고

시초」 역시 이 주제 분야에서 거두어진 수확들이며 김북원의 동시 「왕쑈링」은 조중 인민의 국제주의적 친선감정을 진실하게 노래한 작품이다.

전시 문학에 계속하여 전후 문학에 반영된 테마로서는 조국에 대한 사랑이 더욱 발전된 형태로 등장되고 있는 것이다. 그것은 전쟁의 불길을 거쳐 오늘 더욱 장엄하게 발전하고 있는 우리 조국의 아름다움과 위대성이 우리 아동들에게 더욱 절실하게 느껴지기 때문이다. 송봉렬의 동시 「국장에 수놓으며」, 이순영의 동요 「박우물」, 이맥의 「조국의 바다」 등을 우리는 이 부면의 성과로서 들 수 있다.

이 밖에도 우리는 아동들의 과학 탐구를 주제로 한 송창일의 「바람개비」, 박인범의 「누에와 파리」 및 아동들에게 도덕적 교양을 주는 강효순의 소설 「다시는 그렇게 안 할 테다」, 송창일의 동화 「벼랑에 떨어진 여우」, 유연옥의 동시 「지워서는 고칠 수 없다」, 정서촌의 「나는 두 아이를 보았다」, 윤복진의 「나는 소년단원」 등을 또한 들 수 있다.[39]

② 반성과 과제를 언급한 부분

우리의 아동문학은 아직도 높은 봉우리에 서 있지 못하다. 우리의 서사시적 현실을 광활하게 내다보며 생활의 넓이와 깊이를 파악할 수 있는 높은 봉우리에 올라설 것이 요구된다. 너무도 우리 작가들은 도시 주변의 아동들의 생활에 구애되었거나 학교와 소년단의 울타리에서 벗어날 줄 모른다. 우리의 주변에는 공장이 있고 광산이 있고 농촌이 있으며 바다가 있다. 이러한 환경 속에서 우리의 어린이들은 배우고 성장하며 노력하는 인민들의 직접적인 영향과 연계 속에서 자라고 있다. 우리는 아동들을 골방에 처박아둘 아무런 권리도 없다. 생활의 넓이와 풍부성이 그대로 아동문학의 넓이와 풍부성으로 되어야 한다. 이것은 작가들이 더 넓고 깊게 생활 속으로 들어가야 한다는 것을 말해준다.

---

[39] 김명수, 「해방 후 아동문학의 발전」, 『해방 후 10년간의 조선문학』, 조선작가동맹출판사, 1955, 373~381쪽.

우리 문학에는 아직도 우리 새 세대의 찬연한 긍정적 주인공들이 원만하게 빛을 부리지 못하고 있으며 그들의 정신적 높이와 깊이에 도달하지 못하고 있다. 그들의 모든 기쁨과 슬픔, 화려한 꿈과 희망, 투지와 의욕들이 모든 깊이와 굴곡과 뉘앙스와 빛깔들로서 천명되지 못하고 있으며 그들의 사색과 감정이 작품에서 진실한 자기 자리를 찾아내지 못하고 있다. 적지 않은 경우에 우리의 주인공들은 실재한 주인공들 보다 왜소하고 조잡하고 무취미하며 활달하지 못하며 졸렬한 설교로써 작품의 흥미를 말살하고 있다. 우리 작가들은 우리 새 세대의 주인공들의 심장 깊이 들어가며 그 고동과 맥박과 열도를 자기의 것으로 하여야 한다. 이렇게 될 때만이 딱딱한 설교 대신에 예술 작품을 만들어낼 수 있다.

적지 않은 아동문학 작품들이 아직도 우리의 현실에서 진행되고 있는 치열한 계급투쟁의 권외에 남아 있거나 그것을 보랏빛 안개로 가리고 있다. 우리의 적지 않은 작품들에는 몹시 착한 아이와 좀 덜 착한 아이만이 등장하며 그들이 한번 각오만 하면 모든 난관들이 쉽게 극복되며 수건을 던지면 곧 강물이 생기어 원쑤들을 막아버리고 돌멩이 수류탄만 던져도 원쑤들은 거꾸러진다. 우리의 후대들을 노동계급의 의지로, 사회주의 정신으로 교양육성하는 것은 아동문학의 임무 중에서도 기본의 기본이다. 이 임무를 수행하기 위하여는 계급투쟁의 첨예한 면모들을 가리지 말아야 하며 우리의 원수가 누구이며 그것들을 일소해 버리기 위하여는 무엇이 필요한가를 구체적으로 보여주는 동시에 사회주의적 새 인간들을 이러한 갈등과 투쟁 속에서 밝혀내야 하며 그들에게 아동들의 온갖 동화적 통일 독립에 대하여 더 깊은 관심을 돌려야 한다는 것과도 깊은 관련을 가진다.

우리 소년소설에서는 도식적인 주인공과 도식적 쓔제트와 계속 투쟁하여야 하며 온갖 자연주의적 잔재들과 무자비한 전투를 강화해야 한다. 동화에서 현대성의 주제에 대하여 더 많은 관심을 돌려야 하며 과학과 노력에 기초를 둔 환상의 세계를 개척하고 꽃피워야 하며 세기를 주름 잡고 미래를 내다보아야 한다. 동요와 동시들에서 조잡한 산문을 추방해야 하며 생활의 서사시를 적극 도입해야 하며 유년동요에 있어서의 무사상성을 일소해야 한다. 특히 낙후한 부문인 아동극과 우화를 발전시켜야 한다. 아동극에 있어서 박응호, 이진화, 박태영 등의 노력이 없지 않으나 역시 매우 한산한 분야임은 틀림없으며 이 상태는 더 계속될 수 없다. 그리고 우화에 대해서 말한다며 물론 우화 장르를 아동문학에 전속시킬 수는 없으나 아동문학의 중요한 영지임은 틀림없다. 가장 낙후한 부문인 평론 분야를 개척 발전시키는 것이 또한 급선무다. 해방 후 10년간에 아동문학에 대한 평론이 겨우 5~6편에 불과하며 여기에 동원된 사람은 겨우 2~3명에 지나지 않은 이 한심한 사태가 이 이상 계속되어서는 안 된다. 아동문학에 대한 홀시는 곧 조국의 장래에 대한 무관심이며 이것은 또한 고갈된 애국심의 반증이라는 것을 다시금 강조할 필요가 있다. 이것은 또한 아동문학에의 광범한 성인 작가의 동원을 의미한다.[40]

2) 장형준의 「해방 후 아동문학의 찬연한 발전 노정」에서

① 산문의 성과를 개관한 부분

전후 복구건설의 급속한 진척과 사회주의 건설의 승리적 성과는 청소년들에게 무엇보다도 먼저 전쟁의 불길 속에서도 꾸준히 지속해 온 학습 생활을 강화할 것을 요구하였다.

따라서 학습 실력을 제고하기 위한 그들의 생활을 묘사하는 것은 전후 아동문학 앞에 제기된 중요한 과제이다.

그러므로 전후 아동문학의 중요 특징은 이 측면에서 우성 고찰되어야 할 것이다.

그러나 학습 생활을 주제로 한 것만을 가지고서는 전후 산문의 특징을 말할

---

40 김명수, 같은 글, 408~410쪽.

수 없다. 그것은 이전에도 이 주제가 언제나 산문에서 중요한 자리를 차지하곤 하였기 때문이다.

그러면 이 분야에서 전후 산문의 특징은 어떻게 나타나고 있는 것인가? 그것은 학업 실력을 높이기 위한 문제가 우리 시대 아동들의 전형적 성격을 창조하는 문제와 유기적으로 결합되어 성격의 심각한 발전 과정에서 해결되고 있는 데서 특징적으로 나타났다.

때문에 전후 문학의 특징은 산문에서 형상성이 제고되고 있는 것과 밀접히 관련되어 있는 것이다.

학습 생활을 취급한 과거의 작품들에서 우리는 5점짜리들과 자주 만나곤 한다. 그러나 우리가 이 '모범' 소년들에게서 응당한 교양적 힘을 발견하지 못하게 되는 것은 그들이 바로 도식주의적으로 고안된 '이상적 주인공'들이었기 때문이다.

이러한 약점을 극복하고 나온 전후 산문의 발전적 특징을 보여주는 작품들로서 우리는 박응호의 소설 「45분」과 강효순의 일련의 소설들을 들게 된다.

소설 「45분」의 주인공 영길이는 처음부터 완성된 5점짜리가 아니었으며 그에게는 결함도 과오도 있었다. 그러나 그는 선생의 지도와 소년단원들의 동지적 방조에 의하여 자기의 과오와 결함을 자각하고 개변한다.

그의 개변은 도식주의적 작품에서와 같이 단번에 쉽게 이루어지는 것이 아니다. 그의 개변 과정은 회의와 준순(逡巡)의 고민도 있고 실망과 좌절의 쓰거움도 동반하는 약점 극복을 위한 어려운 투쟁 과정이다.

그러기 때문에 이 소설의 특징은 주인공의 개변을 만세식으로 설정하지 않고 어려운 시련의 고비를 스스로 극복하는 그런 힘겨운 과정을 첨예한 쓔제트 속에서 심각하게 묘사하면서 생동한 성격을 창조하고 있는 점에 있다.

강효순의 단편 「새 담임선생」의 주인공 원규도 영길이와 같이 5점짜리가 아니고 개변하는 주인공이라는 데 그 특징이 있다.

이러한 특징은 이 주인공뿐만 아니라 그의 모든 주인공에게 있어서 특징적인 것이다.

해방 후 아동문학 창작의 길에 들어선 강효순은 소설에서 아동들의 학습 생활을 주로 취급하였다. 평화적 민주건설 시기에 창작된 그의 단편 「어린 과학자」의 주인공도 자기의 결합을 올바로 인식하고 전 오계단을 쟁취함으로써 어머니의 호감을 사며 과학탐구에 전심할 수 있게 되는 것이다. 이와 같이 발전하는 아동을 그린 점에서 이 소설은 일정한 성과를 거두었으나, 여기에서는 아직 주인공의 개변 과정이 생활적으로 충분히 묘사되지 못하고 설명으로 처리되는 결함들도 없지 않았다.

그런데 전후 시기에 창작된 그의 「새 담임선생」에서는 주인공들의 발전의 계기와 그 개변 과정이 첨예한 갈등 속에서 생동하게 그려져 있고, 인물의 개성이 발달하게 형상화되어 있는 것이다.

아동들의 도덕교양을 테마로 한 그의 다른 작품들에서도 이러한 특징은 명확히 발현되고 있다. 즉 그것은 그림을 학교 도서실의 책에서 떼어서 분단 벽보에 슬쩍 낸 「다시는 그렇게 안 할 테다」의 주인공은 선생과 동무들과 아버지의 방조를 암암리에 받으며 치열한 내부투쟁의 결과 스스로 자기 결함을 반성하기에 이르는 데서나, 누나가 교통정리원이라는 데서 자기만은 교통도덕을 얼마쯤 준수하지 않아도 되는 것처럼 생각한 「네 거리」의 주인공의 개변 과정에서도…….

그리고 이것은 최근에 나온 그의 중편소설 『쌍무지개』에서도 특징적이다.

이상과 같은 사실은 우리의 산문이 작자의 의도를 강요하는 교훈주의적 경향을 극복하면서 있다는 것을 실증하는 것이다.

전후 산문문학의 또 하나의 특징은 아동들 자체 생활에 국한하지 않고 폭넓은 사회생활 속에서 그들을 묘사하며 시대적 특징과 함께 그들의 새로운 성격적 특징을 천명함에 있어서 더욱 발전하고 있는 점이다.

아동 산문 작가들은 당의 호소를 받들고 새로운 현실에 깊이 침투하여 소위 학교소설의 협소한 경향을 극복하기에 노력하였다. 그리하여 전후 아동 산문은 복구건설의 장엄한 현실과 사회주의적 개조의 시대적 특징을 반영하면서 노력과 소유에 대한 사회주의적 관계를 묘사하였다.

농촌 아동들의 생활을 담은 이진화의 일련의 소설들과 남응손의 단편 「송아지」는 이 방면에서 특징적인 작품들이다.

이 작품들에는 전후 농촌에서 진행된 사회주의적 개조와 그로 말미암아 새로운 사회주의적 인간으로 장성하는 아동들의 새로운 모습이 넓은 농촌 생활의 화폭 속에서 방불하게 그려져 있다.

항용 농촌에서 자기의 소재를 탐구한 아동 작가 이진화는 전후 농촌의 위대한 변혁 속에서 자기 주인공들의 새로운 정신적 특징을 발견하고 넓은 생활의 화폭 속에서 그들의 새로운 발전 면모를 보여준다. 노력과 소유에 대한 문제를 묘사한 그의 단편들인 「모내기 무렵」과 「소내기」에서 이것은 특징적인 것이다. 그의 중편 「새들이 버들골에 깃든다」는 아동 생활을 사회생활과의 연관 속에서 그리는 그의 솜씨를 어느 작품보다도 잘 보여주고 있다. 소설은 각이한 개성을 가진 여러 소년들의 생활이 부모들과의 복잡한 관련 속에서 얽혀지고 있으며 그들의 생활 역시 협동조합의 공동사업과 밀접히 결부되고 있다는 것을 보여준다.

소설에는 동수, 영철이, 유성이, 상봄이, 은필이…… 등등의 초중 2학년생인 각이한 성격의 소년들이 등장한다. 이와 함께 그들의 여러 아버지들과 초중을 졸업하고 협도 조합원으로 된 종선이들도 등장하는 것이다. 소설의 주인공들은 물론 소년들이며, 그들의 생활이 역시 중심적으로 묘사되어 있다. 그러면서도 소설의 중요한 사건의 원 실마리는 어른들간의 제 인간관계에 기초하고 있으며 소설은 생활의 진실 그대로 이렇게 구상되었다. 이것은 배를 타는 모험을 감행한 영철이의 행동과 소를 도적맞은 사건과의 관련만을 상기하면 충분할 것이다.

이처럼 어른들과 아이들의 세계는 호상 침투되어 피차간 일정한 영향을 주고받곤 한다. 그러면서도 임의의 인물의 행동 세계는 언제나 그의 개성에 기초하고 있어야 하고 성격의 논리에 의하여 풀어져 나가야 한다. 그런데 작자는 사건과 성격과의 이러한 변증법적 관계를 잘 형상화할 것을 요구하는 산문의 법칙을 이 소설에서 빛나게 실현할 줄 알았다. 그리하여 작가는 반농 반어업 협동조합의 생활 전모와 함께 그 생활의 소용돌이 속에서 움직이고 슬기롭게 자라나는 새로운 농촌 소년의 다양한 전형을 창조하였다.

이 소설은 학생의 본분인 학업 실력을 높이며 내일의 협동조합의 새로운 일 꾼으로 믿음직하게 자라나는 소년들의 운명과 미래에의 꿈도, 행복이 깃들고 있는 자기들의 협동조합과 굳게 결합되어 있음을 보여주고 있는 것이다.

자기 주인공들의 형상을 성격화함에 있어서 작자는 이 작품에서와 같이 항상 들끓는 농촌 현실을 배경으로 하고 있다. 이것은 사랑스러운 주인공 학일이 (「학일이는 자랍니다」)의 성격 형상화에서도 볼 수 있었던 점이다.

넓은 사회생활의 화폭 속에서 아동들을 묘사하는 그의 창작적 특징은 해방 전 지주제도의 본질을 폭로한 그의 중편소설 『마을에 태양이 비친다』에서도 나타나고 있다.

이러한 특징을 우리는 남응손의 소설 「송아지」에서도 볼 수 있다.

소농민적 근성을 청산 못한 아버지가 협동조합 가입을 계기로 하여 송아지 를 팔려고 할 때 그의 아들인 우리 시대의 새 소년은 이를 수수방관할 수 없었 다. 소년은 적극적으로 행동하여 마침내 소를 팔지 못하게 하였으며 아버지로 하여금 사상적으로 개변하도록 자극하였던 것이다.

이 소년에게서 우리는 우리 시대의 선진적 이념을 발견하고 전후의 전형적 소년의 특징적 면모를 보게 되는 것이다.

전후 아동문학의 특징적 경향은 또한 문제성의 측면에서도 고찰할 것을 요 구한다. 그것은 시대의 위대한 빠포쓰에 고무되면서 우리의 아동 작가들은 저 마다 문제성 있는 작품을 창작하려고 지향하였기 때문이다. 조선 문학의 전진 운동에 있어서 역사적 사변인 제2차 조선작가대회를 계기로 하여 이러한 지향 은 하나의 커다란 시대적 흐름으로 되었다.

이러한 흐름은 작가들의 창작적 지향에 의하여 조성되었을 뿐 아니라 위에서 이미 지적한 전후 문학의 성과작들에 의하여 사실적으로 확증되는 것이다. 우리의 독자들은 한설야의 『만경대』를 비롯한 작품에서 커다란 문제성을 심장으로 공명하는 것이다. 이것은 이 작품에 중요한 문젯거리가 취급되었기 때문인가. 그렇다. 그러나 이것만으로는 아직 문학에서의 문제성의 기초를 다 해명한 것으로 되지 않는다. 문학의 사상은 생동하는 형상으로 화해진 사상이기 때문이며, 형상을 떠나서는 그 작품이 독자들의 두뇌에 작용하는 동시에 심장에 작용하는 그 정서적 힘의 비밀을 말할 수 없기 때문이다. 그러므로 문제성 있는 작품이란 크낙한 사상이 성격을 통해서 스스로 흘러나오도록 형상화된 빠포쓰로 충만된 작품일 것이다.

빠포쓰 이것은 "사랑의 단순한 지적 이해를 정열과 열렬한 지향으로 충만된 사상에 대한 사랑으로 변화시키는 것"(벨린쓰끼)이다.

우리 제도와 우리 생활에 대한 열렬한 지지와 사랑의 감정으로 충만된 생활 긍정적 빠포쓰는 아동문학에 크낙한 문제를, 우리 사회의 심각한 문제를 형상화하도록 고무하였다.

한설야의 작품들은 더 말할 것도 없고 황민의 소설 「아버지」도 바로 이러한 지향으로부터 창작된 작품이다. 그것은 문젯거리의 측면에서 볼 때에 이 주제는 아직 우리의 아동문학에서 낯선 새로운 것이며, 아동문학도 그처럼 심각한 가정 관계를 인도주의적 사상에 기초하여 훌륭하게 형상화할 수 있다는 것을 보여준 점에서 특기할 만한 작품이기 때문이다.

그런데 작품의 문제성은 문젯거리 자체가 심각하고 특별한 점에서만 고찰될 수는 없는바, 흔히 있을 수 있고 '평범한 사실'로 공인된 제 현상을 묘사하는 경우에도 형상 여하에 따라서는 문제성 있는 작품으로 될 수 있다.

「새들이 버들골에 깃든다」의 아동생활이나 「새 담임선생」의 사건이 우리에게 그 어떤 특별한 것인가? 아니다. 특수한 현상으로 볼 수는 결코 없다. 그러나 작가의 형상력에 의하여 심각한 사상을 띠게 된 문제성 있는 작품으로 된 것이다.

전후 아동 산문의 발전 면모는 다방면적으로 고찰될 수 있다. 그것은 주제의 확대에 의해서도 말할 수 있다. 로케트 비행과 지하자동철도 여행에 대한 남응손의 『하늘과 땅 속에서』와 같은 과학환상소설도 개척되었다.

원자 시대인 오늘의 과학에 우리 작가의 꿈이 뒤떨어질 정도로 빠른 속도로 발전하는 현실 앞에서 과학환상동화와 함께 과학환상소설은 응당 우리 아동문학에서 중요한 자리를 차지하여야 할 것이다. 주제가 넓어진 것은 강효순에 의하여 반간첩 투쟁의 모험적인 중편소설 「기적 소리」가 창작되었고, 이정숙에 의하여 「천리길」과 같은 소설이 나온 예시도 볼 수 있다.[41]

② 시문학의 성과를 개관한 부분

전후에 들어와서 우리의 아동 시가는 더욱 높은 수준으로 급격히 발전하였다. 이것은 현실에의 보다 밀접한 접근과 사회주의 건설의 고조된 빠포쓰에 의하여 규정되었는바 다양한 시적 세계의 탐구와 개성적 쓰찔의 확립은 가장 특징적인 현상이다. 전쟁 시기를 거쳐, 우리 아동들의 풍부한 내면세계와 성격적 미를 다양하게 노래할 수 있게 발전한 우리의 시인들은 전후 복구건설의 새 현실에 깊이 침투하여 자기의 독특한 목소리로 새 현실을 노래 부르며 개성적 쓰찔을 확립하기에 노력하였다. 이것은 1956년에 나온 종합 동요동시집인 『시냇물』만 펼쳐보아도 명확한 사실이다.

그런데 천리마를 타고 나아가는 우리 인민의 영웅적 노력투쟁으로 말미암아 날과 더불어 새로워지는 우리 전후 현실의 특징적 모습은 농촌을 주로 테마로 한 김북원과 윤복진의 시가들에서 생동하게 노래되어 있다.

카프 산하에서 혁명적 정열을 안고 아동 작품을 쓰기 시작하였던 김북원은 전후 시기에 와서 유년동요 「공화국 깃발」을 위시한 일련의 성과작들을 내놓

---

41 장형준, 「해방 후 아동문학의 찬연한 발전 노정」, 『해방 후 우리 문학』, 조선작가동맹출판사, 1958, 292~299쪽.

고 있다. 그는 정전 직후에 곧 전변되는 농촌에 들어가서 동시 「협동 조합에
서」를 발표하였다. 여기에는 협동조합의 힘과 우월성, 협동노력의 환희와 노동
일에 대한 공정한 평가로 말미암은 노동의 즐거움, 농업의 기계화와 조합의 희
망찬 전망이 서정적 주인공의 전형적 감정을 통해서 노래되고 있다. 씨 뿌리는
기계 창안과 관련하여 아이들은 화보에서 본 기계화된 쏘련의 농촌을 황홀하
게 연상한다.

　　이제 우리도 그렇게 되겠지
　　모든 것 기계로 하게 되겠지
　　그랬으면,
　　그랬으면 얼마나 좋을까,
　　아이들은
　　서로 얼굴을 쳐다보며
　　열두 삼천리벌 넓은 벌 바라본다
　　풍성할 벌판의 래일을 생각한다.

　　꽃피는 새 현실은 동요작가 윤복진에 의하여 다른 음조로, 즉 더욱 낭만적으
로, 더욱 리드미컬하게 노래되었다.

　　시냇물이 졸졸
　　노래하며 흘러가네

　　푸른 하늘 아래로
　　노래하며 흘러가네

　　한 굽이를 돌아드니

불탄 산에 새봄 왔네

잔디골은 다시 돌고
진달래가 방긋 웃네

—동요 「시냇물」에서

서정적 주인공은 흐르는 시냇물과 함께 이런 율조로 노래하며 자기의 시야를 흐름과 함께 확대하면서 일떠서는 전후 현실을 물결처럼 약동되는 감정으로 노래하고 있다.

즉 한 굽이를 돌아드니 새 목장이 생겨났고, 또 한 굽이를 돌아드니 전기 방아가 새로 돌고, 굽이굽이 돌고 돌아 꽃동네에 들어서니 새 학교가 우뚝 섰고, 또 한 굽이를 돌아드니 뜨락또르가 넓은 들을 갈아엎고, 대동강에 들어서니 공장과 평양이 우뚝우뚝 일떠섰다. 흐르는 시냇물의 리듬을 그대로 살린 이 동요에는 운율과 함께 사색과 감정이 있다.

이 노래에서 보는 바와 같이 그의 동요는 대체로 2행으로 한 연을 형성하여 어린이의 호흡에 맞게 반복조로 나아가면서 사상을 심화시키는 수법을 많이 이용하고 있는 것으로 특징적이다. 그런데 그의 시가에 내재하는 아동 정서에 적합한 이러한 음악적 리듬에는 민족적 정서가 강하게 풍겨온다. 이것은 민족적 운율에 아동의 정서를 결합시켜 새 생활을 운치 있게 노래하려는 부단한 노력에서 얻어진 그의 예술적 독자성이다.

전쟁 시기에 발표한 그의 시가들인 「총알 형제」, 「기차놀이」, 「자장가」 등과 전후에 창작한 「학습을 다 하고」, 「내가 심은 봉선화」 등 일련의 동요들에서 우리는 그의 시적 독자성을 충분히 감득할 수 있다.

그러나 그의 시적 독자성은 그의 작품에서 생활 긍정적인 빠포쓰가 힘차게 울려나올 때야만 빛나고 있는 것이다.

긍정적 빠포쓰는 김정태의 「이사를 가요」, 이순영의 「고향의 전야에 나서며」

와 「아빠 자랑」, 박세영의 「추수」 등의 동시들에서 갖가지 율조로 울리며 전후 시문학의 시대적 특징을 말하여주고 있다. 그것은 오늘의 긍정적 빠포쓰 이것은 곧 사회주의 건설의 빠포쓰이기 때문이다.

전후 아동 시문학에서 특징적인 사실은 긍정적 빠포쓰와 함께 부정적 빠포쓰가 현저히 강화된 것이다. 우리 시인들은 아동들을 교양함에 있어서 '좋다!'로만 아니라 '안 된다!'로도 교양할 것을 잊지 않고 있다.

전후 시기에 정서촌은 이 방향에서 특히 창조적 노력을 기울이고 있다.

> 고무총을 쏘는 것은 나쁘지 않다,
> 저격수가 되는 것도 좋은 일이다,
> 그렇지만 영남아 꼭 너에게
> 나는 한마디만 물어보리라,
> 교재원의 능금을 떨구는 아이
> 네 거리의 등불을 깨뜨린 아이
> 그것은 너다, 네 고무총이다.
> 그래도 너는 인민군대 저격수냐!
> 그래도 네 총은 영웅 총이냐!
> 영남아 어서 대답해 봐라……
>
> ─동시 「대답해 봐라」에서

정서촌의 창작적 특징은 이처럼 부정적 경향에 대하여 엄격하게 비판하는 데 나타나고 있는 동시에 「나는 두 아이를 보았다」에서와 같이 긍정과 부정과의 대조 속에서 부정을 보여주는 데서도 볼 수 있다.

비판을 보여주는 것은 중요하지만 부정의 극복 과정을 보여주는 것도 그에 못지않게 중요하다. 왜냐하면 비판은 고쳐주기 위해서 하는 것이기 때문이다.

동시 「풀지 못할 문제는 하나도 없네」에서는 수학에 뒤떨어진 소년이 전람회 구경 가자는 동무들의 부름을 거절하고 밤늦게까지 책상에 앉아 숙제 문제를 자기 힘으로 풀었던 것이다.

　이리하여 영남이는 오늘
　선뜻 손을 들고 교단으로 나갔다
　만일 영남이가 어젯밤처럼
　언제나 열성껏 풀고 푼다면
　풀지 못할 문제는 하나도 없네

　이처럼 이 시는 학습을 태만하는 아동들에게 그들로 하여금 학습에 열중하도록 강력히 추동하는 것이다.
　비판은 비판이라고 하더라도 해학적 웃음을 통하여 그들의 부정적 경향을 시정하도록 하는 것은 우리 시문학이 개척하여야 할 중요한 분야가 아닐 수 없다. 김정태는 이 부면에서 좋은 시도를 보이고 있다.

　이랴 낄낄 달린다 우리 목마 달린다.
　휘휘 채찍질, 멋지게 두른다.

　―야 그 채찍 어디서 났니
　―아이 바보 공원에 얼마든지 있지 않아.

　아니 아니 얘 좀 봐,
　누가 누굴 바보래

　공원에 심은 나무 꺾는 애가 바보지.

―「사랑하자 우리 공원」에서

가장 낙천적인 독자인 우리 아동들에게 까부러치는 말이 아니라 진정한 유모아를 주기 위해서 많은 시인들이 이에 특별한 관심을 돌릴 것이 요구된다.

전후 시문학 발전의 특징은 주제의 범위가 비상히 확대되고 있는 데서도 찾아 들 수 있다.

오늘 우리 시가에는 전후 복구건설의 벅찬 현실이 반영되고 있는가 하면 아동들의 유희세계도 반영되어 있으며 산천에 대한 노래가 있는가 하면 식물과 동물에 대한 노래도 있다.

「모형 지도를 만들며」, 「어머니」, 「말」, 「지워서는 고칠 수 없다」, 「실습지」, 「물마중」 등과 같은 일련의 시가들에서 우리 아동의 고상한 내면세계를 심오하게 밝혀낼 줄 아는 시인 유연옥은 동물과 새와 꽃들을 즐겨 노래하면서 서정적 주인공의 부드럽고 알뜰한 내면세계를 잘 개발해 보인다.

「장미꽃」을 예로 들어보자.

눈보라 휘몰아치는 오동지 섣달에도 분단 동무들은 온실의 화분을 정성 들여 가꾸었다. 활짝 핀 이 장미꽃으로 하여 그들의 교실은 더욱 밝고 향기로워졌으며 그들은 꽃처럼 활짝 피어난 보람을 느끼는 것이다.

바깥엔 아직 쌀쌀한 바람
물오른 버들가지 휘어잡는데
새 교실 넓은 방 안엔
꽃 향기 가득 차온다.
……
한 송이 꽃도
우리 분단의 자랑
가꾸며 배우는 그 보람
꽃처럼 활짝 펴온다.

유연옥의 시가에 흐르는 섬세하고 풍부한 서정은 부드럽고 섬세하고 아름다운 서정적 주인공의 성격 자체로부터 흘러나오는 그의 예술적 독자성인 것이다.

서정적 주인공 '나'는 인자한 어머니의 초상을 그리는데, 몇 번이고 고쳐 그려도 마음에 안 든다. 그것은 그림이 어머니의 고상한 정신세계를 방불하게 나타내도록 그려지지 않은 까닭이다. 그래서 '나'는 어머니의 그 인자한 눈동자를 회상하여 최우등한 나의 통지부 드신 채, 주름살도 펴질듯 웃음 머금던 그 눈! 잊지 못할 그 눈을 다시 그린다.

이처럼 이 동시에는 어머니에 대한 아동의 정신세계와 함께 초상을 그리고 또다시 그리는 '나'의 노력 과정이 선명하게 보이는 것이다. '나'의 아름다운 내면적 체험의 세계에서 우리는 시인의 깨끗하고 부드러운 개성적 특징을 파악하게 되는 것이다.

시인 백석은 동물을 노래하는 독자적 경지를 개척하였다. 이것은 우리가 이전에 동물을 노래하지 않았음을 의미하는 것인가. 아니다.

그의 독자적 경지는 그가 동물을 노래함에 있어서 주로 생태학적 측면에 주의를 돌리며, 인식-교양적 작품을 창작한 데 있는 것이다.

이른바 인식적인 문학도 문학이기 때문에 정서의 법칙을 통하여 형상화되어야 하며, 따라서 유물론적 인식을 형성시켜 주는 바로 거기에는 또한 교양성이 동반하지 않을 수 없는 것이다.

이것은 그의 동화시 「집게네 네 형제」와 「까치와 물까치」는 더 말할 것도 없고, 유년층 아동들을 위하여 그림을 붙여 발간한『네 발 가진 짐승들』에 수록된 성과작들을 보면 명백한 것이다.

주제의 확대에 대하여 말하면서 끝으로 우리는 국제주의적 테마에서 성과를 거둔 박세영의 「몽고 방문 시초」와 김순석의 「쏘련 방문 시초」를 응당 지적하여야 할 것이다.

전후 시문학의 발전 면모는 서사시와 서정서사시 장르를 비롯한 여러 가지 장르의 시가들이 활발히 창작되고 있는 사실에서도 뚜렷이 나타난다.

해방 후 처음으로 소년들을 위한 서사시가 이 시기에 창작되었다.

김학연의 「소년 빨찌산 서강렴」과 송봉렬의 「만경대 소년들」이 바로 그것이다. 장편서사시 「소년 빨찌산 서강렴」은 우리 시문학 발전 과정에서와 특히 전후 시문학의 발견에 있어서 중요한 의의를 가지고 있다.

그것은 이 작품이 해방 후의 첫 소년서사시라는 점에서 더욱 그러하다.

시인은 우리 인민이 낳은 우수한 아들인 소년 빨찌산 서강렴의 애국적 투쟁에 고무되어 이 서사시를 창작하였다.

서강렴은 미제 살인귀들의 일시적 강점 시기에 고원 빨찌산의 소년 정찰병으로 용감히 싸우다가 마침내 원쑤에게 체포되어 참기 어려운 갖은 고문을 당했다. 그러나 그는 이에 굴하지 않고 원쑤의 총탄에 의하여 쓰러질 때까지 빨찌산의 비밀을 영예롭게 고수하였던 것이다. 이 애국적 소년의 산 형상은 그대로 서사시의 주인공의 원형으로 되었다. 시인은 여기에서 주인공 즉 서강렴의 영웅적 투쟁과 장엄한 최후를 통하여 우리 시대 소년들의 성격적 특질을 밝히고 있다. 이에 있어서 시인은 옳은 작가적 입장에 입각하여 그의 애국주의적 힘의 원천을 훌륭하게 천명하고 있는바 그것은 다름아닌 우리 당과 수령이며 우리의 학교와 소년단…… 긍정적 새 현실이다.

서강렴의 강의한 성격적 특질은 그의 최후 장면에서 가장 선명하게 나타나고 있다. 서강렴에게 있어서 적에 체포된 사실은 투쟁의 종식을 의미하거나 더욱이 투항을 의미할 수는 없었다. 비인간적 고문도 죽음에 대한 위협도 그의 의지를 꺾을 수는 없었다.

이러한 불굴의 투지로 하여 그는 원쑤들이 그에게 빨찌산이 어디에 있으며 그가 어느 곳에서 왔는가고 물었을 때 "나는 조선에서 제일 높은 산" 즉 "백두산"에서 왔다고 태연하게 대답하며 공화국 소년의 높은 기개를 자랑하였다.

눈보라도 삼가 부딪치는
강렴이의 가슴을

원쑤는 겨누었다.

그러나 원쑤들은 무서웠다.

조선 소년이!

조선 사람이!

아직 놈들은

많은 것을 모르고 있다.

산아처럼 굳세인

조선의 의지를,

바다뿔처럼 드높은

조선의 기개를,

이 의지 앞에, 이 기개 앞에

머리를 숙이고야 말 그날을

그날을 아직 놈들은

믿으려고 아니 한다.

서강렴이 총살에 직면한 이 비장한 장면에서의 서정적 주인공의 그와 같은
격조 높은 서정 토로에는 이 작품의 기본 빠포쓰가 힘차게 울리고 있다.

사건의 극적 구성과 쓔제트의 긴박성, 서정적 요소와 서사적 요소와의 조화
적인 결합으로써 시인은 주인공의 고상한 내면세계와 행동세계를 매혹적으로
보여줄 수 있었다.

그러므로 서강렴의 형상에는 조국과 인민을 사랑하며 우리 위업의 정당성을
믿으며 최후 승리를 위한 불굴의 넋을 간직한 우리 시대 소년들의 전형적 특질
이 일반화되어 있는 것이다.

바로 이 때문에 이 서사시는 그처럼 독자 대중들로부터 광범한 인기를 획득

하고 있다.

전후에 와서 서사시와 함께 서정서사시적 성격을 띤 연시들을 활발히 창작하려는 지향이 뚜렷하여졌다.

이맥의 연시 「조국이여 너는 참 좋다」와 「철이가 부르는 노래」는 이러한 과정에서 얻어진 성과작들이다.

연시 「조국이여 너는 참 좋다」에는 공화국 소년들의 슬기로운 모습과 애국주의 사상이 「학교로 가자」, 「무엇이든 원하라」, 「깃발을 날리라」 등 세 생활 측면을 통하여 노래되어 있다.

즉 서정적 주인공은 사회주의 건설의 벅찬 노력적 환경 속에서 생활의 낭만과 함께 학업을 즐기며 준비할 수 있는 어린이들의 행복한 학습 생활을 통하여서도, 무엇이든 원하면 원하는 대로 소년들의 앞길이 활짝 열려진 우리 사회의 슬기로움을 통하여서도, 들로, 산으로, 바다로 깃발을 날리며 즐거운 야영 생활을 하게 되는 소년단 생활의 즐거움을 통하여서도, "조국이여 너는 참 좋다!"고 조국 찬양과 생활 긍정적 빠포쓰를 토로하고 있다.

시문학 장르 중에서 전후에 새로이 활기를 띤 것은 유희동요와 동화시 장르이다.

유희동요 장르는 전쟁 시기에 창작되기 시작하였는바, 이원우의 「수박 따기 놀음」에 뒤이어 오늘 유희동요들은 많은 시인들에 의하여 활발히 창작되고 있다.

그리하여 이 장르는 오늘 우리 시문학에서 확고한 지반을 다지고 있다.

윤동향의 「기차놀이」, 이원우의 「강강수월래」, 정서촌의 「꽃 대문 놀이」, 유충록의 「꽃놀이」 등은 모두 전후에 창작된 흥미 있는 유희동요들이다.

유희동요는 서정적, 서사적, 극적 제 요소가 결합된 아동들의 집단적 오락의 가요이다. 그러므로 여기에는 서정 토로도, 이야기 줄거리도, 드라마틱한 극적 요소도 있어야 하고 따라서 이 동요는 시와 음악과 춤(동작)이 배합된 아동들의 종합적인 오락·무용극의 노래로 되어야 한다. 「수박 따기 놀음」이 구전동요를 계승 발전시키며 창조되었듯이 이 장르는 그 원형을 구비문학에 두고 있으며, 그 놀음은 아이들의 즐거운 오락 생활에 뿌리를 박고 있는 것이다.

「기차놀이」를 보면 여기에는 노력을 사랑하는 우리 시대의 윤리가 힘차게 체현되어 있다. 영웅 기차의 기관사는 석탄 캐는 아버지한테 위안 가는 아이들이며, 원수님의 어린 시절을 배우러 가는 동무며, 협동조합 논밭으로 가보려는 동무며, 건설되는 평양 거리 구경가는 동무들을 모두 태운다. 그러나 영화 구경하고 오는 길에 뽈차기하러 가는 아이들만은 타지 못하게 한다. 그러나 그가 자기를 반성하자 태워주는 것이다. 이처럼 이 노래는 유쾌한 기차놀음을 통해서 아동들을 노력애호정신으로 교양하는 것이다.

유희동요의 왕성한 창작은 구전 유희동요의 발굴에도 지향시켰는바 우리는 이 사업을 계속 강력히 진행하여야 할 것이다.

우리 아동 시가의 이상과 같은 발전은 우리 시인들이 대상을 옳게 파악하였으며, 아동들의 연령적 특수성을 옳게 타산하였다는 것을 말하는 것이다. 각이한 연령층의 아동들의 인식적, 심리적 특성을 옳게 파악하는 것은 동요동시를 예술적으로 발전시키는 기본 조건으로 된다. 그런데 전후 시기에 이렇듯 중요한 문제가 시인들의 집단적 노력에 의하여 성과적으로 해결되어 왔다. 특히 유년층 아동 즉 학교 전의 유치반 어린이들을 위한 유년 동요동시 분야에서 새로운 성과가 거둬졌다.

이것은 리호남의 동요 「종이배」, 김북원의 동요 「비둘기」, 이순영의 동요 「색동저고리」만을 예거하여도 충분하다.

유년아동을 위한 시가에 대해서 말하면서 강조되어야 할 것은 그림을 붙여 발행되는 학령 전 아동들을 위한 시가를 창작하는 문제이다. 황민의 「용이와 그의 동무들」을 비롯한 이러한 시가가 전후 시기에 활발히 발간되기 시작한 것은 매우 기쁜 일이 아닐 수 없다.[42]

---

42 장형준, 같은 글, 314~328쪽.

③ 동화의 성과를 개관한 부분

전후에 들어와서 동화 문학 분야에는 많은 새로운 신인들이 등장하였으며 많은 아동 작가들이 또한 동화 작품을 창작하였고 기성 동화 작가들도 새로운 창조적 성과를 거두었다.

전후 동화 문학의 발전과 그 특징적 면모는 우선 현실적 문제를 동화화한 점에서 거둔 창조적 성과에 기초하고 있다.

이미 위에서 명백한 바와 같이 우리 동화 문학의 주되는 방향은 항상 시대의 현실적 문제에 일차적 주목을 돌려온 점에 있거니와 전후에도 역시 우리의 동화 작가들은 현실적 문제를 형상화하는 데 주력하였다. 그러하여 강효순의 「너구리네 새 집」, 김도빈의 「제일 큰 힘」과 「하늬바람의 편지」, 김신복의 「새로생긴 전설」 등은 이러한 과정에서 이루어진 이 방면의 대표작들이다.

전쟁 현실의 시대적 요구에 의하여 싸우는 조선 인민의 승리를 동화 문학의 기본 문제로 삼았던 강효순은 전후의 새 현실에 민첩히 수응하여 아동들의 노력교양에 이바지한 동화 「너구리네 새 집」을 창작하였다. 이 작품은 노력을 싫어하고, 뿐만 아니라 해볼 넘도 하지 않고 매년 오소리네 집에서 집간살이하기 마련이던 너구리들이 새로운 노력생활을 통하여 어떻게 발전하는가를 보여주고 있다.

너구리들은 처음 낡은 관념에 포로되어 있었다. 그들 중에서 마동 너구리는 개구리들의 벅찬 노력 투쟁에 고무되어 자기 족속의 고루한 전통적 관념에서 벗어나 자기 집의 건설에 착수하여 마침내 성공한다.

이러한 노력 과정은 너구리들의 육체적 조건마저 변화시켰다. 그리하여 그들의 손들은 노동에 의하여 노동에 편리하도록 변화되었다는 것이다. 물론 이것은 과장이다. 그러나 작자는 이러한 과장을 통해서 행복한 생활 창조에서 노력이 가지는 의의를 심각하게 밝히고 있는 동시에 손을 포함한 인간 유기체의 발달이 노동에 결정적으로 의존하고 있다는 데 대한 유물론적 사상을 암시해 주고 있는 것이다.

이처럼 작자는 과장의 수법을 심오한 사상을 천명하는 중요한 예술적 수단으로 옳게 리용하고 있다.

전쟁 시기에 새로 등장한 김도빈은 정전 직후에 동화 「제일 큰 힘」을 창작함으로써 역량 있는 동화 작가로 인정되었다.

"무엇이 세상에서 기운이 제일 세냐?" 작품의 서두에서 문제는 이렇게 섰다. 이 설문에 대한 해답은 두 마리 새끼 다람쥐의 인식의 발전 과정을 통해서 예술적으로 주어진다.

즉 작자는 제일 큰 힘이 노력에 대한 위대성과 노력, 인민의 단결된 힘에 있다는 것을 각이한 개성을 가진 두 어린 다람쥐의 성격적 대소와 어린이에게만 고유한 순결성과 해학을 동반하는 그들의 갸륵한 심리세계의 소박한 묘사를 통하여 감동적으로 보여주고 있다.

보는 바와 같이 상기 작품들은 모두 동물의 이야기로서 시대의 진리와 고상한 윤리를 천명하고 있는 것이다.

이것은 동물의 이야기로도 능히 현대성의 동화 작품들을 창작할 수 있으며 현실을 훌륭하게 재현할 수 있다는 것을 더욱 명확하게 확증하여 주는 것이다.

두 작품의 차이점은 만일 「너구리네 새 집」이 동물 세계 자체 속에서만 이야기가 진행된다면 「제일 큰 힘」에서는 동물 세계와 인간 사회와의 호상 연관을 통해서 즉 전후 복구건설의 객관적 현실을 환경으로 하여 동물들의 이야기가 진행되는 점에서 특징적이다. 우리는 여기서 이동규의 동화에 나오는 참새를 상기하게 되거니와 이 시기에 이르러서는 그전보다 더욱 많이 동물 이야기가 동화 작품에 나타났다. 송창일도 이 시기에 교활한 인간을 비판하며 풍자하는 「벼랑에 떨어진 여우」를 발표하였다. 그러나 동물 세계와 인간 세계를 관련시키면서 동화 작품을 창작한 것은 그리 흔치 않았다. 이런 점에서 「제일 큰 힘」은 「지지와 배배」에 뒤이어 이 방면에서 새로운 성과를 보여주었다고 말할 수 있다. 그러나 이것은 이러한 방향이 동물의 이야기만을 취급하는 것보다 더 우월하다는 것을 의미하는 것은 결코 아니다. 양자의 우열을 말할 수는 없다. 문제는 형상 여하에 달려 있는 것이다. 「제일 큰 힘」은 보다 직접적으로 전후 현실의 면모를 보여준 점에서 특징적이다. 이 두 작품은 모두 전후의 새로운 현실을 반영하여 인간의 힘과 인간 노동의 위대성을 아동들에게 설득력 있게 확인시키면서 그들을 시대의 이념으로 교양하고 있는 점에서 공통적 특성을 가지고 있다.

김도빈의 다른 작품 「하늬바람의 편지」는 「너구리네 새 집」처럼 동물 세계에서 이야기가 전개되고 있다. 이 동화는 그림을 붙여 저학년 아동들에게 자연에 대한 인식과 그를 정복하고 개조할 데 대한 사상을 주고 있는 것이다. 이 작품의 사상은 우리 북반부에서 진행된 전후의 웅대한 자연개조에 궐기한 우리 인민의 노력적 앙양에 기초하고 있으며 이 작품의 빠포쓰도 바로 여기에 기초하고 있다.

이처럼 벅찬 현실은 그 현실 자체를 직접 동화에 담아줄 것을 동화 작가들 앞에 요구하고 있다.

우리 시대는 실로 기적으로 충만되고 있다. 공장과 농촌, 바다와 산야에서 매일 매시간 신기한 기적들이 일어나고 있다. 자연의 비밀을 탐색하며 개조하는 근로자들의 노력 위훈과 투쟁 속에는 그 얼마나 많은 동화적 소재가 축적되고 있는 것인가!

이러한 방면을 개척함에 있어서 좋은 시도를 보여준 것은 열두 삼천리벌의 대자연 개조에 궐기한 농민의 노력투쟁을 직접 소재로 하여 창작된 김신복의 「새로 생긴 전설」이다. 우리 시대의 위업인 사회주의적 대자연 개조에 고무된 작자는 2천리 수로를 만든 평남 관개공사의 장엄한 현실에 취재하여 새로운 동화를 창작하였다.

이 작품에는 한재로 말미암아 갖은 곤란을 겪은 우리 농민의 해방 전 생활과 해방 후의 생활, 특히 대자연 개조에 궐기한 우리 농민의 생활이 진실하게 그려져 있다.

이 생활 자체의 묘사에는 실제 생활이 놓여져 있다. 생활의 과정 그대로이다. 그러나 여기에 환상적 요소가 배합되어 자연 현상인 가뭄이 신격화됨으로 말미암아 동화적 형상인 가뭄 귀신이 등장하는 것이다. 그리하여 동화의 이야 기는 가뭄 귀신과 농민들과의 가혹한 투쟁으로 시작하여 농민들이 판 수로에 가뭄 귀신이 빠져 죽는 것으로 끝나는데, 이것은 대자연 개조가 인민의 생활과 운명에 미치는 거대한 의의를 심각하게 보여주는 것이다.

여기에서 우리의 주목을 끄는 것은 현대 생활을 동화화하면서 작자가 그 생활에 인민의 구비전설의 요소를 솜씨 있게 결합시키고 있는 점이다. 가뭄 귀신에 대한 이야기는 물론 낡은 옛이야기이다. 그러나 이것은 이 작품에 생명을 부여하는 동화적 환상의 산물로서 다시금 우리 아동문학의 매혹적인 동화적 형상으로 등장하게 된 것이다. 이 작품의 경험이 보여주는 바와 같이 오늘의 우리 생활을 직접 주제로 하는 경우에 있어서 구비전설적 요소를 도입하여 새로운 동화적 형상을 창조하는 것은 동화 문학의 금후 발전을 위하여 더욱 개척되고 탐구되어야 할 문제가 아니겠는가!

전후의 동화 문학에서는 아동들의 생활이 직접 중요한 동화적 소재로 되고 있다.

이진화의 「시간의 집」과 박응호의 「'2점짜리' 이야기」 등은 모두 학업을 태만하는 아동들을 비판하는 내용으로 이야기가 꾸며지고 있으며 박인범의 동화 「빨간 구두」도 교양적인 작품이다.

아동들의 생활을 직접 소재로 한 경우에 특징적인 것은 아동들을 꿈세계가 아니면 동화적 세계에로 끌고 들어가서 주인공의 눈앞에 희한한 광경들을 전개시킴으로써 아동들을 동화세계에 잠기게 하고 있는 사실이다.

오늘 동화 문학은 이영규의 동화 「황금새」를 비롯한 성인 작가들의 창작과 원도홍의 「불로초」를 비롯한 신인들의 작품에 의하여 더욱 풍부하여지고 있으며 과학·환상적인 역역의 개척에 의하여 그의 주제 세계는 더욱 넓어지고 있다.

전후 동화 문학의 발전은 구비전설을 계승하고 개작하여 새로운 동화를 창조하는 분야에서 얻어진 성과에 의해서도 잘 증명된다. 그 어느 때에도 전후 시기에 있어서와 같이 그처럼 강하게 전통의 계승 문제에 주의가 돌려진 때는 없다. 문학 유산에 대하여 허무주의적으로 대하던 미제의 고용 간첩인 박헌영 －임화 도배들과 이와 사상적으로 결탁하였던 반당 종파분자들인 박창옥 계열 이 숙청됨에 따라 이 사업은 전에 없이 활기를 띠게 되었다. 바로 이와 같은 사 정은 동화 문학에도 긍정적 결과를 가져오지 않을 수 없었으며, 따라서 옛이야 기에 토대한 동화 작품들이 리진화의 흥미 있는 동화 「쌀 나오는 샘」을 비롯하 여 일일이 열거하기 어려울 만치 속출하였다. 그중에서도 이원우의 장편동화 「도끼 장군」은 왜적을 반대하는 임진조국전쟁 당시의 우리 선조들의 영웅적 투쟁에 대한 전설적 이야기에 기초한 서사시적 동화이다.

우리는 인민창작의 전통을 현대성의 견지에서 계승하여 그 전설이 가지는 역사적 내용을 왜곡하지 않고, 우리 시대의 아동을 교양함에 기여한 동화 문학 의 작품들 중에서 「도끼 장군」을 하나의 높은 금자탑에 비할 수 있다. 그만큼 이 작품의 예술적 성과는 크다. 이 작품에서 이원우의 솜씨는 일층 높은 경지 를 보여주고 있다. 이 동화의 주인공 도끼 장군은 본시 착하고 부지런한 총각 머슴꾼이었다. 그는 압박 받고 굶주리던 근로인민 속에서 나와 침략자를 쳐부 순 인민적 영웅으로 되었다. 때문에 그의 형상 속에는 당시 조선 인민의 영웅 적 기개와 아름다운 성격적 특질이 동화적 수법을 통하여 일반화되어 있다. 즉 동화적 수법에 의하여 도끼 장군의 형상은 더욱 선명하게 부각되어 있다. 도끼 장군은 도끼를 휘두르며 침략자를 남김없이 쳐부수고 싸우다가 쓰러지면 그때 마다 도끼 장군이 두 도끼 장군으로 되고 둘이 쓰러지면 넷으로 또 여덟, 열여 섯 장군으로 그리하여 몇 백 몇 천의 도끼 장군으로 나타나 왜적을 모조리 때 려눕히도록 형상화되어 있다. 이처럼 작자는 기적을 발휘하는 도끼 장군의 형 상을 창조하였다. 작자는 특히 왜적과의 전투 과정에서 그의 동화적 행동세계 를 더욱 선명하게 보여줌으로써 도끼 장군으로 하여금 기적의 주인공인 매혹 적 동화적 형상으로 되게 하였던 것이다.

그러므로 도끼 장군의 형상에 체현된 기적적 힘과 그의 요술적 환생은 바로 조선 인민의 거족적 힘과 투쟁, 그들의 불요불굴의 투지와 인민의 대중적 영웅주의를 상징적으로 보여주고 있는 것이다.

이 동화는 이렇듯 당시의 조선 인민의 영웅적 투쟁을 생생하게 재현하였을 뿐만 아니라, 오늘의 우리 인민의 절실한 문제의 해결에로 독자들을 추동하고 있는 점에서도 특징적이다. 전쟁에서 승리한 도끼 장군이 자손만대의 행복을 염원하며 꿈꾸던 '행복의 다락집'은 오늘 우리나라에서 더욱 아름답게 현실화되고 있지 않는가!

그러므로 이 작품은 독자들로 하여금 공화국 북반부의 새 현실을 더욱 사랑하고 옹호하도록 하면서 아직도 남반부에 둥지를 틀고 앉아 있는 원쑤에 대한 그들의 치솟는 증오를 격발시키고 있다.

이와 함께 이 동화는 도끼 장군의 자손들이 지키고 있는 우리나라의 한 조각 땅은 그 누구에게도 떼울 수 없다는 데 대한 민족적 긍지와 자신심을 높이면서 그들을 조국통일의 위업에 헌신하도록 고무한다.

교양적 의의에서뿐만 아니라 예술적 측면에서도 이 작품은 동화 문학의 모범으로 된다. 그리하여 『도끼 장군』은 혁명성과 소박한 인민성 그리고 시적인 흐름으로 하여 독자들의 열렬한 사랑을 받고 있는 것이다. 작품에 넘쳐흐르고 있는 시적 정서는 맑고 간명한 언어 선택과 시적 표현에 의하여 이루어진다. 작자는 인민의 언어에서 소박하고 형상적인 어휘들과 언어 표현들을 캐내어 예술적 언어로 정화시켰으며, 시에서 흔히 이용되는 반복법을 비롯한 시 운율 형성의 보조적 수단들을 대담히 도입하여 문장 전체에 시적 리듬을 조성하였다. 이와 같은 것은 구비문학을 계승하며 인민적 고전 전통에 의거하려는 그의 창조적 노력과 떼어서 생각할 수 없다. 그의 아동 시가의 특성은 내용과 형식에서 다분히 인민창작과 밀접히 연계되어 있는 데 있다. 김일성 원수의 항일빨찌산투쟁을 노래한 「떠돌던 귓속 노래」, 임진조국전쟁을 모찌브로 한 「강강수월래」 등은 완전히 구비문학의 전통에 의거하고 있으며, 버들을 통하여 민족적 정서를 노래한 「버들 노래」에서나 갖가지 새들을 노래한 「고운 새의 노래」에서도 인민적 시가의 특징은 선명하게 나타난다. 바로 이 점에서 그의 시가는 전후 아동 시문학에서 특이한 존재이거니와, 이러한 특징이 「도끼 장군」에 그처럼 인민 시가에 고유한 그런 시적 정서를 풍만하도록 한 것이다.

옛이야기에서 심오한 철학적 의의를 부여하여 우리 시대의 윤리를 천명한 작품은 황민의 동화 「잠자는 바다」이다. 작자는 이 작품에서 노력을 통하여 바다를 정복할 수 있었다는 것을 자랑하는 한 쌍의 부부의 이야기로써 능숙하게 처리하였다. 사실에 있어서 자연에 대한 정복 과정은 그대로 부단한 인간 노동의 과정이며 난관과의 투쟁 행정이다. 그러므로 근로만이 인간에게 새로운 행복을 주는 것이며, 행복을 건취하기까지에는 허다한 시련을 겪어야 하고, 또 중첩되는 곤란을 뚫고 나아가야 한다. 잠자는 바다 속에 빠져 들어간 사랑하는 영월녀를 찾기 위한 랑일랑의 투쟁 과정은 바로 이러한 사상을 우리에게 주는 것이다. "나는 영월녀를 찾았어, 내 힘으로 찾아냈소! 나는 바다를 이겼소! 그리고 인제사 비로소 알았소! ⋯⋯잠든 바다를 깨우는 힘이 나에게 있었다는 것을, 그것은 노력이었소."

주인공의 이 말 속에는 이 작품들의 심오한 철학이 풍기고 있다. 동화에 철학성을 강화함에 있어서 확실히 이 동화는 새로운 국면을 보여주고 있다.

이 작품은 동화적 언어 구사에서도 좋은 모범을 보여주고 있다. 이 작품의 언어상 특징은 이원우의 그것보다는 더 섬세하면서도 산문화의 경향에 빠지지 않고 오히려 동화 작품에 있어야 할 지식감흥을 보존하고 있는 데 있는바 이것은 그 언어들이 구슬과 같이 영롱한 품위를 가지고 있기 때문이다.

이러한 어휘 구사는 역량 있는 작가들에게만 볼 수 있는 그런 경지인 것이다.

전후 동화 문학의 전진은 묘사 수법의 발전에서도 볼 수 있다. 전후 시기에 특징적인 것은 동화시가 유행되고 있는 점이다. 해방 후 이 장르를 개척함에 있어서 특별한 노력을 기울인 것은 시인 이호남이다. 그는 벌써 평화적 민주건설 시기부터 이 장르에 손을 대 있고 전쟁 직후 성과작 「꿀벌과 여우」를 내놓

왔다.

이호남의 동화시 「꿀벌과 여우」에 대하여 말한다면 작자는 이 작품을 창작하기 전에 산문 동화 「꿀벌과 여우」를 이미 1949년에 창작하였던 것이다. 이두 작품의 줄거리는 동일하다. 그러나 동화시는 독자에게 보다 큰 예술적 감명을 일으킨다. 이것은 무엇 때문인가? 그것은 함축 있는 시적 언어에 의하여 동화의 사상적 내용이 더 예술적으로 표현되었기 때문이다. 바로 이러한 사실은 동화시 장르의 형상적 힘을 스스로 증명하여 주고 있는 것이다. 이호남은 이장르의 창작에 계속 많은 역량을 기울이고 있으며 여러 아동 작가들에 의하여 동화시는 활발히 창작되고 있다.

윤동향의 「의 좋은 형제」, 이원우의 「뛰어난 흙소」 등과 우봉준의 동화시들은 이러한 과정에서 창작된 것이다. 오랜 카프 시인인 박세영에 의하여 창작된 동화시 「수구막의 탑」은 계급적으로 서로 대립된 부자와 머슴과의 갈등에 기초하여 이야기가 설정되고 있다. 겨부자는 복이 들어만 오라고 자기 집 마당앞에 수구막의 탑을 쌓았는데 그의 머슴 천쇠는 자기 집이 물에 떠갈까봐 집앞에 수구막의 탑을 쌓았다. 그런데 욕심 사나운 겨부자는 천쇠네 수구막의 탑을 헐어가려고 하다가 상투돌이 금덩어리인 것을 보고 땅과 집을 팔아 자꾸 사들였다. 그러나 그의 궤 속에 든 상투돌은 모조리 돌멩이로 변하여 마침내 그는 망해 버린다. 이 이야기에서 명백한 바와 같이 이 작품은 인색하고 탐욕스러운 겨부자에 대한 계급적 증오를 환기시키어 독자들을 계급의식으로 무장시키고 노력하는 인간에 대한 사랑을 북돋아주고 있다. 이 동화는 구비창작의 모찌브를 이용하고 인민적 어휘로써 소박하고 진실하게 노래한 점에 있어서 매우 인민성이 투철한 작품이다.

동화라기보다 시로써 취급되어야 할 그런 작품은 이미 위에서 스쳤기 때문에 예거한 동화시는 운문동화라고 하는 것이 더 적당할 작품들뿐이다.[43]

---

[43] 장형준, 같은 글, 340~350쪽.

유일사상 시기(1967년 이후)

1. 우상화 경향

북한 아동문학은 성인문학과 마찬가지로 1967년 이후에는 '주체문학'이라는 이름 아래 변함없는 동질성을 유지해 오고 있다. 김일성을 꼭지로 하는 권력의 공고화가 일단락되자 맑스레닌주의와도 구별되는 유일사상을 대내외에 천명했으니, 북한 사회 내부에 더 이상 유의미한 도전세력은 존재할 수 없었다. 이로부터 북한 사회는 외부의 적에 맞서 내부의 결속을 다지며 최고 권력자를 숭배하는 유사(類似) 종교국가의 형태를 띠게 된다.

하지만 주체문학이 하루아침에 일어난 전변(轉變)은 아니다. 유일사상 시기 이전의 역동성을 강조하느라 마치 1967년 이전과 이후의 문학은 상당히 다른 성격을 지닌 것인 양 여기는 것은 착각도 보통 착각이아니다. 실제 자료가 말해주듯이 기본적으로 북한의 문학은 분단시대에들어서 하나의 중심, 하나의 색깔로 일관해 왔다고 해도 과언은 아니다. 주변적 요인들이 대내외적 정세변화에 따라 어느 정도 부침(浮沈)할 수있었던 시기와 그렇지 않은 시기를 둘로 나누어본다는 필요성에 의해서만 유일사상 시기 이전과 이후는 구별될 수 있을 따름이다.

아동문학 부문에서 유일사상 시기를 획정하는 결정적인 증거는 1967년 10월 24일자 『문학신문』의 사설로 실린 「아동문학에서 혁명성을 보다 더 높이자」란 글이다. 서두는 다음과 같다.

오늘 우리 아동문학 앞에 제기되고 있는 제일차적인 과업은 자라나는 후대들을 우리 당의 유일사상체계로 철저히 무장시킴으로써 당과 수령이 부르는 길이라면 어느 때 어디서나를 막론하고 목숨 바쳐 싸울 수 있는 믿음직한 혁명 전사로 키우는 것이다.[1]

사설은 이어서 "김일성 동지께서는 간고한 항일무장혁명투쟁 당시에 많은 희곡 작품들과 노래들을 창작하여 대중과 후대들을 혁명사상으로 교양함에 특별한 의의를 부여하였으며 해방 후 오늘에 이르기까지 문학예술의 발전을 위한 구체적 방향과 실천적 대책들을 제시해 주셨다"고 역설한다. 카프 대신에 김일성의 항일혁명문학이 유일한 전통으로 승격되었으며,[2] 과거에는 구전 또는 집단 창작으로 소개된 작품들도 김일성 명의의 창작으로 바뀌어갔다.

사설이 아동문학 창작의 지침으로 강조한 내용을 차례대로 인용하면 다음과 같다.

동심보다도 더 먼저 작가들에게 중요한 문제로 제기되는 것은 사상교양 문제이며 어린 독자들을 계급적으로 교양하는 문제라는 것을 잊지 말아야 한다.

---

1 사설, 「아동문학에서 혁명성을 보다 더 높이자」, 『문학신문』, 1967.10.24.
2 처음에는 카프를 중심으로 하는 문학이 북한 문학의 중심적인 전통으로 평가되고 있었는데, 1954년부터 1967년 이전까지는 카프를 중심으로 하는 문학과 항일혁명문학이 나란히 북한의 혁명문학의 전통으로 평가받았다. 그러다가 1967년 유일사상의 체계가 확립된 후 북한 문학은 카프를 평가절하하고 항일혁명문학을 유일한 혁명전통으로 평가하기 시작한다. 이에 관한 자세한 사항은 김재용, 『북한 문학의 역사적 이해』, 문학과지성사, 1994 참조.

유년층 어린이에게는 계급교양을 할 수 없다거나 또 그들에게는 정서교양만 하면 된다는 생각은 전적으로 부당하다.(……)

아동문학은 어느 층을 대상으로 하였거나 또 어느 부문을 막론하고 자라는 새 세대들을 혁명가로 교양함에 이바지하여야 한다.

그러기 위하여 선차적으로 제기되는 문제는 수령을 따라 배우게 하며 그이의 사상으로 철저히 무장시키는 것이다. 그이께서 어린 시절에 어떻게 생활하셨으며 15개 성상 간악한 일제를 반대하여 어떻게 싸우셨는가를 알려주어야 하며 해방 후 이룩한 위대한 승리와 오늘의 이 행복, 이 기쁨을 가져다주신 분이 바로 김일성 원수님이시라는 것을 똑똑히 알려줌으로써 위대한 수령을 모시며 사는 긍지를 가지게 함과 함께 그이가 부르는 길이라면 물불을 가리지 않고 언제 어디서나 서슴지 않고 청춘을 바칠 수 있게 무장시켜야 한다.(……)

아동들을 계급적으로 무장시키며 혁명가로 양성하기 위하여서는 김일성 동지께서 조직 영도하신 항일무장투쟁 시기의 우리 혁명 선열들의 투쟁 모습을 형상적으로 보여주는 문제가 아주 중요하다.(……)

후대들을 혁명사상으로 교양함에 있어서 주요하게 제기되는 문제의 하나는 미제의 무력침공을 반대하는 조국해방전쟁 시기에 전선과 후방에서 용감히 싸운 인민군대와 그들을 원호한 후방 인민들의 투쟁 모습을 보여주는 것이다. (……) 이와 동시에 전쟁 시기 전선 승리를 위하여 인민군대와 후방 인민들과 함께 소년단원들이 전선 원호를 위하여 자기네들의 조직을 어떻게 움직였으며 전시 생활에 맞게 자기들의 생활을 어떻게 개편하였으며 전쟁의 불길 속에서 어떻게 심신을 혁명적으로 단련시켰는가를 보여주는 문제가 긴요하다.(……)

아동문학에서 남반부 어린이들의 생활 모습과 그들의 투쟁 모습을 보여주는 문제는 아주 중요하다. 미제 강점하에서 신음하는 남반부 어린이들의 비참한 생활 모습을 보여줌으로써 공화국 북반부 아동들에게는 우리 제도의 우월성을 더욱 똑똑히 알게 함과 아울러 그들을 해방시키고 조국을 통일해야겠다는 자각을 갖게 하며 동시에 작품을 통하여 남반부 청소년들을 투쟁에 궐기시키기도록 하여야 한다.(……)

이것을 해결하는 결정적 고리는 아동 작가들 자신이 혁명화, 노동계급화되는 것이다. 당과 수령의 부름에 자신들이 충실할 때, 당의 유일사상체계로 자신들을 더욱 철저히 무장할 때, 그들의 창작품은 어린 독자들에게 없어서는 안될 정신적 양식으로 될 것이며 생활의 훌륭한 교과서로 될 것이다.[3]

이 사설은 김일성과 유일사상을 중핵으로 하는 아동문학의 지침을 구체적으로 나열·강조하고 있다는 점에서 주체시대 아동문학의 특징을 선취해서 보여준다. 이후로 이론이든 창작이든 김일성과 유일사상을 앞세우지 않고는 한걸음도 나아갈 수 없었다.

주체시대에는 특히 수령 형상의 작품이 끊임없이 나오기 시작했는데, 개별 작가들뿐 아니라 4·15창작단의 집체창작에 의해서 더욱 본격화되었다. '불멸의 역사' 총서를 창작한 4·15창작단은 1967년 6월 28일 김정일의 주도로 만들어진 것이다.

우상화 경향은 김일성뿐 아니라 그의 가계(家系) 전체에 대한 숭배를 의미한다. 흥미로운 것은 김정일이 만 12세 때 『아동문학』(1954.6)에 발표한 동시 「우리 교실」이 '불후의 고전 명작'으로 추켜지는 사실이다. 이 동시는 김일성을 칭송하는 내용이자 김정일의 작품이라는 점에서 북한 아동문학이 떠받드는 두 가지 조건을 동시에 충족한 셈인데 1954년 6월호 『아동문학』의 '써클작품' 난에 '평양 제4인민학교 김유라'의 이름으로 발표된 것이다. 본문의 제목은 '우라 교실'이라고 오식이 되어 있다. 작품 전문은 다음과 같다.

아름다운 교실,

---

3 사설, 「아동문학에서 혁명성을 보다 더 높이자」, 『문학신문』, 1967.10.24.

언제나 재미나는 교실
앞에는 원수님 초상화
환하게 모셔져 있지요.

오늘 아침도 기쁜 마음으로
우리 교실에 들어서니
언제든지 반가운 듯이
우리보고 공부 잘하라고……

추운 겨울은 지나가고
봄바람에 실버들 푸르렀네
우렁찬 건설의 노래와 함께
원수님을 우리는 받드네

노래하자! 원수님을……
우리는 승리하였네
행복한 민주의 터전은 건설되네
노래하자! 우리의 원수님을……

우리의 교실은 알뜰한 교실
언제든지 책상에 앉으면
너그럽게 웃으시며 말씀하시네
새 나라 착한 아이들 되라고……

우리는 언제나 받드네 원수님을……
원수님의 가르침을 따라

새 나라 일꾼이 되자!

항상 준비하자![4]

'아름다운 교실, 재미나는 교실, 추운 겨울, 우렁찬 건설의 노래, 행복한 민주의 터전, 착한 아이들, 새나라 일꾼' 등 상투적인 어휘의 나열이라서 별다른 울림을 주지 못한다. 김정일이 김일성을 찬양하는 마음으로 지었다는 것 외에는 특별할 것이 없는 평범한 수준이다. '불후의 고전 명작' 운운은 가당치도 않다.

학생 신분의 써클 작품들에는 짤막한 단평을 달아놓았다. 이 작품에도 다음과 같은 박세영의 단평이 붙어 있다.

이 노래에서 느끼는 바와 같이 원수님의 초상화를 보고 마음속에서 참되게 우러나오는 것을 노래했다. 원수님은 우리들에게 반드시 새 나라의 일꾼이 되라, 영웅이 되라고 하시는 것으로 점점 앞으로 나가면서 우리의 용기와 희망을 돋구어주시는 것을 보여주었다. 인민학교 학생으로서는 근기 있고 무리 없이 끝까지 엮어나간 성실한 내용이다. "언제든지 책상에 앉으면 너그럽게 웃으시며 말씀"하시는 원수님 초상을 모신 새로 지어진 학교 아담한 교실이 환히 보인다. 앞으로 좋은 작품이 많이 나올 것을 기대하면서 다만 이 노래의 결점으로 되는 것은 원수님께서 우리를 생각해 주시는 것만 생각했지 우리는 이러저러한 깨달음 밑에 어떻게 생활을 하는 (즉 맹세를 행동으로 옮기는 것) 그 모습을 좀 더 그렸으면 하는 것이다. "새나라 일꾼이 되자"와 같은 구호보다는 위에서와 같이 어떤 느낌을 노래함으로서만이 더 좋은 동시가 되었으리라고 생각한다. 말을 쓰는 데 같은 형용사를 되풀이하지 않을 것과 어려운 말을 쓰지 않을 것을 부탁한다.[5]

---

4 김유라, 「우리 교실」, 『아동문학』, 1954.6, 52~53쪽.
5 박세영, 같은 곳.

여기에는 이 작품의 결점도 지적되어 있다. 원수님에게 받은 혜택은 구체적인데 그에 대한 맹세는 그렇지 않다는 것, "새 나라 일꾼이 되자"는 식의 구호보다는 어떤 구체적인 느낌을 노래해야 한다는 것 등이다. 유일사상 시기 이전에는 김정일이 인민학교 생도였기에 설령 김일성의 아들일지라도 이런 정도의 가르침이 가능했던 것이다.

하지만 훗날 정용진이 쓴 『아동문학의 새로운 발전』(문예출판사, 1991)에 이르면 사정이 완전히 바뀐다. 정용진의 저작은 아동문학에 대한 김정일의 '위대한 영도와 빛나는 업적'을 서술한 것인데, 제1장 '주체적 아동문학의 빛나는 본보기 창조' 항목에서 「우리 교실」을 "심오한 철학이 있는"[6] '고전적 명작'으로 치켜세운다. 장영·이연호가 지은 『동심과 아동문학 창작』(문학예술종합출판사, 1995)에서도 이 작품은 제2절 '아동 시문학의 고전적 본보기 작품' 항목에서 "불후의 고전 명작"[7]이라고 치켜져 있다.

또한 『아동문학』지는 1984년 6월호, 1994년 6월호를 '우리 교실' 발표 30주년과 40주년 기념 특간호로 발행했고, 1989년 6월호는 발표 35주년 기념특집을 다뤘다. 1988년 8월호와 1989년 6월호는 '우리 교실' 발표 특집을 다루고 있다. 유일사상체제가 얼마나 북한만의 특수한 상황의 소산인지 짐작하기 어렵지 않다.

유일사상 시기에 나온 작품들의 양상은 '우상화'와 '체제수호'의 내용을 천편일률적으로 드러내는 것들이고 이재철의 『남북아동문학연구』(박이정, 2007)에서 한 차례 정리된 바 있기에 동어반복적인 고찰은 피하려고 한다.[8] 우상화 경향의 한 단면으로 조선작가동맹 중앙위원회 기관지 『아동문학』에 잇달아 소개된 김일성 가족의 작품 현황을 간략히 소

---

6 정용진, 『아동문학의 새로운 발전』, 문예출판사, 1991, 20쪽.
7 장영·이연호, 『동심과 아동문학 창작』, 문학예술종합출판사, 1995, 74쪽.
8 유일사상 시기의 아동문학 양상에 대해서는 이재철의 『남북아동문학연구』(박이정, 2007)을 참고 바람.

개하면 다음과 같다.

1) 김일성의 작품

'초기 혁명 활동 시기에 조선인 길림소년회 회원들에게 들려주신 이 야기를 그대로 옮긴 것'이라는 설명과 함께 다음 동화들을 수록했다.

작품명	게재호
날개 달린 용마	『아동문학』, 1982.6
미련한 곰	『아동문학』, 1982.7
이마 벗어진 앵무새	『아동문학』, 1983.1
포수와 금당나귀	『아동문학』, 1988.4
범을 타고 온 소년	『아동문학』, 1988.5
'명의'의 실수	『아동문학』, 1989.4
산중대왕의 죽음	『아동문학』, 1991.2
불씨를 찾은 아왕녀	『아동문학』, 1992.6
천년바위를 이긴 물방울	『아동문학』, 1993.1

2) 김정숙의 작품

'이 동화는 존경하는 김정숙 어머님께서 항일무장투쟁 시기 들려주신 이야기를 그대로 옮긴 것'이라는 설명과 함께 다음 동화들을 수록했다.

작품명	게재호
셋째의 착한 마음	『아동문학』, 1989.12
쫓겨난 여우	『아동문학』, 1990.6
오동나무잎	『아동문학』, 1992.10
개미와 왕지네	『아동문학』, 1992.12

3) 김정일의 작품

'이 작품은 친애하는 지도자 김정일 동지께서 인민학교(또는 만경대 혁
명자녀학원 및 평양 남산고등중학) 시기에 학급 동무들에게 들려주신 이야
기를 그대로 옮긴 것'이라는 설명과 함께 다음 작품들을 수록했다.

장르	작품명	게재호
동화	토끼와 사자	『아동문학』, 1990.2
동시	초상화	『아동문학』, 1991.5
동시	우리의 수령	『아동문학』, 1991.6
가사	축복의 노래	『아동문학』, 1991.7
가사	대동강의 해맞이	『아동문학』, 1991.8
동요	공화국의 기발	『아동문학』, 1991.9
동화	산삼꽃	『아동문학』, 1991.10
동화	금붕어가 물어온 무우씨	『아동문학』, 1991.11
동화	토끼의 발도장	『아동문학』, 1991.12
동화	연필의 소원	『아동문학』, 1992.2

2. 장르 인식과 문학사 서술의 변화

1) 장르 인식

북한의 아동문학이 천편일률적인 정책적 테마의 반복과 변주라고 할
지라도 그것은 어디까지나 아동문학의 형식으로 수행되는 것이다. 그렇
다면 아동문학 장르는 어떻게 인식되었고 그 하위 장르는 어떻게 구분
되어 있는가? 이를 살필 수 있는 북한의 공식적인 이론서는 이원우의
『아동문학 창작의 길』(국립출판사, 1956), 김일성종합대학 문학과용 『아
동문학』(김일성종합대학출판사, 1981), 장영·이연호 공저 『동심과 아동문

학 창작』(문학예술종합출판사, 1995) 등이다.

이원우의 『아동문학 창작의 길』은 '문학예술총서'의 하나이고 유일사상 시기 이전의 것이다. 더욱이 자기비판의 목소리가 어느 때보다 크게 울려나온 1956년 10월 제2차 작가대회를 앞둔 시점에 씌어졌기 때문에, 작가의 주관이 비교적 뚜렷하게 새겨져 있다. 물론 조선작가동맹 아동문학 분과의 핵심적인 위치에 있었던 그로서는 정책적 요구에서 벗어난 주장을 내비칠 생각은 조금도 없었을 것이다. 그러나 유일사상 시기 이전의 이론서로서는 이 책이 거의 유일한 것이므로 뒤에 나온 것들과는 비교가 된다.

제목이 가리키듯이 이 책은 창작에 관한 이론서다. "나는 지금 장차 아동문학을 창작하게 될 신인을 부르는 간절한 소원으로 가슴을 태우며 이 글을 쓰고 있다"[9]고 머리말에서 밝히고 있거니와, 당시까지는 매우 취약했던 아동문학 부문의 신인을 육성하기 위한 취지에서 이 책을 펴낸 것이다. 목차는 다음과 같다.

서론
제1장 아동문학의 일반적 개념
　　1. 문학의 한 테두리 속에 있는 아동문학
　　2. 아동문학과 일반 학과 과목
　　3. 아동문학의 연구 대상
　　4. 자연 현상과 동물 및 기타
　　5. 아동문학의 예술적 특성
　　6. 아동들을 위하여 무엇을 쓸 것인가
제2장 아동문학의 내용과 형식

---

9 이원우, 『아동문학 창작의 길』, 국립출판사, 1956, 4쪽.

아동문학의 일반적 개념을 말한 제1장의 첫 문장은 아동문학이 문학의 테두리 속에 있다는 것이다. 흔히 생각하는 것처럼 교훈성을 앞세우다가 문학성이 희생되는 문제점을 환기코자 그런 것은 아니다. 문학은 인민교양의 효과적인 수단이고 아동문학은 아동교양의 효과적인 수단이다. 이런 목적성으로 인해 이원우가 말하는 문학의 테두리는 방법적 차이에 국한된다. 즉 다른 모든 과학들은 '설명적 형태'를 띠고 표현되지만 아동문학은 문학이기에 '형상적 형태'를 띠고 표현된다는 것이다. 아동문학의 중요한 특성의 하나로 거론한 '의인화'를 설명할 때에도, "동물 묘사는 인간 묘사를 위하여 복무."[10]한다는 것에서 의의를 찾았는데, 이는 의인화의 뜻이 알레고리적 교훈성에 있음을 분명히 밝힌 것이다.

이원우는 아동문학의 예술적 특성에 대해서도 언급했다. 이런 부분은

---

10 이원우, 같은 책, 28쪽.

소련 작가대회의 여파로 일시 논쟁 국면이 펼쳐진 그 당시의 반성적인 분위기를 반영하고 있다.

아동문학을 일반 문학의 흐름 속에서 떼어내어 '교육학적' 혹은 '소년단적' 인 것으로 그 특성을 강조하려는 편향은 아동문학의 특성을 옳게 인식하지 못 하는 데로부터 출발한 것이다. 우리가 아는 바와 같이 쏘베트 제2차 작가대회 는 확고부동하게 아동문학을 '특수한 학습용 참고서 대하다시피' 하는 협애한 공리주의적 견해들에 대하여 타격을 주면서 아동문학은 다양한 쏘베트 문학의 총체적인 흐름 속에서 학교 문학적 대상으로가 아니라 자립적인 예술문학으로 서의 대상으로 인민 속에 남는다고 강조하였다.[11]

그러나 이론과 실제의 간극은 매우 컸다. 아무리 도식성의 문제점을 지적하더라도 형상화의 목적이 오로지 당이 제시한 정책의 수행에 놓여 있는 한, 근본적인 해결책은 나올 수 없었다.

이원우가 아동문학의 기초를 닦는 데에서 가장 공을 들인 것은 연령 특수성의 문제다. "아동문학은 아동들의 연령적 특수성에 의거하여 성 인문학과 구별되는 다른 예술적 특성을 발휘한다"[12]고 서두에서부터 강 조했다. 이 연령 특수성의 문제는 이 책의 여러 곳에서 되풀이 강조되고 있다. 아동문학이 교양의 효과를 십분 발휘하려면 대상의 성질에 대한 파악이 전제되어야 한다. 북한은 사회주의 정책상 아주 어린 연령대부 터 교양사업의 대상에 포함된다. 때문에 아동의 연령 특수성에 입각한 하위 장르가 일찍부터 발달한 편이다. 비교적 이른 시기에 아동문학의 장르 구분이 선명해진 이유가 여기에 있다.

이원우는 아동문학의 장르를 '아동소설, 동화, 우화, 동요, 동시' 등

---

11 이원우, 같은 책, 30~31쪽.
12 이원우, 같은 책, 5쪽.

으로 나누고 그 경계를 분명히 했다. 평화적 건설 시기와 조국해방전쟁 시기의 아동잡지들에 수록된 작품 양상을 보면 동화와 아동소설의 구분에서 혼동이 주어졌다. 실제로 경험 가능한 사실적·현실적 사건을 보이는 작품도 동화라는 표지를 달고 있었다. 하지만 전후 사회주의 건설 시기로 오면 그런 혼동은 좀체 찾아보기 힘들다. 여기에는 일찍이 구비 설화의 특성을 살려서 동화 장르의 발전을 도모한 이원우의 기여가 적지 않다. 강효순도 그와 같은 성과를 이어나갔다. 이원우는 이런 성과들에 기초하고 아동의 연령 특수성을 적용하여 아동소설과 동화를 한층 명확하게 구분 지은 장르 이론을 세운 것이다.

그는 동화의 형상들은 거의 공통적으로 "실재적 현상과는 부합하지 않는 형상들"[13]이라면서 동화의 형상을 몇 가지로 나누어 설명했다. '물체에 생명을 부여한 형상, 소원을 푸는 형상, 저절로 무엇을 만드는 형상, 마술적 형상, 동물의 형상, 인물을 과장한 형상' 등이 그것들이다.

동화의 이러한 기적적 형상들은 독자들로 하여금 일상적으로 보고 듣고 판단하며 살고 있는 자연과 생활환경 속에서 미처 발견하지 못한 채 남아 있던 '신기한 생활의 본질'을 깨닫게 하는 공상과 현실의 결합된 형상들이다.

비현실적인 것처럼 보이는 제반 형상들의 밑바닥에는 현실이 놓여 있다.[14]

동화는 생활 속에서 발견한 놀라운 기적적 사실을 구명하기 위하여 그것을 극도로 과장한다. 과장에 의하여 그 형상들은 본시 자기가 가지고 있던 일상적 특징과 형태가 아닌 초자연적인 신기한 다른 특성을 띠고 나타나게 된다.[15]

---

13 이원우, 같은 책, 103쪽.
14 이원우, 같은 책, 104쪽.
15 이원우, 같은 책, 108쪽.

여기에 이르러 소설과 대비되는 동화의 '비현실성'은 완전히 해명되었다. 이후로 '동화의 형상적 특성'에 해당하는 '비현실성'에 대한 시비는 '비속 사회학적 견해'로 비판되었다.

동화와 아동소설, 동요와 동시의 구분과 명명법은 식민지시대부터 이어져온 것이다. 이원우는 형상적 특성과 연령 특수성에 기초해서 이것들의 구분을 한층 명료하게 제시한 것인데, 동화로부터 우화를 떼어내서 정립한 점이 눈에 띈다. 부정과 비판의 대상을 그리기에 적합한 우화는 아동의 교양을 중시하는 관점에서 각별히 취급되었다.

> 우화의 내용을 이루고 있는 것은 사회의 전진을 방해하는 낡은 사상의 소유자들, 패덕한들, 노력을 싫어하는 자들, 사기꾼들, 교만한 자들, 아는 척하는 자들, 형식주의자들과 아첨쟁이 등 온갖 인간 쓰레기들을 풍자와 웃음의 불길로 태워버리는 거기에 있다.[16]

우화는 시처럼 짤막한 형식인 데다 주제를 명시적으로 드러내는 점에서 소설이나 동화와 구별된다. 이원우는 소설이나 동화에는 작가의 결론이 없지만 우화는 작가(혹은 긍정인물)의 결론이 있는 것이 특징이라고 설명했다. 여기서 말하는 작가의 결론은 마지막에 덧붙이는 교훈적 멘트를 가리킨다.

이원우는 동요와 동시를 설명하는 자리에서 더 세분화된 하위 장르로서 '유희동요' '아동서사시' '동화시'를 주목했다. 유희동요는 정서촌의 「꽃대문 놀음」, 윤동향의 「기차 놀음」, 이원우의 「수박 따기 놀음」, 아동서사시는 김학연의 「소년 빨찌산 서강렴」, 송봉렬의 「만경대 소년들」, 동화시는 백석의 「까치와 물까치」라는 성과로부터 도출된 것이다.

---

16 이원우, 같은 책, 121쪽.

이원우는 새 생활을 창조하는 새 시대에는 동요와 동시도 새롭게 변천 발전해야 한다면서 이들 새로운 시도에 적극적인 의의를 부여했다.

끝으로 창작 경험을 말하는 자리에서는 자신의 청소년 시절로 거슬러 올라가서 식민지시대의 상황이 얼마나 억압적인 암흑시대였는지, 반면에 해방 이후 공화국이 건설되고부터 창작상황이 얼마나 좋아졌는지를 드러냈다. 한편, 생활 현상을 인식 파악하는 힘을 맑스레닌주의에서 쟁취해야 한다고 역설했는데, 이는 김일성의 교시를 내세운 유일사상 시기의 저작들과는 조금 다른 면모라 할 수 있다.

신인 육성의 시급성에서 비롯된 것이고 비교적 엄격성이 덜한 창작안내서이긴 해도 이원우의 저작은 북한 아동문학의 이론적 기초를 세운 성과물이다. 이후의 아동문학 이론서는 유일사상 시기의 전반적 특징인 김일성의 교시를 앞세워서 이론을 펼친다는 점이 가장 큰 차이점이다. 단락마다 첫 줄에는 김일성이 등장할 정도로 모든 이론과 방책이 김일성으로부터 비롯된 것인 양 설명된다.

김일성종합대학 문학과용 『아동문학』은 '저자 이동원, 심사 이원우, 윤복진'으로 되어 있다. 크게 이론 편과 문학사 편으로 나뉜 이 책의 목차는 다음과 같다.

제1편 후대교양과 아동문학
　제1장 후대교양의 힘있는 수단으로서의 아동문학의 특성과 사명
　　제1절 어린이들의 연령심리적 특성과 형상적 형식으로서의 아동문학
　　제2절 아동문학의 특성과 독자적 영역
　　제3절 아동문학의 문예학적 특성
　　제4절 아동문학의 사명과 임무, 문예학적 과업
　제2장 아동문학의 종류와 형태
　　제1절 동요

제2절 위대한 수령 김일성 동지의 현명한 영도 밑에 발전한 평화적 건
　　설 시기 아동문학
제3절 위대한 수령 김일성 동지의 현명한 영도 밑에 발전한 조국해방전
　　쟁 시기 아동문학
제4절 위대한 수령 김일성 동지의 현명한 영도 밑에 발전한 전후 복구
　　건설과 사회주의 기초건설 시기 아동문학
제5절 위대한 수령 김일성 동지의 현명한 영도 밑에 확립된 사회주의제
　　도에 의거하여 전면적 개화기에 들어선 천리마시대의 아동문학
제6절 위대한 수령 김일성 동지의 현명한 영도 밑에 당의 유일사상체계
　　를 확고히 세우며 온 사회를 주체사상화하기 위한 투쟁시기 아동
　　문학

　먼저 머리글을 보면, 김일성의 교시를 인용한 뒤에 "위대한 수령님께
서는 어린이들이 대를 이어가면서 혁명을 해야 할 후비대라는 사정으로
부터 그들을 힘있는 사회적 존재로, 혁명적 세계관이 선 열렬한 혁명가,
공산주의자로 키우는 문제가 혁명의 장래 문제와 관련된 근본문제라는
것을 독창적으로 밝히시고 후대 교양에서 나서는 사상이론적 및 실천적
문제들에 대하여 전면적인 해답을 주시었다"[17]고 밝혔다. 이어서 "자라
나는 새 세대들을 혁명화, 노동계급화하여 위대한 수령님께 끝없이 충
직한 참다운 공산주의자로 키우려면 주체의 철학적 원리에 기초한 이론
과 방법이 있어야 한다"[18]는 것, 그리고 "아동문학은 어린이들을 위대한
수령님과 영광스러운 당에 끝없이 충직한 열렬한 혁명가, 공산주의자로
키우는 힘있는 무기의 하나"(같은 곳)라는 것을 강조하였다. 수령에 대
한 충직성이 아동문학을 통한 교양사업의 최종 도달점으로 제시되어 있

---

17 문학과용『아동문학』, 김일성종합대학출판사, 1981, 4쪽.
18 같은 곳.

다. 본문에서도 이 점은 끊임없이 반복적으로 환기되고 있는데, 이를 거두어내고 아동문학의 특성에 대해 밝힌 부분을 살펴보면 그 핵심은 앞의 이원우 저작과 통하는 내용이다. '연령 특수성'은 '연령심리적 특성'이라고 표현을 조금 달리했다. "아동문학은 아이들의 연령심리적 특성에 맞게 씌어진 문학으로서 대상성을 가지고 있는 문학이라는 데서 다를 뿐 문학예술이 수행하여야 할 사명과 임무는 같다"[19]는 것이다.

장르는 '동요, 동시, 동화, 우화, 아동소설, 동극, 아동영화문학' 등으로 구분해서 설명했다. 이는 앞의 이원우의 저서에서 보인 장르 구분과 동일한 체계다. 다만 이원우는 서정 양식과 서사 양식을 중심으로 신인들의 창작을 고무시키고자 했기에 극 양식에 속하는 동극을 빼놓았을 따름이다. 아동영화문학이 새롭게 포함된 것은 이 분야에 대한 높은 관심을 엿보게 해준다. 우화와 아동영화문학을 제외하면 대체로 해방 전의 장르 명칭과 구분법을 수용했다고 볼 수 있다. 각 장르에 대해 요약적으로 설명한 부분을 살펴보자.

아동소설은 소설 형태의 제 특성을 가지면서도 생활 세계와 주인공의 특성, 그리고 형상 구성과 조직에서 일련의 특성을 갖는다. (……)

동화는 환상을 필수적인 것으로 한다. 이것은 아이들의 심리적 특성을 전면적으로 반영하여 나온 독특한 형식이다. (……)

우화는 자연 및 동물의 속성에 의탁하여 상징적인 의인화된 형상을 보여줌으로써 어린이들에게 생활을 형상적으로 쉽게 파악시킨다. (……)

동요의 음악적 효과성과 운율 구성은 아이들의 심리적 특성에 전적으로 맞게 작시원칙이 이루어지고 있다. 유희동요 같은 특징적인 형식은 놀이와 결부된 시음악으로서 행동성이 강하다. (……)

---

19 같은 책. 10쪽.

동시는 아이들의 연령기에 맞게 다양하게 씌어진다. 동화시가 바로 그런 양식의 하나이다. 이 형식은 동화적인 이야기를 운문형식으로 엮어감으로써 아이들의 사고를 정서적으로 깨우쳐주고 생동성 있게 사상을 주는 독특한 형식이다. (……)

극적 방식에서도 아동문학은 양식에서 독특한 특성을 가지고 있다. 동극, 동화극, 유희극과 일련의 놀이극들은 모두가 아이들의 연령기 특성을 잘 반영하고 있다. (……)

아동영화는 아동교양의 힘있는 시각적인 예술의 하나이다. 특히 만화영화는 생활반영의 생동성, 기발한 동적인 움직임으로 하여 아이들의 감정을 힘있게 자극하고 추구해 들어가는 독특한 예술형식이다. 인형극 일반도 이런 요구에서 실현된다.[20]

연령심리적 특성에 기초해서 장르 구분을 선명하게 드러내려는 것은 무엇보다도 교양사업의 효과를 극대화하기 위함이다. "동요는 주로 유년기 아이들을 대상으로 하는 시형식"[21], "특히 동요가 학령 전 아이들을 대상으로 하여 씌어지는 것만큼 그들의 동적인 심리정서에 맞게 노래 부를 수 있게 되어 있으며 시음악적인 형식을 취하게 된 것"[22] 등에서 동시와 대비되는 동요에 대한 관심을 읽을 수 있다. 소설과 대비되는 동화에 대한 관심도 마찬가지다. 남한에서는 동시가 동요를 압도했거니와, 아동문학에서 소설 명칭이 사라짐으로써 동화와 소설이 혼동되고 있는 현상과는 큰 차이를 보인다. 동화에 대한 설명을 좀더 살펴보자.

동화 창작은 아동문학을 발전시키는 데서 중요한 위치에 놓여 있으며 아이

---

20 같은 책, 21~23쪽.
21 같은 책, 33쪽.
22 같은 곳.

들의 나이와 심리에 맞게 교양하는 데서 위력한 수단의 하나이다. (……)

동화는 환상을 필수적으로 요구하는 아동문학의 독특한 산문 형식이다. (……)

동화에서 환상이 없으면 동화라고 말할 수 없을 뿐만 아니라 동화라는 양식이 따로 없게 된다. (……)

그러므로 동화에서 환상을 거세하는 것은 그 양식 자체를 무의미한 것으로 만든다.[23]

환상성의 유무로 아동소설과 선을 그은 동화에 대한 규정은 중국 아동문학의 장르론과도 동일한 체계다.

표현 면에서 아동문학의 특성은 입말이 기본수단이 되며, 형상 창조를 위한 언어표현에서는 간결성, 집중성, 명백성을 지닌다고 했다. 그런데 아동문학의 사명과 임무, 문예학적 과업을 말하는 데에서는 김일성에 대한 충실성을 최고의 가치로 제시하고 있다.

당적 교양과 혁명전통 교양은 어린이들을 위대한 수령님에 대한 끝없는 충실성을 키우는 데 기본을 두고 진행하여야 한다. (……)

아동문학에서 어린 시절의 위대한 수령님의 불멸의 형상을 정중히 모시는 것은 충실성 교양의 첫째 가는 원칙적인 요구이며 아동문학 창작에서 초미의 문제로 나선다. 아동문학 작품들에서 우리 인민이 수천 년 역사에서 처음으로 맞이하고 높이 모신 위대한 수령님을 끝없이 흠모하고 신뢰하며 위대한 수령님께서 계시기에 우리 조국의 무궁한 번영과 찬란한 미래도 있으며 후손만대의 영원한 행복도 있다는 것을 어린이들의 생활체험을 통하여 절실하게 느끼도록 주제를 세우고 사상을 풀어나가며 모든 형상 창조를 이에 철저히 복종시

---

23 같은 책, 57~58쪽.

켜 나가야 한다.[24]

이와 같은 사명, 임무, 과업을 부여받은 아동문학 작품이 어디에서나 두루 통하는 보편적인 감동의 작품이 될 수 없으리란 점은 두말할 나위가 없다. 따라서 유일사상체제하의 작품은 더 이상 구체적인 분석 대상이 되지 못한다고 단정해도 좋을 것이다.[25]

한편, 1992년에 나온 김정일의 『주체문학론』은 이후 모든 문학이론의 절대적 지침으로 작용한다. 여기에 아동문학에 대한 것도 포함되어 있다. '아동문학을 어린이의 심리적 특성에 맞게 창작하여 한다'는 것이 소제목이다. 가장 주목되는 내용은 '아동 시점'과 '동심 세계'를 통해서 아동문학의 특징을 설명한 점이다.

아동문학은 어린이를 상대로 하여 그의 시점에서 형상을 창조하는 문학이다. 아동문학은 묘사 대상보다 묘사 시점에서 고유한 특성이 나타난다. 인간과 생활을 어린이의 시점에서 보고 평가하고 그린다는 데 아동문학의 기본 특징이 있다. 아동문학에서는 주로 어린이를 주인공으로 내세우고 어린이의 생활을 묘사하지만 가끔 어른의 생활도 어린이의 시야에 비껴든 것이어야 하고 그의 시점에서 체험된 것이어야 한다. 아동문학의 독자는 어린이다. 아동문학 작품은 어린이를 대상으로 하여 씌어지는 것만큼 그 예술적 가치는 동심 세계를 잘 그리는 데 있다. 어린이의 동심에 맞지 않는 아동문학 작품은 문학으로서의 가치가 없다.[26]

---

24 같은 책, 28쪽.
25 주체문학으로서의 아동문학 작품을 다루고 있는 정용진의 『아동문학의 새로운 발전』(문예출판사, 1991)과 오정애의 『조선현대아동소설연구—해방후편』(사회과학출판사, 1993)은 처음부터 끝까지 김일성·김정일을 떠받치는 내용으로 일관하고 있기 때문에, 이론서에 해당하지만 수긍할 만한 대목을 찾아보기 어렵다.
26 김정일, 『주체문학론』, 노동당출판사, 조선로동당출판사, 1992, 240쪽.

북한에서 나온 가장 최근의 아동문학 이론서는 '주체적 문예이론 연구 제19권'으로 발행된 장영·이연호의 『동심과 아동문학 창작』이다. 이는 김정일의 『주체문학론』(1992)이 나온 이후의 저작이다. 그래서 김일성에 더하여 김정일의 교시를 함께 앞세우고 있다. 이 책은 아동문학의 장르 이론에 대한 가장 체계적이고 구체적인 서술을 보인다. 김일성종합대학 문학과용 『아동문학』의 이론 부분만을 따로 떼어내서 대폭 확장한 내용이라고 보면 된다. 이 책의 목차는 다음과 같다.

　동극과 아동영화문학이 빠져 있는데, 이는 이원우의 저서처럼 서정 양식과 서사 양식 중심의 창작이론서로 펴냈기 때문일 것이다. 동요와 동시는 아동시 항목에 넣어서 설명했다. 각 장르의 본질과 특성을 말한 부분은 앞의 저작과 다른 새로운 내용이 없어 구체적인 검토는 건너뛰어도 무방하다.

　김정일의 『주체문학론』에서 강조한 '아동 시점'과 '동심 세계'의 관계를 적용해서 성인문학과 다른 아동문학의 일반적 특성을 설명한 부분은 설득력이 있다. 다음과 같은 설명은 한층 정교하고 발전한 이론적 면모를 보인다.

아동문학의 주인공을 어린이로 내세우는 것이 원칙적 요구이기는 하지만 때로 어른을 내세울 수도 있다. 그렇지만 그런 경우 그 어른은 성인 그대로의 모습으로 그려지는 것이 아니라 어린이의 시점에서 본 성인으로 그려지게 된다.(⋯⋯)

아동문학 작품이 어린이들의 생활을 진실하고도 감동 있게 반영하자면 어린 주인공이 지니고 있는 동심 세계를 잘 그려내야 한다. 또 어른들의 생활을 반영하는 경우에도 그것을 성인의 입장에서가 아니라 어린이의 입장에서 묘사하기 때문에 그 형상적 화폭에는 동심 세계가 잘 그려져야 한다. 이로부터 작품 창작에서 동심을 잘 구현하는 것은 아동문학의 특성을 살리기 위한 중요한 미학적 요구라고 말할 수 있다.(⋯⋯)

아동 시점 문제와 동심 구현 문제의 호상관계에서 주도적이고 결정적인 것은 아동 시점 문제이다. 아동 시점 문제가 잘 해결되면 동심 구현 문제는 쉽게 풀릴 수 있다. 그렇기 때문에 아동문학의 특성에서 아동 시점 문제는 기본 특성을 나타내는 문제로 되며 동심 구현 문제는 중요한 특성을 나타내는 문제로 된다.(⋯⋯)

주체적 문예이론이 밝혀주는 원칙에서 본다면 성인 시점에서 씌어진 작품은 아동문학이라고 할 수 없다. 아동문학은 묘사 대상보다 묘사 시점에서 고유한 특성을 나타내므로 아동문학으로 되자면 반드시 어린이의 시점에서 생활을 보고 그려야 한다.

그런데 그 시점이 성인 시점이냐, 아동 시점이냐 하는 것은 작품에 어른을 등장시켰느냐 아이를 등장시켰느냐 하는 것과 일치하는 것은 아니다.

가령 작품에 아이가 등장하였더라도 그가 보고 듣고 느끼는 감정이 동심적인 것으로 되지 못할 때 그는 아동 시점을 지녔다고 할 수 없다. 이와 반대로 외형상으로는 어른이 등장하였지만 그가 보고 느끼는 감정이 동심적인 정서로 흐를 때 그의 시점은 아동시점으로 된다. 이렇게 된 경우라면 그 작품에 비록 어른이 등장하였지만 그것은 아동문학 작품으로 될 수 있다. 어른을 등장시킨 작품이 아동문학으로 되는 경우는 이런 요구가 해결된 경우이다.[27]

동심과 아동 시점의 관계를 들어 아동문학의 특성을 논한 이런 내용은 우리에게도 좋은 참고가 될 듯하다. 하지만 김정일의 교시를 앞세워 아동문학의 임무를 말하는 대목에 이르면 다시 논리가 증발된다. 과연 북한의 아동문학이 목표로 삼는 '주체형의 새 인간'이 말 그대로의 의미를 지닐 수 있는지 지극히 의심스럽다. 곧 아동문학은 "어린이들을 당의 혁명사상으로 무장시키고 그들에게 혁명적 세계관의 골격을 세워주는 것을 중요한 임무로 내세운다"[28]고 해놓고, 이것이 의미하는 바는 "우리의 아동문학이 후대들로 하여금 혁명적 수령관을 튼튼히 세우는 것을 핵으로 한 주체의 혁명관을 바로 세워 위대한 수령님과 친애하는 김정일 동지에 대한 충성심을 신념화, 양심화, 도덕화, 생활화하고 오직 우리 당이 가르쳐준 대로만 사고하고 행동하는 주체형의 새 인간의 풍격을 갖추도록 하는 데 이바지한다는 것"[29]이라고 덧붙였는데, "오직 우리 당이 가르쳐준 대로만 사고하고 행동하는" 것을 "주체형의 새 인간의 풍격"이라고 말하는 것은 모순도 이만저만한 모순이 아닐 수 없다.

2) 문학사 서술의 변화

분단시대의 남북한 아동문학이 해방 전 아동문학을 어떻게 평가하고

---

27 장영·이연호, 『동심과 아동문학 창작』, 문학예술종합출판사, 1995, 13~17쪽.
28 장영·이연호, 같은 책, 10쪽.
29 같은 곳.

있으며 또 어떤 전통을 잇고 있느냐 하는 것은 역사적 정통성의 문제와도 관련될뿐더러 현재적 성격까지도 드러내는 중요한 지표가 된다. 이를 살필 수 있는 북한의 공식적인 자료는 송영이 기초한『해방 전의 조선아동문학』(교육도서출판사, 1956)과 김일성종합대학 문학과용『아동문학』(김일성종합대학출판사, 1981) 정도이다. 각각 유일사상 시기 이전과 이후에 나온 것이라서 좋은 대비가 된다. 이 밖에도 해방 전의 작품을 가려 뽑은 북한의 각종 아동문학선집들을 보조 자료로 참고할 수 있다.

『해방 전의 조선아동문학』은 '교원 참고용'으로 발행된 것이다. 첫 페이지를 넘기면 다음과 같은 출판 안내문을 볼 수 있는데, 여기에는 이 자료의 성격을 가늠할 수 있는 단서가 포함되어 있다.

> 본 도서는 1919년부터 1935년까지의 아동문학의 발전 행정과 그 내용을 개괄하여 서술한 것이다.
>
> 본사는 국어, 아동문학, 문학을 교수하는 교원들의 참고 서적으로 본 도서를 간행한다.
>
> (……)
>
> 집필자 자신에 대한 부분의 서술은 본사와 관계자들의 종합적 의견에 의하여 집필된 것임을 부언한다.[30]

간기(刊記)에는 '1956년 7월 30일 발행', '심사 윤세평, 편수 백동렬'이라고 되어 있고 저자는 밝혀져 있지 않다. 하지만 비슷한 시기에 비슷한 제목의 글이『조선문학』(1956.8)에 발표되었다. 송영의「해방 전의 조선아동문학」이 그것이다. 내용도 거의 비슷하다. 따라서 송영이 기초한 것을 조선작가동맹 아동문학 분과위원회 같은 데에서 보완하여 단행

---

30 「출판사로부터」,『해방 전의 조선아동문학』, 교육도서출판사, 1956, 2쪽.

본으로 출간한 것이라고 추정된다. "집필자 자신에 대한 부분의 서술" 운운한 것은 송영에 관한 항목을 가리킨다.

대상을 1919부터 1935년까지로 잡은 것은 일제 말 10년을 생략한 것이라 최후의 암흑기를 감안하더라도 일반의 상식을 벗어난 모습이다. 카프 해산과 『별나라』, 『신소년』의 폐간 이후를 모두 암흑기로 규정하고 있다. 이는 해방 직후 조선문학가동맹이 주최한 제1회 전국문학자대회에서 보고한 박세영의 아동문학 소론과 동일한 인식이다. 염군사 시절부터 함께 계급주의 문학운동을 벌인 송영과 박세영의 관계를 엿보게 해주는 공통의 편향으로서, 카프 전통을 앞세운 문학사 인식임을 짐작할 수 있다. 이 책의 목차는 다음과 같다.

서론

프롤레타리아 아동문학

    (1) 카프의 아동문학부

    (2) 잡지 『별나라』와 『신소년』

    (3) 『별나라』의 활동과 그 영향

    (4) 아동문학의 지도이론

    (5) 카프 및 그 영향하의 기성 혹은 신인 작가들은 많은 아동 작품을 창작하였다

    (6) 작가들과 작품들

    (7) 김일성 원수가 지도하신 항일무장투쟁 과정에서 나타난 아동문학

반동적 순수 아동문학

    (1) 발생과 본질

    (2) 『어린이』에 대하여

    (3) 반동 작가와 반동 작품들

목차가 말해주듯이 계급주의 아동문학과 여타의 아동문학을 구분해서 흑백논리로 재단하는 문학사 인식을 드러낸다. 이 글에서 카프의 위상은 확고한 중심에 해당한다. "당시 카프 문학부는 산문, 운문 등 각 장르들이 다 있었지만 그중에서도 '아동문학' 장르만을 위한 분과적인 조직체가 있었다는 것은 그만큼 카프의 문학 분야에서 아동문학이 차지하고 있던 위치가 중요했다는 것을 말하는 것"[31]이라고 했는데, '카프의 아동문학부'는 실증이 되지 않고 있어 사후적 규정이라고 추정된다. 하지만 카프가 아동문학에 기울인 노력과 영향력이 대단히 컸다는 것은 사실에 속한다. "카프의 아동문학부는 카프의 문학부가 직접 지도하였고 그것을 책임진 전문적인 지도 작가들은 산문 부분의 송영과 운문 부분의 박세영이었다"[32]는 지적은 '카프의 아동문학부' 설치 여부만을 제외한다면 틀리지 않는다. 이 글은 당시 아동문학부의 우수한 신인들로 이동규·정청산·홍구·구직회 등과 신인 청소년 작가로 활약한 김북원·김우철·이원우(이동우)·신고송·안용만(이용민)·김소엽·남궁만(양가빈)·채규철·남응손·최석숭·송완순·강승한·송순일 등을 나열했다. 카프 쪽에서 왕성하게 활약한 이주홍·손풍산 등은 남한에 있는 탓인지 일절 언급이 없다. 자료가 부족한 탓에 작품 연보가 부정확한 것은 어느 정도 이해할 수 있지만, 『신소년』의 창간을 1928년, 『어린이』의 창간을 1924년으로 기록하고 있는 것은 상식 밖의 오류다.

제1차 전국작가대회에서는 작고 작가에 대한 묵념의 시간이 있었던 터라 박세영의 대회 보고문도 방정환에 대한 비판은 삼갔는데, 북한에서의 송영은 달랐다. 『해방 전의 조선아동문학』에 와서는 방정환과 『어린이』에 대한 극렬한 비판이 나타난다.

---

31 같은 책, 9쪽.
32 같은 곳.

당시 반동적인 사조로서는 크게 두 개로 나눌 수 있었다. 하나는 국수적 민족주의 사상이요, 다른 하나는 민족개량주의 사상이다. 전자는 봉건지주 및 민족자본계급의 이익을 옹호하였고 후자는 신흥매판자본계급의 이익에 복무하였다.

이것이 문학예술 분야에서는 전자는 최남선, 이광수, 염상섭 등의 일련의 자연주의 문학으로 표현되었고 후자는 양주동, 정노풍, 정인섭 등 사대주의 및 민족문화전통을 무시하는 사상들로써 대별되었던 것이다.

이것이 아동문학 분야에서는 방정환 등의 『어린이』의 사상으로 구현되었던 것이다.[33]

이분법적 흑백논리가 선명하게 드러나 있다. 이어서 1930년대 임화·이태준·김남천·이원조 등을 '일제의 스파이'로 규정하고, '구인회' 구성원을 일제의 비호를 받은 반동 작가로 규정했는데, 이는 조선문학가동맹의 핵심 구성원이 뒤늦게 월북해서 숙청당한 사정을 반영한 것이다. 이런 분위기에서 나온 것이기에 더욱 그리 되었겠지만, 방정환의 「만년샤쓰」를 비판하는 다음의 대목은 도를 넘어선 것이라 하지 않을 수 없다.

이 작품에서 방정환은 충실하게 일제 통치를 비호하여 나서면서 달콤한 수작으로 조선 소년들의 계급의식을 마비시켰다. 그렇게 가난한 창남이로 하여금 계급적 반항 대신에 무기력하고 패배주의자로 만들어 놓았으며 눌리는 사람들의 빈궁한 원인을 우연한 화재로 바꾸어 놓으면서 일제의 식민지 정책을 은폐하고 옹호하였다.[34]

방정환과 『어린이』의 계승자인 이원수와 윤석중에 대해서도 반동적

---

33 같은 책, 94쪽.
34 같은 책, 123쪽.

인 순수주의 동요시인이라 매도했다. 카프 계열의 계급주의 아동문학만을 배타적으로 옹호하는 극도의 편향성이 드러나고 있는 것이다. 이런 점은 전후 사회주의 건설 시기의 사상투쟁을 반영하는 것으로, 카프 '비해소파'가 주축이 되어 카프의 전통을 확고히 일으켜 세우려는 의도와 상통한다.

조국해방전쟁 시기에는 김일성 우상화 정책의 일환으로 항일혁명 사적에 대한 광범한 조사가 이뤄졌다. 송영도 여기에 참여해서 『백두산은 어디서나 보인다』 등의 보고문을 내놓은 바 있다. 이의 반영으로 이 책에는 김일성의 항일무장투쟁 과정에서 나타난 아동문학이 포함되어 있다. 아직은 작자미상인 것들이 많다면서 항일혁명가요 몇 편을 소개하는 정도이다. 하지만 유일사상 시기로 와서는 카프와 항일혁명문학의 비중이 완전히 역전된다.

김일성종합대학 문학과용 『아동문학』은 앞 절에서 살핀 목차를 통해 확인했듯이 크게 이론 편과 문학사 편으로 구성되어 있다. '제2편 우리나라 아동문학의 발전 역사'는 고대로부터 유일사상 시기까지를 대상으로 했지만 식민지시대의 카프 아동문학은 압도적인 항일혁명문학에 가려져 현저히 축소된 형태로 미약하게 서술되었다. 비판의 대상이던 방정환도 흔적이 없다. 3·1운동 이후를 말하는 대목에서는 김일성의 부친 김형직을 맨 앞자리에 놓았다. 다시 '위대한 수령 김일성 동지께서 조직 영도하신 항일혁명투쟁 시기 아동문학예술' 장(章)에서 김형직·강반석의 아동문학이 항목을 달리하며 상세히 서술되었고, 나머지 여러 절(節)은 김일성이 손수 들려주었거나 그의 지도하에 나온 아동문학들이 큰 비중을 차지하며 서술되었다. 이렇게 해서 유일사상 시기에는 항일혁명문학의 전통이 확고하게 자리를 잡았음이 확인된다. 이는 남북한 아동문학이 공유할 수 있는 과거의 역사조차 지극히 협소해졌음을 의미한다.

1992년 김정일의 『주체문학론』이 발표되고부터 해방 전의 문학사 서술에 일정한 변화가 주어졌다. 항일혁명문학의 전통은 그대로 확고하지만, 오랫동안 반동파로 규정해온 일부 '민족주의 계열'의 작가들을 복권하고 긍정적인 평가를 내리기 시작한 것이다. 이는 김정일이 유산과 전통을 선명하게 구분한 데 따른 자신감의 표현이기도 하다. 즉 더 이상 최고 권력에 대한 도전이 불가능해진 유일사상 시기에는 항일혁명문학을 전통이라 해서 중심에 놓고, 카프의 사회주의적 사실주의를 비롯한 비판적 사실주의 계열의 문학을 전통과 구별되는 유산이라 해서 주변에 놓은 것이다. 때문에 민족주의 계열 아동문학에 대한 긍정적 시선으로의 변화에도 불구하고 북한 아동문학의 중심성격은 더욱 강화된 것이지 결코 약화되지 않았다는 점을 분명히 해둘 필요가 있다.

유산과 전통에 대한 김정일의 규정을 살펴보자.

어떤 사람들은 혁명적 문학예술전통을 민족문화유산과 계선짓는다고 하면서 유산과 전통을 아무런 연관이 없는 것으로 갈라놓고 있다. 우리가 혁명적 문학예술전통과 민족문화유산의 계선을 똑똑히 그을 데 대하여 강조하는 것은 혁명적 문학예술전통을 민족고전문화유산과 뒤섞어놓지 말고 그 순결성을 튼튼히 고수하기 위해서이다. 지난 시기 일부 사람들은 우리 당의 혁명전통을 상하좌우로 넓힌다고 하면서 과거 애국전통을 혁명전통으로 취급하고 실학과 문학이나 '카프'문학도 우리 문학의 혁명적 전통으로 삼아야 한다고 주장하였다. 이것은 혁명전통이 무엇인지 그 개념조차 모르는 몰상식한 견해이며 혁명전통을 오가잡탕으로 만들고 혁명전통을 이룩한 수령의 업적을 말아먹으려는 반동적인 궤변이다.[35]

---

35 김정일, 『주체문학론』, 60쪽.

김정일은 혁명적 문학예술전통을 민족고전문화유산과 혼동하지 말아야 그 '순결성'이 고수된다고 말한다. 즉 혁명적 문학예술전통을 다른 유산과 평균주의적으로 대해서는 안 된다면서 "혁명적 문학예술전통은 민족문화유산의 핵이며 중추"[36]라고 일갈한 것이다. 이렇게 혁명전통의 순결성이 보장되는 한에서는 민족문화예술유산을 계승 발전시키는 데에서 한결 여유롭고 개방적인 태도가 가능해진다. 마침내 김정일은 복고주의와 민족허무주의를 철저히 경계해야 한다며 먼저 좌우상하의 한계선을 그어놓고 그동안 외면해 온 민족문화유산에 대해 복권을 단행한다.

카프문학에 대해서는 "혁명적 당의 영도를 받지 못한"[37] 이러저러한 제약이 있지만, 비판적 사실주의부터 사회주의적 사실주의에 이르는 성과가 있다고 보았다.

새로운 우리 식의 사회주의적 사실주의가 우리나라 혁명적 문학예술의 시원으로 되는 조건에서는 '카프'문학의 사회주의적 사실주의 경향을 인정한다고 하여 유산과 전통의 계선이 모호해지는 것도 아니며, 혁명적 문학예술 전통에 '카프'문학이 포함되는 것도 아니다. '카프'문학은 선행한 사회주의적 사실주의의 창작방법에 기초하고 있음에도 불구하고 의연히 우리나라의 우수한 과거 문학유산에 속한다.[38]

이어서 신경향파 문학에 대해서도 응당한 평가를 주어야 하고, 비판적 사실주의 문학의 발생 발전 문제도 주체적 입장에서 바로 풀어야 한다고 주장했다. 이인직·이광수·최남선까지도 응당한 수준에서 취급해야 한다고 했으니, 이전의 문학사 인식과는 상당한 차이를 드러낸다고

---

36 김정일, 같은 책, 61쪽.
37 김정일, 같은 책, 78쪽.
38 김정일, 같은 책, 79~80쪽.

볼 수 있다. 그는 식민지시대에 진보적인 작품을 창작한 신채호·한용운·김억·김소월·정지용과 '카프'의 '동반자'라고 불리운 소설가 심훈·이효석에 이어서 "근대 아동문학을 개척하고 발전시키는 데 이바지한 작가 방정환"[39]을 문학사에서 공정하게 평가하도록 지시했다. 비로소 방정환을 비롯한『어린이』지와 기타 아동잡지의 작가들에게도 긍정적인 평가의 길이 열린 것이다.

해방 전 아동문학을 둘러싼 이런 문학사적 인식의 변화는 북한의 아동문학 선집들을 통해서 구체적으로 확인 가능하다. 먼저 전후 사회주의 건설 시기에 나온 '해방 전 아동문학 작품선집'『별나라』(민주청년사, 1956)를 살펴볼 필요가 있다. 이 선집은『해방 전의 조선아동문학』과 때를 같이해서 출간된 것이다. 박세영이 머리말을 썼는데, "1928년 3월 1일에는 진보적 출판사인 중앙인서관에서도 아동잡지『신소년』을 발행하였다"[40]고 한 것을 보면, 서지사항의 오류까지도『해방 전의 조선아동문학』과 동일하다. "『별나라』만 하더라도 총 82호가 발행되었고『신소년』은 70권이 발행되었는데 그중에서 10여 권에 지나지 않는 것을 가지고 이 작품집을 편찬하였으며, 여기에 수록한 작품은 그 10분의 1에 지나지 않는 것"[41]이라는 구절을 통해서 일차 자료의 확보가 대단히 취약한 사정임을 짐작할 수 있다. 그렇지만 어쨌든 카프와 연계된『별나라』와『신소년』의 작품을 중심으로 '해방 전 아동문학 작품선집'을 발행한 것은 카프 정통성을 일으켜 세우려는 당시의 문학사적 인식과 상통한다.

수록 작품에는 '동요, 동시, 소년시, 소설, 벽소설, 동화극, 아동극' 등의 장르 명칭이 부여되어 있다. 장르를 불문하고 수록 작가와 작품 수를 차례대로 나열해 보면, 최서해(1편)·박세영(12편)·송영(6편)·이동

---

39 김정일, 같은 책, 84쪽.
40 해방 전 아동문학 작품선집『별나라』, 민주청년사, 1956, 6쪽.
41 같은 책, 7쪽.

규(7편)·홍구(2편)·정청산(7편)·엄흥섭(2편)·신고송(1편)·안준식(1편)·김북원(8편)·김우철(7편)·이원우(5편)·박고경(3편)·남궁만(7편)·송창일(2편) 등이다. 남한에 있는 이주홍·손풍산 등은 역시 제외되었다.

여기서 한 가지 문학사적으로 해명해야 하는 문제가 나타난다. 박세영의 「풀을 베다가」라는 동요를 호수는 밝히지 않은 채 '『별나라』1928년'에 발표된 것으로 해서 수록했는데, 이것이 손풍산의 「낫」(『별나라』, 1930.10)과 아주 비슷한 작품이라는 점이다. 현재 필자의 손에 닿는 1928년의 『별나라』에서는 박세영의 「풀을 베다가」를 찾아볼 수 없다. 만일 박세영이 「풀을 베다가」를 지어 1928년 『별나라』에 발표한 것이 사실이라면, 거의 표절이나 다름없는 손풍산의 「낫」이 2년 뒤에 같은 잡지에 실릴 리가 만무하다. 두 작품을 비교해 보자.

시냇가 잔디에서
풀을 베다가
낫에 찔린 개구리
한 마릴 보고
미운 놈들 불른 배를 생각하였다.

논두렁에 앉아서
풀을 베다가
황금 이삭 물결치는
들판을 보며
지주놈들 곳간을
생각하였다.

언덕에 올라서
풀을 베다가
낫을 들고 붉은 노을
바라보면서
북쪽 나라 깃발을
생각하였다.

　　　　　　　　　　　　　　　－박세영, 「풀을 베다가」 전문[42]

논두렁에 혼자 안저
슐을베다가
개고리를 한 마리
찔너보고는
미운놈의 모가지를
생각하얏다

논두렁에 혼자 안저
슐을 베다가
붉은놀에 낫 들고
한울을 보며
북편짝의 긔쌜을
생각하얏다

　　　　　　　　　　　　　　　－손풍산, 「낫」 전문[43]

---

42 같은 책, 14~15쪽.
43 『별나라』, 1930.10, 16쪽.

박세영의 것은 총 3연으로 되어 있고 손풍산의 것은 총 2연으로 되어 있다는 점과 몇몇 구절만 다를 뿐이지 한눈에 보더라도 동일한 작품인 것을 알 수 있다. 북한의 자료가 과거의 작품을 대폭 수정해 놓은 경우는 종종 발견되지만, 이처럼 지은이를 아예 바꿔서 남의 글을 자신의 것인 양 내세운 경우는 볼 수 없었다. 박세영의 「풀을 베다가」는 북한의 아동문학 이론서와 선집들에서 여러 차례 인용되고 있거니와 시인의 회고글에서도 언급되는 대표작이니만큼, 터무니없는 거짓이라고 의심하는 것도 말이 안 되지만, 그렇다고 2년 뒤 같은 잡지에 지은이가 바뀌어 버젓이 실리는 경우도 말이 안 되기는 마찬가지다. 해방 전에 간행된 『별나라』의 호수를 빠짐없이 구해본다면 바로 해결되는 문제겠는데, 그것도 여의치 않기 때문에 이 문제는 미궁에 빠져든 상태다. 조심스럽게 그러나 또 한편으로 과감하게 점쳐본다면, 박세영이 남의 작품을 제 것인 양 소개했을 가능성이 더 높다. 1931년 중앙인서관에서 발행한 '프롤레타리아동요집 『불별』'을 보면, 권환과 윤기정의 서문으로 시작해서 김병호, 양우정, 이구월, 이주홍, 박세영, 손풍산, 신고송, 엄흥섭 등 8인의 작품이 수록돼 있는데, 손풍산의 「낫」이 박세영의 다른 작품과 함께 나란히 실려 있다. 박세영의 작품은 「길」, 「대장간」, 「손님의 말」, 「단풍」, 「할아버지의 헌 시계」가 실려 있고, 바로 그 다음에 손풍산의 「낫」, 「거머리」, 「물총」, 「불칼」, 「물맴이」가 실려 있다.[44] 만일 박세영이 1928년에 「풀을 베다가」를 발표했다면 이런 일은 결코 일어날 수 없는 법이다. 또한 1920년대의 『별나라』에는 「풀을 베다가」 정도의 경향적 작품이 나타나지 않았다는 점도 참고가 된다. 북한에서는 『별나라』가 1927년부터 계급주의로 선회했다고 주장하지만, 실상은 그와 다르다. 송영의 대표작 「쫓겨가신 선생님」(1928), 「옷자락은 깃발같이」(1929) 등

---

[44] 프롤레타리아동요집 『불별』, 중앙인서관, 1931 참조.

이 『별나라』가 아닌 『어린이』에 발표되었다는 사실도 유력한 증거의 하나다. 1930년이 되기까지 『별나라』는 계급주의 아동문학의 주요 무대가 아니었던 것이다.

한편, 유일사상 시기에 나온 아동문학 선집은 카프 계열의 아동문학만 아니라 대폭 확산된 면모를 보인다. 이 시기의 자료는 '현대조선문학선집' 제18권 『1920년대 아동문학집(1)』(문학예술종합출판사, 1993), 제20권 『1920년대 아동문학집(2)』(문학예술종합출판사, 1994), 제39권 『1930년대 아동문학 작품집(1)』(문학예술출판사, 2005), 제40권 『1930년대 아동문학 작품집(2)』(문학예술출판사, 2005) 등이다. 이것들에는 연구자의 해설이 붙어 있기도 해서 문학사 인식의 변화를 한층 뚜렷하게 살펴볼 수 있다.

『1920년대 아동문학집(1)』에는 이동수의 「근대아동문학의 역사를 더듬으며」가 첫머리에 실려 있다. 이 글은 우리나라에서 아이들을 위한 문학이 근대적인 이상과 정규교육에 기초하여 정립되면서 본격적인 발전단계에 들어서기 시작한 것은 1920년대를 전후한 시기라고 밝히고 있다. 그리고 많은 경우 향토애의 감정과 함께 나라 잃은 식민지 인민의 고통과 설움, 비통하고 울분에 찬 체험이 아이들의 시점에 비긴 영상으로 형상화되고 있으며 따라서 일부 작품들에는 감상적인 흔적도 없지 않다면서 방정환·윤극영·이원수·윤석중·김남주·정지용·강훈·백신애 등을 대표적인 사례로 들었다. 과거에는 방정환·이원수·윤석중·정지용 등을 배제했던 데에서 한걸음 나아간 인식이다.

이들과 대비되는 작가로 무산소년들의 계급적 처지를 자각시키며 새생활, 새 사회에 대한 동경과 이상을 고무하는 박세영·송영·권환·남궁랑·윤복진·유채영·최서해·안준식·양우정·김병호 등을 소개했다. 이 중에서 윤복진은 월북한 뒤의 활동이 높이 평가되어 식민지시대까지 소급해서 적용한 사례에 해당한다. 윤복진의 식민지시대 작품은 윤석중과 마찬가지로 유년들의 놀이세계를 주로 다루었으며, 동심주의적 작품이 많았다.

색동회의 고한승에 대해서는 그의 동요에 나타난 감상주의적 약점을 김일성의 조언과 함께 거론하고 있어 눈길을 끈다. 예컨대 고한승의 「우는 갈매기」은 잃어버린 엄마를 찾으려고 달밝은 밤 바닷가를 헤매며 애타게 부르는 바다 물새의 구슬픈 신세를 깊은 동정심을 가지고 노래한 것인데, "우는 갈매기의 불쌍한 형상은 일제침략자들에게 나라를 빼앗기고 그 품이 그리워 애달프게 울어 헤매는 무산소년의 모습을 방불케 한다"[45]고 지적한 다음에, 그러나 김일성이 1933년 10월 왕청현 요영구에서 아동단 유희대를 조직하고 활동을 지도할 때 이 노래의 감상적인 약점을 밝혀주었다고 덧붙였다.

방정환의 「형제별」과 「가을밤」도 무산소년들의 처지를 동정한 작품으로 해석했다. 고한승처럼 감상주의적 약점은 있지만 시대상황을 반영한 것으로 평가한 점에서 과거의 반동적 규정과는 큰 차이를 보인다. 뿐만 아니라 방정환에 대한 소개도 매우 긍정적이다. "아동 작가 방정환은 1899년 서울에서 출생하여 1931년 병으로 일찍이 세상을 떠날 때까지 민족적 양심을 지니고 정력적인 창작활동으로 무산소년들을 계몽하고 정신적으로 수양하기 위한 사업에 한몸을 바쳤다."[46]고 했다. 일제의 앞잡이로 규정한 전후 사회주의 건설 시기와는 백팔십도 달라진 인식이라고 하겠다.

이 선집은 남한의 이원수·윤석중에 대해서도 호평했다. 이원수는 남한에서 리얼리즘 계열을 대표했기 때문에 이해되지만, 동심주의 계열을 대표한 윤석중까지 높이 평가하고 있는 것은 좀 뜻밖이다. 물론 식민지

---

45 이동수, 「근대아동문학의 역사를 더듬으며」, 『1920년대 아동문학집(1)』, 문학예술종합출판사, 1993, 16쪽.
46 이동수, 위의 책, 18쪽.

시대의 윤석중은 좌파와도 교분이 깊었고 작품세계 또한 분단시대와는 달랐다. 그렇더라도 이 선집을 통틀어 윤석중의 작품이 가장 많은 편수를 차지하고 있는 것은 보는 이를 어리둥절케 한다. 충분한 연구결과라기보다는 자료가 손에 잡히는 대로 작품을 뽑아서 수록했다는 의심을 하지 않을 수 없다. 이 선집에 실린 식민지시대의 주요 동요시인들의 작품 편수는 고한승(2편)·방정환(6편)·윤극영(5편)·이원수(12편)·박팔양(6편)·정지용(11편)·한정동(25편)·류도순(8편)·윤석중(36편)·박세영(11편)·권환(4편)·윤복진(20편)·송완순(7편)·이정구(11편)·고장환(11편)·서덕출(4편)·홍난파(4편) 등이다. 이런 분포도를 보면 선집으로서 냉정한 작품적 평가를 거친 것은 아니라는 결론에 이른다. 선집이라면 일종의 정전으로서 구실을 하게 마련인데, 계급주의 작가로 소개된 박팔양·박세영·송완순 그리고 북한에서 '김일성상'을 수상한 윤복진보다도 윤석중의 작품이 압도적으로 많다. 게다가 수록된 36편 모두가 우수한 작품들로 이뤄져 있지도 않다. 선집임에도 편집원칙을 알 수 없는 문제점을 드러내고 있다.

『1920년대 아동문학집(2)』는 소설, 동화, 동극을 수록한 것으로 따로 해설은 붙어 있지 않다. 장르를 불문하고 수록 작가와 작품 수를 차례대로 나열하면, 방정환(10편)·권환(3편)·이정호(1편)·백신애(1편)·송영(3편)·강훈(1편)·이명식(1편)·민봉호(2편)·남궁랑(1편)·최병화(4편)·김도인(1편)·마이산인(1편)·고한승(1편)·박달성(1편)·마해송(3편)·로직이(1편)·연성흠(1편)·맹주천(1편)·최경화(2편)·이병화(1편)·전영택(1편)·박정창(1편)·문병찬(1편)·이강흡(1편)·양고봉(1편)·이상대(1편)·윤석중(1편)·박세영(1편) 등이다. 방정환이 가장 많은 편수를 차지하고 있다. 한때 그토록 비판했던 「만년샤쓰」도 포함되어 있기에 격세지감을 느끼게 해준다. 이와 같은 수록 작가·작품의 분포도는 동요·동시편과 동일한 문제점을 드러내는 것이다.

『1930년대 아동문학 작품집(1)』에는 오정애의 「1930년대 진보적 아동소설, 아동극, 동화에 대하여」가 첫머리에 실려 있다. 이 글에서 오경애는 1930년대 역시 1920년대와 마찬가지로 아동 주인공의 성격이 부각되지 못하고 소설적 구성이 약하며 세부묘사와 언어표현들에서 현대소설로서의 체모를 아직 다 갖추었다고 보기는 힘들다고 하면서, 그러나 1930년대 아동소설들은 사상주제적 내용에서 무산아동들의 참혹한 처지와 그에 대한 동정, 이와 함께 무산아동들의 조직적인 투쟁력을 보여주는 등 시대현실을 적극적으로 반영하는 데서 새로운 경지를 개척했다고 평가했다.

특히 1930년대 전반기 카프의 영향 아래서 창작된 적극적인 주제의 작품들을 주목했다. 홍구·송영·이동규 등의 작품들이 그러한 것들이다. 이들의 작품들은 무산아동들의 계급의식의 장성과정을 사실주의적으로 묘사함으로써 귀중한 진보적 아동문학의 유산의 하나로 되었다는 것이다. 한편, 선집에 실린 아동소설에서 중요한 사상주제적 내용의 다른 하나로, 착취계급에 대한 무산어린이들의 조소와 야유, 풍자와 해학으로 일관된 작품들의 창작이 주목되었다. 이런 경향을 대표하는 작가로는 박일을 들었다.

이 선집에서 특기할 만한 것은 현덕의 아동소설이 3편 수록된 점이다. 「고구마」, 「모자」, 「하늘은 맑건만」이 수록되어 있는데 대표작 「나비를 잡는 아버지」가 빠져 있다. 아마 작품집 『집을 나간 소년』을 보유하지 못한 관계로 식민지시대의 잡지 『소년』에 수록된 것을 골라낸 듯하다. 노마, 기동이, 영이, 똘똘이를 등장인물로 하는 현덕의 빼어난 유년동화들도 역시 빠져 있다. 비슷한 경향이지만 현저히 미치지 못하는 현재덕의 「강아지」가 하나 수록되어 있어 눈길을 끈다. 북한에서는 현덕보다 삽화에서도 일가를 이룬 그의 아우 현재덕이 성공한 동화 작가로 평가된다. 북한의 선집은 이렇듯 주어진 자료에 근거해서 뚜렷한 원칙없이 만들어냈기 때문에 대표성에서 문제가 크다. 2005년에 발행되었다면, 남한의 자료도 참조할 수 있었을 텐데, 여러모로 아쉬운 점이라 하지 않을 수 없다.

『1930년대 아동문학 작품집(2)』에는 오정애의 「1930년대 진보적 아동 시문학에 대하여」가 첫머리에 실려 있다. 이 글은 사회주의적 사실주의 문학 계열을 중심으로 해설했다. 즉 카프 아동문학부에 소속한 박세영·송영·이동규·홍구·정청산·구직호 등과 『별나라』의 지방지사 출신 작가 계열의 김북원·김우철·이원우·남궁만·박고경·송순일·강승한·안편원·송완순 등이 주로 거론되었다.

그런데 '인식교양적 목적과 동심을 추구한 작품'으로 강소천·이원수·이일래·윤복진·윤석중·최옥란 등을 다루고 있어 눈길을 끈다. 이전에는 윤복진을 1920년대 계급주의 창작경향에 소속시킨 문제점이 보였는데 비로소 1930년대 동심 추구의 시인으로 분류한 것은 온당해 보인다. 무엇보다도 6·25전쟁 때 월남해서 반공주의자로 선회한 강소천을 긍정적으로 언급한 것은 이례적이다. 장수란 필명으로 활동하다가 월남한 장수철의 작품도 수록되어 있다. 1920년대 작품선집에서 윤석중의 작품을 가장 많이 수록했던 것과 마찬가지로 1930년대 작품선집 또한 뚜렷한 관점을 세우지 못하고 자의적으로 구성했다는 문제점이 드러난다.

따라서 김정일의 주체문학론에 근거해서 식민지시대 아동문학의 유산 목록을 확대한 1990년대 이후의 문학선집들은 충분한 문학사적 평가를 거친 것인가 하는 점에서 부정적일 수밖에 없다. 모두 4권 분량으로 나온 『1920년대 아동문학집』, 『1930년대 아동문학 작품집』 들은 '현대조선문학 선집'의 일환으로 나온 것이고 아동문학의 유산에 대한 태도의 변화가 감지되지만, 연구와 비평의 축적에 의한 것이 아니라 정책의 변화에 따라 졸속으로 제작했다는 혐의를 짙게 풍긴다.

3. 윤복진의 생애와 작품 세계

1) '반전극'에 숨어 있는 연속성

1920년대 『어린이』를 통해 등단한 윤복진은 그와 같은 시기에 등단한 이원수·윤석중과 함께 식민지시대의 대표적인 동요시인이라 할 수 있다. 이원수가 10세 이상의 소년층을 상대로 하는 동시를 많이 썼다면, 윤복진과 윤석중은 10세 이하의 유년층을 상대로 하는 짤막한 동요시를 많이 썼다.[47] 그 때문인지 식민지시대에 노래로 지어져 아이들 입에 오르내린 동요는 윤복진 또는 윤석중 작사로 된 것이 아주 많다. 특히 윤복진은 동향(同鄕)의 작곡가 박태준(朴泰俊)과 짝을 이룬 동요가 많아서 어림잡아 식민지시대에 불린 동요의 최다생산자로 꼽힌다.

하지만 윤복진은 6·25전쟁 중에 월북함으로써 남한에서는 잊혀진 시인이 되었다. 월북문인에 대한 해금조치가 이뤄진 뒤에야 그의 동요시집이 재출간되었다. 필자는 윤복진의 월북 이전 동요시집 『꽃초롱 별초롱』(아동문예예술원, 1949)과 거기 실리지 않은 주요 작품을 함께 묶은 『꽃초롱 별초롱』(창비, 1997)을 펴냈고, 아울러 그의 작품세계를 한차례 조명했다.[48] 개구쟁이들의 놀이가 뿜어내는 천진한 동심과 토속적인 해학을 주목한 글이었다. 백창우는 그의 동요시를 새로 작곡해서 어린이들에게 선물하기도 했다. 하지만 윤복진에 대한 연구는 아직도 미흡한 상태라고 할 수 있다.

월북 이전 그의 작품은 일찍이 이재철과 하청호도 '서정적 자연친화

---

47 '동요'는 '어린이노래'를 가리키는 말이기도 하고 '자유동시'와 구분되는 '정형동시'를 가리키는 말이기도 하다. 본고는 노래와 구분되는 정형동시를 '동요시'라고 지칭했다. 곧 '동시'가 자유로운 율격을 지닌 것이라면, '동요시'는 일정한 반복의 형식과 외형률을 지닌 것, '동요'는 작곡되어 노래로 불리는 것을 가리킨다. 하지만 북한의 작품은 그들의 용법대로 '동요시'라 하지 않고 '동요'라고 했다.
48 졸고, 「동요시인 윤복진의 작품세계」, 『아침햇살』, 1997 겨울호.

의 동심 세계'라고 주목한 바 있다.[49] 이재복은 '동심'과 '놀이공간'을 핵심어로 삼아서 윤복진 동요시의 특징을 살폈고,[50] 김종헌은 윤복진 동요시의 '동심'이 '기독교적 낙원의 꿈'을 실현하고자 하는 발상이라고 보았다.[51] 정영진과 조두섭은 월북·실종 문인에 대한 조명 차원에서 시인의 주요 행적을 새로 추가했다.[52] 이로써 윤복진의 월북 이전 행적과 작품에 대해서는 어느 정도 조명이 이루어졌다고 볼 수 있다.

문제는 월북 이후의 행적과 작품에 관한 것이다. 관련 자료를 구하기 힘들기 때문이기도 하겠지만 북한체제를 찬양하는 작품 일색에 대한 부정적인 시각도 함께 작용해서 이 부분은 제대로 연구되지 않고 있다. 그는 1991년 7월 16일 작고하기까지 꾸준히 작품 활동을 벌였다. 북한에서의 수상경력도 화려하다. 말하자면 윤복진은 서로 다른 체제에서 각각 높이 평가되지만 그 대상 작품은 일치하지 않는 특이한 사례에 속한다. 그의 작품 전체를 놓고 보면 우리 아동문학사의 굴곡은 물론이고 분단시대 남북한 아동문학의 시각 차이가 고스란히 드러난다. 이 점에서 윤복진의 월북 이후 행적과 작품에 대한 연구는 그냥 건너뛸 수 없는 중요한 의미를 지닌다고 할 것이다.

식민지시대에 윤복진은 천진한 동심의 세계를 즐겨 그렸다. 그랬던 그가 해방기에는 계급문학 편에 가담했다가 우여곡절 끝에 월북해서 북한체제를 찬양하는 데 앞장서는 동요시인으로 변신했다. 이를 두고 '반전극(反轉劇)'(정영진) 또는 '낮꿈꾸기의 비애'(조두섭)라고 표현한 것은 틀리지 않는다. 그는 북한에서 '김일성상'과 '국기훈장 1급'을 받은 성공한 시인으로서 명예롭고 행복한 임종을 맞았다. 하지만 그의 반전의

49 이재철, 『한국현대아동문학사』, 일지사, 1978 ; 하청호, 「자연친화와 동심적 서정의 요적 변용」, 사계 이재철 선생 회갑기념논총간행위원회 편, 『한국아동문학작가작품론』, 서문당, 1991.
50 이재복, 『우리 동요 동시 이야기』, 우리교육, 2004.
51 김종헌, 「윤복진 동시의 담론 구성체 연구」, 『한국아동문학연구』, 2006.
52 정영진, 「동요시인 윤복진의 반전극」, 『문학사의 길찾기』, 국학자료원, 1993 ; 조두섭, 「낮꿈꾸기의 비애·윤복술」, 이강원·조두섭, 『대구·경북 근대문인 연구』, 태학사, 1999.

궤적을 더듬어가다 보면 종국엔 비애가 밀려드는 것을 어쩔 수 없다. 그렇다고 그의 삶과 문학은 위선이요, 자기기만일 뿐이라고 밀쳐둘 수는 없는 노릇이다. 그러기에는 우리 아동문학의 자리가 너무나 척박했다. 아마 그도 자신의 삶과 문학은 희비극이요, 시대가 만들어낸 반어임을 모르지는 않았을 것이다. 윤복진의 삶과 문학은 남북한 아동문학이 어떻게 한 뿌리에서 나와 두 얼굴을 지닌 상극의 존재가 되었는지를 보여주는 극적인 사례이다. 그의 '반전극'은 창작을 추동한 시인 내부와 외부 요인의 합작품인바, 거기에도 의연히 연속성은 숨어 있다.

 윤복진의 성장 과정에서 눈길을 끄는 것은 그가 독실한 기독교 신자의 가정에서 자라났고, 교회 성가대에 가담해 적극 활동했다는 점이다. 이와 같은 인연으로 그의 동요시는 발표하는 족족 노래로 작곡되어 널리 불릴 수 있었다. 그는 1907년 1월 1일 대구 중구 궁정동 72번지에서 윤경옥과 이봉채의 육남매 중 장남으로 출생했다.[53] 호적에 등재된 이름은 윤복술(尹福述), 계성중학교 학적부에는 윤복진으로 되어 있다. 독실한 기독교 신자인 아버지는 남문시장의 가난한 나무장사꾼이었으나 4대 독자인 아들에게 정성이 지극했다. 그는 아버지를 따라 세 살 때부터 대구 남성정(南城町)교회에 나갔다. 그 후 대구 사립 희원보통학교와 사립 계성학교를 다녔다. '여호와를 경외함이 지식의 근본이니라'라는 교훈을 내세운 계성학교는 1906년 미국 기독교장로회 선교사 E. 아담스가 설립했으며 대구의 기독교인들이 선호한 미션스쿨이었다. 열네 살이 되던 해에 세례를 받았고 남성정교회 성가대원으로 활동했다. 남성정교회의 성가대 리더는 작곡가 박태준이었다. 박태준의 첫 번째 작곡집과 두 번째 작곡집 제목이 모두 윤복진의 작품 제목인 『중중 때때중』

---

[53] 그동안 윤복진의 생년월일은 1907년 1월 9일로 알려졌으나 조두섭은 호적을 통해 그의 생년월일이 1907년 1월 1일이라고 밝혔다. 이하 월북 이전 그의 이력에 관한 사항은 조두섭과 정영진의 글을 참고했다.

(1929), 『양양 범버궁』(1931)이고, 윤복진의 작품만을 가지고 가요집 『물새 발자욱』(1939), 『박태준 동요곡집』(1947)을 펴낼 정도로 두 사람은 친분이 깊었다.

그럼 그의 작품은 기독교적 색채가 농후한가? 그건 아니다. 오히려 토속적 체취가 물씬하다. 하지만 기독교적 성장배경은 작품의 내용이 어떠하다든지 작곡가 누구와의 연결고리였다든지 하는 문제보다도 훨씬 중요한 자질을 그의 작품에 부여했다. 현실에 훼손되지 않은 원형질로서의 동심, 곧 대상과 일체 거리를 두지 않는 순진성과 낙천성이 그것이다. 세상물정 모르는 '동심'이란 근대적 가정의 울타리를 전제로 한다. 그런데 식민지 근대의 토양에서 전개된 우리 아동문학은 도시보다는 농촌, 유년보다는 소년, 한마디로 '일하는 아이들'과 마주하고 있었다. 이 때문에 10세 이상을 대상으로 하는 생활동화와 소년소설, 그리고 생활동시와 감상적인 동요가 많이 쏟아져 나왔다. 식민지시대의 아동문학에서 10세 이하의 순진성과 낙천성을 반영한 작품이 드문 까닭이 여기에 있다. 예외가 없지는 않았다. 상대적으로 시민사회의 근대성을 담보한 '서울내기'와 '기독교'적 배경에서 비로소 유년의 문학도 싹을 틔웠다. 윤석중이 '서울내기'였다면 윤복진은 '기독교인'이었다. 조선주일학교연합회에서 펴낸 『아이생활』(1926.3~44.1)이 한 시기를 풍미한 계급문학의 바람까지 비껴가면서 유년문학을 중심으로 일제 말까지 지속되었던 것도 동일한 맥락이다. 윤석중과 윤복진이 계급문학의 바람을 아주 외면한 것은 아니다. 그렇더라도 계급문학은 그들에게 예외적이라 할 수 있는 것으로, 그런 작품은 소년기 아동을 향하고 있었다.[54]

---

54 조두섭은 "윤복진이 좌익사조에 휩쓸리지 않은 채 아동문학에 열중할 수 있었던 가장 큰 이유는 유아 때부터 익숙해온 기독교 가정생활 때문일 것"(85쪽)이라고 했는데, 이는 기독교 가정생활에서 비롯된 '유년'을 향한 창작의 특성을 간과한 것이라서 절반의 해명에 그쳤다고 판단된다. 뒤에 밝혀지겠지만 '기독교'는 오히려 월북 이후 북한체제 찬양의 작품을 이해하는 데에서 열쇠에 해당한다. 한편, 김종헌은 윤복진의 '동심'이 식민지시대에 "기독교적인 낙원의 꿈을 실현"하고자 하는 발상이라고 했는데, 실제 작품에서는 종교적인 색채가 전혀 드러나지 않았다는 점을 간과한 탓에. 그렇다면 윤석

8·15해방을 맞이하면서 윤복진은 윤석중과는 정반대의 길을 걷는다. 그들은 소년문사 시절부터의 오랜 문우이자 창작동요의 쌍벽을 이루는 라이벌 관계이기도 했다. 아마 윤복진은 기독교 집안의 귀염둥이로 자란 것만으로는 '서울내기' 윤석중에 대한 '시골뜨기'의 뿌리 깊은 열등감을 해소하기 힘들었을 것이다. "일체의 봉건적 요소를 배제하고 새로운 민주주의의 길로! 일체의 비과학적 사상을 배격하고 새로운 사상과 새로운 과학으로 더불어 우리의 아동관을 새로이 하자!"[55]는 구호를 외치게 했던 조선문학가동맹은 '시골뜨기' 딱지를 떼어버릴 수 있는 다시없는 기회로 다가왔다. 동향의 문우 신고송은 일찍이 계급문학으로 선회하여 저만큼 앞서가고 있었다. 윤복진은 서울에서 조선문학가동맹 아동문학 분과위원의 초대 사무장을 맡는다. 그러나 건강 악화로 다시 대구로 낙향해서 조선문화단체총연맹의 경북지부 부위원장단의 한 사람이 되었다. 이런 경력은 정부수립 후 좌익으로 몰려 국민보도연맹에 가입하지 않으면 안 되는 빌미로 작용했다. 치욕과 더불어 다시 '반공파' '순수파'의 후미로 떨려났다. 그는 다시 변신한다.

나팔소리 뛰뛰 북소리 둥둥
대한군사 들어온다 우리 대장 들어온다
어깨에 총 허리에 칼 걸음 맞춰 척척
동대문을 열어라 남대문을 열어라
대한군사 들어온다 우리 대장 들어온다
공산군을 물러가고 대한군사 들어온다.

중 작품을 비롯한 유년동시에서의 동심(순진성, 낙천성, 자연친화성)은 전부 기독적인 낙원의 꿈과 관련되는 것이냐는 반론에 부딪칠 수밖에 없는 일반화의 오류라고 판단된다.
55 윤복진, 『꽃초롱 별초롱』, 아동문예예술원, 1949, 122쪽.

(2절 후렴 : 공산군기 잡아떼고 태극기를 내걸었다.)[56]

보도연맹에 가입한 뒤에 나온 「우리 대장 들어온다」라는 작품의 전문
이다. 노래 부르기 좋은 4음보 율격인데 글자 수를 억지로 꿰맞추지 않
아 시의 호흡이 가뿐하다. 악보가 없더라도 음악이 힘차게 울려나오는,
내용과 형식이 잘 맞아떨어지는 작품이다. 아이들이 노는 모습을 생기
발랄하게 포착한 이런 종류의 작품은 과거에도 많았다. 시류를 반영하
는 것으로는 「우리 집 군악대」를 들 수 있다. 해방 직후의 시류를 반영
해서 쓴 것 중에도 「무궁화 피고피고」「돌을 돌을 골라내자」「새나라를
세우자」 등 뛰어난 작품이 여럿 있다. 그런데 위의 「우리 대장 들어온
다」는 "대한군사" "공산군" 같은 정치적 어휘를 여과 없이 드러냄으로
써 시의 격을 떨어뜨렸다. 정치적 압력 때문에 보도연맹에 가입한 그로
서는 매우 수치스러웠을 것이다. 불과 일 년 후에는 또 다른 정치이데올
로기의 작품을, 이번에는 뒤바뀐 세상에서 일관되고 지속적으로 발표하
게 될 줄을 그도 알았을까? 그에게 8·15해방부터 6·25전쟁까지는 수
차례 변주의 세월이었다.

1949년 동요시집 『꽃초롱 별초롱』을 펴냈다. 천진한 동심의 세계와
토속적 해학으로 성공한 식민지시대의 작품을 주로 골라 실었다. 그런
데 이 시집의 발문 내용이 흥미롭다. 그는 "봉건시대와 그 전시대에서
천대만 받아오던 아동을, 인간 이상의 인간으로 떠받쳐 현실의 아동을
선녀나 천사로 숭상하려던 시대도 있었다. 나도 그러한 과오를 범한 사
람의 한 사람이다"[57]라면서 과거의 천사적 아동관을 반성하고, "민주주
의적 과학적 아동관에 입각"[58]해야 한다면서 조선문학가동맹의 구호를

56 정영진, 앞의 글, 91쪽에서 재인용. 보도연맹에 가입한 때의 작품으로 보이는데, 서지사항은 밝혀져
있지 않다. 이 작품을 일부 인용한 조두섭과 박명용의 글에도 서지사항이 없다. 조두섭, 같은 글 ; 박
명용, 『한국시의 구도와 비평』, 국학자료원, 1996 참조.
57 윤복진, 앞의 책, 120쪽.

역설했다. 이로 미루어볼 때, 비록 정치적 압력에는 굴복했을지라도 안에서 타오르는 근대에의 지향만은 포기할 뜻이 없었던 것 같다. 기실 그의 '향(向)근대성'은 '탈(脫)시골뜨기'의 논리적 표현에 지나지 않았다. 그가 월북하기 직전에 발표한 「석중과 목월과 나―동요문학사의 하나의 위치」는 이를 단적으로 드러내주는 글이다.

"석중과 목월과 나는 제각기 우리 동요문학사상에 이정표를 하나씩 세웠다"[59]고 시작하는 이 글은 "또 하나의 이정표를 세워야 하겠다"는 다짐으로 끝을 맺는다. 비슷한 시기에 활동을 시작한 이원수 대신에 10년 뒤쯤 시작한 목월을 끼워넣은 것은 성인문단의 시인으로서도 목월이 성공했기 때문일 것이다. 그는 석중과 나머지 둘, 목월과 나머지 둘의 차이점을 밝히면서, 자기와 나머지 둘의 공통점과 차이점도 함께 거론했다. 석중은 "나와 목월과 같은 시골뜨기로서는 부러워할 행운아"이다. "석중은 서울 사람이다. 스마트하다. 어디인지 모르게 귀동자(貴童子)적 품격이 풍긴다. 나와 목월은 어디까지나 시골뜨기다. (……) 그런데 석중의 동요 문학은 그야말로 '동요'이다. '문학의 음악'이다. 바꾸어 말하면 석중의 동요는 '유년의 시'요, '유년기의 어린이의 음악'이다. (……) 나도 석중처럼 '문학의 음악'을 좋아한다. 그러면서도 나는 동요에서 '시'를 발견하려고 했고, '시의 품격'을 갖추려고 애를 썼다. (……) 그러나 나는 '동요'를 버리고 '시'로 달아나지는 않았다." 이 마지막 구절은 목월을 의식한 표현일 것이다. "그런데 석중도 나도 '시'를 사모했다. 동요에서 동시의 울안으로 들어가보려고 자주 넘겨다보았다. (……) 석중과 나의 이러한 노력과 '테스트드'의 '파통'을 날래게 붙잡은 사람은 목월이다. (……) 목월은 동시에 있어서 석중보다 나보다 뛰어났다.

---

58 같은 곳.
59 윤복진, 「석중과 목월과 나―동요문학사의 하나의 위치」, 『시문학』, 1950.6. 별도의 설명이나 각주가 없는 본 장의 인용은 모두 이 글에서 뽑아낸 것이다.

목월은 확실히 동시의 선구적 시인이다. 그리고 목월은 나와 같은 향토적 전원적 동요시인이다. 목월과 나는 피와 살이 같다. (⋯⋯) 시를 좋아하고 시를 사모하는 나머지 목월은 그만 시로 달아났다."

정리하자면 윤복진은 석중의 '동요·음악'과 목월의 '리리시즘·포에지' 사이에 존재한다. 그러면서 한편으로는 석중의 '모더니티'와 목월의 '시'를 부러워했다. 그런데 해방되고부터 불과 몇 년 사이에 정신없는 변화를 겪어야만 했다. 과거에 안주해서는 낙오자가 될 것이 분명했다. "우리 셋은 또 서울에 와서 살고 있다. 석중이나 목월이나 나는 '버터'도 먹어보았고 '다꾸앙' 조각도 씹어보았으나 우리의 동시와 동요에는 '버터' 냄새는 나지 않는다. '다꾸앙' 냄새도 나지 않는다. 그저 한결같이 김치내만 난다. 비록 일제가 독사 같은 눈으로 노리고 있을 때도 그러했고 해방된 이날에도 또한 그러하다. 그런 점에서 석중과 목월과 나는 다 같은 세계에 산다." 이 구절만 따로 떼어놓고 보면 세 사람이 지켜온 '김치내'는 자부심처럼 읽힐 수 있다. 그러나 문맥상의 의미는 정반대였다. '김치내'는 윤복진의 오랜 열등감의 뿌리인 '시골뜨기'의 대명사였던 것이다.

그런데 석중과 목월과 나와 셋이 십 년, 이십 년, 삼십 년 가까이 살아온 동안에 세상은 변하고 문학도 많이 변해진 것 같다. 어떻게 우리 셋은 그만 '답보'를 하는 것 같다. 어떻게 우리 셋은 '스람프'에 빠진 것 같다. 어떻게 우리 셋은 '시대'의 소리가 들리지 않는 것 같다. (⋯⋯)

석중이 목월이 그리고 나는 어떻게 새로운 시대의 옷을 갈아입어야 하겠다. 또 하나의 이정표를 세워야 하겠다. (⋯⋯) 새로운 시대의 또 하나의 "이데옴"과 "포름"을 만들어보자! 다른 하나의 석중이가 되어보자꾸나. 다른 하나의 목월이 되어보자꾸나! 다른 하나의 내가 되어보자꾸나![60]

이것이 우리가 볼 수 있는 월북 이전 윤복진의 마지막 글이다. '김치 내' 나는 옷을 '새로운 시대의 옷'으로 갈아입을 방도는 무엇이었을까? 월북은 석중과 목월이 따라올 수 없는 윤복진만의 득의의 행보였을 것 이다. 조선문학가동맹에 가담한 대가로 보도연맹에 가입하고 6·25전 쟁 중 자의반타의반으로 월북했다는 기왕의 통설에서 우리가 '자의(自 意)' 쪽에 방점을 찍어야 하는 근거가 여기에 있다. 그 스스로 인정했듯 이 "향토적 전원적 동요시인"이었던 윤복진이 북한체제하에서 제2의 시작(詩作) 인생을 선택한 것은 누가 보더라도 '반전극'임에 틀림없다. 하지만 그것은 안에 오래 잠복해 있던 내적 요인이 외적인 계기와 더불 어 막힘없이 표출된 것에 다름 아니었다. 요컨대 윤복진의 삶과 문학을 연속적이게 하는 주된 요인은 '기독교'와 '탈시골뜨기'였다. '기독교'는 월북 이후의 행적과 문학을 추동한 잠재적 요인이기도 했다. 문제는 그 것이 근대성과는 정반대이고 진정한 종교성과도 차원을 달리하는 '역군 은(亦君恩)'으로 귀착한 점이다.

2) 월북 이전 작품에 대한 북한의 시각

북한에서도 윤복진의 '반전극'을 어느 정도는 인정하는 듯하다. 다만 이때의 '반전'은 일제식민지와 미군정 억압체제에서 벗어난 데 따른 비 약적인 '발전'을 가리킨다. 이를 논리화하자면 곡예가 불가피하다. 북한 은 누가 봐도 무리일 수밖에 없는 반전의 도식을 만들었다. 즉 윤복진이 월북 이전 억압체제에서는 '어둡고 우울한 색조'의 작품만을 쓰다가 월 북 이후 해방된 세상에 와서야 비로소 '밝고 명랑한 색조'의 작품으로 양상이 바뀌었다는 것이다. 월북 이전의 작품을 평가하는 데에서 사실

---

60 윤복진, 같은 글.

의 왜곡이 많을 수밖에 없는 것은 자명한 이치이다.

이를 증명하는 자료가 김청일의 「'동요할아버지'에 대한 추억」이다. 이 글은 윤복진의 삶과 문학 전체를 다룬 북한의 거의 유일한 자료이기도 하다. 김청일은 서두에서 이 글을 쓰게 된 경위를 이렇게 밝혔다. 어느 날 윤복진의 대표작들을 거의 다 외우고 있고 김형직사범대학 박사원에서 공부하는 젊은이가 윤복진에 대한 학위논문을 쓰려고 하는데 작가의 생애나 창작활동과 관련한 자료를 찾아볼 수 없다고 하소연했다. 그래서 윤복진에게 회고담을 들은 적 있는 자신이 자료를 모아 글을 쓰기로 결심했다는 것이다. 김청일은 윤복진에 관한 자료를 찾아보기 힘든 까닭에 대해 "자기자랑을 할 줄 모르는 소박하고 겸손한 아동시인"[61]이었기 때문이라고 했다. 이 말의 진실 여부와는 관계없이 윤복진의 삶과 문학을 다룬 북한의 자료가 매우 드물다는 것은 확실해 보인다. 김청일의 글은 등단부터 작고하기까지 윤복진의 대표작을 골라서 창작의 배경과 함께 작품의 의의를 설명하는 방식으로 서술되었다.

그런데 이런 방식으로 윤복진론을 써야 할 필요성을 느낀 중요한 이유가 김청일에겐 또 하나 있었다. 남한에서 나온 윤복진 동시집[62]이 그릇된 시각으로 작품을 엮었을 뿐만 아니라 뒤에 붙인 해설도 옳지 않다는 것이다. 김청일의 글은 윤복진 동요시를 새롭게 정리한 남한의 시각을 비판하고 반론하는 성격을 아울러 지니고 있다. 그의 비판은 두 가지로 요약된다. 하나는 작품 수록(편집)에 관한 것이고, 다른 하나는 해설(평가)에 관한 것이다.

동요집(남한에서 필자가 엮은 윤복진 동요시집을 가리킴: 인용자)에는 계급

---

61 김청일, 「'동요할아버지'에 대한 추억」, 『조선문학』, 2002. 7~8. 별도의 설명이나 각주가 없는 본 장의 인용은 모두 이 글에서 뽑아낸 것이다.
62 월북 이전의 작품을 모아서 필자가 펴낸 『꽃초롱 별초롱』(창비, 1997)을 가리킨다.

성이 뚜렷하고 당대 사회의 전형적인 사회정치적 문제를 담고 있는 작품들인 「두만강을 건너며」, 「쫓겨난 부엌데기」, 「산새는야 춥겠네」, 「팔려가는 황소」, 「빛나는 사이다 공패」 등을 비롯한 여러 편의 대표작들이 들어 있지 않았다. 신통히도 아이들의 세태생활, 꽃과 나비, 봄비와 바람과 같은 자연을 노래한 작품들만 위주로 골라 묶었다.

그런가 하면 동요집에 실린 「개구쟁이 눈으로 본 세상」이라는 해설 글에서는 윤복진의 대표작인 「고향 하늘」과 같은 시대정신을 정면으로 담은 작품들에 대해서는 전혀 언급조차 하지 않고 극히 부차적이라고 할 수 있는 몇 편의 동요들에 대해서만 운운하였다.[63]

김청일은 월북 이전의 윤복진이 "시대적인 환경과 세계관의 미숙성으로 하여 다소 미약한 동요들도 적지 않게 쓴 것만은 사실"이라고 전제한 뒤에, "그렇다고 그 작품들만 절대시할 수 있겠는가"면서, "그 시인이 어떤 시인인가 하는 것은 어디까지나 그가 남긴 대표작들을 놓고 평가해야 하는 것"이라고 지적했다. '미약한 작품들만 절대시'했다는 점을 제외한다면 맞는 말이라고 할 수 있다. 이 말에서 월북 이전 윤복진의 대표작을 바라보는 필자와 김청일의 시각, 나아가 남한과 북한 아동문학의 시각이 첨예하게 부딪치고 있다는 사실이 드러난다.

필자는 윤복진 동요시집을 이렇게 엮었다. 시집의 1부는 윤복진이 손수 골라서 엮은 1949년판 『꽃초롱 별초롱』의 작품 44편을 그대로 수록했다. 2부는 월북 이전에 발표되었으나 『꽃초롱 별초롱』에 실리지 않은 윤복진의 작품을 조사해서 의의가 있다고 판단되는 작품 47편을 수록했다. 그러니까 문학적인 평가를 바탕으로 총 91편을 엮은 것이다. 출판 당시에 이 동요시집은 발굴 조명의 의의로 주목되었다. 1부의 1949

---

63 김청일, 앞의 글, 『조선문학』, 2002. 7, 52쪽.

년판 시집도 그러하지만, 특히 2부의 작품들은 쉽게 닿지 않는 수많은 아동잡지와 신문 자료들을 바탕으로 찾아내고 골라낸 것이다. 그렇게 해서 윤복진에게는 다소 예외적이라 할 수 있으나, 계급주의 문학의 전성기에 나온 현실반영의 작품 가운데 비교적 작품성이 뛰어난 「스무하루 밤」, 「기차가 달려오네」, 「쪽도리꽃」, 「송아지 팔러 가는 집」, 「나무 없다 부엉 양식 없다 부—엉」 같은 것들을 2부에 수록할 수 있었다. 해방 이후 현실을 반영하는 작품 서너 편도 2부에 포함시켰다. 이런 현실반영의 작품은 윤복진이 『꽃초롱 별초롱』을 엮으면서 제외시킨 것들이다. 1949년판 『꽃초롱 별초롱』에는 현실반영의 작품이라 할 수 있는 것이 단 한 편도 실려 있지 않았다. 이는 윤복진 동요시의 특질이 무엇인지를 확연히 보여주는 것이다. 이 점에 대해 김청일은 "시대적인 환경과 세계관의 미숙성으로 하여 다소 미약한 동요들도 적지 않게 쓴 것만은 사실"이라고 슬쩍 비껴가려 했다. 그러나 필자는 수백 편에 이르는 윤복진의 태작(怠作)들은 아예 시집에 싣지 않았다. 결국 김청일의 변론은 윤복진의 대표작을 바라보는 남북한 시각의 차이를 극명하게 드러낼 따름이다.

김청일은 「두만강을 건너며」, 「쫓겨난 부엌데기」, 「산새는야 춥겠네」, 「팔려가는 황소」, 「빛나는 사이다 공패」 같은 대표작들이 남한의 시집에는 빠져있다고 불만을 표시했다. 이 중에서 「두만강을 건너며」와 「팔려가는 황소」는 필자가 찾아내지 못한 작품이다.[64] 김청일이 전문을 소개한 「두만강을 건너며」은 일본이나 만주로 떠나는 유랑민의 모습을 그린 것이다. 시대현실을 그린 작품이라는 점은 인정되지만, 비슷한 내용을 지닌 이원수의 「잘 가거라」(1930)나 윤석중의 「허수아비야」(1932)에도 미치지 못하는 수준이다. 필자가 찾아냈더라도 수록하지 않았을 작

---

64 김청일은 작품의 연도만 밝혔고 발표지면을 밝히지 않았기 때문에 정확한 고증이 어렵다. 작품 연도가 잘못된 것도 적지 않았다.

품에 해당하는 것이다. 「팔려가는 황소」는 필자가 엮은 시집에 수록한 「송아지 팔러 가는 집」과 비슷한 것이 아닐까 싶다. 김청일이 대표작을 설명하는 자리에서 이 작품을 건너뛴 것으로 볼 때, 설사 다른 것일지라도 「송아지 팔러가는 집」보다 더 뛰어난 것은 아니라고 여겨진다. 「쫓겨난 부엌데기」는 필자가 찾았지만 수록하지 않은 「따라간 부엌데기」를 가리키는 것이 아닐까 싶다. 인용한 것을 보니 표현이 조금 다르고 내용은 비슷한데, 직설화법으로 되어 있어서 평균을 밑도는 수준이다. 「산새는야 춤겠네」, 「빛나는 사이다 공패」 역시 필자가 찾아냈지만 평균 이하라고 판단되어 수록하지 않은 것들이다.

김청일이 작품을 인용해 가면서 월북 이전 윤복진의 대표작으로 거론한 것은 모두 10편이다. 윤복진에게 들은 창작배경과 작품의 의의를 하나씩 짚어가는 방식으로 서술했다. 일종의 역사주의 방법이라 하겠는데, 의도의 오류가 만만찮고 가장 엄밀해야 할 사실 관계조차 왜곡한 것이 적지 않다. 윤복진과 김청일도 이를 의식하지 않을 수 없었는지 "탄압과 검열 때문에 은유와 상징의 수법"을 썼다면서 확대해석의 부담을 덜어내는 장면이 자주 나온다. 그렇더라도 억지스럽게 느껴지는 것은 어쩔 수 없다. 이를테면 "조롱 속에 갇혀 옛집을 그리며 슬피 우는 종달새"를 그린 1922년 처녀작 「종달새」[65]는 "순수 자연의 새"가 아니라 "조국을 원통하게 빼앗긴 우리 어린이들이었으며 우리 겨레"를 형상화한 것이고, 호기심 많은 천진한 어린이의 동심을 포착한 「바닷가에서」는 "조국을 사랑하는 우리 어린이들의 뜨거운 마음"이요 "아름다운 조국의 바다에 드리는 송가"이며, 역시 자연에 대한 동심적인 시선이 두드러진

---

[65] 김청일은 윤복진이 '1922년에 지은 처녀작'으로 「종달새」란 작품을 들면서 박태준이 작곡해서 노래로 불렸다고 전한다. 그런데 필자가 찾은 윤복진의 첫 작품은 『어린이』 1925년 9월호에 입선동요로 실린 「별 따러 가세」이다. 북한의 『문학대사전』에는 1924년 잡지 『새벗』에 「종달새」가 발표된 것으로 되어 있다. 관련 자료가 없어 확인할 수 없는 상태이다. 『문학대사전·5』, 평양, 사회과학원, 2000, 330쪽.

「물새 발자국」은 원산의 명사십리를 구경하러 갔다가 외국인 선교사들의 별장 앞에 나붙은 '외인출입금지'라는 푯말을 보고 그에 대한 반발에서 비롯된 작품이라는 것이다.

이런 확대해석은 그나마 주관적인 문제에 속한다. 더 큰 문제는 객관적인 사실의 왜곡이다. 김청일은 윤복진의 대표작 「고향 하늘」이 "시대정신을 정면으로 담은 작품"인데도 남한에서 나온 작품집 해설은 이를 비껴갔다고 불만을 표시했다.

> 푸른 산 저 너머로 멀리 보이는
> 새파란 고향 하늘 그리운 하늘
> 언제나 고향집이 그리울 때면
> 저 산 넘어 하늘만 바라봅니다.(전문)

남한의 동요시집에 실린 것은 1949년판 원문대로 3음보 율격을 각각 한 행씩으로 해서 모두 4연 12행이다. 김청일은 위에서처럼 4행 단연시로 인용했다. 노랫말로서는 퍽 구성진 편이고, 박태준이 곡을 붙여 널리 불린 작품이다. 노래로서 성공한 것은 인정된다. 하지만 시로서는 상투에 가까운 일반적인 표현뿐이라 특별히 해설을 붙일 만한 수작은 못된다. 더욱이 과거를 돌아보는 향수의 감정은 어른의 것에 속한다. 해설에서 이 작품에 대해 따로 언급할 필요를 느끼지 않은 것도 이 때문이다. 그런데 김청일의 글에 따르면 윤복진은 이 작품과 식민지시대 유랑민의 고달픈 삶을 관련짓는 것도 모자라, 첫머리의 "푸른 산"이 원래 '백두산'이었는데 일제의 검열을 생각해서 상징적으로 표현한 것이라고 했다. 말할 것도 없이 '백두산'은 북한에서 혁명의 성지로 우러르고 있는 만큼 그렇게 되면 또 다른 의미가 첨가된다. 윤복진은 이 작품과 관련한 일화까지 덧붙였다. 일본으로 가려고 도항증을 내기 위해 경찰서 출입을 하게 되었는데, 대구경찰서 고등계 주임이 "두 해 전에는 고향을 노래하는 척하면서 조국을 노래했지. '푸른 산'이 무슨 산이냐? 그것은 백두산을 두고 하는 말이지? 우리가 모를 줄 아느냐?" 하고 다그쳤다는 것이다. 이런 식의 작품 해석과 일화 소개는 허구에 가깝다. 게다가 시대현실의 화폭이라 하더라도, '백두산'이 "푸른 산"보다 더 나은 표현이라고는 보이지 않는다.

김귀환(金貴環)이란 이름으로 발표한 1930년『동아일보』신춘문예 당선작「동네의원」은 소꿉놀이를 소재로 한 것이다. 모두 3연 12행으로 된 것으로, 1938년『조선아동문학집』에 실렸을 때나 1949년『꽃초롱별초롱』에 실렸을 때나 바뀐 건 없다. 원래 '동리의원'이었던 제목을 작품집에 수록할 때에 '동네의원'이라고 고쳤을 뿐이다. 그런데 북한의 텍스트는 "그래도 맘 좋은/우리 차돌이/ 약값 한 푼 안 받는/의원이라오"가 덧붙어서 4연 16행으로 되어 있다. 천진성이 두드러진 작품인데, 계급성이 드러나게 하려고 월북 이후에 4연을 덧붙인 것이다. 윤복진은 그런 사실을 감추고 "약값 한 푼 안 받는 의원"이라는 결구를 찾아냈을 때의 기쁨이 이루 말할 수 없었다고 창작 당시를 회고했다.

이런 식의 수정은「산새는야 춥겠네」에서도 이루어졌다. 이 작품은「산새들새 춥겠네」라는 제목으로『중외일보』1930년 2월 24일자에 발표된 것이다. 북한의 텍스트는 원래 없었던 "불새"라는 시어를 넣고 행마다 조금씩 개작했다. "산새는야 춥겠네/정말 춥겠네//흰 눈 첩첩 저 산에서/어떻게 사나//산에 사는 저 새는/불새인가봐//산새는야 춥겠네/정말 춥겠네//꽃 피는 새봄은 언제 오려나//기다리는 우리 봄아/어서 오려마" 이렇게 바꿔놓고는 "흰 눈 첩첩 저 산"을 '백두산'으로, 거기에 사는 "불새"를 '장군님의 용사들'이라고 해석하고 있다. 그와 관련한 일화도 만들어 덧붙였다. 윤복진이 일본에 있을 때 조선에 갔다 온 한 친구로부터 "백두산 마루에 장군별이 높이 솟았는데 피 끓는 조선의 젊은

용사들이 장군별두리에 구름같이 모여든다"는 가슴 뛰는 소식을 들은 것이 이 작품의 창작배경이라는 것이다.

움직일 수 없는 과거 시간을 바꿔놓고서 작품의 역사적 의미를 강조한 것들도 있다. 「빛나는 사이다 공패」는 "민족의 태양 김일성 장군님께서 지펴 올리신 보천보의 불길"인 1937년의 보천보전투를 배경으로 한다고 소개되었다. "우리 동생 앞가슴에/빛나는 공패/사이다병 마개로/만든 공패죠//원쑤 치는 대장놀이/잘도 했다고/동네방네 꼬마들이/달아준 게죠//우리 동생 앞가슴에/빛나는 공패/밤에도 떼지 않고/달고 자지요" 역시 개구쟁이의 천진한 놀이를 소재로 한 것임을 한눈에 알 수 있는데, 「공패」로 발표했던 제목을 조금 손질했고 원래 없었던 "원쑤 치는 대장놀이"가 첨가되었다. 아무리 그래봤자 보천보전투를 배경으로 했다는 말은 어불성설이다. 이 작품은 보천보전투가 일어나기 전, 『동아일보』 1936년 6월 21일자에 처음 실렸기 때문이다. 따라서 "그 무렵에 우리 어린이들도 통쾌한 보천보싸움 소식을 듣고 신이 나서 왜놈 치는 군사놀이를 더욱 씩씩하게 하였다"면서 "그들의 심정을 노래한 동요를 쓰고 싶"어서 이 작품을 지었다는 말은 날조가 아닐 수 없다. 이런 왜곡은 「솔잎침」에 대한 해설에서도 이어진다.

윤복진은 일제의 침략전쟁을 반대하여 유년동요 「솔잎침」을 창작하였다. 동요는 나이어린 서정적 주인공이 그림책에 나오는 '누런 병정'(왜놈 병정을 의미하는 은유적인 표현임)을 두 눈을 부릅뜨고 쏘아보며 함부로 총질 탕탕 하면 되겠느냐고 꾸짖으면서 정 그러면 솔잎침을 한 대 놓겠다고 을러메는 내용을 담고 있었다.[66]

---

66 김청일, 앞의 글, 63쪽.

김청일은 이 작품이 '태평양전쟁을 반대하여 쓴 것'이라는 사실을 강조하려고 이 작품을 끝으로 윤복진이 붓을 꺾었다는 말과 함께 1940년에 발표된 작품이라고 소개했다. 하지만 이 작품은 『동아일보』 1934년 11월 11일자에 발표된 것이다. "우리 애기 우습지요/정말 우습죠.//그림책에 병정들이/싸움한다고//이놈, 이놈 가만있어/콕콕 침을 놔.//예끼 이놈! 한 대만/맞아 보아라." 누가 보더라도 개구쟁이 아이를 해학적으로 표현한 작품일 뿐이다. 말할 것도 없이 윤복진은 이 작품 이후로도 일제 말까지 많은 작품을 발표했다.

김청일의 글에서 보는 월북 이전 윤복진에 관한 정보는 적잖게 허구이며, 거기 기초한 대표작 설명도 온통 견강부회라는 점이 이제 분명해졌다. 일제치하라는 어두운 시대에 천진한 동심을 시적으로 잘 구사한 동요시인으로서 윤복진이 일급에 속한다는 것은 부정되지 않는다. 그런데 김청일은 윤복진 특유의 동심 표현이 돋보이는 작품들을 두고는 "시대적인 환경과 세계관의 미숙성으로 하여 다소 미약한 동요들"이라고 깎아내리고 그 반대편의 작품들만 새롭게 거론했다. 이처럼 작품을 보는 남북한 시각의 차이가 매우 크다는 점을 감안할 때, 북한이 높이 평가하는 윤복진의 월북 이후 작품을 남한에서 긍정적으로 볼 여지는 매우 협소하다.

3) 월북 이후의 행적과 활동

김청일의 글은 2회로 나뉘어 실렸다. 한 번은 해방 전까지 다뤘고 또 한 번은 해방 후부터 시작된다. 윤복진에게 8·15해방부터 6·25전쟁까지는 수차례 변주의 시기였는바, 김청일은 이 시기를 그냥 건너뛴 채 월

---

67 별도의 논평과 각주를 제외한 본 장의 내용은 모두 김청일의 글에서 발췌한 것이다.

북 이후부터의 행적과 대표작 소개로 글을 이어나갔다. 그런데 윤복진이 새로운 창작의 길로 나아간 것을 높이기 위한 전제로서 월북 이전의 작품은 "밝고 명랑한 동심 세계를 노래한 것이 극히 드물"고 "거의 다가 비통하고 침울한 양상을 띠는 것"이었다고 서두에 밝혔다. 억압체제에서 살았기 때문에 그렇게 되었다는 것이지만, 단순논리일뿐더러 윤복진의 작품양상을 정반대로 언급한 것이 아닐 수 없다. 월북 이후의 작품 세계는 다음 장에서 살펴보기로 하고, 우선 김청일의 글을 참고로 해서 월북 이후의 활동사항을 연보방식으로 서술해 보겠다.[67]

1950년 월북한 윤복진은 처음에 힘겨운 적응과정을 겪어야 했다. 한두 해가 지난 뒤에 북한에서의 공식적인 데뷔작을 발표할 수 있었다. 1952년부터 새 교과서 편찬사업이 진행되었는데, 윤복진은 교과서편찬위원회의 위원으로 선발되었다. 그에게 인민학교 1학년용 음악 교재의 첫머리에 놓을 동요 쓰는 과업이 주어졌고, 그에 따라 「새 조선의 꽃봉오리」가 씌어졌다. 윤복진은 이 작품의 창작배경을 이렇게 밝혔다. 전쟁 중 조선인민군 어느 한 국(局)에서 사업을 할 때, 항일무장투쟁에 대한 책을 읽다가 "어린이들은 미래의 주인공이며 혁명선열들의 뜻을 이어나갈 꽃봉오리들이다"는 김일성의 교시를 접하고 "꽃봉오리"라는 표현이 깊이 아로새겨졌다. 이것을 모티프로 삼은 것이 「새 조선의 꽃봉오리」라는 것이다. 윤복진은 이 작품을 자신의 "두 번째 처녀작"이라고 하면서 자부심을 표현했다.

1952년 「학습을 다하고서」를 발표했다. 이 작품은 학습을 주제로 하는 동요를 쓰고 싶은 충동을 받아서 쓴 것이다. 이것 또한 작곡되어 인민학교 음악 교과서에 수록되었다. 작가동맹 아동문학분과 총화모임에서는 이 동요에 대한 토론을 활발히 진행했다. 아이들의 학습생활을 생동감 있게 노래했을 뿐 아니라 동요 문학의 새 양상을 개척하는 데 크게 기여한 특색 있는 성과작으로 평가되었다. 1953년 「아름다운 우리나라」를 발표했다. 이 작품은 아이들이 부르는 조국찬가도 있어야 하지 않겠는가 하는 생각이 들어서 소년애국가를 짓는다는 마음으로 쓴 것이다. 1954년 「시냇물」을 발표했다. 이 작품은 윤복진의 성과작들 가운데서도 가장 높은 자리에 우뚝 솟아 있는 명작으로 평가되고 있다. 50년대 말과 60년대 초에는 잡지 『청년문학』에 창작수기 「동요 '시냇물'을 쓰기까지」를 연재했다. 여기에서 「시냇물」의 후편을 쓰겠다고 약속한 바에 따라 훗날 기행동요 「대동강을 따라서」를 발표했다.

1955년 9월 1일 평양을 떠나 현지로 나가지 않으면 안 되게 되었다. "반당 반혁명 종파분자들과 사대주의자들"이 당 정책에 시비를 걸던 무렵이다. 당중앙위원회 선전선동부의 요직을 차지하고 있던 어느 한 "종파분자"는 윤복진을 당과 이간시키려고 여러 가지로 모해하고 박해했다. 그자는 초혁명적인 구호를 부르짖으면서 남조선에서 무사상적인 작품을 쓰던 아동문학자가 어떻게 혁명적인 작품을 쓸 수 있느냐고 지상을 통해 인신공격까지 했으며, 나중에는 노동현장에 내려보내서 단련시켜야 한다고 들이댔다. 구체적인 조직사업도 해주지 않아서 윤복진은 할 수 없이 자기 발로 평안남도 인민위원회 노동과에 찾아갔다. 그는 대동군 망일리 추자도에서 남의 집 곁방살이를 했다.

김청일이 말하는 "종파분자"가 구체적으로 누구인지는 알 수 없지만, 나름대로 추측해 볼 수는 있다. 50년대의 북한 자료 중에서 윤복진의 작품을 강도 높게 비판한 것으로 김명수의 평론이 꼽힌다. 조선작가동맹 평론분과위원회의 위원장이기도 한 김명수는 50년대에 가장 왕성한 활동을 벌였다. 그의 평론 「아동문학 창작에 있어서의 몇 가지 문제」(『조선문학』, 1953.12.)를 보면 김청일이 "종파분자"의 모함이라고 소개한 것과 비슷한 내용의 '윤복진 비판'이 나온다.[68] 김명수의 비판은 이런 내용이었다. "아동문학은 뚜렷한 목적지향성을 가진 당적 교양사업의 일부분이다. 그러나 이와 같은 목적지향성에 대한 인식의 부족으로 인하여 우리 아동문학 작품 가운데는 왕왕히 주제가 모호 내지는 불건전하며 때로는 주제의 중심이 명확하지 않은 무사상성 내지는 회색적 작품들이 산출되고 있다. 그 대표적인 실례가 윤복진의 동시 「대장간 할아버지」이다. 이 동시를 읽고 나서 남는 인상은 뚜루루 뚝딱이라는 음향뿐이다. 대장간 할아버지가 무엇 때문에 그처럼 열심히 일을 하는지 알 수가 없다. 돈벌이를 위해서 그렇게 열성을 낸다고 말하여도 그것을 부정할 하등의 근거가 없다. 작가는 마땅히 이 할아버지가 노력하는 것은 전쟁승리를 위하여, 공장과 농촌의 증산투쟁에 이바지하기 위하여서라는 것을 뚜렷하게 밝혔어야 할 것이며, 이 숭고한 목적을 위하여 땀을 흘리는 것이 어떻게 즐겁고 영예로운 일인가를 강조함으로써 어린이들에게 애국심과 노력의 영예스러움을 실감 있게 가르쳐야 했다." 김명수의 비판은 거의 치명적인 내용으로 이어진다.

이와 같은 기본문제에 대한 고려의 부족, 이것은 대장간 할아버지를 공화국 후방 노력전선의 전형적 인물로 형상할 데 대한 무관심에서 오는 것이며 전형성은 당성이 발현되는 기본분야인 점에서 곧 작가 자신의 당성, 사상성의 문제로 되지 않을 수 없다. 그리고 무사상성의 문학이 형식주의의 탈을 뒤집어쓰고 나오는 것은 우연한 일이 아니며 「뚜루루 뚝딱」은 바로 그 형식주의의 상징적 표현이다.[69]

이런 비판이 나온 직후 조선작가동맹 중앙위원회 제5차 상무위원회에서는 아동문학 창작사업을 강화하기 위한 대책을 토의했다. 위원회는 윤복진을 "사상성이 없고 목적지향성이 애매한 형식주의적 작품"[70]을

---

68 일명 '8월종파사건'으로 알려진 1956년 조선노동당중앙위원회 8월전원회의 이후로 김명수의 활동을 찾아보기 힘들다. 1956년 10월 제2차 조선작가대회의 발표자에서도 김명수는 빠졌다. 북한문학사전에서조차 평론가 김명수의 이름을 찾아볼 수 없다.
69 김명수, 「아동문학 창작에 있어서의 몇 가지 문제」, 『조선문학』, 1953.12, 104~105쪽.

쓴 작가로 규정한 뒤, "작가들을 현지에 파견하여 아동생활에 침투시키며, 아동생활에서 어떠한 문제가 제기되며 어떠한 작품을 그들에게 주어야 하겠는가를 알 수 있도록 장기파견사업을 강화"[71]한다는 결정을 내렸다. 아마도 윤복진은 이 결정에 의해서 평양을 떠나 현지로 나가게 되었던 것 같다.

북한 문학은 정치적 판단이 다른 모든 것에 앞선다. 그렇기 때문에 "종파분자"가 비판되고 윤복진이 복권된다고 해서 과거의 지도이론이 내세운 비평의 기준 자체가 크게 바뀌는 것은 아니다. 윤복진을 궁지로 몰아넣은 '목적지향성' '당성' '사상성'은 그에게 절대적인 기준으로 다가왔을 것이다. 현지에 파견된 뒤 윤복진은 "내가 처음으로 현지에 파견되게 되었을 때 나는 이를 마음으로 접수하지 못하고 '옳지, 내가 좋은 작품을 쓰지 못하니까 귀양을 보내는 것이구나.' 하면서 불만을 가졌었습니다. 지금 생각하니 어리석기 짝이 없습니다."[72] 하고 시작하는 일종의 반성문을 『문학신문』에 발표한다.

나는 당원작가이면서도 당성이 약하고 자연과 사회를 과학적인 변증법적 유물론의 세계관에 입각하여 보는 준비가 없었으며 문학을 혁명대열에서 출발하지 못했기 때문에 창작경력이 짧지 않은 나에게는 누구보다도 낡은 것이 더 많이 작용하고 있습니다. (……)

우리 당의 올바른 농업 정책은 농민들이 수입에 급격한 증대를 가져오는 동시에 농촌의 교육문화에 일대 혁명을 일으키고 있습니다. (……)

나는 초조하지 않고 농촌에서 고착하여 나의 창작에서 사상예술성을 일층 제고하기 위하여 생활을 주의 깊게 살피며 하루하루 생활을 축적하기 위해 더

---

70 「조선작가동맹중앙위원회 제5차상무위원회에서—아동문학 창작사업 및 고전 계승사업을 강화할 데 대한 대책을 토의」, 『조선문학』, 1954.1, 146쪽.
71 같은 글, 148쪽.
72 윤복진, 「아동문학 작가와 농촌생활」, 『문학신문』, 1957.11.14.

욱 더 노력하겠습니다.[73]

　1956년 조선노동당 중앙위원회 8월 전원회의에서 "반당 반혁명 종파
분자들과 사대주의자들"의 죄행이 전면적으로 폭로 분쇄되었고 얼마
후 윤복진은 복권되었다. 그는 경치 좋은 순화강가 두 칸짜리 번듯한 기
와집으로 이사했다. 이때부터 만경대협동농장 현지파견작가로, 민주선
전실 실장으로, 군당위원회 위원으로 활동하면서 동요 창작에 전념할
수 있었다. 김일성고급당학교 단기강습반에서 정치실무적 자질도 높였
다. 1958년에는 그의 동요동시선집 『아름다운 우리나라』가 발간되었
다. 이 책에는 윤복진의 해방 전후 동요동시 49편이 수록되어 있다.[74]
　8년 동안 만경대협동농장 현지파견작가로서 창작활동을 벌인 것은
그에게 커다란 행운이었다. 윤복진은 이때를 '전화위복'이라고 표현했
으며, 가장 행복한 시절이라고 회고했다. 그는 김일성의 어린 시절 이야
기를 비롯해서 여러 혁명사적 내용을 누구보다 먼저 들을 수 있는 행운
을 누렸다. 특히 수령님의 삼촌 어머님과는 한 집안 식구처럼 지내면서
혁명사적들을 수집정리하고 고증하는 일에 달라붙었다. 누가 시켜서 한
일은 아니었다. 그때로 말하면 당의 유일사상체계라는 말조차 모르던
때였다. 결과적으로 시대는 그의 편이 되어주었다. 그의 손으로 수령님
의 어린 시절을 노래한 동요동시집 『아름다운 만경대』가 묶여져 나왔
다. 여기에 수록된 그의 동요동시 18편은 그때까지 잘 알려지지 않은
사적 내용들을 담은 것이었다. 그는 만경대의 이야기를 어린 독자에게

---

73 윤복진, 같은 글.
74 『아동문학』, 1958년 12월호의 '새로 나온 책' 참고. 윤복진 동요동시집에 대한 소개말은 이러하다.
　"해방 전 작품 편인 '두만강을 건너며'에는 조국과 인민을 사랑하는 심정을 노래한 12편의 작품이,
　전쟁 시기 작품 편인 '자랑 많은 공민증'에는 원쑤를 증오하고 조국을 수호하는 조선 인민의 애국 투
　쟁을 노래한 18편의 작품이, 전후 시기 작품 편인 '시내물'에는 사회주의 락원을 건설하는 우리 인민
　의 투쟁 모습과 조국의 품속에서 배우는 어린이들의 행복한 생활을 노래한 19편의 작품이 수록되어
　있다."(103쪽). 필자는 이 책을 입수하지 못했다.

알려주기 위해 여러 가지 글을 썼다. 1963년 장편실화『김일성 원수님의 어린 시절 이야기』를 출판했다. 그가 유명해지자 중학시절 동창인 한덕수 조총련 의장으로부터 편지가 왔다. 얼마 후에는 북한을 방문한 한덕수 의장과 상봉하기까지 했다. 그들은 어렸을 때를 회상하면서 윤석중의 동요「키 대보기」를 함께 불렀으며, 대구에 두고 온 윤복진의 아내와 딸에 대한 이야기를 나눴다.[75]

1964년부터 79년까지 윤복진은 조선작가동맹 중앙위원회 현역작가로 있으면서 정력적으로 창작활동을 펼쳤다. 이 시기에 "위대한 수령 김일성 동지의 어린 시절을 노래"한 동요동시들과 "항일의 여성영웅 김정숙 동지를 노래"한 동요동시들을 잇달아 발표했다. 윤복진은 특히 "김일성 장군님께 드리는 송가" 창작에 온갖 심혈을 다 기울였다. 마침내 그는 지도적인 위치에 올라섰고 동요동시에 대한 장문의 창작이론을 전개하기도 했다.『청년문학』에 발표한「동요 창작에 대하여」(1965.8),「유희동요에 대하여」(1965.9),「동시에 대하여」(1966.2) 등이 그것들이다.

1980년부터는 연로한 데다 건강까지 좋지 않아 자택에서 창작생활을 했다. 1980년 동요동시집『시냇물』이 출판되었다. 북한에서 발표한 것들 가운데 대표작을 뽑아 수록한 선집이다. 1988년 공화국 공민의 최고 영예상인 '김일성상'이 수여되었다. 김정일은 그에게 70돌 생일상과 보청기, 국기훈장 1급을 선사했다. 1991년 7월 16일 윤복진은 타계했다. 그의 장례는 기관장으로 치러졌다.

---

75 '두 딸'에 대한 이야기를 나눴다고 기록한 것으로 보아, 윤복진은 월북하던 해에 셋째 딸이 태어난 것을 모르는 듯하다. 부인 노연양과 딸 정자, 정희, 정애가 현재 대구에서 살고 있다. 조두섭, 앞의 글, 참조.

4) 월북 이후의 작품세계

1980년 평양 금성청년출판사에서 나온 윤복진 동요동시집 『시냇물』
은 1950년부터 1980년 사이에 발표한 작품 57편을 골라 실은 것이다.
작품마다 동요, 동시, 가사 등 갈래명과 함께 발표 연도를 밝혔다. 동요
38편, 동시 16편, 가사 3편이며, 50년대 작품 30편, 60년대 작품 13편,
70년대 작품 14편이다. 주제별로 5부로 구성해서 편집했는데, 발표순
으로 수록하지는 않았다. 1부 '만경대는 우리 고향' 23편, 2부 '우리들
은 꽃봉오리' 13편, 3부 '아름다운 우리나라' 10편, 4부 '영웅의 고향을
거닐며' 8편, 5부 '통일열차 만세' 3편이다.

1부 '만경대는 우리 고향'은 김일성이 태어난 곳을 성지(聖地)처럼 기
리는 시편들이다. 식민지시대를 배경으로 하고 있으며, 김일성의 할아
버지, 할머니, 아버지, 어머니, 어린 동생도 등장한다. 만경대에 서려
있는 혁명의 기운과 혁명가를 배태한 김일성 가계(家系)의 치적을 노래
했다.

소나무 푸르른
만경봉 기슭에
복숭아꽃 방긋 웃는
작은 초가집

아침이면 고운 새가
찾아와 노래하고
밝아오는 창문에는
글소리도 높았다.

(……)

소나무 푸르른
만경봉 기슭에
우리 모두 노래하는
마음의 고향

원수님은 나라 찾을
큰 뜻을 품으시고
혁명의 먼길을
여기서 떠나셨네.

—「만경대 초가집」, 1955

조화로운 자연 질서에 둘러싸인 김일성의 생가를 노래한 작품이다. "나라 찾을/큰 뜻을 품"은 원수님에 초점이 놓여 있다. 자연에 대한 묘사는 상투적이다. 자연에 시인의 주관을 투사한 작품은 이 밖에도 많은데, "대동강 푸른 물도/얼싸안고 노래하네.//(……)//날아가던 새들도/만경대를 노래하네."(「만경대는 우리고향」, 1955), "이슬 먹은 나팔꽃/반가와라 방긋 웃고/산새들도 둥지에서/깃을 치며 노래했네."(「만경대의 우물」, 1961), "그날은야 햇빛도/더욱 빛나고/푸른 물도 기쁨에/설레었지요.//(……)//그날은야 새들도/춤추며 날고/진달래는 봄향기/풍기였지요."(「아름다운 삼지연」, 1978)에서 보듯이 의도가 너무 뻔해서 식상하게 읽힌다. 김일성을 혁명영웅으로 찬양하는 송가의 성격에 들어맞는 표현이겠다. 이와 같은 개인숭배는 작품마다 한결같다. 김일성이 아기였을 때는 우리나라 영웅이 되길 염원하는 어머니, 아버지의 노래를 들으며 잠이 들었고(「가정에는 효자동, 나레는 영웅동」, 1956), 크면서는 조국해방의 굳은 맹세로 글을 읽었고(「학습터에서」, 1978), 어린 동생 돌보는 버들피리를 불어주었고(「버들피리」, 1957), 높은 수를 써서 동무들을 놀라게 했고(「숨박곡질」, 1959), 묘한 수를 써서 힘만 믿는 큰 동무를 보기 좋게 넘기는(「씨름터」, 1960) 어린 영웅이었다는 것이다. 투사들의 밥을 짓는 어머니를 도와 우물물을 길었고(「만경대의 우물」, 1961), 할머니를 도와서 물레를 저었던(「깊은 밤 물레소리」, 1962) 품성도 예찬된다. 김일성 가계와 연결되는 만경대의 어떤 소재 하나하나에 사연을 부여하는 식으로 노래지었음을 알 수 있다. 할아버지가 삼아준 짚신, 어머니가 찧던 돌절구, 맑을 물을 긷던 물동이, 밤을 밝힌 등잔불, 아버지가 큰 뜻을 다지며 심은 백양나무 등이 여기에 포함된다. 마치 성지순례를 하듯써 내려간 작품들이다.

2부 '우리들은 꽃봉오리'는 현재적 배경이고, 어린이 화자로 되어 있다. 김일성 장군의 품과 보호 아래서 행복하게 자라고 있다는 은혜의 시편들이다.

김일성 장군님
넓은신 품안에

자라는 우리들은
새 조선의 꽃봉오리

우리 모두 그 품에서
씩씩하게 크지요.

김일성 장군님
따뜻한 품안에

자라나는 우리들은
새 조선의 꽃봉오리

우리 모두 그 품에서
즐거웁게 배우지요.

—「우리들은 꽃봉오리」, 1951

이 작품의 창작배경은 이미 김청일의 글에서 살펴본 바 있다. 발표 당시의 제목이 「새 조선의 꽃봉오리」였고 '장군님'이 '원수님'으로 되어있었을 뿐이지 전문 내용은 거의 똑같다. 노랫말로서는 몰라도 시로서는 월북 이전보다 훨씬 떨어진다는 것이 한눈에 들어온다. 이후에도 이것보다 '시'의 품격이 더 높거나 '동심'의 표현이 살아 있는 작품은 보이지 않는다. 천편일률적이다. '김일성 원수님'의 자리에 '하나님 아버지'를 넣어보면 그가 오래 전 대구 남성정교회 성가대원으로 활동했을 때 열과 성을 다해 부르던 찬송가와 성격이 비슷하다는 것을 알 수 있다. 북한에서 윤복진은 김일성을 예찬하는 송가(頌歌)로 남다른 성공을 했다. '기독교'적 요소가 그의 삶과 문학에 어떻게 작용했는지를 짐작할 수 있는 대목이다. 최고통치자에 대한 절대적 헌사는 봉건시대의 '역군은'적 발상이지 종교적 발상이라고 하기도 어렵다. 기독교적 씨앗이 출세지향의 충성심으로 변질된 것이다. "우리들은 은혜로운/당의 품속에/세상에 부럼없이/곱게 피지요.//(······)//언제나 따사로운/당의 품속에/충성의 꽃송이로/붉게 피지요."(「우리들은 당의 품에 피는 꽃송이」, 1965)와 같은 창작에 시심이 남아 있을 리 만무하다. 보육시설을 보고 김일성의 배려에 감사드리는 「꽃침대」(1972), 「달나라로 씽씽」(1978) 등도 한결같은 모습이다.

3부 '아름다운 우리나라'는 조국산천의 자연이 아니라 북한 사회의 발전을 예찬하는 시편들이다. 기술공업화, 협동농장, 간척사업 등 조국 근대화와 결부된 내용이 주를 이루는데, 인민에 대한 원수님의 사랑을 강조하는 구절은 거의 빠지지 않는다. "소년애국가로 생각하면서 썼"다는 「아름다운 우리나라」(1953)도 "오각별 공화국기/푸른 하늘 높이 나는/원수님이 이끄시는/참 좋은 나라"라고 끝이 난다. 윤복진의 최고 작품으로 거론되는 「시냇물」은 기중 나은 편이다.

시냇물이 졸졸
노래하며 흘러가네.
푸른 하늘 아래로
노래하며 흘러가네.

한 굽이를 돌아드니
불탄 산에 새봄 왔네.
잔디풀은 다시 돋고
진달래가 방긋 웃네.

또 한 굽이 돌아드니
새 목장이 생겨났네.
어린 양떼 뛰어나와
반겨하며 물 마시네.

또 한 굽이 돌아드니
물방아는 간 곳 없고
물방아가 돌던 곳에

전기방아 새로 도네.

(……)

한 굽이를 돌아드니
꽃동네가 안겨오네.
양지바른 언덕 위에
새 학교가 우뚝 섰네.

또 한 굽이 돌아드니
밭갈이가 한창이네.
우릉우릉 뜨락또르
넓은 들을 갈아엎네.

굽이굽이 돌고돌아
대동강에 들어서니
새 공장은 우뚝우뚝
우리 평양 일떠서네.

—「시냇물」, 1954

윤복진은 "옛시인들이 조국의 아름다운 자연을 열두 폭 병풍에 담아
노래"한 것을 떠올리고 "민족적인 색채가 진하게 풍겨오는"[76] 이 작품
의 형식을 찾아냈다고 밝혔다. 그렇게 해서 "열두 폭 병풍을 펼치듯이
시냇물을 따라가며 굽이마다 안겨오는 전형적인 생활화폭들을 어제와

---

76 김청일, 앞의 글, 『조선문학』, 2002. 8, 30쪽.

오늘을 대비하여 노래"[77]할 수 있었다는 것이다. 전통적인 4음보 형식으로 노래의 흥취와 안정감을 얻은 것은 사실이다. 그런데 내용을 보면 자연보다는 변화된 사회상, 곧 북한의 발전상에 대한 찬양이다. '탈시골뜨기'의 잠재적 욕망은 '조국근대화'의 구호 속에서 해소되었는지 모르겠으나, 자연친화적인 놀이를 동심에 담아 표현한 월북 이전의 작품들에 비할 바 아니다. 북한 사회체제를 선전하려는 어른의 시선이 동심을 압도하고 있다. 그가 등단 무렵에 맞이한 20년대 서정적 동요 이전의 창가가사로 후퇴한 양상이다.

4부 '영웅의 고향을 거닐며'는 "원쑤놈" "미국놈"에 대한 증오심을 부추기는 시편들이고, 5부 '통일열차 만세'는 남녘 아이들의 '헐벗음'과 북녘 아이들의 '풍요로움'을 대비시킨 시편들이라서 관제성이 훨씬 두드러진다. 발랄한 감각의 유년동요도 있지만, "칙칙 폭폭/칙 폭폭/앞을 보고 잘 몰아라/포탄 식량 싣고 간다."(「기차놀이」, 1952), "미국놈 병정/겁쟁이 병정/키다리 보초/머저리 보초/인민군한테/꼭 묶였네/정찰병한테/꼭 묶였네"(「미국놈 병정 겁쟁이 병정」, 1951)에서 보듯이 전쟁이데올로기가 스며 있다. 시집의 마지막 작품은 통일을 노래한 것이다.

칙칙폭폭 칙칙폭폭…
꽃봉오리 통일렬차
남으로 달리누나
백미 싣고 기계 싣고
노래춤도 실었구나.

—「통일렬차 만세」, 1961. 2연

---

77 같은 곳.

"10만 관중"이 모인 경기장에서 이뤄진 카드섹션의 그림을 시로 표현한 것이다. 3, 4연에서는 "미국놈" "원쑤놈"이 늘여놓은 가시철망을 "산산쪼박 짓부시며" 통일열차는 달린다. 그런데 "백미 싣고 기계 싣고" 달리는 기차는 오늘날 남에서 북으로 가는 현실이니, 참으로 아이러니한 작품이 되고 말았다.

6) 시대와 시인의 운명

지금까지 월북 이전과 이후로 구분되는 동요시인 윤복진의 삶과 문학을 '연속성과 비연속성'의 관계에서 살펴보았다. 겉으로 드러나 있지는 않아도 '기독교'와 '탈시골뜨기'는 윤복진의 삶과 문학을 추동한 주된 요인이었다. 시인의 내면에 자리 잡은 이 숨은 동인(動因)이 북한에서는 '김일성 숭배'와 '근대화 예찬'이라는 맹목의 병통이 되고 말았다. 동요시인으로서는 불행한 일이 아닐 수 없다. 북한의 자료는 월북 이전에 "그가 쓴 동요들은 밝고 명랑한 동심 세계를 노래한 것이 극히 드물었다"고 하면서 월북 이후의 새로운 양상을 과거와 대비시켰지만, 진정으로 밝고 명랑한 동심 세계를 꽃피운 그의 시집은 『꽃초롱 별초롱』(1949)이었지 『시냇물』(1980)은 아니었다. 물론 "한 굽이를 돌아드니/불탄 산에 새봄 왔네/잔디풀은 다시 돋고/진달래가 방긋 웃네"(「시냇물」, 2연)와 같은 표현은 전쟁의 폐허를 딛고 일어서는 북한 사회의 발전상을 생동감 있게 반영한 것으로 볼 여지가 없지 않다. 그러나 전후 복구 시대를 지나서도 그의 창작경향은 앞으로 나아가질 않고 퇴보를 거듭하는 양상이었다.

우리는 이 대목에서 시인과 시대의 관계를 떠올리게 된다. 시인의 불행은 시대의 불행에서 비롯할까? 그럴 수도 있고 그렇지 않을 수도 있다. 동시대를 사는 시인들의 시적 성취가 제각각인 것을 보면 그렇지 않다는 답변이 더 진실일 듯싶다. 인간의 잠재적 욕망은 그 자체로는 선도 악도 아니지만 그것이 승화가 될지 자기기만이 될지는 당사자의 몫이다. 따라서 월북 이후 윤복진 동요시의 전락(轉落)은 시인 자신에게 책임이 있다. 그가 "무사상성 내지 회색적 작품"으로 비판 받고 현지로 파견 나가 있을 무렵, 시인 백석은 북한의 주류 아동문학과는 다른 방향에서 창작을 하고자 치열한 논쟁을 벌이면서 동화시집『집게네 네 형제』(1957)를 쓰고 있었다.[78] 오늘날 백석의『집게네 네 형제』는 남한에서 여러 판으로 거듭 출간되어 아이들에게 환영받는다. 그에 비해 윤복진의『시냇물』은 출간조차 못하고 있는데 이는 오로지 시인의 몫인 것이다. 한 가지 덧붙인다면, 남한의 윤석중과 박목월도 오십보백보였다. 윤석중은 갈수록 자기복제의 양상을 띠며 후퇴를 해서 마침내 '동심천사주의'의 원조라는 평가를 받기에 이르렀다. 박목월은 동시를 거의 쓰지 않으면서 대통령 영부인의 전기문과 통속적인 수필을 양산하는 등 관제성이 짙었던 한국문인협회의 핵심으로 활동했다. 다만 윤복진이 6·25전쟁 직전에는 "다 같은 세계에 산다"고 했던 세 시인이 민족의 분단과 더불어 양극으로 벌어지게 된 것을 두고는 시대를 탓하지 않을 수 없겠다.

---

78 김재용, 「근대인의 고향 상실과 유토피아의 염원」, 『백석전집』, 실천문학사, 1997, 498쪽.

맺음말

요약 및 시사점

맺음말—요약 및 시사점

북한 아동문학의 시원과 계보

북조선문학예술총동맹에서 발행한 『문화전선』, 『문학예술』, 『조선문학』 등과 문화전선사 발행의 작품선집들을 확인해 보니, 카프의 적자임을 내세운 조선프롤레타리아문학동맹 계열 작가들의 활동이 매우 두드러졌다. 이 가운데 송영·박세영·신고송·이동규·김우철·이원우·정청산·홍구·박아지·엄흥섭 등은 식민지시대 계급주의 아동문학의 요람인 『별나라』와 『신소년』의 주요 작가였다. 식민지시대에 이들은 성인문단의 활동을 병행했지만, 아동문학의 외곽이 아니라 중심에 있었다. 이들 계급주의 아동문학의 주요 작가들은 다른 카프 작가들과 함께 해방 후 북한 문학의 형성과정에서 중추적인 역할을 한다. 이러한 배경에서 성립한 북한 아동문학은 카프 영향권에 있었던 『별나라』와 『신소년』을 계보로 한다.

따라서 북한 아동문학의 시원은 송영과 박세영을 따라 『염군』(1923)까지 거슬러 올라간다. 송영과 박세영은 염군사의 핵심멤버로서 카프에 가담했으며, 『별나라』의 편집을 맡아 계급주의 아동문학을 일으켰다. 이들과 결합한 이른바 '카프 비해소파'는 해방 후 조선프롤레타리아문학동맹에 집결했다가 조선문학가동맹을 등지고 북조선문학예술총동맹에 합류한다. 이들은 초미의 과제인 당의 문학을 굳건히 하는 데 앞장서지만, 어느 정도 문단이 정비된 다음에는 아동문학에 눈을 돌려 이 부문의 계급적 성격을 강화하는 지원활동을 펼친다. 특히 한설야·송영·박세영은 창작·이론·편집 등에 관여하면서 아동문학 분과 활동을 직접 지도했다.

'응향 사건'과 보조를 맞춘 '아동문화사 사건'

북조선문학예술총동맹이 출범한 직후의 문단 정비 과정에서 '응향 사건'이 발생한 것은 잘 알려진 사실이다. 아동문학 부문에서도 '응향 사건'과 대응하는 '아동문화사 사건'이 발생했다. '아동문화사'는 1945년 11월 평양에서 발족된 출판사로서 1947년 12월부터는 '청년생활사'로, 1951년 12월부터는 '민주청년사'로, 1958년 2월부터는 '민청출판사'로, 그리고 1975년 3월부터는 '금성청년출판사'로 개칭되어 현재에 이르고 있다. 1950년대 북한의 자료는 '해방 직후 아동문화사에 잠입한 순수문학 신봉자들의 정체를 폭로하는 투쟁으로부터 시작하여 이러저러한 형식주의 경향과 부르주아 이데올로기 잔재를 성과 있게 숙청했다'고 밝힌 바 있다. 즉 '아동문화사 사건'은 이곳에서 발행되는 『어린동무』와 『어린이신문』 및 단행본들의 계급적 성격을 문제 삼아 내부 '불순분자'를 제거하고 출판사 명칭까지 바꾼 사건을 가리킨다. 이 투쟁에서 지대한 역할을 한 작가는 박세영·이원우·김우철 등이다.

이 사상투쟁의 결과로 '아동문화사'의 간판이 내려졌다. '아동문화사'는 '청년생활사'로 이름을 바꾸고 계급적 성격을 강화해서 새로 『소년단』을 펴냈다. 또한 '아동문화사(어린이신문사)'에서 창간된 『아동문학』은 2호부터 박세영이 출판부장으로 있는 북조선문학예술총동맹 직속의 '문화전선사'에서 나왔다. 요컨대 '아동문화사 사건'은 아동문학 부문의 첫 번째 사상투쟁이라고 할 수 있다.

월남한 문인들이 북한에서 벌인 아동문학 창작 활동

북한에서 『응향』에 작품을 발표했다가 부르주아적 경향으로 비판된 시인 구상을 제외한다면, 월남한 문인들이 북한 사회주의 체제에서 전개한 창작 활동에 대해서는 거의 알려진 바가 없다. 그런데 북한의 1950년대 자료는 '박남수·양명문·장수 등 아동문학 분야에 침투한 잡초무더기를 뽑아내는 사상투쟁을 효과적으로 전개했다'고 밝히고 있다. 하지만 박남수·양명문·장수 등이 1947년의 사상투쟁 과정에서 제거된 것은 아니다. 이후에도 북한 체제에 동조하는 이들의 작품은 계속 발표되고 있기 때문이다. 따라서 이들을 반동 작가로 규정한 1950년대 북한 자료는 이들이 6·25전쟁 중 월남한 뒤에 내려진 사후적 평가에 가깝다.

한 가지 의아스러운 것은 이들보다 더욱 두드러지게 활동한 강소천을 언급하지 않은 점이다. 박남수·양명문·장수·강소천 등은 월남하기까지 북조선문학예술총동맹의 소속 작가로서 비교적 활발하게 아동문학 창작 활동을 전개했다. 장수는 장수철을 가리킨다. 주지하듯이 강소천과 장수철은 남한에서 한국문학가협회와 그 후신인 한국문인협회의 아동문학 분과장을 맡아 반공 아동문학에 앞장선 이들이다. 박남수와 양명문은 월남 후 아동문학 분야의 활동은 없었다. 박남수는 현수(玄秀)라는 이름으로 『적치 6년의 북한 문단』을 펴내는 등 한동안 맹렬한 반공 활동을 벌였다. 그런데 이들 모두가 월남 이전에는 북한 정권을 찬양하고 당의 노선을 따르는 아동문학 작품을 적잖게 발표했던 것이다. 『소년단』, 『아동문학』, 『아동문학집』 등에서 이런 사실이 확인된다.

주체문학에 이르는 도정

'평화적 건설 시기', '조국해방전쟁 시기', '전후 사회주의 건설 시기',

'유일사상 시기' 등 시기별 차이에 집중하다 보면 연속성의 문제를 놓칠 우려가 없지 않다. 이를테면 카프 전통이 후대로 오면서 약해지고 그 자리를 김일성의 항일혁명문학이 차지한다는 지적은 옳지만, 주요 테마와 창작 경향이 시기별로 크게 바뀐 듯이 강조하는 것은 실상과 거리가 멀다. 적어도 아동문학 부문에서 시기별로 다르게 나타나는 양상은 표면적인 것에 국한되고 있다. 평화적 건설 시기에는 '현물세, 문맹퇴치, 조쏘친선'에 관한 것, 조국해방전쟁 시기에는 '인민군대, 중국지원군'에 관한 것, 그리고 전후 사회주의 건설 시기에는 '소년단, 천리마운동'에 관한 것 등이 새로 추가되는 양상인데, 이는 시대상을 드러내는 소재 차원의 변화에 지나지 않는다. 유일사상 시기를 특징짓는 '김일성 우상화 경향'도 비교적 일찍부터 강조되어 왔다. 반종파투쟁과 더불어 문단의 중심인물이 바뀌기는 하지만 주요 테마와 창작 경향은 처음부터 일관되게 지속되는 모습을 보인다.

따라서 초기의 역동성에 유의하되, 시기를 가리지 않고 반복되는 주요 테마와 창작 경향의 연속성을 더욱 주시해야 할 것이다. 북한에서 대표적인 작가로 거론하는 박세영·강훈·황민·김우철·김학연·이원우·강효순·윤복진·정서촌·이진화·원도홍·남응손 등의 작품세계를 보면 장르와 시기를 불문하고 정치적 테마들이 두드러져 있다. 이들의 대표작 가운데 남북한 어린이들이 함께 읽을 수 있는 것은 거의 발견되지 않는다. 보편정서나 동심의 표현보다는 특유의 이념적 교양과 관련된 정치적 요소를 반드시 포함하고 있기 때문이다. 아동의 교양에 적합한 형태로 테마를 분명하게 드러내는 것은 탓할 바 아니지만, 분석과 해석의 여지를 남기지 않는 얄팍한 텍스트 층위와 단일한 교훈성은 문제가 아닐 수 없다. '수령형상, 현물세, 문맹퇴치, 조쏘친선, 인민군대, 중국지원군, 인민항쟁, 소년단 활동, 학업성적 제고, 꼬마 천리마기수' 등을 다룬 수많은 작품들이 모두 정부시책을 위에서 아래로 내려먹이는 교훈주의 발상으로 되어 있다.

초기의 고상한 사실주의 창작방법이든, 전후의 사회주의적 사실주의 창작방법이든, 아니면 유일사상 시기를 특징짓는 주체의 창작방법이든, 반드시 적극적·긍정적·모범적 주인공을 그려야 한다고 강조되었다. 특히 인민항쟁·빨치산투쟁·전쟁의 영웅을 그리는 경우에는 선명한 계급적 관점에 입각해서 승리에 대한 신심을 표현할 것이 요구되었다. 부르주아적 잔재로 규정된 형식주의·자연주의적 경향과 투쟁할 것도 끊임없이 주장되었다. 따라서 북한의 아동소설은 상투적이고 유형적인 성격 창조를 벗어날 수 없었다. 혁명의 적에 대한 증오심을 불러일으키고 투쟁을 선동하는 내용은 교양가치가 높다고 상찬되었으며, 아동이라고 해서 피해자로 여기고 전쟁의 아픔이나 슬픔을 그려내면 패배주의와 염전사상(厭戰思想)을 퍼뜨린다고 비판되었다. 인간스런 감정과 어린다운 동심의 표현도 걸핏하면 부르주아적 휴머니즘이나 감상주의로 치부되었다. 북한식 사회주의적 사실주의 아동문학은 이원수와 권정생으로 대표되는 남한의 리얼리즘 아동문학과는 아무런 공통점이 없다. 북한의 기준대로라면 이원수와 권정생의 작품세계는 반동적 자연주의 경향에 해당한다. 오히려 남한의 반공주의 아동문학이 물구나무를 선 채로 북한식 사회주의적 사실주의 아동문학과 상통한다.

동화는 의인화, 과장, 환상을 특징으로 한다. 따라서 아동소설과 동일한 차원에서 동화의 현실성 문제를 따질 수는 없다. 북한은 소설과 구분되는 동화의 창작원리를 규명하는 데 많은 노력을 기울였다. 동화의 환상성을 부인하는 일부 주장을 두고서는 '사회학적 비속주의'라며 강력하게 비판했다. 그런데 소설과 다른 동화의 수법이 낮은 연령에 더 적합한 '의인화'와 '단순화'에 국한되는 양상이라서, 내용적으로는 '사회학적 비속주의'를 크게 벗어나지 못했다. 북한 동화의 대부분을 차지하는 의인동화는 사람이 동물의 탈을 쓰고 행동하는 단순 알레고리 작품일

뿐더러, 아동소설과 마찬가지로 정치적 의도를 염두에 둔 것들이다. 제국주의 침략과 남북 대결 상황을 지시하는 수많은 알레고리 동화는 철학적 깊이나 문학적 가치를 논할 계제가 못된다. 이를테면 '행복의 동산'을 침범하는 교활하고 난폭한 성격의 늑대, 여우, 뱀, 독수리 등을 초식동물에 속하는 토끼, 노루, 사슴, 다람쥐 등이 단합해서 무찌르는 내용 같은 것이 그러하다. 주제의식을 앞세워 생태를 왜곡해서 묘사한다든지, 아니면 포식자를 약탈자·침입자로 간주하는 관습상징에 머문 작품이 대부분이다.

북한에서는 작품마다 반드시 장르 명칭을 밝힌다. 장르가 혼란스러운 남한에 비해 아동문학의 장르 이론이 체계적으로 정리되어 있다. '동요, 동시, 동화, 소년소설, 동극'을 기본으로 하고 있으며, 이것들에 대한 구분을 이론적으로 분명하게 밝혀 놓았다. 1950년대 들어서는 '유희동요, 서사시, 동화시, 우화, 만화영화 시나리오, 오체르크, 이야기' 등 다양한 하위 장르가 나타나고 있다. 허구성이 약한 '오체르크'와 '이야기'는 곧 사라지지만, 다른 것들은 오늘날까지 지속되면서 대표적인 작품들을 낳아 왔다. 특히 부정적 인물에 대한 풍자를 핵심으로 하는 '우화'는 아동문학 개론서에 기본 장르로 편입돼 있을 정도로 중요하게 취급된다. 북한의 아동문학 장르는 아동의 연령별 특성에 기초해서 남한보다 한층 고르고 다양하게 발전했는데, 이는 교양의 침투효과를 극대화하려는 정책의 결과라고 여겨진다.

백석과 학령 전 아동문학 논쟁

1956년 10월에 개최된 제2차 조선작가대회는 자기비판의 목소리가 거셌다는 점에서 기존의 북한문학 연구자들이 모두 이를 주목해 왔다. 이는 당시 사회주의 소련의 해빙무드와 관련이 깊은데, 한편으로는 세칭 '8월종파사건' 직후였기 때문에 부르주아 사상과의 투쟁이 중단없이 진행되는 상황이었다. 문학을 질식시키는 정치행정과 도식주의에 대한 비판의 목소리가 중심부에서도 나왔지만, 정치적 동향에 민감한 주류의 목소리는 반종파투쟁 국면과 더불어 원점으로 회귀한다. 제2차 작가대회에서 불거져나온 비판의 목소리는 결국 일시적 불만의 분출에 그치고 말았다. 여기에서 하나의 예외를 말할 수 있다면 시인 백석의 줄기찬 문제제기와 창작의 실천이다.

백석은 문학의 본질을 환기하는 원론적인 차원에서 '사회학적 비속주의'와 맞서고자 했다. 그는 아동문학 분과위원회 작품총화회의 결과에 강력히 항의하는 평론을 발표함으로써 '학령 전 아동문학' 논쟁의 단초를 연다. 북한에서 아동문학 논쟁은 '학령 전 아동문학' 논쟁이 거의 유일하거니와, 이 논쟁은 백석에서 시작하고 백석에서 끝났다고 해도 지나치지 않다. 제2차 작가대회 이후 백석은 외국문학 분과위원회에 소속되어 『문학신문』의 편집부장을 맡는 외에도, 아동문학 분과위원회에 소속되어 『아동문학』의 편집위원을 맡는다. 그는 『아동문학』에 동물을 형상화한 동시를 여러 편 발표하는 한편으로, 아동문학 분과위원회 작품 총화에 항의하는 아동문학 평론을 발표해서 논쟁을 촉발시켰고, 『문학신문』에 지상토론의 자리를 마련해서 논쟁의 불씨를 이어나가려고 힘썼다.

백석은 '장미꽃'을 배제한 채 '기중기'만을 벅찬 현실의 교양으로 여기는 속학적 태도를 일면의 교양이라고 공박했다. 그의 주장은 일종의 복화술로 읽힌다. 사회주의 건설의 시대적 사명을 강조하는 기본줄기에서는 문학에 대한 '당의 지도'를 수용하는 태도를 보이지만, 문학의 정치적 편향에서 비롯되는 '사회학적 비속주의'를 맹렬히 비판함으로써 사실상 문학에 대한 '당의 지배'를 거부하는 이중의 방식을 취하고 있다.

학령 전 아동문학 논쟁은 동물의 생태와 습성을 그려 보인 이순영과 백석의 동시를 평가하는 자리에서 '유년층을 대상으로 하는 작품에서의 인식과 교양의 문제'를 둘러싸고 조금씩 다른 견해가 부딪치는 것으로 시작되었다. 그런데 이순영이 문제를 단순화해서 주장을 펼치는 바람에 논의가 사상성·계급성의 문제로 비화되어 첨예한 대립의 선이 그어지게 되었다. 이원우·박세영·김명수·이효운 등은 한 목소리로 '시대정신, 사회주의적 사실주의, 계급성, 사상성, 카프의 혁명적 전통' 등을 운위하며 이순영과 백석의 견해를 무사상성이라고 몰아붙였다. 결국 논쟁을 촉발하고 확대시킨 당사자 백석이 『아동문학』 확대편집위원회에서 자기비판함으로써 논쟁은 일단락된다. 편집위원장 정서촌은 "백석이 주장하는 유년층 아동문학에서의 인식적인 것과 교양적인 것을 분리하는 견해에 대하여는 모든 토론자들과 같이 반대한다"고 서둘러 이 문제를 정리했는데, "인식적인 것과 교양적인 것을 분리하는 견해"라면 백석의 주장과는 거리가 멀다. 사상성·계급성으로 무장한 정치적 흑백논리가 백석의 진의를 곡해해서 무대 아래로 끌어내리는 장면을 여기서 목격할 수 있다.

월북문인 윤복진의 행로와 이를 보는 남북한 시각의 차이

윤복진은 '김일성상'을 수상하고 국기훈장 1급을 선사받은 주요 동요시인이다. 그의 작품을 바라보는 남북한 시각의 차이를 비교하면 '유일사상 시기' 아동문학의 성격이 훤히 드러난다. 식민지시대 윤석중과 쌍벽을 이루던 윤복진은 6·25전쟁 중 월북함으로써 남한에서는 오랫동안 기억 저편으로 망각된 시인이었다. 월북문인에 대한 해금조치 이후에야 월북 이전에 나온 그의 동요시집이 재출간되었다. 필자는 윤복진의 월북 이전 동요시집과 거기 실리지 않는 주요 작품을 함께 묶어 윤복진 동요선집을 펴냈고, 해설로써 그의 작품세계를 한 차례 조명한 바 있다. 그런데 이를 입수한 북한의 아동문학가 김청일이 2002년『조선문학』에 윤복진론을 두 차례 연재하면서 필자의 시각을 비판하고 나왔다. 그래서 필자는 이에 대해 다시 비판하는 논문을 발표했다. 윤복진의 동요시를 둘러싼 남북한 아동문학 논쟁이 벌어진 셈이다. 이 과정에서 윤복진의 대표작을 바라보는 필자와 김청일의 시각, 다시 말해 남한과 북한 아동문학의 시각이 첨예하게 부딪혔다.

윤복진은 1920년대 『어린이』로 등단한 이래 1991년 작고하기까지 꾸준히 작품 활동을 전개했고 북한에서의 수상경력도 화려하다. 남한과 북한에서는 제각각 윤복진을 높이 평가하지만 그 대상 작품은 일치하지 않는다. 북한의 윤복진은 김일성 찬양 동시를 누구보다 많이 발표했으며 여타의 작품들도 북한 체제를 선전하는 종류에 속하는 것이었다. 윤석중과 쌍벽을 이루며 천진한 동심 세계를 노래하던 윤복진이 월북해서 이러한 동시를 쓴 것은 '반전극'이라고 하기에 충분하다. 윤복진의 삶과 문학은 남북한 아동문학이 어떻게 한 뿌리에서 나와 두 얼굴을 지닌 상극의 존재가 되었는지를 보여주는 극적인 사례이다. 그의 '반전극'은 창작을 추동한 시인 내부와 외부 요인의 합작인바, 거기에도 의연히 연속성은 숨어 있다.

식민지시대부터 월북 이후까지 윤복진의 삶과 문학에 연속성을 제공한 요인으로 '기독교'와 '탈(脫)시골뜨기'를 주목할 만하다. 윤복진은 독실한 기독교 신자의 가정에서 자라났고, 교회 성가대에 가담해 적극적으로 활동했다. 그는 소년문사 시절부터 서울의 동요시인 윤석중과는 일종의 라이벌 관계였다. 그는 윤석중을 가리켜 "나와 목월과 같은 시골뜨기로서는 부러워할 행운아"라고 했다. 이런 그가 '서울내기' 윤석중에게 품은 '시골뜨기'로서의 열등감을 해소시킬 기회는 8·15해방과 더불어 주어졌다. 그는 동심주의 성향의 동요시인이었지만, 동향의 문우 신고송에게 자극받아 해방 이후 조선문학가동맹에 가담했다가 6·25전쟁 중에 월북한다. 시인의 내면에 자리잡은 '기독교'와 '탈(脫)시골뜨기'라는 숨은 요인은 북한에서 '김일성 숭배'와 '근대화 예찬'으로 표현되었다. 월북 직후 무사상성으로 비판되던 윤복진은 김일성에 대한 송가(頌歌)로 화려하게 부활한다. 그런데 그가 북한에서 발표한 천편일률적인 작품에서 '김일성 원수님'의 자리에 '하나님 아버지'를 넣어보면 남한에서 성가대원으로 활동했을 때 열과 성을 다해 부르던 찬송가와 유사하다는 것을 알 수 있다. 최고통치자에 대한 절대적 헌사는 봉건시대의 '역군은(亦君恩)'식 발상이지 종교적 발상이라고 하기도 어렵다. 한편, 그의 대표작으로 알려진 「시냇물」은 자연친화적인 것과는 정반대의 발상인 산업화로 변화된 사회상 곧 북한의 발전상에 대한 찬양이다. '탈시골뜨기'라는 잠재적 욕망이 '조국근대화'의 구호 속에서 해소되었는지 몰라도, 자연친화적 놀이를 동심에 담아 표현한 월북 이전의 작품에는 비할 바 아니다.

그럼에도 북한의 김청일은 오히려 그가 식민지시대에는 억압을 느껴서 밝고 명랑한 동심을 노래하지 못했다고 하면서 월북 이후의 밝고 긍정적인 작품세계를 훨씬 높이 평가했다. 더욱이 북한에서는 식민지시대에 발표한 그의 동심 지향의 작품들에 계급적 색채를 넣어 수정했는데, 김청일은 의도적으로 허구적인 정보를 가지고 윤복진의 식민지시대 대표작을 필자와 다르게 지목했다. 하지만 누가 보더라도 밝고 명랑한 동심을 노래한 윤복진의 작품집은 1980년 평양에서 펴낸『시냇물』이 아니라, 1949년 서울에서 펴낸『꽃초롱 별초롱』일 것이다.

반면교사로서의 시사점

북한의 창작과 출판은 작가와 독자의 요구가 아니라 권력의 요구에 의해서 결정되기 때문에, 동요와 동화로 대표되는 유년층 대상의 문학이 동시와 아동소설로 대표되는 소년층 대상의 문학과 나란히 발달했고, 동극과 아동영화 부문도 활성화되었다. 대체로 남한보다는 균형적인 장르 발전을 보인다.

그러나 정치적 요구에 종속되어 문학성은 매우 낮다. 거의 모든 작품이 아동을 훈육의 대상으로 보는 교훈주의에 입각해서 만들어졌으며, 수령에 대한 충성심과 미국에 대한 적개심을 고취하는 선전선동성이 두드러져 있다. 과학환상소설은 인간과 과학발전에 대한 긍정에 기초해서 미래를 유토피아적 사회주의로 그린 것들이 대부분이다. 북한을 배경으로 하는 이상, 제도와 문명에 대한 회의가 들어설 틈은 없다.

교훈적 의도가 뾰족한 우화가 발달했으며, 동화와 아동소설에 대한 장르 구분이 명확하다. 동화 창작은 의인화 기법을 주로 쓰는 편인데, 동물의 생태적 특성이 무시된다든지 캐릭터의 상투성이 두드러진다. 옛이야기 방식의 창작동화는 전래동화와 경계가 불분명한 것들이 많다.

당 차원에서 아동문학을 지원하고 독려한 결과로 비교적 이른 시기에 아동문학 이론이 정비되었고 비평도 활발한 편이었다. 하지만 뒤로 갈수록 실제비평은 약화되는데, 유일사상 시기로 접어든 이래 더욱 천편일률적인 창작경향으로 흐른 탓일 게다. 당의 요구가 바뀌는 데 따라 작품의 평가기준도 달라진다. 해방 전의 유산과 전통을 대하는 태도가 시기별로 차이가 나며, 이 점이 각종 아동문학 선집들에 반영되어 있다. 문학사에 서술된 아동문학 작가들의 부침도 이와 맥락을 같이한다.

아동문학의 본질과 관련해서 생각해 볼 때, 이데올로기 주입식 교훈주의 경향은 사상의 옳고 그름을 떠나서 아동을 대상화·식민화하는 논리로 이어진다. 이와 같은 정치적 질곡으로부터 문학이 구원되는 길은 작가의 자유정신 여하에 달려 있을 것이다.

참고 문헌

1) 북한자료

『아동문학』, 『문학대사전』, 『문학신문』, 『문학예술』, 『조선문학』, 『조선문학사』, 『조선중앙연감』, 『청년문학』 등.

『경애하는 수령 김일성 대원수님 어린 시절』(인민학교 제1,2,3,4학년용), 교육도
　　　서출판사, 1988.
『공산주의 교양과 우리문학』, 과학원출판사, 1959.
『공산주의 교양과 창작문제』, 조선작가동맹출판사, 1959.
『별나라』(해방 전 아동문학 작품집), 아동도서출판사, 1958.
『아동과 문학』(번역평론집), 조선작가동맹출판사, 1955.
『아동문학―문학과용』, 김일성종합대학출판사, 1981.
『아동문학집』 제1집, 문화전선사, 1950.
『제2차 조선작가대회 문헌집』, 1956.
『조선로동당의 문예정책과 해방 후 문학』, 과학원출판사, 1961.
『조선로동당 제3차대회 주요문헌집』, 조선로동당출판사, 1956.
『창작의 벗』, 사로청출판사, 1974.
『해방 전의 조선아동문학』, 교육도서출판사, 1956.
조선아동문학문고 1, 『영원한 불빛』, 금성청년출판사, 1979.
조선아동문학문고 2, 『어린 불새들』, 금성청년출판사, 1980.
조선아동문학문고 3, 『회망찬 나날』, 금성청년출판사, 1980.
조선아동문학문고 4, 『행복의 동산』, 금성청년출판사, 1981.
조선아동문학문고 6, 『해바라기』, 금성청년출판사, 1981.
조선아동문학문고 9, 『해방 전 아동문학 편』, 학생소년출판사, 1966.
조선아동문학문고 14, 『해방 후 동화 편』, 학생소년출판사, 1966.
조선아동문학문고 15, 『해방 후 동요·동시 편』, 학생소년출판사, 1966.
조선아동문학문고 19, 송영, 『나는 다시 강을 건너간다』, 아동도서출판사, 1964.

조선아동문학문고 23, 최명익, 『역사소설 편』, 아동도서출판사, 1964.

조선작가동맹 중앙위원회 4.15문학창작단, 『동트는 압록강』, 금성청년출판사, 1975.

조선작가동맹 중앙위원회 4.15문학창작단, 『만경대』, 사로청출판사, 1973.

조선작가동맹 중앙위원회 4.15문학창작단, 『배움의 천리길』, 사로청출판사, 1971.

현대조선문학선집 10, 『아동문학집』, 조선작가동맹출판사, 1960.

현대조선문학선집 18, 『1920년대 아동문학집 1』, 문학예술종합출판사, 1993.

현대조선문학선집 20, 『1920년대 아동문학집 2』, 문학예술종합출판사, 1994.

현대조선문학선집 39, 『1930년대 아동문학작품집 1』, 문학예술출판사, 2005.

현대조선문학선집 40, 『1930년대 아동문학작품집 2』, 문학예술출판사, 2005.

강효순, 『분단위원장』, 아동도서출판사, 1964.

강 훈, 『산막집』, 조선작가동맹출판사, 1957.

김일성, 『사회주의 교육학에 대하여』, 조선로동당출판사, 1973.

김일성, 『열다섯 소년에 대한 이야기』, 금성청년출판사, 1978.

김일성, 『우리 혁명에서의 문학예술의 임무』, 조선로동당출판사, 1965.

김정일, 『주체문학론』, 조선로동당출판사, 1992.

김춘선 편, 『해님』, 아동도서출판사, 1961.

김학연, 『소년 빨찌산 서강렴』, 금성청년출판사, 1978.

렴의재, 『새 언덕에로의 길』, 아동도서출판사, 1959.

리원우, 『아동문학 창작의 길』, 국립출판사, 1956.

리진화, 『갈매기 나는 마을』, 아동도서출판사, 1964.

송봉렬 편, 『꽃초롱』(동요·동시집), 조선작가동맹출판사, 1956.

안함광, 『조선문학사』, 교육도서출판사, 1956.

양명문, 『송가』, 문화전선사, 1947.

엄흥섭, 『마음의 노래』, 아동도서출판사, 1960.

오정애, 『조선현대아동소설연구—해방 후 편』, 사회과학출판사, 1993.

원도홍, 『산 속의 연구소』, 아동도서출판사, 1961.

유희준 편, 『남녘땅에 깃발 날린다』, 아동도서출판사, 1960.

유희준 편, 『황소밭』, 아동도서출판사, 1964.

윤복진, 『시냇물』, 조선작가동맹출판사, 1956.

윤세중, 『붉은 신호탄』, 아동도서출판사, 1963.

장영·리연호, 『동심과 아동문학 창작』, 문학예술종합출판사, 1995.

장형준, 「해방 후 아동문학의 찬연한 발전 로정」, 『해방 후 우리문학』, 조선작가
　　　동맹출판사, 1956.

정룡진, 『아동문학의 새로운 발전』, 문예출판사, 1991.

정서촌 편, 『꽃편지』(동요·동시집), 문화전선사, 1953.

주병은 편, 『뜨락또르 달린다』(동시집), 아동도서출판사, 1961.

한중모·정성무, 『주체의 문예이론 연구』, 사회과학출판사, 1983.

황정상, 『과학환상문학 창작』, 문학예술종합출판사, 1993.

2) 논문 및 저서

권영민, 『월북문인연구』, 문학사상사, 1989.

권영민, 『한국현대문학사 2』, 민음사, 2002.

권영민, 『한국계급문학운동사』, 문예출판사, 1998.

권영민, 『해방 직후의 민족문학운동 연구』, 서울대학교출판부, 1986.

김만석, 『아동문학개론』, 동북조선민족교육출판사, 1993.

김성수, 「프로문학과 북한문학의 기원」, 『민족문학사연구』 제21호, 2002.

김성수, 『통일의 문학 비평의 논리』, 책세상, 2001.

김승환, 「해방공간의 북한문학」, 『한국학보』, 1991.

김용직, 『북한문학사』, 일지사, 2008.

김용희, 「북한 아동시가문학의 고찰」, 『한국아동문학』 제1집, 1992.

김윤식 외, 『해방공간의 문학운동과 문학의 현실인식』, 한울, 1989.

김윤식 편, 『해방공간의 민족문학연구』, 열음사, 1989.

김윤식, 『북한문학사론』, 새미, 1996.

김윤식, 『해방공간의 문학사론』, 서울대학교출판부, 1989.

김재용, 「민주기지론과 북한문학의 시원」, 『한국학보』 25집, 1999.

김재용, 『북한문학의 역사적 이해』, 문학과지성사, 1994.

김재용, 『분단구조와 북한문학』, 소명출판사, 2000.

김정식·오양열, 「북한 문화예술정책의 변천과 그 지향성」, 『한국행정사학지』 제 10호, 2001.

김제곤, 「백석의 아동문학 연구」, 『동화와번역』 제14집, 2007.

김종회 편, 『북한문학의 이해 1』, 청동거울, 1999.

김종회 편, 『북한문학의 이해 2』, 청동거울, 2002.

김종회 편, 『북한문학의 이해 3』, 청동거울, 2004.

김종회 편, 『북한문학의 이해 4』, 청동거울, 2007.

류덕제, 「'별나라'와 계급주의 아동문학의 의미」, 『국어교육연구』 제46집, 2010.

민족문학사연구소 편, 『북한의 우리 문학사 인식』, 창작과비평사, 1991.

박종갑, 『북한의 언어와 문학』, 영남대학교출판부, 2007.

박명옥, 「백석의 동화시 연구」, 고려대학교 대학원 석사학위논문, 2004.

박상천, 「북한문학 연구의 경과」, 『민족학연구』 4집, 2000.

박상천, 「북한문화예술에서 '민족문화'와 '민족적 형식'의 문제」, 『북한연구학회 보』 제6집, 2003.

박상천, 「주체사상의 형성과 북한문학」, 『한국언어문학』 27집, 2005.

박태상, 『북한문학의 사적 탐구』, 깊은샘, 2006.

박영기, 「해방기 아동문학교육 연구」, 『청람어문교육』 제41호, 2010.

박태상, 『북한문학의 현상』, 깊은샘, 2002.

서동만, 『북조선 연구』, 창비, 2010.

서동수, 「김정일의 '주체문학론' 고찰」, 『겨레어문학』 제30집, 2003.

서동수, 「남북문학사 통합서술의 전망」, 『겨레어문학』 제28집, 2002.

서동수, 「북한 아동문학의 장르인식과 형상화 원리」, 『동화와번역』 제9집, 2005.

서동수, 「북한문학사 기술의 정치성 연구」, 『겨레어문학』 제26집, 2001.

서미옥, 「초등학교 통일교육을 위한 연구」, 『교육학연구』 제43권, 2005.

선안나, 『아동문학과 반공이데올로기』, 청동거울, 2009.

선안나, 「1950년대 북한아동문학의 현황」, 『동화와번역』 제15집, 2008.

선안나, 「전후 북한 아동문학과 문학인들」, 『어린이책이야기』, 2008, 여름호.

성기조, 『북한 비평문학 40년』, 신원문화사, 1990.

송민호, 「'북한문학'의 초기형성과정 연구」, 『북한』, 1978.

신현득, 「북한의 문예정책」, 『한국아동문학』 제1집, 1992.

신형기, 「전후복구와 사회주의 건설기의 북한문학」, 『동방학지』, 1999.

신형기, 『해방 직후의 문학운동론』, 화다, 1988.

신형기·오성호, 『북한문학사』, 평민사, 2000.

역사문제연구소 문학사연구모임, 『카프문학운동 연구』, 역사비평사, 1989.

원종찬, 『아동문학과 비평정신』, 창비, 2001.

원종찬, 『한국 근대문학의 재조명』, 소명, 2005.

원종찬, 『한국아동문학의 쟁점』, 창비, 2010.

유임하·오창은·김성수, 「북한문학사의 쟁점」, 민족문학사연구소 엮음, 『새 민
　　족문학사강좌 2』, 창비, 2009.

윤경섭, 「1950년대 북한의 정치갈등 연구」, 성균관대학교 대학원 박사학위논문,
　　2007.

윤재근·박상천, 『북한의 현대문학 Ⅱ』, 고려원, 1990.

윤치섭, 「남·북한 동시교육의 비교분석」, 건국대 교육대학원 석사학위논문,
　　2003.

이강렬, 『한국사회주의연극운동사』, 동문선, 1992.

이구열, 『북한미술50년』, 돌베개, 2001.

이기봉, 『북의 문학과 예술인』, 사사연, 1986.

이동백, 「남북한 초등학교 국어교과서에 수록된 동화 비교연구」, 강남대 교육대
　　학원, 2003.

이명자, 『북한영화사』, 커뮤니케이션북스, 2007.

이명제, 「북한문학에 끼친 소련문학의 영향」, 『어문연구』, 2002.

이명제 편, 『북한문학사전』, 국학자료원, 1995.

이영미, 「북한 아동문학과 교육 연구」, 『한국문학이론과 비평』 제30집, 2006.

이영미, 「북한의 문학장르 오체르크 연구」, 『한국문학이론과 비평』 제24집,
　　2004.

이영미, 『북한문학과 정치커뮤니케이션』, 보고사, 2006.

이영미, 「1950년대 북한 아동문학 교양장 연구」, 『한국언어문학』 제66집, 2008.

이영미, 「북한의 자료를 통해 재론하는 백석의 생애」, 『한국문학이론과 비평』 제42집, 2009.

이영미, 「1960년대 북한 문학교육의 일동향」, 『문학교육학』 제31호, 2010.

이일·서성록, 『북한의 미술』, 고려원, 1990.

이재복, 『우리 동화 바로 읽기』, 한길사, 1995.

이재철, 『남북아동문학연구』, 박이정, 2007.

이재철, 『아동문학개론—개고판』, 서문당, 1986.

이재철, 『한국현대아동문학사』, 일지사, 1978.

이정화, 「통일 후 동질성 회복을 위한 인민학교 동화분석」, 서울교육대학교 대학원 석사학위 논문, 2000.

이주미, 『북한문학예술의 실제』, 한국문화사, 2003.

이형기, 『북한의 현대문학 1, 2』, 고려원, 1990.

임성규, 「해방직후의 아동문학운동 연구」, 『동화와번역』 제15집, 2008.

장성유, 「백석의 아동문학 사상에 대한 고찰」, 『한국아동문학연구』 제17호, 2009.

전영선, 『북한의 문학예술 운영체계와 문예이론』, 역락, 2002.

정영진, 『문학사의 길찾기』, 국학자료원, 1993.

정영진, 『통한의 실종문인』, 문이당, 1989.

정영철 외, 『조선로동당의 역사학』, 선인, 2008.

정이진, 「백석 동화서술시 연구」, 인제대학교 교육대학원 석사학위논문, 2003.

정춘자, 「북한의 인민학교 국어교과서에 대한 고찰」, 『한국아동문학』 제1집, 1992.

정혜원, 「북한 동화의 환상성 연구」, 『동화와번역』 제17집, 2009.

정홍섭, 「전후 북한의 아동문학론」, 『한중인문학연구』 제14집, 2005.

조선문학가동맹 편, 『건설기의 조선문학』, 백양당, 1946.

조영복, 『월북 예술가, 오래 잊혀진 그들』, 돌베개, 2002.

채상우, 「북한의 문예이론에 대하여」, 『한국어문학연구』 41집, 2003.

최동호 편, 『남북한 현대문학사』, 나남출판사, 1995.

최윤정, 「북한 아동시가 연구」, 건국대학교 대학원 석사학위논문, 2004.

최윤정, 「1990년 이후 북한 아동문학의 흐름」, 『동화와번역』 제17집, 2009.

최적호, 『북한예술영화』, 신원문화사, 1989.

최창숙, 「북한의 아동문학 고찰—동화 동극을 중심으로」, 『한국아동문학』 제1집, 1992.

허영석, 「백석 우화시 연구」, 동아대학교 대학원 석사학위논문, 1998.

현　수, 『적치 6년의 북한문단』, 국민사상지도원, 1952.

홍기삼, 『북한의 문예이론』, 평민사, 1981.

홍정선, 『카프와 북한문학』, 역락, 2008.

3) 기타

신동아 1989년 1월호 별책부록, 『원자료로 본 북한—1945~1988』, 동아일보사, 1989.

원종찬 엮음, 『한국아동문학총서 1~50』, 역락, 2010.

월간 한길문학 전권특별기획, 『남북한문학사연표』, 한길사, 1990

편집부 엮음, 『한국현대문학자료총서 1~17』, 거름, 1987.

부록

북한 아동문학비평 목록 <small>(발표 연도순)</small>

리동규, 「해방조선과 아동문학의 임무」, 『아동문학』, 1947.1.

박세영, 「건설기의 아동문학─동요·동시를 중심으로 하여」, 『아동문학』, 1947.1.

김우철, 「아동문학의 신방향」, 『아동문학』, 1947.1.

송창일, 「북조선의 아동문학」, 『아동문학』, 1947.1.

김인숙, 「아동문학운동의 새로운 방향」, 『아동문학』, 1947.1.

한   식, 「아동문학의 중요성」, 『문학예술』, 1948.7.

김순석, 「동시작품에 대하여」, 『아동문학집』, 문화전선사, 1950.

송창일, 「1949년도 소년소설 총평」, 『아동문학집』, 문화전선사, 1950.

김명수, 「아동문학 창작에 있어서의 몇 가지 문제」, 『조선문학』, 1953. 12.

리진화, 「새로운 아동극과 소년소설」, 『조선문학』, 1954. 1.

조선작가동맹중앙위원회, 「아동문학 활성화를 위한 아홉 가지 방안」, 『조선문학』,
        1954. 1.

한설야, 「전진하는 조선문학」, 『조선문학』, 1954. 1.

백석 역, 므 고리끼, 「아동문학론 초」, 『조선문학』, 1954. 3.

박태영, 「아동극에 대한 몇 가지 의견」, 『조선문학』, 1954. 8.

홍순철, 「우리 문학의 새 세대를」(제1차 신인작가 회의에서의 보고), 『조선문학』,
        1954. 11.

백   석, 「동화문학의 발전을 위하여」, 『조선문학』, 1956. 5.

송   영, 「해방 전의 조선 아동문학」, 『조선문학』, 1956. 8.

백   석, 「나의 항의, 나의 제의」, 『조선문학』, 1956. 9.

리원우, 「아동문학의 예술성 제고를 위하여」, 『조선문학』, 1956. 9.

윤복진, 「동요에서의 민족적 형식 문제」, 『조선문학』, 1957. 1.

류도희, 「작품에 시대정신을 반영하자」, 『문학신문』, 1957. 2. 28.

기   자, 「주제를 확대하자」, 『문학신문』, 1957. 4. 18.

리원우, 「유년층 아동들을 위한 시문학에 있어서의 빠포스 문제와 기타 문제」, 『문학
        신문』, 1957. 5. 23.

백   석, 「아동문학의 협소화를 반대하는 위치에서」, 『문학신문』, 1957. 6. 20.

리진화, 「아동문학의 정당한 옹호를 위하여」, 『문학신문』, 1957. 6. 27.

백   석, 「큰 문제 작은 고찰」, 『조선문학』, 1957. 6.

강효순, 「'아동문학' 창간 열 돌을 맞으며」, 『문학신문』, 1957. 7. 18.

김명수, 「아동문학에 있어서 인식적인 것과 교양적인 것」, 『문학신문』, 1957. 7. 18.

리효운, 「최근 아동문학에 관한 론쟁에 대하여」, 『문학신문』, 1957. 8. 22.

박세영, 「학령 전 아동문학에 대하여」, 『조선문학』, 1957. 9.

신영길, 「아동소설에서의 사회적 문제성에 대하여」, 『문학신문』, 1957. 9. 12.

김우철, 「나의 문학소년 시절」, 『아동문학』, 1957. 10.

리원우, 「아동극의 주인공과 생활」, 『문학신문』, 1957. 10. 2.

기   자, 「아동문학의 전진을 위하여」, 『문학신문』, 1957. 10. 3.

윤복진, 「아동문학 작가와 농촌 생활」, 『문학신문』, 1957. 11. 14.

기   자, 「아동들의 생활 속으로」, 『문학신문』, 1957. 11. 28.

김명수, 「투쟁 속을 걸어온 우리 문학」(연재), 『아동문학』, 1958.1~8.

리원우, 「우리 시대의 아동들과 그들이 읽고 있는 아동문학」, 『조선문학』, 1958. 1.

남응손, 「아동문학에 있어서의 환상」, 『청년문학』, 1958. 3.

리진화, 「사회주의적 애국주의와 아동문학」, 『문학신문』, 1958. 3. 20.

기   자, 「아동문학의 령역을 넓히자」, 『문학신문』, 1958. 4. 3.

석인 역, 세르게이 미할꼬브, 「아동을 위한 문학」, 『문학신문』, 1958. 4. 3.

리진화, 「청소년 교양과 아동문학」, 『조선문학』, 1958. 6.

기   자, 「아동들에게 주는 작가의 선물」, 『문학신문』, 1958. 6. 5.

김문화, 「어린 심장의 노래」, 『조선문학』, 1958. 8.

백   석, 「사회주의 도덕에 대한 단상」, 『조선문학』, 1958. 8.

기   자, 「진실과 체험―아동문학분과 상반년 총화회의 진행」, 『문학신문』, 1958. 8. 7.

윤복진, 「아동문학을 더욱 깊이 생활 속으로」, 『문학신문』, 1958. 8. 7.

장현준, 「새 세대의 벗―아동문학―사회주의 사실주의 기치 밑 10년」, 『문학신문』,
      1958. 8. 28.

엄흥섭, 「작가 리기영 선생」, 『아동문학』, 1958. 11.

리진화, 「아동문학과 형상의 진실」, 『문학신문』, 1958. 11. 13.

리원우, 「동화적 특성과 로동의 쩨마」, 『문학신문』, 1958. 11. 27.

_____, 「아동문학의 새싹들」, 『청년문학』, 1958. 12.

조완국, 「'장화홍련전'과 환상성 문제」, 『청년문학』, 1958. 12.

기   자, 「아동 대상의 인민 창작 연구회」, 『문학신문』, 1958. 12. 4.

박세영, 「송영 선생과 나」, 『아동문학』, 1959. 1.

리원우, 「생활과 시」(연재), 『아동문학』, 1959. 1~3.

_____, 「동시 "공장 지구 아이들"과 동화 "결합"을!」, 『조선문학』, 1959. 1.

리진화, 「청소년들의 교양을 위한 나의 작품 계획」, 『조선문학』, 1959. 1.

리원우, 「아동문학에서의 현실적 주제」, 『문학신문』, 1959. 1. 11.

_____, 「우리 아동에 대한 공산주의 교양을 위하여」, 『문학신문』, 1959. 1. 22.

_____, 「아동문학의 계속 앙양을 위하여」, 『문학신문』, 1959. 3. 19.

기　자, 「최근 발표된 아동 중편소설들에 대하여」, 『문학신문』, 1959. 3. 29.

장형준, 「아동 중편소설의 사상」, 『문학신문』, 1959. 4. 9.

기　자, 「공산주의 문학건설을 위하여—아동문학분과위원회 확대회의에서」, 『문학신문』, 1959. 5. 7.

전기영, 「극적 갈등과 동심 세계의 탐구」, 『문학신문』, 1959. 5. 17.

리양희, 「아동들에게 형상 높은 작품을」, 『문학신문』, 1959. 5. 31.

송　영, 「어린이와 박세영 선생」, 『아동문학』, 1959. 6.

기　자, 「아동들의 생활을 더 다양하게」, 『문학신문』, 1959. 8. 25.

리원우, 「아동문학의 사상예술적 질을 높이기 위하여」, 『문학신문』, 1959. 8. 25.

_____, 「아동시 문학에 나타난 부르죠아 사상 잔재를 청산하기 위하여」, 『조선문학』, 1959. 9.

기　자, 「아동문학분과 총화회의 진행」, 『문학신문』, 1960. 1. 15.

리원우, 「공산주의 아동문학 건설을 위하여」, 『문학신문』, 1960. 1. 15.

기　자, 「아동시문학에서 높은 시정신과 동화에서 나래치는 환상 요구」, 『문학신문』, 1960. 2. 12.

최복선, 「아동문학에 꿈과 지향을 나래치게 하자」, 『문학신문』, 1960. 3. 8.

사　설, 「아동문학의 전진을 위하여」, 『문학신문』, 1960. 3. 11.

_____, 「동화의 주인공과 환상」, 『문학신문』, 1960. 3. 11.

기　자, 「아동소설에 산 주인공을」, 『문학신문』, 1960. 4. 1.

_____, 「아동들에게 더 좋은, 더 다양한 노래를」, 『문학신문』, 1960. 5. 13.

_____, 「아동문학의 날 진행」, 『문학신문』, 1960. 5. 31.

번　역, 아. 바르또, 「아동시에 대하여」, 『문학신문』, 1960. 5. 31.

김원필, 「동화에서 제기되는 몇 가지 문제」, 『문학신문』, 1960. 7. 5.

리원우, 「당의 품에서 자란 아동문학」, 『문학신문』, 1960. 7. 19.

기　자, 「아동문학분과 총화회의 진행」, 『문학신문』, 1960. 9. 27.

아동분과위, 「생활과 함께 자란 아동문학의 15년」, 『문학신문』, 1960. 9. 27.

리원우, 「공산주의 교양과 아동문학에서 제기되는 몇 가지 문제들」, 『문학신문』, 1960. 10. 4.

변덕주, 「동화에서의 환상 문제」, 『문학신문』, 1960. 10. 14.

계형수, 「교육과 생산의 결합과 쏘베트 아동문학」, 『문학신문』, 1960. 10. 21.

김원필, 「동화 론의에서의 진실성을 위하여」, 『문학신문』, 1960. 10. 21.

박웅호, 「아동문학에서의 당정책 관철을 위한 몇 가지 문제」, 『문학신문』, 1960. 11. 15.

전기영, 「아동극에서의 생활적 정황과 주인공들의 호상관계」, 『문학신문』, 1960. 11. 29.

리원우, 「동화는 환상의 날개를 천리마 현실에서」, 『문학신문』, 1960. 12. 6.

리진화, 「천리마 시대의 아동 주인공」, 『문학신문』, 1961. 6. 6.

김순덕, 「아동극에서의 긍정적 인물과 사회적 인물의 성격」, 『문학신문』, 1961. 6. 20.

기 자, 「아동문학분과 상반년도 총화회의 진행」, 『문학신문』, 1961. 7. 28.

리진화, 「천리마 현실과 아동문학」, 『문학신문』, 1961. 8. 29.

_____, 「공산주의 교양과 아동문학」, 『조선문학』, 1961. 9.

윤동향, 「구전민요와 아동가요」, 『문학신문』, 1961. 11. 21.

배 풍, 「우리나라 구전동화의 계승발전」, 『문학신문』, 1961. 11. 28.

리원우, 「활짝 꽃피우자 아동 시문학을」, 『문학신문』, 1962. 1. 19.

사 설, 「동화문학 창작에서 혁신을 일으키자」, 『문학신문』, 1962. 1. 19.

기 자, 「61년도 각 분과 총화회의 진행(소설, 아동문학, 극문학)」, 『문학신문』, 1962. 1. 23.

리 맥, 「아동들의 길동무가 될 동시집」, 『문학신문』, 1962. 2. 27.

리원우, 「창작일기—행복의 나라로 찾아왔다」, 『조선문학』, 1962. 6.

기 자, 「박세영 동시선집」, 『문학신문』, 1962. 6. 12.

리진화, 「'아동문학'이 걸어 온 길」, 『아동문학』, 1962. 7.

전기영, 「아동극과 흥미」, 『문학신문』, 1962. 7. 6.

리진화, 「새로운 환상 새 주인공의 발견」, 『조선문학』, 1962. 8.

김정태, 「동시의 대상」, 『조선문학』, 1962. 10.

리진화, 「아동문학의 창작 과정」, 『조선문학』, 1962. 10.

우봉준, 「동화문학에 대한 생각」, 『조선문학』, 1962. 10.

최복선, 「천리마시대 아동들의 긍정적 주인공의 형상」, 『조선문학』, 1962. 10.

차용구, 「청소년 교양과 우리 문학의 과업」, 『문학신문』, 1962. 10. 23.

김재원, 「동화집 '거위와 닭'을 읽고」, 『문학신문』, 1962. 11. 13.

기 자, 「아동문학 질 제고를 위하여」, 『문학신문』, 1962. 11. 16.

리진화, 「작가의 노력 독자의 요구성」, 『조선문학』, 1962. 12.

신고송, 「현실을 더욱 정력적으로 탐구하자」, 『조선문학』, 1962. 12.

리동원, 「동화의 환상과 성격」, 『문학신문』, 1963. 1. 15.

차용구, 「동화의 형상과 계급성」, 『문학신문』, 1963. 1. 15.

리진화, 「아동문학 창작에서 생활 탐구와 형상성 제고」, 『문학신문』, 1963. 2. 26.

리자웅, 「생동한 개성의 추구」, 『문학신문』, 1963. 4. 2.

신영길, 「아동생활의 진실한 반영」, 『문학신문』, 1963. 4. 23.

리원우, 「동화문학의 형상성 문제」, 『문학신문』, 1963. 4. 26.

박세영, 「새 세대를 위하여—프로문학에서 동요가 싹틀 때」, 『문학신문』, 1963. 5. 10.

기 자, 「청소년들에 대한 계급교양과 아동문학」, 『문학신문』, 1963. 5. 31.

리원우, 「주제 포착과 형상화」, 『문학신문』, 1963. 5. 31.

리진화, 「'아동문학'이 걸어온 길」, 『아동문학』, 1963. 7.

조벽암, 「카프작가 조명희의 어린 시절」, 『아동문학』, 1963. 9.

정룡진, 「아동들의 년령 심리적 특성과 아동 주인공의 형상문제」, 『문학신문』,
    1963. 9. 27.

리진화, 「새로운 성격과 환상」, 『문학신문』, 1964. 1. 17.

기 자, 「새로운 비약을 위하여」, 『문학신문』, 1964. 1. 21.

장형준, 「천리마시대 아동들의 전형적 성격 창조를 위하여」, 『조선문학』, 1964. 3.

윤복진, 「아동시 문학과 형상성 문제」, 『문학신문』, 1964. 3. 17.

최재원, 「아동소설에서의 긍정적 주인공」, 『문학신문』, 1964. 4. 10.

기 자, 「아동문학분과 연구토론회」, 『문학신문』, 1964. 4. 21.

김경태, 「아동문학에서의 시적 계기와 시적 형상」, 『문학신문』, 1964. 10. 6.

남응손, 「아동소설에 대한 생각」, 『조선문학』, 1964. 11.

리상운, 「스위프트의 환상소설 '걸리버려행기'에 대하여」, 『청년문학』, 1964. 11.

리원우, 「아동들에 대한 계급 교양과 아동문학에서의 긍정적 주인공」, 『문학신문』,
    1964. 12. 29.

리자웅, 「아동 력사물 창작의 경우」, 『문학신문』, 1965. 3. 26.

강효순, 「동화 창작에서 제기되는 몇 가지 문제」, 『조선문학』, 1965. 6.

리원우, 「아동문학의 예술적 특성」, 『청년문학』, 1965. 6.

리동수, 「아동시의 운율 조직과 형상성」, 『문학신문』, 1965. 6. 11.

정룡진, 「현대성의 주제와 환상세계」, 『문학신문』, 1965. 6. 15.

_____, 「주제와 교훈」, 『문학신문』, 1965. 6. 29.

리원우, 「동화의 묘사방식에 대하여」, 『청년문학』, 1965. 7.

최재원, 「어린 주인공의 성격을 '크게' 그리자」, 『문학신문』, 1965. 7. 13.

리동수, 「아동시의 사상적 깊이」, 『문학신문』, 1965. 7. 20.

윤복진,「동요 창작에 대하여」,『청년문학』, 1965. 8.

렴희태,「계급교양과 동화문학」,『문학신문』, 1965. 8. 10.

리진화,「아동문학 신인대열의 장성」,『청년문학』, 1965. 9.

윤복진,「유희동요에 대하여」,『청년문학』, 1965. 9.

리진화,「한걸음 더 나아가자」,『문학신문』, 1965. 9. 10.

라두림,「아동소설 창작에서 주인공 형상을 집중적으로 간결하게」,『문학신문』,
    1966. 1. 25.

전기영,「한번 돌이켜보자」,『문학신문』, 1966. 1. 25.

윤복진,「동시에 대하여」,『청년문학』, 1966. 2.

남응손,「흥미있게 읽을 수 있도록」,『문학신문』, 1966. 2. 1.

리동수,「아동소설의 흥미와 구성」,『문학신문』, 1966. 2. 1.

윤복진,「동심과 진실성」,『문학신문』, 1966. 2. 4.

정청산,「아름다운 아동 주인공을」,『문학신문』, 1966. 2. 8.

배 풍,「긍정적 주인공의 성격창조」,『문학신문』, 1966. 2. 11.

장정춘,「동심적인 서정을 다양하게」,『문학신문』, 1966. 2. 15.

최재원,「동심에서 꿈을 찾자」,『문학신문』, 1966. 2. 18.

송봉렬,「아동시와 흥미 문제」,『문학신문』, 1966. 2. 22.

최길상,「긍정을 닮고 부정을 버릴 수 있게」,『문학신문』, 1966. 2. 25.

리경명,「알맞은 말을 쓰자」,『문학신문』, 1966. 3. 1.

전기영,「동화 창작에서 현대성을 구현하자」,『문학신문』, 1966. 3. 1.

기 자,「좀 더 깊이있게 파고들자」,『문학신문』, 1966. 3. 4.

_____,「두 측면의 옳은 결합을」,『문학신문』, 1966. 3. 4.

최길상,「옛말에 대한 옳은 관점을」,『문학신문』, 1966. 3. 4.

리동수,「동심적 정서의 아동주인공」,『문학신문』, 1966. 3. 8.

문경환,「현실과 동심」,『문학신문』, 1966. 3. 11.

변병순,「동심세계와 아동영화」,『문학신문』, 1966. 3. 15.

리상건,「아동들이 즐기는 얼굴」,『문학신문』, 1966. 3. 15.

리원우,「아동들과 소년들의 미감에 맞게」,『문학신문』, 1966. 4. 1.

최재원,「동화의 환상과 그 진실성」,『문학신문』, 1966. 5. 3.

윤동향,「아동운문의 서정과 표현성」,『문학신문』, 1966. 5. 6.

기 자,「청소년들을 위한 문학의 질을 한층 높이기 위하여」,『문학신문』, 1966. 5. 20.

김대유,「생각되는 점─1/4분기 동화평」,『조선문학』, 1966. 6.

윤복진,「서정과 동심 시적 형상─1/4분기 동요,동시평」,『조선문학』, 1966. 6.

최재원, 「깊고 풍부한 동화적 환상을」, 『문학신문』, 1966. 6. 10.
리동수, 「아동시다운 주제를 탐구하자」, 『문학신문』, 1966. 6. 21.
현종호, 「동화적 계기와 동요적 서정문제」, 『문학신문』, 1966. 7. 8.
윤승흠, 「동요에서의 시적 발견」, 『문학신문』, 1966. 7. 29.
최재원, 「유년동요의 서정과 시적 형상」, 『문학신문』, 1966. 8. 5.
렴희태, 「동화와 환상의 진실성」, 『문학신문』, 1966. 8. 23.
강영희, 「현대적 환상과 새로운 주제의 탐구」, 『문학신문』, 1966. 8. 30.
김영민, 「아동시에서의 환상과 여운」, 『문학신문』, 1966. 9. 13.
최재원, 「아동 성격의 미와 진실성」, 『문학신문』, 1966. 11. 11.
강영희, 「동화에서의 환상과 의인화」, 『문학신문』, 1967. 1. 24.
남응손, 「소년투사의 형상을 생동하게」, 『문학신문』, 1967. 2. 21.
리락훈, 「과학환상문학에서의 성격과 인식 문제」, 『청년문학』, 1967. 3.
_____, 「동화에서의 성격발전 문제」, 『문학신문』, 1967. 3. 31.
최길상, 「동화에서의 환상수법」, 『문학신문』, 1967. 4. 4.
김신복, 「동화에서의 환상문제」, 『문학신문』, 1967. 4. 21.
렴희태, 「동화에서의 적극적인 주제 탐구」, 『문학신문』, 1967. 7. 21.
사 설, 「아동문학에서 혁명성을 보다 더 높이자」, 『문학신문』, 1967. 10. 24.
리원우, 「몇 편의 아동문학 작품에 대하여」, 『조선문학』, 1969. 3.
윤복진, 「아동시 문학의 질을 높이기 위하여」, 『조선문학』, 1971. 6.
리동섭, 「몇 편의 아동소설을 읽고」, 『조선문학』, 1971. 7.
문경환, 「청소년들을 위한 혁명적인 작품창작을 위하여」, 『조선문학』, 1972. 2.
문경환, 「위대한 주체사상의 근본요구를 아동문학작품에 구현하기 위하여」, 『조선
    문학』, 1972. 12.
리동수, 「아동문학의 새로운 발전을 위한 강령적 지침」, 『조선문학』, 1972. 12.
윤복진, 「우리 시대의 동심을 찾아서—새해결의」, 『조선문학』, 1972. 12.
엄호석, 「아동교양을 위한 동화 우화 창작의 사상예술적 질을 높이기 위하여」, 『조선
    문학』, 1974. 1.
원도홍, 「혁명적인 동화 우화 문학을 위하여」, 『조선문학』, 1974. 1.
차용구, 「어린이들의 나이와 심리적 특성에 맞는 동화, 우화 창작에서 제기되는 몇
    가지 문제」, 『조선문학』, 1974. 6.
강영희, 「현실적 감정을 체현한 동화 우화 문학 창작을 위하여」, 『조선문학』, 1975. 1.
김신복, 「교양적이고도 흥미있는 동화를 쓰겠다」, 『조선문학』, 1975. 1.
최복선, 「지덕체를 갖춘 나어린 공산주의적 주체의 혁명가가 우리 아동문학의 주

인공이다」,『조선문학』, 1976. 10.

문경환,「교양적이고도 흥미있는 동화창작의 해로!」,『조선문학』, 1977. 1.

김영선,「우리 시대의 요구에 맞는 동화적 환상」,『조선문학』, 1977. 2.

김우경,「동화 창작에서 환상의 진실성 문제」,『조선문학』, 1977. 5.

강효순,「따사로운 해빛 속에서 꽃피는 아동문학」,『조선문학』, 1979. 12.

림금단,「동심이 흘러넘치도록」,『조선문학』, 1979. 12.

최병환,「어린 독자들에게 기쁨을 줄 작품을!」,『조선문학』, 1979. 12.

문재홍,「아동시 문학에서 운율을 더 잘 살리자」,『조선문학』, 1981. 9.

전기영,「참다운 소년애국자의 형상을 창조하겠다」,『조선문학』, 1982. 1.

최길상,「아이들의 나이와 심리적 특성에 맞는 동화, 우화를 더 많이 창작하자」,『조
선문학』, 1982. 1.

리효운,「동화의 특성과 동화적인 이야기」,『조선문학』, 1984. 1.

문재홍,「생활의 론리와 동화적 환상의 진실성」,『조선문학』, 1984. 6.

정룡진,「현대동화 창작의 귀중한 본보기」,『조선문학』, 1984. 9.

리동수,「찬란히 개화 발전한 아동문학의 자랑찬 40년」,『조선문학』, 1985. 8.

오정애,「11년제의무교육의 첫걸음을 뗀 아동들의 생활에대한 감동적인 화폭」,『조
선문학』 1985. 9.

리효운,「아동중편소설 창작에서 성격창조와 생활묘사의 수준을 높이자」,『조선문
학』, 1985. 11.

＿＿＿,「동화의 현대성과 동화적인 형상 탐구」,『조선문학』, 1986. 8.

김해월,「시대의 지향과 동심이 넘치는 참신한 성격형상」,『조선문학』, 1989. 7.

전병두,「동화언어에서 과정법의 리용을 두고」,『조선문학』, 1990. 8.

리효운,「동심에 맞는 개성적인 동요, 동시 창작에 대한 몇 가지 고찰」,『조선문학』,
1991. 3.

기 자,「윤복진 서거에 대한 부고(91.7.16. 83세 일기)」,『문학신문』, 1991. 7. 19.

김명희,「학령 전 아동문학의 특성을 살려 쓰자」,『문학신문』, 1991. 7. 26.

전기영,「아동문학 창작의 성과와 교훈」,『문학신문』, 1991. 8. 23.

길향란,「위대한 교양에 이바지하는 그림동요의 특색있는 세계」,『문학신문』,
1991. 9. 27.

리용일,「아동소설에서의 내면심리묘사 문제」,『문학신문』, 1991. 11. 15.

문재홍,「동심적 발견과 동시 창작」,『문학신문』, 1991. 12. 13.

정룡진,「위대한 령도 불멸의 업적」,『문학신문』, 1992. 1. 17.

김명희,「학령전 아동문학의 고전적 본보기」,『문학신문』, 1992. 5. 15.

백진향, 「아동다운 성격과 생활을」, 『문학신문』, 1992. 6. 5.

리동수, 「우리 시대 아동들의 성격창조와 동심세계의 탐구」, 『문학신문』, 1992. 8. 14.

오세숙, 「동심적 발견과 위대한 인간형상」, 『문학신문』, 1992. 8. 28.

문재홍, 「현실주제 동화창작의 새로운 시도와 형상 창조」, 『문학신문』, 1992. 12. 18.

한용재, 「동심의 탐구와 시형상」, 『문학신문』, 1993. 1. 22.

리동수, 「시대정신의 구현과 우리 시대의 아동문학 작가」, 『문학신문』, 1993. 2. 12.

김길운, 「동화에서 해학 풍자적인 형상 수법의 리용과 의의」, 『문학신문』, 1993. 5. 21.

기 자, 「김일성상 계관인인 아동문학가 림금단을 찾아서」, 『문학신문』, 1993. 7. 9.

정룡진, 「우리식 아동문학을 창조하는 길에서」, 『문학신문』, 1993. 8. 13.

장 영, 「아동문학의 기본 특성에 대한 주체적 해명」, 『문학신문』, 1993. 10. 15.

백진향, 「시대정신과 동심적인 가요형상」, 『문학신문』, 1993. 11. 19.

리송필, 「유래식 동화창작에서 현대성 구현 문제」, 『문학신문』, 1993. 12. 3.

리동수, 「근대아동문학의 력사를 더듬으며」, 『1920년대 아동문학집 1』, 문학예술
    종합출판사, 1993.

정룡진, 「아동문학의 형태적 특성에 대한 옳은 리해와 그 구현에서 나서는 문제」,
    『조선문학』, 1994. 1.

김룡화, 「근대아동문학의 개척자 소파 방정환」, 『조선문학』, 1995. 8.

류영철, 「우리 시대의 동심이 흘러넘치는 아동문학 작품 풍년을 마련하겠습니다」,
    『조선문학』, 2000. 1.

류애화(중국), 「1920년대 조선아동문학에서 주목되는 몇 가지 문제」, 『조선문학』,
    2000. 9.

오정애, 「1930년대 진보적 아동소설, 아동극, 동화에 대하여」, 『1930년대 아동문학
    작품집 1』, 문학예술출판사, 2005.

오정애, 「1930년대 진보적 아동시문학에 대하여」, 『1930년대 아동문학작품집 2』,
    문학예술출판사, 2005.

월간 『아동문학』 총목차

1993년 5월호

1993년 6월호

1994년 9, 10월호

1994년 11, 12월호

■ 찾아보기